Henning Mankell

Tea-Bag

Roman

Aus dem Schwedischen
von Verena Reichel

Deutscher Taschenbuch Verlag

Ungekürzte Ausgabe
Mai 2005
Deutscher Taschenbuch Verlag GmbH & Co. KG,
München
www.dtv.de
Lizenzausgabe mit Genehmigung des Paul Zsolnay Verlags
© 2001 Henning Mankell
Titel der schwedischen Originalausgabe:
›Tea-Bag‹ (Leopard Verlag, Stockholm)
© 2003 der deutschsprachigen Ausgabe:
Paul Zsolnay Verlag, Wien
Umschlagkonzept: Balk & Brumshagen
Umschlagfoto: © Peter Manninger,
mit freundlicher Genehmigung des Schauspielhauses Graz
Satz: Filmsatz Schröter GmbH, München
Druck und Bindung: Druckerei C. H. Beck, Nördlingen
Gedruckt auf säurefreiem, chlorfrei gebleichtem Papier
Printed in Germany · ISBN 3-423-13326-0

»Was für ein Lager? Was für ein Strand?« Das war der Moment, in dem sie zu erzählen begann … Jesper Humlin ist ein gefeierter Lyriker. Bei einer Lesung lernt er Tea-Bag und ihre Freundinnen kennen. Sie leben illegal in Schweden und wollen Schriftstellerinnen werden. Nach und nach erzählen sie ihm ihre Geschichten: Tea-Bag, die aus dem Sudan kommt und eine Odyssee durch halb Europa hinter sich hat, Tanja, die Russin, die massenhaft Handys klaut und mit dem Dietrich hantiert wie andere Frauen mit dem Lippenstift, und Leyla, die einen jungen Schweden liebt und vor dem Zorn ihrer iranischen Sippe flieht … »Mankell-Fans bekommen hier alles geboten, was ihr Herz begehrt.« (Andrea Bollinger im ›Bund‹)

Henning Mankell, geboren 1948 in Härjedalen, ist einer der angesehensten und meistgelesenen schwedischen Schriftsteller. Er lebt als Theaterregisseur und Autor abwechselnd in Schweden und Maputo/Mosambik. Mit Kurt Wallander schuf er einen der weltweit beliebtesten Kommissare. Eine Übersicht der auf deutsch erschienenen Bücher finden Sie am Schluß dieses Bandes.

Es war einer der letzten Tage des Jahrhunderts.

Das Mädchen mit dem großen Lächeln erwachte davon, daß sanfte Regentropfen gegen die Zeltplane über seinem Kopf trommelten. Solange sie die Augen geschlossen hielt, konnte sie sich vorstellen, sie sei noch immer daheim im Dorf, an dem Fluß, der das kühle, klare Wasser aus den Bergen brachte. Hinter geschlossenen Lidern ließ sich dieses Gefühl festhalten. Sobald sie jedoch die Augen aufschlug, wurde sie in eine leere, unbegreifliche Wirklichkeit hinausgeschleudert. Dann blieb von ihrer Vergangenheit nichts als ein Bilderreigen der Erinnerungen, wobei die langwierige Flucht, die sie hinter sich hatte, in ruckartigen Sequenzen wiederkehrte. Sie lag regungslos da und bemühte sich, langsam aufzuwachen und die Träume nicht zu verlassen, ohne gut gerüstet zu sein. Die ersten schwierigen Minuten des Morgens entschieden darüber, wie ihr Tag aussehen würde. Im Moment des eigentlichen Erwachens war ihr, als sei sie von Fallgruben umgeben.

Während der drei Monate, die sie sich nun schon im Flüchtlingslager befand, hatte sie ein Ritual erfunden und es täglich Stück für Stück ausgebaut, bis sie die beste und sicherste Art gefunden zu haben meinte, den Tag zu beginnen, ohne daß sie sogleich in Panik verfiel. Hauptsächlich kam es darauf an, nicht sofort von dem unbequemen Zeltbett aufzuspringen, in der falschen Hoffnung, gerade an diesem Tag würde etwas Entscheidendes geschehen. Nichts geschah, das wußte sie inzwischen. Es war die erste und entscheidende Lektion, die sie hatte lernen müssen, nachdem sie sich an dem steinigen europäischen Strand an Land geschleppt hatte und von bedrohlichen Schäferhunden und bewaffneten spanischen Grenzsoldaten empfangen worden war. Ein Flüchtling zu sein hieß, daß man allein war. Diese Erfahrung galt für alle, unabhängig davon, woher sie ursprünglich stammten oder aus welchen Motiven sie aufgebrochen waren, um sich nach Europa durchzuschlagen. Sie war allein, und sie tat gut daran, nicht zu erwarten, daß diese Einsamkeit enden würde. Sie würde eine Zeitlang davon umschlossen sein, vielleicht eine sehr lange Zeit.

Mit geschlossenen Augen lag sie in dem unbequemen Bett und ließ die Gedanken sich vorsichtig zur Oberfläche hinauftasten. Wie sah ihr Leben eigentlich aus? Mitten in all dem, was unklar und verwirrend war, hatte sie nur einen einzigen Anhaltspunkt. Sie befand sich eingesperrt in einem Flüchtlingslager in Südspanien, nachdem sie das Glück gehabt hatte zu überleben, während fast alle anderen ertrunken waren, alle an Bord des morschen Schiffs, das sie von Afrika herübergebracht hatte. Sie erinnerte sich noch an die großen Erwartungen, die den dunklen Laderaum erfüllt hatten. Die Freiheit hat einen Duft, dachte sie. Der um so stärker wurde, wenn die Freiheit nur ein paar Seemeilen entfernt lag. Freiheit, Sicherheit, ein Leben, in dem nicht Furcht und Hunger und Hoffnungslosigkeit regierten.

Es war ein Laderaum voller Träume, dachte sie mitunter, aber vielleicht wäre es richtiger zu sagen, es war ein Laderaum voll Illusionen. Alle, die da in der Dunkelheit an dem marokkanischen Strand gewartet hatten, in den Händen gieriger und rücksichtsloser Menschenschmuggler aus verschiedenen Erdteilen, waren in der nächtlichen Finsternis zu dem Schiff gerudert worden, das verdunkelt auf Reede lag. Matrosen, die wie Schatten auftauchten, hatten sie zischend in den Laderaum hinuntergescheucht, als wären sie die Sklaven der heutigen Zeit.

Allerdings hatten sie keine Eisenketten an den Füßen getragen, die Fesseln waren ihre Träume gewesen, ihre Verzweiflung, die große Furcht, die sie dazu getrieben hatte, aus verschiedenen irdischen Höllen aufzubrechen, um sich zur Freiheit in Europa durchzuschlagen. Wie nahe waren sie ihr gewesen, als das Schiff auf Grund lief und die griechischen Matrosen sich in den Rettungsbooten davonmachten und die Menschen, die unten im Laderaum hockten, sich selbst überließen.

Europa hat uns aufgegeben, ehe wir überhaupt angekommen sind, dachte sie. Das darf ich nie vergessen, wie auch immer es mir in Zukunft ergehen wird. Wie viele von ihnen ertrunken waren, wußte sie nicht, wollte es auch gar nicht wissen. Die Schreie, die abgebrochenen Hilferufe, hallten noch wie ein pochender Schmerz in ihrem Kopf wider. Wie sie da in dem kalten Wasser lag, war sie zuerst von all diesen Rufen umgeben gewesen, die dann jedoch nach und nach verstummt waren. Als sie gegen eine Klippe stieß, war ein Triumphgefühl in ihr aufgestiegen. Sie hatte überlebt, sie war am Ziel. An was für einem Ziel? Wovon sie auch geträumt haben mochte, sie hatte es zu vergessen versucht. Jedenfalls war nichts so geworden, wie sie es sich vorgestellt hatte.

In der Dunkelheit an dem kalten spanischen Strand war sie von den Lichtern plötzlich aufflammender Scheinwerfer geblendet worden, dann hatten die Hunde sie aufgespürt, und die Soldaten mit ihren glänzenden Gewehren hatten sie mit müden Augen betrachtet. Sie hatte überlebt.

Das war aber auch alles. Weiter geschah nichts. Man hatte sie in ein Lager gesteckt, das aus Baracken und Zelten bestand, mit defekten Duschräumen und verdreckten Klosetts. Jenseits des Zauns hatte sie das Meer gesehen, das sie aus seinem Griff entlassen hatte, aber sonst nichts, nichts von dem, wovon sie geträumt hatte.

Die Insassen des Flüchtlingslagers, all diese Menschen mit ihren verschiedenen Sprachen und Kleidern und den entsetzlichen Erlebnissen, von denen sie Zeugnis ablegten, meist schweigend, zuweilen mit Worten, verband nur eins: sie hatten nichts zu erwarten. Viele von ihnen befanden sich schon seit mehreren Jahren im Lager. Nirgends gab es ein Land, das sie aufnehmen wollte, und alles, worum sie noch kämpften, war, zu verhindern, daß man sie zurückschickte. Einmal, beim Warten auf eine der drei täglichen Essensrationen, hatte sie mit einem jungen Mann aus dem Iran gesprochen, oder vielleicht auch aus dem Irak – woher die Menschen kamen, ließ sich selten wirklich klären, da alle schwindelten und ihre wahre Identität verbargen, in der Hoffnung, das könnte ihnen zum Asyl in einem Land verhelfen, das aus unberechenbaren und unerklärlichen Gründen plötzlich seine Tore öffnete. Der Mann, der vielleicht aus dem Iran oder aus dem Irak stammte, hatte gesagt, das Lager sei wie eine einzige große Todeszelle, ein einziger langer Todeskorridor, wo eine lautlose Glocke jedem die Stunde schlug. Sie hatte verstanden, was er meinte, sich aber gegen den Gedanken zu wehren versucht, er könnte recht haben.

Er hatte sie mit traurigen Augen angesehen. Das hatte sie erstaunt. Seit sie der Kindheit entwachsen und zur Frau geworden war, hatten alle Männer sie mit Augen betrachtet, die auf die eine oder andere Weise einen Hunger ausdrückten. Doch dieser hagere Mann schien weder ihre

Schönheit noch ihr Lächeln bemerkt zu haben. Das hatte ihr angst gemacht. Sie konnte den Gedanken, daß Männer sich nicht sofort für sie interessierten, ebensowenig ertragen wie die Vorstellung, diese lange, verzweifelte Flucht sei vergeblich gewesen. Genau wie alle anderen, denen es nicht gelungen war, durch die Maschen des Netzes zu schlüpfen, und die statt dessen in dem spanischen Auffanglager gelandet waren, klammerte sie sich trotz allem an die Hoffnung, die Flucht würde irgendwann ein Ende haben. Eines Tages würde auf wundersame Weise vor jedem von ihnen eine Person stehen, mit einem Papier in der Hand und einem Lächeln auf den Lippen, und sagen: Willkommen.

Um nicht vor lauter Hoffnungslosigkeit verrückt zu werden, galt es, sich in Geduld zu üben, das hatte sie frühzeitig begriffen. Und Geduld konnte nur aus dem Gefühl entstehen, daß nichts geschehen würde, und dadurch, daß sie sich aller Erwartungen entledigte. Im Lager kam es oft vor, daß Menschen sich das Leben nahmen oder wenigstens einen ernsthaften Versuch machten. Sie hatten nicht gelernt, ihre Erwartungen wirksam genug zu bekämpfen, und waren schließlich unter der Last zusammengebrochen, die aus der Überzeugung resultierte, alle Träume würden sich sofort verwirklichen lassen.

Jeden Morgen, während sie langsam erwachte, redete sie sich also ein, es sei das Allerbeste für sie, überhaupt keine Erwartungen zu haben. Und nicht preiszugeben, aus welchem Land sie kam. Das Flüchtlingslager war ein einziger summender Bienenstock von Gerüchten, welche Herkunftsländer zur Zeit als diejenigen galten, bei denen man die größten Chancen hatte, mit der Garantie auf Asylrecht entlassen zu werden. Es war, als sei das Lager ein Markt, auf dem verschiedene Länder und Asylmöglichkeiten an einer Börse notiert wurden, die ständig dramatische Veränderungen durchlief. Keine Investition war sicher oder dauerhaft.

Zu Beginn ihres Aufenthalts im Lager hatte Bangladesch ganz oben auf der Liste gestanden. Aus einem den Flüchtlingen unbekannten Grund bewilligte Deutschland auf einmal all denjenigen Asyl, die aus Bangladesch kamen. Einige intensive Tage lang standen schwarze, braune, hellhäutige, schlitzäugige Menschen vor den kleinen Büros an, in denen erschöpfte spanische Beamte hinter ihren Tischen saßen, und wiederholten mit großer Treuherzigkeit, ihnen sei plötzlich eingefallen, daß sie aus Bangladesch kämen. Auf diese Weise waren zumindest vierzehn Chinesen nach Deutschland gelangt. Ein paar Tage darauf hatte Deutschland »Bangladesch geschlossen«, und nach dreitägigem ungewissen Warten hatte sich das Gerücht verbreitet, Frankreich sei bereit, eine begrenzte Anzahl von Kurden aufzunehmen.

Vergeblich hatte sie versucht herauszufinden, woher die Kurden eigentlich kamen und wie sie aussahen. Doch sie stellte sich gehorsam in eine der Warteschlangen, und als sie an der Reihe war, bei dem rotäugigen Beamten einzutreten, der ein Namensschild trug, auf dem »Fernando« stand, hatte sie mit ihrem schönsten Lächeln gesagt, sie suche in Frankreich Asyl, da sie von Geburt Kurdin sei. Fernando hatte nur den Kopf geschüttelt.

– Welche Farbe hat deine Haut? fragte er.

Sofort ahnte sie die Gefahr. Aber sie mußte antworten. Die spanischen Beamten mochten keine Menschen, die die Auskunft verweigerten. Was immer man sagte, und seien es auch größtenteils Lügen, so war es immer noch besser als das Schweigen.

– Du bist schwarz, beantwortete Fernando selbst seine

Frage. Und es gibt keine schwarzen Menschen, die Kurden sind. Kurden sehen aus wie ich. Nicht wie du.

– Es kann Ausnahmen geben. Mein Vater war kein Kurde. Aber meine Mutter.

Fernandos Augen schienen sich immer mehr zu röten. Sie lächelte fortwährend, das war ihre stärkste Waffe, seit eh und je.

– Was hat dein Vater in Kurdistan gemacht?

– Geschäfte.

Fernando triumphierte.

– Es gibt kein Kurdistan. Jedenfalls nicht offiziell. Gerade deswegen verlassen die Kurden ihr Land.

– Wie können sie ein Land verlassen, das es nicht gibt?

Fernando hatte nicht die Kraft, ihr zu erklären, wie ein Land, daß es nicht gab, trotzdem existieren konnte. Abwehrend winkte er mit der Hand.

– Ich sollte dich anzeigen, weil du lügst, sagte er.

– Ich lüge nicht.

Sie meinte plötzlich, einen Funken des Interesses in Fernandos Augen zu erkennen.

– Du sagst also die Wahrheit?

– Kurden lügen nicht.

Der Funke in Fernandos Augen erlosch.

– Geh, sagte er. Das ist das Beste, was du tun kannst. Wie heißt du?

In diesem Moment beschloß sie, sich einen neuen Namen zuzulegen. Hastig schaute sie sich im Zimmer um und entdeckte die Teetasse auf Fernandos Tisch.

– Tea-Bag, erwiderte sie.

– Tea-Bag?

– Tea-Bag.

– Ist das ein kurdischer Name?

– Meine Mutter mochte englische Namen.

– Ist Tea-Bag wirklich ein Name?

– Das muß er wohl sein, da ich so heiße.

Fernando seufzte und schickte sie mit einer müden Handbewegung weg. Sie verließ das Zimmer, und sie knipste ihr Lächeln erst aus, als sie auf den Hof hinausgekommen war und einen Platz am Zaun gefunden hatte, wo sie allein sein konnte.

Fortwährend trommelte der Regen gegen die Zeltplane. Sie verscheuchte die Gedanken an Fernando und ihren mißglückten Versuch, sich eine überzeugende kurdische Identität zuzulegen. Statt dessen versuchte sie, sich die unruhigen und wilden Träume ins Gedächtnis zu rufen, die während der Nacht durch ihren Kopf gerast waren. Doch alles, was davon übrig war, wie die Ruine eines niedergebrannten Hauses, waren die verschwommenen Schatten, die sie umgeben hatten, während sie schlief, Schatten, die aus ihrem Kopf zu kriechen schienen, um ihre eigentümlichen Schauspiele aufzuführen und dann wieder hinabzutauchen in die tiefen Verliese des Gehirns. Sie hatte ihren Vater daheim im Dorf auf dem Dach hocken sehen. Er hatte einem seiner eingebildeten Feinde Schimpfwörter zugebrüllt und gedroht, die Toten lebendig und die Lebenden tot zu machen, und er war da oben auf dem Dach sitzen geblieben, bis er vor Erschöpfung das Bewußtsein verlor, herunterrollte und in dem trockenen Sand landete, wo Tea-Bags verzweifelte Mutter ihn weinend angefleht hatte, wieder normal zu werden und nicht mehr gegen seine unsichtbaren Feinde zu kämpfen.

Aber jetzt, da Tea-Bag aufwachte, war nichts von alledem geblieben. Nichts als das geschwärzte Bild ihres Vaters dort oben auf dem Dach. Auch von den anderen Träumen war kaum etwas übrig, nur vereinzelte Düfte oder die flüchtige Erscheinung von Menschen, die sie nicht genau identifizieren konnte.

Tea-Bag zog die fleckige Decke bis zum Kinn. Vielleicht war sie selbst es, die auf dem Dach gesessen hatte, eingeschlossen in denselben Schmerz, den ihr Vater in sich getragen hatte? Sie wußte es nicht, fand keine Antwort. Der Regen trommelte gegen die Zeltplane, das schwache Licht, das durch ihre geschlossenen Lider sickerte, sagte ihr, daß es sieben Uhr war oder vielleicht halb acht. Mit den Fingern tastete sie nach ihrem Handgelenk. Dort hatte sie die Uhr getragen, die sie dem italienischen Ingenieur an dem Abend vor der letzten Etappe ihrer langen Flucht gestohlen hatte. Doch während der Nacht auf dem verrosteten Schiff war sie ihr abhanden gekommen, vermutlich, als sie sich verzweifelt aus dem Laderaum nach oben gekämpft hatte. Noch immer hatte sie nur vage Erinnerungen an das, was tatsächlich in jener Nacht geschehen war, als das Schiff eine unterseeische Klippe gerammt hatte und dann rasch versunken war. Da waren keine Einzelheiten, nichts als ihr verzweifelter Kampf zusammen mit den anderen Flüchtlingen zu überleben, nicht hinabgezogen zu werden und nur wenige Meter vom Uferstreifen entfernt, welcher die Freiheit bedeutete, zu sterben.

Tea-Bag schlug die Augen auf und betrachtete die Zeltplane. Von draußen hörte sie Geräusche von Menschen, die husteten oder Worte in einer Sprache wechselten, die sie nicht verstand. Sie konnte hören, daß sie sich langsam bewegten, genau wie sie es selber beim Aufstehen tun würde, Bewegungen, wie sie nur Menschen ohne Hoffnung machen. Schwere, widerwillige Schritte, da ihnen jedes Ziel fehlte. Anfangs hatte sie im Lager die Tage gezählt, sie mit einer Reihe aus kleinen weißen Steinen markiert, die sie am Strand auflas, gleich neben dem Zaun. Aber später hatte auch das seinen Sinn verloren. In dieser Zeit, der ersten im Lager, hatte sie das Zelt mit zwei anderen Frauen geteilt, die eine kam aus dem Iran, die andere aus Ghana. Sie hatten einander nicht ausstehen können und sich den begrenzten Raum des Zelts streitig gemacht. Flüchtlinge waren einsame Wesen, ihre Angst machte sie unfähig, die allzu große Nähe anderer Menschen zu ertragen, als wären die Trauer und die Verzweiflung der anderen ansteckend und könnten zu unheilbaren Infektionen führen.

Die Frau aus dem Iran war schwanger gewesen, als sie im Zelt einquartiert wurde, und hatte nächtelang geweint, weil ihr Mann auf irgendeiner Etappe der langen Flucht verlorengegangen war. Als die Wehen einsetzten, waren die spanischen Wachen mit einer Trage erschienen, und seitdem hatte Tea-Bag sie nie wieder zu Gesicht bekommen. Das Mädchen aus Ghana hatte zu den Ungeduldigen gehört, zu jenen, die keinen Zaun sehen können, ohne sofort zu beschließen, ihn zu überwinden. Zusammen mit ein paar Jungen aus Togo, die mit einem Floß aus leeren, aus einem Shell-Lager gestohlenen Fässern nach Europa gekommen waren, hatte sie eines Nachts versucht, über den Zaun zu klettern. Aber die Hunde und die Scheinwerfer hatten sie eingefangen, und sie war nicht ins Zelt zurückgekehrt. Tea-Bag ahnte, daß sie sich jetzt in dem Sektor des großen Auffanglagers befand, in dem diejenigen, die einen Fluchtversuch unternommen hatten, unter strengerer Bewachung gehalten wurden als jene, die gehorsam waren und nur der Resignation und dem Schweigen anheimfielen.

Tea-Bag setzte sich in ihrem Feldbett auf. Die Einsamkeit, flüsterte sie vor sich hin, ist mein stärkster Schmerz. Ich kann dieses Zelt verlassen und bin sogleich von Menschen umgeben, ich esse zusammen mit ihnen, mache Spaziergänge am Zaun entlang und betrachte das Meer in ihrer Gesellschaft, ich rede mit ihnen, aber trotzdem bin ich allein. Alle Flüchtlinge sind allein, umgeben von unsichtbaren Wänden aus Angst. Wenn ich überleben will, muß ich aufhören zu hoffen.

Sie stellte die Füße auf den Boden des Zeltes und fröstelte von der Kälte, die durch die Fußsohlen nach oben stieg. Im selben Moment dachte sie wieder an ihren Vater. Immer, wenn er überraschend auf Schwierigkeiten stieß, oder vielleicht nur, wenn ihn ein Gedanke unvorbereitet traf, hatte er die Füße fest auf den Boden der Hütte oder in den Sand des Hofs gestemmt. Das gehörte zu ihren frühesten Erinnerungen im Leben, die Entdeckung des Rätselhaften und Überraschenden, das die Menschen, die ihr nahestanden, mitunter plötzlich an den Tag legten. Später, als sie sechs, sieben Jahre alt war, hatte ihr der Vater erklärt, ein Mensch müsse sich immer um einen festen Stand bemühen, wenn ihn Sorgen oder unerwartete Plagen heimsuchten. Solange sie diese Regel beherzigte, würde sie auch nie die Kontrolle über sich selbst verlieren.

Jetzt stemmte sie die Füße fest gegen die Zeltplane und redete sich ein, auch an diesem Tag würde nichts Entscheidendes geschehen. Geschah etwas, würde es als Überraschung kommen, nicht als etwas, worauf sie ungeduldig gewartet hatte.

Lange saß Tea-Bag regungslos da und wartete darauf, daß die Kraft sich einfinden und sie erfüllen würde, die Kraft, noch einen weiteren Tag in diesem Lager zu ertragen, das von Menschen bevölkert war, die ihre Herkunft verleugnen mußten und ständig nach Anzeichen dafür suchten, daß auch sie irgendwo in der Welt willkommen sein könnten. Daß es Türen gab, die ihnen aufgetan würden, manchmal nur für wenige Stunden, manchmal für Tage oder Wochen.

Als sie sich stark genug fühlte, stand sie auf und tauschte das verschlissene Nachthemd gegen ein T-Shirt aus, das sie von dem Mädchen aus Ghana erhalten hatte, mit einem Bild und einem Werbetext von Nescafé darauf. Sie dachte, der Text auf dem weißen Hemd verberge tatsächlich ihre Identität, ähnlich wie die Tarnanzüge, welche die Militärs an jenem entsetzlichen Morgen getragen hatten, als sie zwischen den Hütten auftauchten und ihren Vater abführten, für immer.

Rasch schüttelte sie diese Gedanken ab. In regelmäßigen Abständen träumte sie davon, wie er auf dem Dach hockte, bis er vor Erschöpfung das Bewußtsein verlor und zu Boden fiel. Mitunter dachte sie an seine Füße, die sich gegen den Boden stemmten. Aber an sein Verschwinden zu denken, war ihr nur abends möglich. Da war sie am stärksten, direkt vor Sonnenuntergang, einige kurze Minuten lang, wenn sie von übermenschlichen Kräften erfüllt schien. Danach war es, als ob sie langsam zu fallen anfinge, ihr Puls wurde schwächer, und ihr Herz versuchte sein hartnäckiges Pochen tief in einem der geheimen Räume ihres Körpers zu verbergen.

Tea-Bag schlug die Zeltplane zurück. Es hatte aufgehört zu regnen. Feuchter Dunst hing über dem Lager, die langen Reihen der Baracken und Zelte standen da wie angepflockte, schmutzige Tiere. Menschen bewegten sich langsam auf Ziele zu, die nur in ihrem Inneren existierten, draußen vor dem Zaun patrouillierten die Wachen mit ihren glänzenden Waffen und den Hunden, die immerzu aufs Meer hinauszuspähen schienen, als seien sie darauf abgerichtet, die Gefahren stets von dort kommen zu sehen, Gefahren in Form von morschen Schiffen mit einer Unzahl verzweifelter Menschen in den Laderäumen oder von sonderbaren selbstgebastelten Flößen oder von Ruderbooten, sogar von herausgebrochenen Türen, die den Menschen als Schwimmbretter dienten.

Ich bin hier, dachte Tea-Bag. Das ist der Mittelpunkt meines Lebens, hier befinde ich mich im Zentrum der Welt. Hinter mir liegt nichts, vielleicht liegt auch nichts vor mir. Ich bin hier, weiter nichts. Ich bin hier, und ich erwarte nichts.

Wieder war ein Tag angebrochen. Tea-Bag ging hinüber zu einer der Baracken, in der sich die Duschen befanden, die von den Frauen im Lager benutzt wurden. Wie üblich stand eine lange Warteschlange davor. Nach einer guten Stunde war sie an der Reihe. Sie schloß die Tür hinter sich, schlüpfte aus den Kleidern und stellte sich unter den Wasserstrahl. Dabei stieg in ihr die Erinnerung an die Nacht auf, in der sie dem Ertrinken nahe gewesen war. Der Unterschied, dachte sie, während sie ihren schwarzen Körper einseifte, der Unterschied ist etwas, das ich eigentlich nicht verstehen kann. Ich lebe, aber ich weiß nicht, warum, und ich weiß auch nicht, wie es ist, tot zu sein. Nachdem sie sich abgetrocknet und angezogen hatte, machte sie der nächsten Frau in der Schlange Platz, einem dicken Mädchen, das einen schwarzen Schal um den Kopf gewikkelt hatte, so daß nur die Augen herausschauten wie zwei tiefe Löcher. Zerstreut überlegte Tea-Bag, ob das Mädchen den Schal ablegte, wenn es sich wusch.

Sie setzte ihren Weg zwischen den Baracken und Zelten fort. Wenn jemand ihren Blick erwiderte, lächelte sie. Unter einem provisorisch errichteten Blechdach auf einem offenen Platz holte sie sich bei einigen rundlichen, schwitzenden Spanierinnen, die bei der Essensausgabe pausenlos miteinander schwatzten, ihre Ration ab. Tea-Bag setzte sich an einen Plastiktisch, fegte ein paar Brotkrumen weg und begann zu essen. Jeden Morgen fürchtete sie, ihren Appetit verloren zu haben. Mitunter dachte sie, das einzige, was sie am Leben erhielt, sei, daß sie immer noch imstande war, Hunger zu empfinden.

Damit die Zeit verging, aß sie langsam. Dabei dachte sie an die Uhr, die tot am Meeresboden lag. Sie überlegte, ob das Uhrwerk noch lief, oder ob es in dem Moment stehengeblieben war, in dem sie eigentlich gestorben wäre, wenn sie ertrunken wäre wie all die anderen. In ihrer Erinnerung forschte sie nach dem Namen des italienischen Ingenieurs, dem sie in jener einsamen Nacht die Uhr gestohlen hatte, als sie sich verkaufte, um Geld für die Fortsetzung der Flucht zu bekommen. Cartini? Cavanini? Ob es ein Nachname gewesen war, mit dem er sich vorstellte, wußte sie nicht. Aber es spielte auch weiter keine Rolle.

Sie stand vom Tisch auf und ging hinüber zu den Frauen, die mit großen Kellen in den enormen Töpfen fischten, während sie sich mit ihren schnatternden Stimmen unterhielten. Tea-Bag stellte den Teller auf den Geschirrwagen, ging hinunter zum Zaun und blickte auf das Meer hinaus. Irgendwo weit draußen im Dunst zog ein Schiff vorüber.

– Tea-Bag, hörte sie eine Stimme sagen.

Sie drehte sich um. Es war Fernando, der sie mit seinen geröteten Augen betrachtete.

– Jemand will mit dir reden, fuhr er fort.

Sogleich wurde sie mißtrauisch.

– Wer?

Fernando zuckte mit den Schultern.

– Jemand will mit dir reden. Er will mit irgend jemand reden. Egal mit wem. Also will er mit dir reden.

– Niemand will mit mir reden.

Jetzt war sie auf der Hut, zeigte ihr großes Lächeln, damit Fernando ihr nicht zu nahe kam.

– Wenn du nicht magst, kann ich jemand anders fragen.

– Wer ist das, der mit mir sprechen will?

Tea-Bag spürte, daß Gefahr im Anzug war. Sie begann zu hoffen, jemand würde ihr eine unsichtbare Öffnung im Zaun zeigen. Um sich zu wappnen, machte sie ihr Lächeln so groß wie möglich.

– Wer?

– Jemand, der sich in den Kopf gesetzt hat, daß er über euch schreiben will.

– Was schreiben?

– Ich vermute, es ist für eine Zeitung.

– Wird er über mich schreiben?

Fernando verzog das Gesicht.

– Ich frage jemand anders, wenn du nicht willst.

Er drehte sich um und ging. Tea-Bag hatte das Gefühl, vor einer der wichtigsten Entscheidungen ihres Lebens zu stehen, entweder am Zaun zurückzubleiben oder Fernando zu folgen.

Sie entschied sich für letzteres.

– Ich möchte gern mit jemandem reden, der mit mir reden will.

– Es wird für dich nicht von Vorteil sein, wenn du die Verhältnisse hier im Lager kritisierst.

Tea-Bag versuchte dahinterzukommen, was er meinte. Die spanischen Wächter gebrauchten immer eine Sprache, bei der das Wesentliche zwischen den Worten lag.

– Was kann für mich von Vorteil sein?

Fernando blieb stehen, kramte einen Zettel aus der Tasche und las vor.

– »Zu meiner Freude habe ich festgestellt, daß die spanischen Behörden unsere Situation mit humanem Wohlwollen betrachten.«

– Was ist das?

– Das, was du sagen sollst. Alle, die hier arbeiten, haben eine Kopie davon. Jemand aus dem Innenministerium hat es verfaßt. Das sollen alle antworten, die von Journalisten befragt werden. So sollst du auch antworten. Es kann für dich von Vorteil sein.

– Was für ein Vorteil?

– Ein Vorteil für dich.

– Was heißt das?

– Daß wir dich weiterhin mit humanem Wohlwollen betrachten werden.

– Was bedeutet das? »Humanes Wohlwollen?«

– Daß du dein Ziel erreicht hast.

– Was für ein Ziel?

– Das Ziel, das du dir selber gesetzt hast.

Tea-Bag beschlich ein Gefühl, als ginge sie mit verbundenen Augen im Kreis herum.

– Bedeutet das, daß ich das Lager verlassen kann?

– Im Gegenteil.

– Was heißt »im Gegenteil«?

– Daß du hier im Lager bleiben darfst.

– Das hätte ich doch auf jeden Fall getan?

– Du kannst zurückgeschickt werden. In das Land, aus dem du kommst. Welches es auch ist.

– Ich habe kein Heimatland.

– Du wirst aus Spanien in das Land ausgewiesen, in dem du dich zuletzt aufgehalten hast.

– Dort wird man mich nicht aufnehmen.

– Natürlich nicht. Du wirst zurückgeschickt, worauf wir dich wieder zurückschicken. Du gerätst in das hinein, was wir die »Kreisbewegung« zu nennen pflegen.

– Was heißt das?

– Daß du dich immer im Kreis herum bewegst.

– Um was herum?

– Um dich selbst.

Tea-Bag schüttelte den Kopf. Sie verstand es nicht. Und es gab nichts, was sie so sehr aufregte, wie etwas nicht zu verstehen.

– Ich habe von einem Mann gehört, der behauptet, er käme aus der Zentralafrikanischen Republik, fuhr Fernando fort. Seit zehn Jahren wohnt er jetzt auf einem Flugplatz in Italien. Niemand will ihn aufnehmen. Da auch niemand ihm einen Flugschein bezahlen will, hielt man es für die billigste Lösung, ihn auf dem Flugplatz wohnen zu lassen.

Tea-Bag zeigte auf den Zettel, den Fernando in der Hand hielt.

– Soll ich das sagen?

– Nur das. Nichts anderes.

Fernando reichte ihr den Zettel.

– Er wartet in meinem Büro.

– Wer?

– Der Journalist. Außerdem hat er einen Fotografen dabei.

– Wozu?

Fernando seufzte.

– Das ist bei denen so üblich.

Vor Fernandos Fenster warteten zwei Männer. Der eine war klein, hatte rote Haare und trug einen flatternden Regenmantel. In der Hand hielt er eine Kamera. Neben ihm stand ein Mann, der sehr groß und dünn war. Tea-Bag fand, er gleiche einer Palme, der Rücken war gekrümmt und er hatte eine buschige Mähne, die gesträubt war wie die Krone des Palmbaums. Fernando deutete auf Tea-Bag und ließ die drei allein. Tea-Bag lächelte. Der Mann, der einer Palme glich, erwiderte ihr Lächeln. Er hatte schlechte Zähne, wie sie sah. Der andere Mann hob die Kamera. Der Regenmantel raschelte.

– Ich heiße Per, sagte der Palmenmann. Wir machen eine Reportage über Flüchtlinge. »Menschen ohne Gesicht« nennen wir sie. Sie handelt von dir.

Etwas an der Art, wie der Mann sprach, veranlaßte Tea-Bag nicht nur zu erhöhter Wachsamkeit. Ihr Lächeln blitzte stärker als je zuvor. Sie war richtig wütend geworden.

– Ich habe ein Gesicht.

Der Palmenmann, der Per hieß, sah sie fragend an, ehe ihm klar wurde, was sie meinte.

– Wir meinen das symbolisch. Als Bild. »Menschen ohne Gesicht«. Solche wie du, die versuchen, nach Europa zu gelangen, aber nicht willkommen sind.

Zum ersten Mal in den Monaten, die sie sich im Lager befand, verspürte sie plötzlich das Bedürfnis, es in Schutz zu nehmen, nicht nur das Lager und die rotäugigen Wächter, sondern auch die Schäferhunde, die dicken Frauen, die ihnen zu essen gaben, die Männer, die die Latrinen leerten. Alle wollte sie in Schutz nehmen, auf dieselbe Weise, wie sie all die Flüchtlinge in Schutz nehmen wollte, die sich im Lager befanden, und alle, die nie ihr Ziel erreicht hatten, die ertrunken oder ausgebrochen waren oder sich in äußerster Verzweiflung das Leben genommen hatten.

– Ich will nicht mit dir reden, sagte sie. Nicht, ehe du dich nicht für die Behauptung entschuldigt hast, ich·hätte kein Gesicht.

Dann wandte sie sich an den Mann im Regenmantel,

der dauernd die Position wechselte und Aufnahmen von ihr machte.

– Ich will nicht, daß du Bilder von mir machst.

Der Mann schrak zusammen und riß die Kamera herunter, als hätte sie ihn geschlagen. In diesem Moment erkannte Tea-Bag, daß sie möglicherweise einen Weg eingeschlagen hatte, der sie in die Irre führen würde. Die beiden Männer, die sie vor sich hatte, waren freundlich, sie lächelten sie an, und ihre Augen waren nicht von Müdigkeit gerötet. Rasch beschloß Tea-Bag, einen Rückzieher zu machen und ihnen zu erlauben, mit ihr zu reden, ohne daß sie sich bei ihr entschuldigten.

– Ihr könnt mit mir reden, sagte sie. Und ihr könnt eure Bilder machen.

Der Mann mit der Kamera knipste sofort wieder los. Ein paar Kinder, die nichts zu tun hatten und im Lager herumspazierten, blieben stehen und beobachteten das Geschehen. Ich spreche für sie, dachte Tea-Bag. Nicht nur für mich selber, sondern auch für sie.

– Wie ist es? fragte der Mann, der Paul oder Peter oder vielleicht Per hieß.

– Wie ist was?

– Hier zu sein?

– Man behandelt mich mit humanem Wohlwollen. Das freut mich.

– Es muß furchtbar sein, hier im Lager zu leben! Wie lange bist du schon hier?

– Ein paar Monate. Oder tausend Jahre.

– Wie heißt du?

– Tea-Bag.

Der Mann, der ihr die Fragen stellte, hatte immer noch nicht gesagt, ob er eine Tür für sie bereithielt, eine Tür, die er öffnen konnte, um sie hinauszuführen.

– Wie bitte?

– Ich heiße Tea-Bag. Auf die gleiche Art wie du Paul heißt.

– Ich heiße Per. Woher kommst du?

Achtung, dachte sie. Ich weiß nicht, was er will. Er kann eine Tür hinter seinem Rücken haben, er kann aber auch jemand sein, der mich zurückschicken will, jemand, der versucht, mir meine Geheimnisse zu entlocken.

– Ich wäre beinahe ertrunken. Etwas hat mich am Kopf getroffen. Ich habe alle meine Erinnerungen verloren.

– Hast du mit einem Arzt gesprochen?

Tea-Bag schüttelte den Kopf. Warum stellte er all diese Fragen? Was wollte er? Wieder wurde sie mißtrauisch, zog sich zurück, so weit sie konnte.

– In diesem spanischen Lager werde ich mit humanem Wohlwollen behandelt.

– Das kannst du doch wohl nicht behaupten? Du sitzt hier doch wie in einem Gefängnis?

Er hat eine Tür, dachte Tea-Bag. Er will herausfinden, ob ich es wert bin, sie zu benutzen. Sie mußte sich zurückhalten, um nicht zu ihm hinzustürzen und ihn zu umarmen.

– Woher kommst du?

Jetzt war sie es, die die Fragen stellte.

– Aus Schweden.

Was war das? Eine Stadt, ein Land, der Name einer Tür? Sie wußte es nicht. Namen von Ländern und Städten summten ständig im Lager herum wie unruhige Bienenschwärme. Aber hatte sie den Namen »Schweden« schon mal gehört? Vielleicht, sie war sich nicht sicher.

– Schweden?

– Skandinavien. Nordeuropa. Wir kommen von dort. Wir wollen eine Artikelserie über Menschen ohne Gesicht schreiben. Flüchtlinge, die verzweifelt versuchen, nach Europa zu gelangen. Wir vertreten deine Sache. Wir wollen, daß du wieder ein Gesicht bekommst.

– Ich habe bereits ein Gesicht. Was fotografiert er denn, wenn ich kein Gesicht habe? Kann man lächeln ohne Zähne, ohne Mund? Ich brauche kein Gesicht. Ich brauche eine Tür.

– Eine Tür? Einen Ort, wo du bleiben kannst? Wo du willkommen bist? Genau aus diesem Grund haben wir die Reise hierher gemacht. Damit du einen Ort findest, wo du bleiben kannst.

Tea-Bag versuchte die Worte zu verstehen, die an ihre Ohren drangen. Jemand, der ihre Sache vertrat? Welche Sache? Der große Mann, der dauernd zu schwanken schien, hatte bestimmt eine Tür im Rücken, die er ihr noch nicht gezeigt hatte.

– Wir möchten, daß du uns deine Geschichte erzählst, sagte er. Die ganze Geschichte. So viel davon, wie du in Erinnerung hast.

– Wozu?

– Weil wir sie weitererzählen wollen.

– Ich will eine Tür. Ich will hier raus.

– Genau darüber werde ich schreiben.

Später sollte Tea-Bag denken, daß sie eigentlich nicht verstanden hatte, wieso sie dem schwankenden Mann vertraute, der ihr all diese Fragen stellte. Aber irgend etwas hatte ihr gesagt, daß sich ihr tatsächlich langsam eine Tür öffnete. Vielleicht hatte sie es gewagt, sich auf ihre Intuition zu verlassen, fest mit beiden Füßen auf dem Boden stehend, genau wie ihr Vater es sie gelehrt hatte, ihr einziges Erbe von ihm. Vielleicht hatte es daran gelegen, daß der Mann, der die Fragen stellte, sich tatsächlich dafür zu interessieren schien, was sie antwortete. Oder daß er keine geröteten, müden Augen hatte. Jedenfalls hatte sie einen Entschluß gefaßt, hatte gesagt: Ja, sie wolle erzählen.

Sie waren in Fernandos Büro gegangen, wo die schmutzige Teetasse sie daran erinnerte, wie sie zu ihrem Namen gekommen war – aber davon sagte sie nichts; sie hatte mit dem angefangen, was tatsächlich wahr war, daß sie irgendwo, in einem Land, dessen Namen sie nicht mehr wußte, einen Vater gehabt hatte, den sie nicht vergessen hatte, und der eines Morgens von Militärs abgeführt worden war, um nie wieder zurückzukehren. Ihre Mutter war drangsaliert worden, weil sie zur falschen Gruppe von Menschen gehörten, als eine andere Gruppe von Menschen an der Macht war, und ihre Mutter hatte ihr geboten zu fliehen, und sie hatte ihr gehorcht. Sie ließ Teile ihrer Geschichte aus und sagte nichts von dem italienischen Ingenieur und wie sie sich an ihn verkauft hatte, um Geld für die Fortsetzung der Flucht zu bekommen. Sie behielt ebenso viele Geheimnisse für sich wie sie preisgab. Aber sie merkte, wie sie von ihrer eigenen Erzählung ergriffen wurde, sie sah, daß der Mann, der seinen kleinen Kassettenrecorder vor sie hingestellt hatte, ebenfalls ergriffen war, und als sie zu der furchtbaren Nacht im Laderaum kam, fing sie an zu weinen.

Sie hatte über vier Stunden erzählt, bis die Worte versiegten. Ab und zu hatte sich Fernando in der Tür gezeigt, und da hatte sie sogleich die Worte über das »humane Wohlwollen« in den Satz eingeschmuggelt, den sie gerade beendete. Und es war, als hätte der Mann, der ihr zuhörte, verstanden, daß sie ihm ein geheimes Signal sandte.

Dann war es vorbei.

Der Mann, der seinen Kassettenrecorder einpackte, hatte ihr keinen Weg aus dem Lager eröffnet. Aber sie hatte trotzdem eine Tür bekommen. Den Namen eines Landes in weiter Ferne: Schweden. Dort gab es Menschen, die gerade ihre Späher zu ihr ausgesandt hatten.

Sie begleitete sie bis zum streng bewachten Tor des Lagers.

– Heißt du nur Tea-Bag? fragte er. Hast du keinen Nachnamen?

– Noch nicht.

Er sah sie fragend an, aber er lächelte, und der Mann mit der Kamera bat einen der Wächter, ein Aufnahme zu machen, auf der sie Tea-Bag in die Mitte nahmen.

Es war einer der letzten Tage des Jahrhunderts.

Gegen Nachmittag begann der Regen wieder zu fallen. An diesem Abend saß Tea-Bag auf ihrem Bett und stemmte die Fußsohlen lange und fest gegen den kalten Boden des Zeltes. Schweden, dachte sie. Da will ich hin. Da muß ich hin. Dort habe ich mein Ziel.

2

Jesper Humlin, der zu den erfolgreichsten Autoren seiner Generation zählte, war mehr um seine Sonnenbräune besorgt als um den Inhalt seiner oft schwer deutbaren Gedichtsammlungen, die er jährlich veröffentlichte, immer mit dem 6. Oktober als Erscheinungsdatum, dem Geburtstag seiner jetzt siebenundachtzigjährigen Mutter. Genau an diesem Morgen, einige Monate nach dem zuletzt publizierten Band, betrachtete er sein Gesicht im Badezimmerspiegel und konnte feststellen, daß die Sonnenbräune eine Tiefe und Ebenmäßigkeit erreicht hatte, die der Idealvorstellung von einem Mann in den besten Jahren sehr nahe kam. Vor wenigen Tagen war Jesper Humlin von einer monatelangen Reise in die Südsee, wo er zwei Wochen auf den Salomoninseln und den Rest der Zeit auf Rarotonga verbracht hatte, in ein eher kühles Schweden zurückgekehrt.

Da er stets komfortabel reiste und die teuersten Hotels bevorzugte, wäre diese Reise nicht möglich gewesen, hätte er nicht »Das Nylandersche Legat« von 80 000 Kronen erhalten. Das Legat war im Jahr zuvor erstmals verliehen worden. Der Stifter war ein Hemdenfabrikant in Borås, der sein ganzes Leben hindurch den hoffnungslosen Traum gehegt hatte, ein Poet zu werden. Zu seiner herben Enttäuschung hatte er erleben müssen, wie sich seine Dichterträume in ein lebenslanges Gerangel mit arroganten Hemdendesignern, mißtrauischen Gewerkschaften und verständnislosen Steuerbehörden verwandelten. Seine gesamte Zeit hatte er darauf verwenden müssen, in einem ewigen Kreislauf Entscheidungen über Button-down-Kragen, Farbtöne und Stoffqualität zu treffen. Als Versuch, sich mit seiner eigenen Enttäuschung auszusöhnen, hatte er dann ein Legat gestiftet, zugunsten von »schwedischen Schriftstellern, die der Ruhe bedürfen, um ein begonnenes lyrisches Werk zu vollenden«. Der erste Stipendiat war Jesper Humlin.

Das Telefon klingelte.

– Ich will ein Kind.

– Jetzt sofort?

– Ich bin einunddreißig Jahre alt. Entweder wir bekommen ein Kind, oder wir machen Schluß.

Es war Andrea. Sie war Anästhesieschwester und klopfte nie an Türen. Jesper Humlin hatte sie vor ein paar Jahren bei einer Lesung kennengelernt, als er beschlossen hatte, sein unruhiges Leben als Single aufzugeben und eine Frau zu finden, mit der er zusammenleben konnte. Andrea mit ihrem schmalen Gesicht und den langen, dunklen Haaren war eine attraktive Frau. Ihre ermunternden Worte über seine Gedichte hatten es ihm sofort angetan. Wenn sie wütend auf ihn war, was oft vorkam, warf sie ihm vor, er hätte sie gewählt, weil er eine in Krankenpflege erfahrene Person um sich haben wollte, da er in seiner hypochondrischen Vorstellungswelt dauernd an irgendwelchen lebensgefährlichen Krankheiten litt.

Er hörte gleich, daß sie wütend war. Jesper Humlin wollte Kinder haben, viele Kinder. Allerdings nicht sofort und nicht unbedingt mit Andrea. Aber eine Diskussion, in der er diese Gedanken äußern würde, führte er natürlich nicht mit ihr. Jedenfalls nicht am Telefon.

– Natürlich werden wir Kinder haben, erwiderte er. Viele Kinder.

– Ich glaube dir nicht.

– Warum nicht?

– Du bist ein Mensch, der dauernd seine Meinung über alles mögliche ändert. Nur nicht darüber, daß wir Kinder haben werden, aber damit warten sollten. Ich bin einunddreißig.

– Das ist kein Alter.

– Für mich schon.

– Vielleicht könnten wir später darüber reden? Ich habe einen wichtigen Termin.

– Was für einen Termin?

– Mit meinem Verleger.

– Wenn du diesen Termin für wichtiger hältst als das Telefongespräch, das du gerade mit mir führst, dann will ich, daß wir uns trennen. Es gibt andere Männer.

Jesper Humlin fühlte, wie ihn die Eifersucht überfiel und rasch ein bedrohliches Ausmaß annahm.

– Was für Männer?

– Männer. Irgendwelche.

– Willst du damit sagen, du bist bereit, mich gegen jeden x-beliebigen auszutauschen?

– Ich will nicht länger warten.

Jesper Humlin merkte, daß ihm die Kontrolle über das Gespräch entglitt.

– Du weißt, daß es mir nicht guttut, morgens Gespräche wie dieses zu führen.

– Du weißt, daß ich abends nicht darüber reden kann. Ich brauche meinen Schlaf, weil ich eine Arbeit habe, die in aller Frühe anfängt.

Das Schweigen wanderte zwischen ihnen hin und her.

– Was hast du eigentlich in der Südsee getrieben?

– Ich habe mich erholt.

– Du tust nichts anderes, als dich zu erholen! Warst du mir wieder untreu?

– Ich war nicht untreu. Warum sollte ich?

– Warum nicht? Gewöhnlich bist du das doch.

– Du *glaubst*, daß ich das wäre. Aber du irrst dich. Ich bin in die Südsee gefahren, um mich zu erholen.

– Wovon?

– Ich schreibe zufällig Bücher.

– Ein Buch pro Jahr. Das vierzig Gedichte enthält. Was macht das? Weniger als ein Gedicht pro Woche.

– Du vergißt, daß ich außerdem eine Weinkolumne in einer Zeitung habe.

– Einmal im Monat. In einer Personalzeitung für Schneider, die nicht lesen. Ich hätte es nötig gehabt, in die Südsee zu fahren und mich zu erholen.

– Ich habe dir angeboten, mich zu begleiten.

– Weil du wußtest, daß ich mir nicht frei nehmen konnte. Aber jetzt werde ich mir frei nehmen. Ich habe etwas Dringendes zu tun.

– Was denn?

– Ich werde ein Buch schreiben.

– Worüber?

– Über uns.

Jesper Humlin spürte, wie sich sein Magen verkrampfte. Von allen Gewitterwolken, die ständig an seinem inneren Himmel hingen, war der Gedanke, Andrea könnte sich ihm als Schriftstellerin überlegen zeigen, die dunkelste. Jedesmal, wenn sie andeutete, sie wolle jetzt Ernst machen mit ihren Plänen, fühlte er sich in seiner gesamten Existenz bedroht. Er lag nachts wach und stellte sich vor, wie sie sensationelle Rezensionen bekam, in den Himmel gehoben wurde und ihn in eine zweitrangige Liga von Schriftstellern verwies. Sobald ihre schriftstellerischen Ambitionen erwachten, widmete er ihr fast seine gesamte Zeit, kochte für sie, erklärte ihr, was für endlos sich hinziehende Qualen das Schreiben bereitete, und hatte sie bisher immer so weit bekommen, daß sie ihre Pläne einstweilen auf Eis legte.

– Ich möchte nicht, daß du ein Buch über uns schreibst.

– Warum nicht?

– Ich möchte mein Privatleben für mich behalten.

– Wer hat gesagt, daß ich ein Buch über dein Privatleben schreiben will?

– Wenn das Buch von uns handelt, handelt es notgedrungen von meinem Privatleben.

– Ich kann dich Anders nennen.

– Was macht das für einen Unterschied?

Jesper Humlin versuchte dem Gespräch eine andere Wendung zu geben.

– Ich habe über das nachgedacht, was du gesagt hast.

– Daß du untreu warst?

– Ich war nicht untreu. Wie oft muß ich das noch sagen?

– Bis ich dir glaube.

– Wann wirst du das tun?

– Niemals.

Jesper Humlin fand es am besten, einen Rückzieher zu machen.

– Ich habe nachgedacht. Das kannst du mir wirklich glauben.

– Zu welchem Schluß bist du gekommen?

– Daß du recht hast. Wir werden uns Kinder zulegen.

Ihre Stimme drückte einen starken Zweifel aus.

– Bist du krank?

– Warum sollte ich krank sein?

– Ich glaube dir nicht.

– Ich bin nicht krank. Ich meine, was ich sage. Ich bin ein sehr ernsthafter Mann.

– Du bist kindisch und eitel. Meinst du das ernst?

– Ich bin weder kindisch noch eitel.

– Meinst du das wirklich ernst? Daß wir nicht länger warten sollen?

– Jedenfalls bin ich bereit, die Sache in Erwägung zu ziehen.

– Jetzt klingst du wie ein Politiker.

– Ich bin Poet. Nicht Politiker.

– Vom Telefonieren kriegt man keine Kinder. Ich komme zu dir nach Hause.

– Was soll das heißen?

– Was meinst du wohl? Wenn wir Kinder haben wollen, müssen wir miteinander ins Bett gehen.

– Das geht nicht. Ich habe eine Verabredung mit meinem Verleger.

Andrea knallte den Hörer auf die Gabel. Jesper Humlin kehrte ins Bad zurück und betrachtete erneut sein Gesicht im Spiegel, sah aber durch die Sonnenbräune hindurch auf die warmen Abende auf den Salomoninseln und Rarotonga. Ich will keine Kinder haben, dachte er. Jedenfalls nicht mit Andrea.

Jesper Humlin seufzte, verließ das Bad und holte sich in der Küche eine Tasse Kaffee. Im Arbeitszimmer überflog er einen Stapel mit Rezensionen aus verschiedenen Provinzzeitungen, von der Presseabteilung des Verlags sorgfältig ausgewählt. Jesper Humlin hatte klare Anweisungen gegeben, was er zu Gesicht zu bekommen wünschte. Er las ausschließlich die guten Rezensionen, und in einem altmodischen Journal, das er im Schreibtisch verwahrte, führte er seit vielen Jahr Buch darüber, welche Zeitungen und Rezensenten ihn weiterhin feierten und ihn als »den herausragenden Vertreter der reifen Poesie am Ende des 20. Jahrhunderts« betrachteten.

Jesper Humlin las, was geschrieben stand, trug seine Kommentare in das Journal ein, stellte fest, daß der Eskilstuna-Kurier ihm wiederum eine nach seinem Geschmack allzu unbedeutende Rezension verpaßt hatte, stand dann auf und ging zum Fenster. Andreas jüngster Ausbruch beunruhigte ihn. Es bestand die Gefahr, daß er sich bald würde entscheiden müssen, ob er ihr ein Kind machte oder es riskierte, daß sie sich tatsächlich hinsetzte und ihr Buch schrieb.

Der Tag verging, während er seine Probleme wälzte. Als es sieben war, verließ er die Wohnung, nachdem er ein Taxi bestellt und genau darauf geachtet hatte, ob die Telefonistin in der Zentrale seinen Namen kannte. Er setzte sich ins Auto und nannte dem Fahrer die Adresse. Der Mann am Steuer war Afrikaner und sprach schlecht Schwedisch. Irritiert dachte Jesper Humlin, daß er den Weg zu dem kleinen Restaurant in der Altstadt bestimmt nicht finden würde, zu dem er unterwegs war, allerdings nicht, um seinen Verleger zu treffen, sondern zu einer anderen Verabredung, die mindestens ebenso wichtig war.

Einmal im Monat traf er sich mit seinem gleichaltrigen Schriftstellerkollegen Viktor Leander. Sie kannten sich seit der Zeit, als sie beide jung und unveröffentlicht waren, und es war zu einer festen Gewohnheit geworden, daß sie sich in monatlichen Abständen zusammensetzten, um ihren Marktwert zu vergleichen und sich insgeheim gegenseitig auszuhorchen. Ihre Beziehung war auf das gemeinsame Wissen gegründet, daß sie einander eigentlich nicht ausstehen konnten. Sie konkurrierten um die gleichen Marktanteile und fürchteten ständig, daß einer von ihnen jene glänzende Idee haben könnte, die den anderen in den Schatten stellen würde.

Der Fahrer fand sich auf Anhieb in den kleinen Gassen der Altstadt zurecht und setzte Jesper Humlin ab, der ein paar tiefe Atemzüge tat, ehe er die Tür öffnete und eintrat. Viktor Leander erwartete ihn am angestammten Ecktisch. Sogleich stellte Jesper Humlin fest, daß er einen neuen Anzug trug und die Haare hatte wachsen lassen. Viktor Leander trat ebenfalls mit Sonnenbräune auf. Vor etwa einem Jahr hatte er sich mit ein paar hochdotierten Artikeln über »elektronische Flügel« in einem Fachblatt für Computerberater ein privates Solarium erschrieben. Jesper Humlin nahm Platz.

– Willkommen daheim.

– Danke.

– Ich habe deine Karte bekommen. Hübsche Briefmarken.

– Die Reise war sehr gelungen.

– Du mußt mir unbedingt davon erzählen.

Jesper Humlin wußte, daß der Mann auf der anderen Seite des Tisches keineswegs daran interessiert war, irgend etwas über die Salomoninseln oder Rarotonga zu hören. Und ihn seinerseits interessierte nicht im geringsten, welche Erlebnisse Viktor Leander gehabt hatte.

Sie bestellten das Essen. Nun kam das Schwierigste, das gegenseitige Aushorchen.

– Ich hatte einen Stapel Debütbücher im Gepäck. Das war kein sonderlich erhebendes Erlebnis.

– Aber nützlich. Ich verstehe genau, was du meinst.

Sich herablassend über Debütanten zu äußern gehörte ebenfalls zum Ritual. War das Buch von einem der jungen Schriftsteller besonders gelobt worden, zerpflückten sie es gern in aller Ausführlichkeit.

Jesper Humlin hob sein Weinglas und prostete ihm zu.

– Was hast du jetzt in Arbeit?

– Einen Kriminalroman.

Fast hätte Jesper Humlin den Wein in die falsche Kehle bekommen.

– Einen Kriminalroman?

– Ich möchte all diese Bestsellerautoren, die nicht schreiben können, in Grund und Boden stampfen. Indem ich den Kriminalroman für literarische Zwecke verwende. Ich lese Dostojewski und lasse mich davon inspirieren.

– Wovon soll er handeln?

– So weit bin ich noch nicht.

Jesper Humlin spürte, wie die Tür zufiel. Natürlich wußte Viktor Leander, worüber er schreiben würde. Aber er wollte nicht riskieren, daß Jesper Humlin ihm die Einfälle klaute.

– Das klingt nach einer glänzenden Idee.

Jesper Humlin merkte, daß er gereizt reagierte. Auf diesen Gedanken hätte er selber kommen sollen. Ein Kriminalroman von einem der bedeutendsten Poeten im Lande würde viel Beachtung finden. Er würde alle Chancen haben, ein Verkaufserfolg zu werden, im Gegensatz zu den kleinen Auflagen, die seine Gedichtsammlungen erzielten. Plötzlich verfluchte er die Reise in die Südsee. Wäre er zu Hause geblieben, wäre derselbe Gedanke, der Viktor Leander gekommen war, gewiß auch in seinem eigenen Kopf aufgetaucht. Hektisch suchte er nach einem Ausweg.

– Ich selbst habe vor, fürs Fernsehen zu schreiben.

Diesmal war Viktor Leander an der Reihe, den Wein im Glas schwappen zu lassen. Als sie sich zuletzt getroffen hatten, wenige Tage vor Jesper Humlins Reise in die Südsee, hatten sie den Abend damit verbracht, über die miserablen Serien im Fernsehen herzuziehen. Jesper Humlin hatte nicht die geringste Absicht, sich als Dramatiker zu betätigen. Das hatte er bereits probiert, ohne Erfolg. Nach zwei Ablehnungen, einmal vom Dramaten und einmal vom Stadsteatern, hatte er beschlossen, seine begrenzten Fähigkeiten auf dem Gebiet der Dramatik zu akzeptieren. Aber die einzige Art, wie er sich gegen Viktor Leanders Kriminalroman zur Wehr setzen konnte, war, eine ebenso überraschende, starke Karte auf den Tisch zu legen.

– Worum soll es gehen?

– Um die Wirklichkeit.

– Interessanter Gedanke. Welche Wirklichkeit?

– Die unheilbare Tristesse des Alltags.

Jesper Humlin erhob sein Haupt. Ihm war, als hätte Viktor Leander ein wenig zu zittern begonnen.

– Es wird auch ein Element von Verbrechen darin enthalten sein.

– Du wirst also eine Krimiserie fürs Fernsehen schreiben?

– Aber nein. Das Verbrechen wird unter der Oberfläche verborgen sein. Ich glaube, die Menschen haben den konventionellen Polizeiroman satt. Ich werde einen ganz anderen Weg einschlagen.

– Was für einen Weg?

– Ich habe mich noch nicht entschieden. Es stehen verschiedene Möglichkeiten zur Wahl.

Jesper Humlin hob sein Glas. Jetzt hatte er den Ausgleich erzielt.

– Die Wirklichkeit und der graue Alltag, sagte er. Ein heutzutage unterschätztes literarisches Thema.

– Was gibt es Bemerkenswertes darüber zu sagen, außer der Tatsache, daß der Alltag trist ist?

– Ich habe jede Menge Ideen.

– Ich höre mit großem Interesse zu.

– Es ist noch zu früh. Wenn ich jetzt darüber spreche, besteht die Gefahr, daß ich meine Inspiration zerrede.

Sie bestellten den Nachtisch und kehrten wie in einer schweigenden Übereinkunft auf ein neutrales Gebiet zurück. Beide schätzten den Klatsch.

– Was ist in meiner Abwesenheit passiert?

– Nicht viel.

– Irgendwas passiert immer.

– Einer von den Verlegern aus dem großen Verlag hat sich erhängt.

– Wer?

– Carlman.

Jesper Humlin nickte nachdenklich. Carlman hatte einst eine seiner frühesten Gedichtsammlungen abgelehnt.

– Sonst etwas von Bedeutung?

– Die Börse schwankt.

Jesper Humlin schenkte ihnen nach.

– Ich hoffe, du warst nicht so dumm, auf den Neuen Markt zu setzen.

– Ich habe mich von jeher an die Säulen der schwedischen Wirtschaft gehalten. Eisen und Wald. Aber es schwankt überall.

– Als ich erkannt habe, in welche Richtung es sich bewegt, habe ich mich auf Obligationen verlegt. Langweilig, aber sehr viel weniger gefährlich.

Der ökonomische Kampf zwischen den beiden wurde ständig geführt. Jedes Jahr studierten beide das Verzeichnis der höheren Einkommensträger, und sie hatten sich bereits vergewissert, daß der andere kein Erbe zu erwarten hatte.

Nach genau drei Stunden, als der Klatsch erschöpft war, teilten sie die Rechnung zwischen sich auf und verließen das Lokal. Bis zur Munkbron hinunter hatten sie denselben Weg.

– Ich hoffe, du kommst gut voran mit deinem Detektivroman.

– Nicht Detektivroman. Kriminalroman. Das ist nicht dasselbe.

Viktor Leander hatte etwas Harsches in der Stimme, als er antwortete. Jesper Humlin spürte, daß er immer noch derjenige war, der die Oberhand hatte.

– Danke für den netten Abend. Wir sehen uns in einem Monat.

– Danke gleichfalls. In einem Monat.

Dann winkte jeder von ihnen ein Taxi heran und verschwand eilig in seine Richtung. Jesper Humlin nannte eine Adresse in Östermalm, lehnte sich im Sitz zurück und schloß die Augen. Daß es ihm gelungen war, Viktor Leander im Verlauf des Abends ein paar tiefe Schrammen zu verpassen, befriedigte ihn. Außerdem gab es ihm zusätzlich Kraft für das, was ihm bevorstand.

An drei Abenden in der Woche besuchte Jesper Humlin seine alte Mutter. Sie war voller Vitalität, aber eigensinnig und mißtrauisch. Es war nie vorherzusehen, wie ein Gespräch mit ihr ablaufen würde. Jesper Humlin hatte immer ein paar harmlose Gesprächsstoffe parat, wenn er die Mutter besuchte. Jedesmal, wenn sie miteinander in Streit gerieten, wünschte er, sie würde bald sterben. Aber wenn ihre Gespräche freundlich verliefen, kam ihm mitunter der Gedanke, er sollte irgendwann eine Gedichtsammlung über sie schreiben.

Es war Viertel vor elf, als er an der Tür läutete. Seine Mutter, die Märta hieß, war ein Nachtmensch und stand selten vor Mittag auf, sie ging auch nicht vor dem Morgengrauen schlafen. Ihre beste Zeit begann um Mitternacht. Während Jesper Humlin im Treppenhaus wartete, dachte er an all die Male, die er mit seiner Müdigkeit gekämpft hatte, während seine Mutter immer gesprächiger wurde.

Die Tür wurde mit der erwartungsvollen, aber zugleich mißtrauischen Phrenesie aufgerissen, die charakteristisch für seine Mutter war. Märta Humlin trug an diesem Abend einen uniformartigen Hosenanzug, den er vage aus Filmen zu kennen meinte, die in den dreißiger Jahren spielten.

– Ich dachte, du wolltest um elf kommen?

– Es ist elf.

– Es ist Viertel vor elf.

Jesper Humlin merkte, daß er wütend wurde.

– Wenn du willst, kann ich im Treppenhaus warten.

– Wenn du so mit der Pünktlichkeit schluderst, wird es nie Ordnung in deinem Leben geben.

– In meinem Leben herrscht Ordnung. Ich bin zweiundvierzig Jahre alt und ein erfolgreicher Schriftsteller.

– Deine letzte Gedichtsammlung war die schlechteste, die du je geschrieben hast.

Jesper Humlin entschloß sich zu gehen.

– Es ist besser, wenn ich an einem anderen Abend wiederkomme.

– Warum sollte das besser sein?

– Kann ich jetzt hereinkommen oder nicht?

– Warum sollten wir uns hier im Treppenhaus unterhalten?

Er betrat den Flur und stolperte sogleich über einen großen Karton, der mitten im Raum stand.

– Paß doch auf.

– Warum steht hier ein Karton? Willst du umziehen?

– Wohin sollte ich umziehen?

– Was ist in dem Karton?

– Das geht dich nichts an.

– Muß er hier stehen, so daß man hinfällt, wenn man hereinkommt?

– Wenn es dir nicht paßt, kannst du ein andermal wiederkommen.

Jesper Humlin seufzte, legte den Mantel ab und folgte seiner Mutter in die Wohnung, die einem vollgestopften Antiquitätenladen glich. Seine Mutter hatte nach dem Prinzip des Eichhörnchens gelebt und im Laufe ihres langen Lebens alles aufgehoben, was ihr in den Weg gekommen war. Aus der Kindheit erinnerte sich Jesper Humlin an den ewigen Streit der Eltern über all die Dinge, die Märta partout nicht wegwerfen wollte. Der Vater war ein schweigsamer Wirtschaftsprüfer gewesen, der seine Kinder mit einer Mischung aus Wohlwollen und Staunen betrachtete. Er hatte als lautloser Mensch an der Seite seiner Frau gelebt, bis auf die Gelegenheiten, bei denen er seinen Schreibtisch oder sein Bett mit den Zeitungsstapeln und kleinen Porzellanvasen bedeckt gefunden hatte, die seine Frau hortete. Dann hatte er heftige Wutausbrüche bekommen, die mitunter tagelang anhielten. Aber es hatte immer damit geendet, daß die Vasen und Zeitungsstapel in der Wohnung blieben und daß er sich wieder in sein Schweigen flüchtete. Hingegen konnte sich Jesper Humlin nicht daran erinnern, daß seine Mutter je still gewesen wäre. Sie war von dem intensiven Willen beherrscht, ständig gehört zu werden. Befand sie sich in der Küche, klapperte sie dauernd mit den Töpfen, war sie draußen auf dem Balkon, klopfte sie die Teppiche, daß es zwischen den Hauswänden widerhallte.

Jesper Humlin hatte oft gedacht, daß das ungeschriebene Buch, das ihm am meisten am Herzen lag, von seinen Eltern handeln würde. Sein Vater, Justus Humlin, hatte in seiner Jugend jede freie Minute mit Hammerwerfen verbracht. Er war in Blekinge aufgewachsen, in einem Dorf in der Nähe von Ronneby. Mit seinem selbstgebastelten Hammer hatte er auf einem Feld an der Rückseite des Bauernhofs trainiert. Einmal war es ihm gelungen, den Hammer so weit zu werfen, daß es nordischer Rekord gewesen wäre, hätte der Wurf unter offiziellen Bedingungen stattgefunden. Jetzt waren nur zwei seiner jüngeren Schwestern dabeigewesen, die seine Leistung mit einem alten Zentimetermaß gemessen hatten. Den nordischen Rekord hatte damals Ossian Skiöld gehalten, und er hatte 53,77 Meter betragen. Justus Humlin hatte seinen Wurf viermal nachgemessen und war zu den Ergebnissen 56,44, 56,40, 56,42 und 56,41 Meter gekommen. Er hatte den nordischen Rekord also um mehr als zwei Meter erhöht. Später, als er an Wettkämpfen auf Bezirksebene teilnahm, gelang es ihm nie, den Hammer über fünfzig Meter weit zu schleudern. Aber bis zu seinem Tod bestand er darauf, er sei einmal derjenige gewesen, der einen Hammer weiter als jeder andere im Norden geworfen hatte.

Märta Humlin hatte sich nie für Sport interessiert. Sie hatte sich in der Welt der Kultur heimisch gefühlt. Als einziges Kind eines bedeutenden und wohlhabenden Chirurgen war sie in Stockholm aufgewachsen. Ihr größter Traum war gewesen, Malerin zu werden, aber dafür hatte ihr Talent nicht gereicht. Aus purer Wut hatte sie eine andere Laufbahn eingeschlagen und mit Hilfe des väterlichen Geldes ein eigenes Theater eröffnet. Dort hatte sie ein paar skandalöse Vorstellungen produziert, bei denen sie in einem nahezu durchsichtigen Nachthemd auf dem Boden herumkroch. Später hatte sie eine Zeitlang eine Galerie betrieben, danach hatte sie sich der Musik zugewandt, als Impresario und Tourneeveranstalterin, und schließlich hatte sie sich dem Film gewidmet.

Im Alter von siebzig Jahren, sie war gerade Witwe geworden, fiel ihr ein, daß sie den Tanz ausgelassen hatte, woraufhin sie sofort mit gewohnter Energie eine Tanztruppe gründete, in der keiner der Tänzer unter fünfundsechzig war. Märta Humlin hatte nach allem im Leben gegriffen, aber nichts hatte zwischen ihren unruhigen Händen hängenbleiben wollen.

Jesper, das jüngste von vier Geschwistern, hatte die anderen das Elternhaus verlassen sehen, so schnell es ihnen möglich war, und als er selbst zwanzig war, hatte er seiner Mutter mitgeteilt, er wolle jetzt ebenfalls allein wohnen. Als Jesper am nächsten Morgen aufgewacht war, hatte er sich nicht rühren können. Die Mutter hatte ihn ans Bett gefesselt. Es hatte ihn einen ganzen Tag und seine gesamte Überredungskunst gekostet, bis er sie dazu brachte, die Fesseln zu lösen. Damals hatte er ihr auch sein Ehrenwort geben müssen, daß er sie für den Rest ihres Lebens dreimal in der Woche besuchen würde.

Jesper Humlin stellte einen Korb beiseite, der aus unerfindlichen Gründen Schlittschuhriemen enthielt, und setzte sich auf seinen angestammten Platz. Märta Humlin rumorte draußen in der Küche und kam mit einer Weinflasche und zwei Gläsern herein.

– Ich möchte keinen Wein.

– Warum nicht?

– Ich habe heute abend bereits Wein getrunken.

– Mit wem denn?

– Viktor Leander.

– Ich weiß nicht, wer das ist.

Erstaunt starrte Jesper Humlin auf seine Mutter, die

sein Glas gerade bis zum Rand vollschenkte. Wenn er es hob, würde er etwas verschütten, und das würde ihr Anlaß geben, von dem empfindlichen Tischtuch aus Ägypten zu erzählen, das er gerade bekleckert hatte.

– Du bist mehrmals bei seinen Lesungen gewesen.

– Trotzdem erinnere ich mich nicht an ihn. Ich werde bald neunzig. Mein Gedächtnis ist nicht mehr, was es einmal war.

Wenn sie bloß nicht anfängt zu weinen, dachte Jesper Humlin. Ich verkrafte jetzt keinen Abend, an dem sie sich selbst und mir Gefühle abpreßt.

– Warum schenkst du mir ein, wenn ich sage, daß ich keinen Wein haben möchte?

– Ist er dir nicht gut genug?

– Es geht nicht darum, daß der Wein nicht gut ist. Es geht darum, daß ich gerade heute abend keine Lust habe, noch mehr Wein zu trinken.

– Du mußt nicht herkommen, wenn du nicht magst.

»Ich bin es gewöhnt, allein zu sein«, dachte Jesper Humlin. Das sagt sie jetzt gleich.

– Ich bin es gewöhnt, allein zu sein.

Die Befriedigung, die es ihm bereitet hatte, Viktor Leander ein paar Stiche zu versetzen, war restlos verflogen. Jesper Humlin sah ein, daß seine Mutter ihn bereits besiegt hatte. Er zog das Glas zu sich hin und verschüttete Wein auf das weiße Tischtuch.

Der Abend würde lang werden.

3

Als Jesper Humlin am folgenden Tag durch die hohen Türen in das Verlagshaus trat, war er sehr müde. Das Gespräch mit seiner Mutter hatte sich bis tief in die Nacht hingezogen.

Es war Viertel vor eins, als er an die Tür des Verlegers klopfte. Olof Lundin stand auf dem Namensschild. Es war immer mit einem gewissen Schauder verbunden, wenn Jesper Humlin Lundins Zimmer betrat. Obwohl sie seit vielen Jahren zusammenarbeiteten – Jesper Humlin hatte nie einen anderen Verleger gehabt –, mündeten ihre Gespräche oft in trostlose und vollkommen unzusammenhängende Diskussionen darüber, was eigentlich verkäufliche Literatur sei. Olof Lundin war einer der gedanklich unklarsten Menschen, denen Jesper Humlin in der Buchbranche begegnet war. Bei vielen Gelegenheiten hatte er voller Irritation gedacht, wie unbegreiflich es war, daß ein intellektuell so wirrer Mann wie Olof Lundin imstande gewesen war, zum Verleger dieses traditionsreichen Hauses aufzusteigen.

– Hatten wir nicht Viertel nach eins gesagt?

– Wir hatten Viertel vor eins gesagt.

Olof Lundin war übergewichtig, er hatte ein Rudergerät zwischen den Manuskriptstapeln stehen, die den Boden bedeckten, und einen Blutdruckmesser neben dem überfüllten Aschenbecher. Es war einer der heißesten Kämpfe in der Geschichte des Verlags gewesen, als die oberste Leitung in Zusammenarbeit mit den verschiedenen Gewerkschaften, die im Hause vertreten waren, im Verlag ein absolutes Rauchverbot eingeführt hatte. Olof Lundin hatte sich strikt geweigert. Er hatte mitgeteilt, daß er mit sofortiger Wirkung kündigen würde, wenn er nicht weiterhin in seinem eigenen Zimmer rauchen dürfte. Da es einen Graphiker mit der gleichen Einstellung gab, dem die Erlaubnis verweigert wurde, hatte der Konflikt bis in die Chefetage geführt. Der Verlag, seit über hundert Jahren im Familienbesitz, war vor zehn Jahren überraschend an eine französische Ölgesellschaft verkauft worden. Die großen Gewinne aus den angolanischen Ölquellen, für die das Unternehmen die Nutzungsrechte besaß, sollten in die Medienbranche investiert werden. Die Direktoren der Ölgesellschaft hatten die Sache mit Olof Lundins Ablehnung des Rauchverbots auf ihren Tisch bekommen. Schließlich hatte man sich auf einen Kompromiß geeinigt, der darauf hinauslief, daß in seinem Zimmer eine starke Belüftungsanlage installiert wurde. Für die Kosten hatte er allerdings persönlich aufzukommen.

Jesper Humlin entfernte ein paar Manuskripte von einem Stuhl und nahm inmitten der Rauchschwaden Platz. In dem Zimmer war es eiskalt, da die Belüftungsanlage mit voller Kraft Luft von draußen ansog. Olof Lundin trug Mütze und Handschuhe.

– Wie verkauft sich das Buch?

– Welches von ihnen?

Jesper Humlin seufzte.

– Das letzte.

– Erwartungsgemäß.

– Was heißt das?

– Nicht so gut wie erwartet.

– Vielleicht könntest du dich etwas deutlicher ausdrükken?

– Wir erwarten nicht, daß sich eine Gedichtsammlung mit mehr als höchstens 1000 Exemplaren verkauft. Das entspricht unserer Erwartung. Bis heute haben wir von deinem letzten Buch 1100 Exemplare verkauft.

– Dann hat es sich also über Erwarten verkauft?

– Eigentlich nicht.

– Kannst du das erklären?

– Was verstehst du daran nicht?

– Wenn von einem Buch mehr verkauft wird, als ihr erwartet, kann das nicht bedeuten, daß es gleichzeitig die Erwartungen nicht erfüllt hat.

– Wir erwarten natürlich immer, daß unsere Erwartungen zu niedrig angesetzt sind.

Jesper Humlin schüttelte den Kopf und zog die Jacke enger um den Körper. Er fror. Olof Lundin schob ein paar Papierhaufen auf dem Schreibtisch beiseite, so daß er freie Sicht auf Jesper Humlin hatte.

– Wie geht es mit dem neuen Buch?

– Ich habe gerade erst eins veröffentlicht. Ich bin keine Fabrik.

– Wie geht es mit dem Buch, das du bald zu schreiben beginnen wirst?

– Das weiß ich nicht.

– Ich hoffe natürlich, daß es gut gehen wird.

– Das hoffe ich auch.

– Ich möchte dir gerne einen Rat geben.

– Welchen?

– Schreib es nicht.

Jesper Humlin starrte seinen Verleger an.

– Ist das dein Rat?

– Ja.

– Du meinst, ich soll das Buch nicht schreiben, von dem du hoffst, daß ich gut damit vorankommen werde?

Olof Lundin zeigte vielsagend zur Decke.

– Die Direktoren sind besorgt.

– Soll ich vielleicht eine Gedichtsammlung über Öl schreiben?

– Mach dich nur lustig. Aber ich habe sie dauernd am Hals. Sie wollen einen besseren Ertrag sehen.

– Was bedeutet das?

– Ein Buch, das sich nicht garantiert in mindestens 50 000 Exemplaren verkauft, sollte nicht veröffentlicht werden.

Jesper Humlin staunte.

– Wie viele von den Büchern, die du publizierst, verkaufen sich in 50 000 Exemplaren?

– Keines, antwortete Olof Lundin munter.

– Wird der Verlag also seine Tätigkeit einstellen?

– Keineswegs. Vielmehr werden wir anfangen, Bücher zu publizieren, die sich in 50 000 Exemplaren verkaufen.

– In der schwedischen Literaturgeschichte dürfte es kaum vorgekommen sein, daß eine Gedichtsammlung in einer Erstauflage von 50 000 Exemplaren erschienen ist.

– Gerade deshalb rate ich dir, das Buch nicht zu schreiben, das du dir vorgestellt hast. Von dem ich natürlich hoffe, daß es gut werden wird.

Jesper Humlin bekam allmählich Magenschmerzen von dem, was Olof Lundin sagte. War er im Begriff, auf der schwarzen Liste zu landen? Einer von den Autoren zu werden, die der Verlag loswerden wollte?

– Willst du, daß ich den Verlag verlasse?

– Aber nein. Warum solltest du den Verlag verlassen? Habe ich nicht immer betont, daß du einer der zeitgenössischen Ecksteine des Verlags bist?

– Es gefällt mir nicht, als ein Mensch aus Zement beschrieben zu werden. Außerdem verkaufe ich nicht

50 000 Gedichtsammlungen. Das weißt du genausogut wie ich.

– Gerade deshalb möchte ich nicht, daß du das Buch schreibst, das du im Sinn hast. Ich möchte, daß du etwas anderes schreibst.

– Was?

– Einen Kriminalroman.

Jesper Humlin fand plötzlich, daß Olof Lundins Gesicht in dem dichten Rauch, der durchs Zimmer wirbelte, eine unangenehme Ähnlichkeit mit den Zügen von Viktor Leander annahm.

– Ich bin Poet. Ich schreibe keine Kriminalromane. Ich will das nicht. Meiner künstlerischen Integrität ist es zu danken, daß man mir Respekt zollt. Außerdem weiß ich nicht, wie man es macht.

Olof Lundin stand auf, schob mit dem Fuß ein paar Manuskripte zur Seite, setzte sich in das Rudergerät und begann, mit langen Zügen zu rudern.

– Bist du sicher, daß du nicht weißt, wie man es macht?

Jesper Humlin fiel es jedesmal aufs neue schwer, sich zu konzentrieren, wenn er mit einem Mann sprach, der auf dem Boden saß und ruderte.

– Ich mag keine Kriminalromane. Ich finde sie langweilig. Es interessiert mich nicht, etwas zu lesen, bei dem es nur darum geht, daß man den Falschen für den Mörder hält.

– Das ist ausgezeichnet. Es ist genau das, was ich dachte.

– Mußt du unbedingt rudern?

– Ich kümmere mich um meinen Blutdruck. Mein Arzt sagt, daß ich in viereinhalb Jahren sterbe, wenn ich nicht regelmäßig Sport treibe.

– Warum gerade viereinhalb?

– Dann geht mein Arzt in Pension. Er will sich auf den Azoren niederlassen.

– Wieso?

– Dort soll es die gesündeste Bevölkerung der Welt geben.

– Ich schreibe keinen Kriminalroman.

Olof Lundin stützte sich auf die Ruder.

– Es freut mich, das zu hören.

– Freut dich das? Bevor du mit dem Rudern anfingst, hast du gesagt, du möchtest, daß ich einen Kriminalroman schreibe.

– Ich bin jetzt ungefähr in Möja.

– Was meinst du damit?

– Ich rudere einmal im Monat nach Finnland und zurück.

Jesper Humlin fühlte sich langsam erschöpft.

– Ich schreibe keinen Kriminalroman. Damit du es nur weißt. Was verstehen Öldirektoren von Literatur?

Olof Lundin hatte wieder mit dem Rudern angefangen.

– Nichts.

– Ich werde im Frühjahr eine Gedichtsammlung abliefern.

– Einen Kriminalroman, meinst du?

– Ich schreibe keinen Kriminalroman. Wie oft muß ich das noch sagen?

– Du wirst einen Knüller landen. Ein bedeutender Poet, der einen Kriminalroman weder schreiben will noch kann, hat garantiert Erfolg. Er wird anders sein. Aber gut. Vielleicht wird es ein philosophischer Kriminalroman?

– Wenn du meine Gedichte nicht haben willst, gibt es andere Verlage, die nicht im Besitz von verrückten Öldirektoren sind.

Olof Lundin ließ die Ruder los und stand auf. Nachdem er sich eine Zigarette angesteckt hatte, spannte er den Blutdruckmesser ums Handgelenk.

– Mißt man den Blutdruck nicht erst, nachdem man geruht hat?

– Ich will nur den Puls kontrollieren. Selbstverständlich möchte ich deine Gedichte haben.

– Sie verkaufen sich nicht in 50 000 Exemplaren.

– Dein Kriminalroman schafft das.

– Ich schreibe keinen Kriminalroman. Ich bin Poet.

– Du schreibst deine Gedichte. Genau wie sonst. Den Kriminalroman schiebst du zwischen die Gedichte.

– Wie meinst du das?

– Der Puls liegt bei 98.

– Dein Puls ist mir im Moment egal. Ich will wissen, was du meinst?

– Es ist ganz einfach. Du schreibst einen Kriminalroman, in dem das Gedicht, das jedes Kapitel einleitet, einige Hinweise enthält.

– Was für Hinweise?

– Solche, zu deren Entschlüsselung es einer gewissen literarischen Erfahrung bedarf. Ich bin überzeugt, daß dein Buch eine Sensation wird. Ein philosophischer Thriller. Jesper Humlin sucht neue Wege. Das wird ein Knüller. Wir werden mindestens 60 000 Exemplare verkaufen.

– Warum nicht 61 000?

– Mein Instinkt sagt mir, daß sich dein Roman in genau 60 000 Exemplaren verkaufen wird.

Jesper Humlin sah auf die Uhr und erhob sich. Er verspürte ein Bedürfnis, dem Ort zu entfliehen, der immer mehr einem nebligen Schlachtfeld glich.

– Heute habe ich eine Lesung in Göteborg. Ich muß los.

– Wann lieferst du das Manuskript ab?

– Ich schreibe keinen Kriminalroman.

– Wenn ich das Manuskript im April bekomme, erscheint das Buch im September. Im Titel sollten wir etwas in der Art von »Das mörderische Gedicht« stehen haben.

Das Telefon läutete. Jesper Humlin verließ den Verlag und sog frische Luft in die Lungen, als er auf die Straße hinaustrat. Das Gespräch mit Olof Lundin hatte ihn sowohl beunruhigt als auch wütend gemacht. Für gewöhnlich ermüdete es ihn nur, wenn er mit seinem Verleger sprach. Er blieb auf der Straße stehen und sah ein, daß Olof Lundin es ernst gemeint hatte. Nicht nur Viktor Leander hatte sich überzeugen lassen, daß die einzige Möglichkeit, Bücher in großen Auflagen zu verkaufen, die war, auf den Zug der Kriminalliteratur aufzuspringen.

Während Jesper Humlin zum Hauptbahnhof ging, dachte er an den Umschlag seines letzten Buchs. Bis zuletzt, bis er in die Südsee fuhr, hatte er gegen den Entwurf protestiert, den man ihm vorgelegt hatte. Über diese Frage hatte er viele erregte Gespräche mit Olof Lundin geführt. Der Umschlag stand in keinerlei Beziehung zum Inhalt des Gedichtzyklus. Obendrein war der Umschlag häßlich, in dem modisch schlampigen Stil gezeichnet, der viele der Buchumschläge des letzten Jahres prägte. Aber Olof Lundin hatte darauf bestanden, daß er sich als verkaufsfördernd erweisen würde. Jesper Humlin konnte sich immer noch an ein Telefongespräch erinnern, das er mit Lundin geführt hatte. Er hatte sich am Morgen vor seinem Abflug auf dem Arlanda-Flughafen befunden und sich zu einem letzten Versuch entschlossen, den Umschlag zu stoppen.

– Ich verabscheue den Umschlag. Ich werde dir nie verzeihen, wenn du ihn durchgehen läßt.

– Nur weil die Gedichte langweilig sind, muß der Umschlag es nicht sein.

– Was meinst du damit?

– Genau das, was ich sage.

– Du beleidigst mich.

– Ich meine nicht, daß die Gedichte auf eine langweilige Art langweilig sind. Ich meine, sie sind langweilig, weil sie traurig sind.

– Dann sag das doch.

– Ich sage es jetzt.

– Ich verabscheue den Umschlag.

– Es ist ein guter Umschlag.

Hier hatte das Gespräch geendet, da Jesper Humlins Namen über den Lautsprecher des Flughafens aufgerufen wurde. In den letzten Jahren, seit er eine gewisse Berühmtheit erlangt hatte, hatte er es sich zur Gewohnheit gemacht, sich auf den Flughäfen zu verspäten, damit sein Name ausgerufen wurde und er dadurch Aufmerksamkeit erhielt.

Ruckartig setzte sich der Zug in Bewegung. Jesper Humlin beschloß, über die jüngste Unterredung mit Olof Lundin nachzudenken, bis er Södertälje passiert hatte. Dann würde er anfangen, sich auf die Lesung zu konzentrieren, die vor ihm lag. Eigentlich hatte er sich am Vormittag vorbereiten wollen, aber das nächtliche Gespräch mit der Mutter hatte ihn seine sämtlichen Kräfte gekostet.

Das Handy klingelte. Es war Andrea.

– Wo bist du?

– Auf dem Weg nach Göteborg. Hast du vergessen, daß ich heute abend dort sein muß?

– Ich habe nichts vergessen, da du mir nicht erzählt hast, daß du nach Göteborg fährst.

Jesper Humlin ahnte, daß sie recht haben könnte. Daher ließ er sich nicht auf eine Diskussion ein, in der er sowieso den kürzeren ziehen würde.

– Wir reden darüber, wenn ich nach Hause komme.

– Was hast du in Göteborg zu tun?

– Ich werde Gedichte lesen und über meine schriftstellerische Arbeit sprechen.

– Wenn wir uns sehen, will ich, daß wir über die Wirklichkeit sprechen. Nicht über deine Gedichte.

Wie gewöhnlich beendete Andrea das Gespräch abrupt. Jesper Humlin dachte weiter über seine Unterredung mit Olof Lundin nach. Seine Erregung wuchs.

Als er an Södertälje vorbei war, verbannte er alle Gedanken an Kriminalromane aus seinem Kopf und überlegte, wie er den Abend gestalten sollte. Es gefiel ihm, im Land herumzufahren und Lesungen zu halten. Viktor Leander hatte ihm an einem ihrer feuchteren Abende vorgeworfen, er sei ein eitler Schwadroneur. Besonders gern trat Jesper Humlin in Bibliotheken und Volkshochschulen auf. Zögerlicher war er bei Auftritten in Gymnasien, und richtige Angst machten ihm vor allem Schulen mit niedrigerem Niveau. Das, was ihn in Göteborg erwartete, war ihm am liebsten. Ein stiller Abend in der Bibliothek, ein konzentriertes Publikum gesetzteren Alters, das freundlich applaudierte und keine lästigen Fragen stellte.

Er legte sich in Gedanken zurecht, welche Gedichte er lesen und unter welchem Aspekt er seine schriftstellerische Arbeit vorstellen wollte. Im Laufe der Jahre hatte er verschiedene Modelle getestet und sich schließlich für drei Varianten entschieden, zwischen denen er wechseln konnte, damit er sich nicht langweilte und nicht allzu sehr in Routine verfiel. Das erste dieser Modelle bestand darin, daß er sich ganz einfach an die Wahrheit hielt. Er erzählte von seiner behüteten Kindheit und Jugend, wobei das eigentlich Erschreckende die Tatsache war, daß er nie das Bedürfnis verspürt hatte, sich aufzulehnen. Er war gern zur Schule gegangen, hatte sich von keiner radikalen Organisation vereinnahmen lassen, keine Drogen probiert und war nie zu abenteuerlichen Reisen aufgebrochen. Um diese unnormale Normalität herum hatte er einen Vortrag aufgebaut, der exakt einundzwanzig Minuten dauerte.

Zur Abwechslung hatte er zwei weitere Vortragsmodelle parat. Das eine gründete sich auf reine Phantasie. Er schwindelte sich eine dramatische Jugendzeit zusammen, die in völligem Kontrast zu seinen tatsächlichen Erfahrungen stand. Da es vorgekommen war, daß frühere Mitschüler oder Jugendfreunde zu seinen Auftritten erschienen, hatte er große Sorgfalt darauf verwandt, die Phantasien so zu gestalten, daß sie sich nicht nachprüfen ließen.

Die dritte Variante handelte von dem langen und keineswegs selbstverständlichen Weg zu einem Dasein als Schriftsteller. Er behauptete, er habe als Achtjähriger seinen ersten Roman geschrieben, ihn aber in demselben Jahr verbrannt, in dem er debütierte. In dieser Version breitete Jesper Humlin vor einem oft atemlos lauschenden Publikum eine Geschichte aus, die seinen tiefsten Wünschen entsprach. Aber die pure Wahrheit, daß das, was er sagte, nur erfunden war, würde er niemals einem anderen Menschen offenbaren.

Der Zug kam pünktlich an. Er nahm ein Taxi zur Bibliothek in Mölndal. Die Bibliothekarin, die ihn empfing, war jung.

– Was haben wir an Besuchern zu erwarten?

– Die Karten sind ausverkauft. Es werden hundertfünfzig Personen.

– Wer hat behauptet, die schwedische Volksbewegung wäre tot? sagte Jesper Humlin mit kleidsamer Bescheidenheit. An einem dunklen, kalten Abend im Februar versammeln sich hundertfünfzig Personen, um einen einfachen Poeten zu hören.

– Ein paar Gruppen haben sich angesagt.

– Was für Gruppen?

– Ich weiß es nicht. Da müssen Sie meine Kollegin fragen.

Später sollte Jesper Humlin es noch oft bedauern, daß er nicht weiter danach gefragt hatte, welche Gruppen im Anmarsch waren. Er hatte gedacht, es würde sich um irgendwelche Literaturzirkel oder vielleicht um einen Rentnerverein handeln. Doch als er um sieben Uhr auf das beleuchtete Podium des Hörsaals trat, nachdem der stellvertretende Vorsitzende des Kulturausschusses ihn willkommen geheißen hatte, sah er weder Rentnervereine noch Literaturzirkel. Mitten in dem üblichen Publikum von erwartungsvollen Damen im gesetzten Alter registrierte er Elemente, die er nicht auf Anhieb einordnen konnte.

In der vordersten Reihe saß eine Gruppe von Männern mittleren Alters, die weder ihrer Kleidung nach noch im Aussehen dem Publikum glichen, das er gewöhnt war. Viele waren langhaarig und hatten Ringe in den Ohren, sie trugen Lederjacken und Jeans mit durchlöcherten Knien. Sofort war Jesper Humlin auf der Hut. Als er den Blick über die Reihen schweifen ließ, entdeckte er auch einige Menschen von dunkler Hautfarbe, die nebeneinandersaßen. Einwanderergruppen gehörten nicht gerade zu seinen treuesten Lesern. Abgesehen von einem Chinesen, der in Haparanda wohnte und ständig neue Briefe mit umständlichen und grundfalschen Analysen seiner Gedichte schrieb, hatte Jesper Humlin nie besonderen Kontakt zu denen gehabt, die man die neuen Schweden nannte. Aber hier in Mölndal saßen einige Repräsentanten dieser vage definierten Gruppe von Mitbürgern, noch dazu alle relativ jung.

Jesper Humlin gab sich einen Ruck und hielt seinen Vortrag, den, der auf der Wirklichkeit basierte und einundzwanzig Minuten dauerte. Anschließend las er einige der Gedichte aus der letzten Sammlung, die ihm am besten zum Vorlesen geeignet schienen. Während des Vortrags hatte er die Männer in den vordersten Reihen diskret observiert. Sie hatten aufmerksam zugehört, und er hatte mit wachsender Befriedigung gedacht, er wäre vielleicht gerade dabei, neue Leserschichten zu erobern. Aber als er anfing, seine Gedichte zu lesen, veränderte sich die Stimmung. Ein Mann in der ersten Reihe bewegte sich unruhig, er schaukelte vor und zurück, während er hörbar seufzte. Jesper Humlin geriet ins Schwitzen. Vor Nervosität übersprang er eine der Strophen, was das ohnehin schwer zu deutende Gedicht vollends unbegreiflich machte.

Die Männer ganz vorn starrten ihn an, als er geendet hatte. Keiner von ihnen applaudierte. Besorgt blätterte Jesper Humlin in dem Buch und entschloß sich rasch für eine dramatische Kursänderung. Er würde nur die allerkürzesten Gedichte lesen. Zugleich fragte er sich immer verzweifelter, wer diese Leute überhaupt waren, die in der vordersten Reihe saßen, diese Männer in zerrissenen Jeans und speckigen Lederjacken? Das andere fremde Element, die Gruppe der Einwanderer, betrachtete ihn schweigend und mit ausdruckslosen Gesichtern. Sie applaudierten ohne Enthusiasmus. Zu diesem Zeitpunkt hatte sich seiner bereits das deutliche Gefühl bemächtigt, irgend etwas sei völlig außer Kontrolle geraten, ohne daß er genau sagen konnte, was. Aber er erkannte, daß der literarische Abend, in dessen Zentrum er sich gerade befand, keinem anderen glich, den er je erlebt hatte.

Er las ein letztes Gedicht und wischte sich den Schweiß von der Stirn. Diejenigen, die er als sein gewöhnliches, sein *normales* Publikum betrachtete, applaudierten wohlwollend. Die Männer ganz vorn starrten ihn mit, wie es Jesper Humlin jetzt schien, sehr blanken Augen fortwährend an. Er legte das Buch zur Seite und setzte ein Lächeln auf, das nur notdürftig seine Angst verbarg.

– Jetzt antworte ich gern auf Fragen. Anschließend signiere ich Bücher, falls jemand Interesse hat.

Eine Frau im Publikum hob die Hand und fragte, wie er das Wort Gutmütigkeit definiere. Sie meinte es als einen Grundton der gesamten Gedichtsammlung wahrgenommen zu haben. Jesper Humlin bemerkte ein leises Murren aus der vordersten Reihe. Wieder brach ihm der Schweiß aus.

– Gutmütigkeit ist meiner Meinung nach ein schöneres Wort für Freundlichkeit.

Der Mann mit den zerschlissensten Jeans, der sich während der Lesung unruhig bewegt hatte, erhob sich so heftig, daß der Stuhl umfiel.

– Was sind das für verdammte Fragen? schrie er fast mit schriller Stimme. Ich möchte Sie, Herr Schriftsteller, fragen, was Sie mit diesen Gedichten meinen, die wir uns hier anhören mußten. Wenn Sie wollen, können Sie meine Ansicht in ein paar kurzen Worten haben.

– Gern.

– Ich verstehe nicht, wie so viel Scheiße zwischen die Deckel eines so dünnen Buches paßt. Das außerdem fast dreihundert Kronen kostet. Ich habe eine einzige Frage, auf die ich gern eine Antwort hätte.

Jesper Humlins Stimme zitterte, als er antwortete.

– Wie lautet Ihre Frage?

– Was bekommen Sie pro Wort bezahlt?

In dem Teil des Publikums, dem Jesper Humlins Auftritt gefallen hatte, erhob sich ein mißbilligendes Gemurmel. Er drehte sich rasch zu der verantwortlichen Bibliothekarin um, die schräg hinter ihm auf einem Stuhl saß.

– Was sind das für Leute in der ersten Reihe? zischte er.

– Sie sind Freigänger aus einer offenen Strafanstalt außerhalb von Göteborg.

– Was machen die hier?

Die Bibliothekarin warf ihm einen strengen Blick zu.

– Ich betrachte es als eine meiner wichtigsten Aufgaben, die Literatur an Menschen heranzuführen, die vielleicht noch nie zuvor begriffen haben, was ihnen entgangen ist. Sie ahnen nicht, wie ich dafür gekämpft habe, sie hierherzubekommen.

– Ich kann es mir ungefähr vorstellen. Aber Sie haben doch gehört, was er gefragt hat?

– Ich finde, er hat das Recht auf eine Antwort.

Jesper Humlin nahm sich zusammen und sah den Mann an, der sich nicht gesetzt hatte, sondern immer noch stand und ihn fixierte wie ein wütender Freistilringer.

– Ich werde nicht pro Wort bezahlt. Poeten bekommen überhaupt einen sehr geringen Lohn für ihre Mühe.

– Das beruhigt mich.

Die Frau, die die Frage nach der Gutmütigkeit gestellt hatte, erhob sich geräuschvoll und stieß mit ihrem Stock auf den Boden.

– Ich finde es unverschämt, Fragen über Geld an Herrn Humlin zu richten. Wir sind hier, weil wir seine Gedichte hören und in aller Ruhe darüber diskutieren wollen.

Ein anderer von den Männern in der vorderen Reihe stand auf. Jesper Humlin hatte früher am Abend bemerkt, daß er kurz vorm Einschlafen war. Als er sich erhob, taumelte er. Jesper Humlin sah, daß er betrunken war.

– Ich verstehe nicht, was die Alte meint.

– Womit meint? fragte Jesper Humlin hilflos.

– Leben wir etwa nicht in einer freien Gesellschaft? Soll man etwa nicht die Fragen stellen dürfen, die man stellen will? Na schön. Aber eins will ich Ihnen sagen, ich bin derselben Meinung wie Åkesson hier. So was Beschissenes habe ich mein Lebtag nicht gelesen oder gehört.

Ein Blitzlicht flammte auf. Ohne daß es Jesper Humlin aufgefallen war, hatten während seiner Lesung ein Fotograf und ein Lokalreporter den Hörsaal betreten. Das wird einen Skandal geben, dachte Jesper Humlin entsetzt und sah die Schlagzeilen der großen überregionalen Abendzeitungen vor sich. Wie bei anderen Schriftstellern gab es auch in seinem Inneren einen Punkt, an dem er seine eigene Begabung anzweifelte, einen Punkt, an dem alles zusammenstürzte und zu einem einzigen Schrotthaufen wurde, den ein literarischer Scharlatan fabriziert hatte. Jesper Humlin war im Begriff, an den Fotografen und den Reporter zu appellieren, daß sie das Vorgefallene nicht dokumentieren sollten. Aber noch bevor er etwas sagen konnte, bekam er überraschend Unterstützung von dem Mann namens Åkesson. Dieser hatte sofort auf das Blitzlicht reagiert und sich mit Gebrüll auf den Fotografen gestürzt.

– Wer hat Ihnen erlaubt, mich zu fotografieren, schrie er. Bloß weil man im Knast sitzt, muß man sich nicht behandeln lassen wie der letzte Dreck.

Der Fotograf versuchte sich zu verteidigen, aber sämtliche Männer aus der vordersten Reihe hatten sich jetzt um ihn geschart. Die Bibliothekarin versuchte zur Besonnenheit zu mahnen, während das Publikum vor der drohenden Schlägerei aus dem Raum flüchtete. Jesper Humlin war fassunglos. Niemals hätte er sich vorstellen können, daß seine Gedichte einen Tumult verursachen würden wie den, der sich jetzt vor seinen Augen abspielte.

Der Aufruhr endete genauso schnell wie er angefangen hatte. Plötzlich befand sich Jesper Humlin allein in dem Hörsaal. Vom Korridor draußen hörte er das ansteigende und abklingende Gemurmel aufgeregter Stimmen. Dann entdeckte er, daß trotz allem jemand außer ihm geblieben war, ein Mädchen mit dunkler Hautfarbe. Sie saß allein im Saal und streckte einen Arm in die Höhe. Aber was ihm am meisten auffiel, war ihr Lächeln. Noch nie in seinem Leben hatte Jesper Humlin ein solches Lächeln gesehen. Es war, als würden ihre weißen Zähne ein Licht aussenden.

– Möchten Sie etwas fragen?

– Haben Sie noch nie etwas über jemanden wie mich geschrieben?

Gibt es denn keine einfachen Fragen mehr, dachte Jesper Humlin verzweifelt.

– Ich fürchte, ich verstehe nicht recht, was Sie meinen.

Das Mädchen sprach gebrochen, aber doch klar und deutlich Schwedisch.

– Wir, die hierhergekommen sind. Wir, die nicht hier geboren sind.

– Ich habe mir wohl immer vorgestellt, daß Poesie etwas Grenzüberschreitendes ist.

Jesper Humlin hörte selbst, wie hohl das klang. Wie eins von meinen Gedichten, dachte er.

Das Mädchen stand auf.

– Danke für die Antwort.

– Ich beantworte gern weitere Fragen.

– Ich habe keine mehr.

– Darf ich Sie selber etwas fragen?

– Ich habe keine Gedichte geschrieben.

– Wie heißen Sie?

– Tea-Bag.

– Tea-Bag?

– Tea-Bag.

– Woher kommen Sie?

Das Mädchen lächelte weiterhin. Aber die letzte von Jesper Humlins Fragen blieb unbeantwortet. Er sah ihr nach, als sie auf den Korridor hinaus verschwand, wo immer noch hitzige Diskussionen geführt wurden.

Jesper Humlin benutzte einen Hinterausgang und verließ Mölndal mit dem wartenden Taxi. Er hatte kein einziges Buch signiert und sich auch nicht von den Bibliothekarinnen verabschiedet. Er saß auf dem Rücksitz und sah zum Fenster hinaus. Ein See mit schwarzem Wasser glitzerte zwischen Bäumen und Wohnhäusern. Er fröstelte. Sein Kopf war leer. Dann merkte er, daß sich trotz allem ein Gedanke in sein Bewußtsein einschlich. Das Mädchen, das allein mit erhobener Hand und seinem schönen Lächeln in dem Hörsaal zurückgeblieben war. Über sie könnte ich vielleicht immerhin ein Gedicht schreiben, dachte er. Aber nicht einmal das ist sicher.

4

Als Jesper Humlin am nächsten Tag in seinem Hotel in Göteborg aufwachte, fiel ihm plötzlich ein, daß ein alter Freund von ihm in jenem Vorort wohnte, der Stensgården hieß. Pelle Törnblom, ein Seemann, der an Land gegangen war und draußen in Stensgården einen Boxklub eröffnet hatte, und Jesper Humlin hatten als junge Leute einige Jahre lang einen intensiven Umgang gepflegt. Was sie damals verband, war, daß Pelle Törnblom ebenfalls literarische Ambitionen gehegt hatte. Im Laufe der Jahre hatten sie gelegentlich miteinander telefoniert und vereinzelte Postkarten gewechselt. Vergeblich versuchte Jesper Humlin sich zu erinnern, wann sie sich zuletzt gesehen hatten. Das einzige, was er mit Sicherheit wußte, war, daß Pelle Törnblom damals auf einem Schlepper gearbeitet hatte, der Floßrahmen entlang der norrländischen Küste bugsierte.

Er beschloß, Pelle Törnbloms Telefonnummer herauszusuchen. Aber erst blätterte er besorgt die Zeitung durch. Er fand nichts. Das beruhigte ihn für einen Augenblick. Aber er fürchtete, daß es sich nur um eine Verzögerung handelte. Am folgenden Tag würde der Skandal dann publik sein. Er überlegte, ob er die Bibliothekarin anrufen sollte, die für das Erscheinen dieser eigentümlichen Gruppe von Männern verantwortlich war, die in der ersten Reihe gesessen und ihn angestarrt hatten und dann beinahe Amok gelaufen wären. Aber was sollte er ihr eigentlich sagen? Ihre Absichten waren durchaus ehrenwert. Sie hatte viel Mühe darauf verwandt, ein Publikum anzulokken, das sich sonst nicht um Bücher scherte.

Das Telefon klingelte. Es war Olof Lundin. Jesper Humlin wollte nicht mit ihm reden.

– Hier ist Olof. Wo bist du?

Früher hat man gefragt, wie es den Leuten geht, dachte Jesper Humlin im stillen. Heutzutage fragt man, wo sie sich befinden.

– Die Verbindung ist schlecht. Ich bin in Göteborg. Ich will nicht mit dir reden.

– Was machst du in Göteborg?

– Du hast zwei Lesungen für mich arrangiert.

– Das hatte ich vergessen. In der Bibliothek?

– Gestern war ich in Mölndal. Heute abend werde ich einen Ort besuchen, der Stensgården heißt.

– Wo ist das?

– Das müßtest du als Veranstalter doch wissen. Ich kann jetzt nicht sprechen. Außerdem höre ich kaum, was du sagst.

– Warum kannst du nicht sprechen? Habe ich dich geweckt?

– Ich bin wach. Ich kann nicht hören, was du sagst.

– Du hörst ausgezeichnet. Das in Mölndal gestern ist gut angekommen.

Jesper Humlin schnappte heftig nach Luft.

– Woher weißt du das? Du wußtest ja nicht einmal, daß ich dort war.

– Jetzt hörst du mich auf einmal.

– Die Verbindung ist jetzt besser.

– Die Bibliothekarin hat angerufen. Sie war sehr zufrieden.

– Warum sollte sie zufrieden gewesen sein? Es wäre beinahe zu einer Schlägerei gekommen.

– Es ist sehr selten der Fall, daß eine Lyriklesung solche Reaktionen auslöst. Ich habe versucht, die Abendzeitungen für das Ereignis zu interessieren.

– Wie bitte?

– Ich habe mit den Abendzeitungen gesprochen.

– Ich will nicht, daß etwas darüber in der Presse steht, brüllte Jesper Humlin. Es waren ein paar besoffene Männer da, die herumstänkerten, meine Gedichte wären das Schlechteste, was sie je gelesen hätten. Sie wollten wissen, was ich pro Wort bezahlt bekomme.

– Eine interessante Frage.

– Findest du?

– Ich kann es ausrechnen, wenn du willst.

– Was hätte ich davon, wenn ich das wüßte? Soll ich längere Gedichte schreiben? Ich will nicht, daß du mit irgendeiner Zeitung sprichst. Ich verbiete es dir.

– Ich kann nicht hören, was du sagst.

– Ich sage, ich will nicht, daß etwas darüber geschrieben wird!

– Ruf wieder an, wenn die Verbindung besser ist. Ich spreche mit den Abendzeitungen.

– Ich will nicht, daß du das tust. Hörst du nicht, was ich sage?

Das Gespräch wurde unterbrochen. In fassungsloser Wut starrte Jesper Humlin auf das Telefon. Als er im Verlag anrief, bekam er die Auskunft, Olof Lundin sei in einer Besprechung und erst am Nachmittag wieder anzutreffen. Jesper Humlin legte sich aufs Bett und beschloß, den Verlag mit augenblicklicher Wirkung zu verlassen. Er wollte nichts mehr mit Olof Lundin zu tun haben. Nie mehr. Wie in einer Art privater Racheaktion blieb er dann über eine Stunde im Bett liegen und dachte sich den Plot für einen Kriminalroman aus, während er sich zugleich schwor, das Buch niemals zu schreiben.

Spät am Nachmittag, als ein Regen über Göteborg niederging, nahm Jesper Humlin ein Taxi zu dem Vorort, der Stensgården hieß. Er bestand aus endlosen Reihen von tristen Hochhäusern; er dachte an die Kästen, die von den Riesen der Märchen auf einem verlassenen Feld verteilt worden waren. Auf dem windigen Marktplatz von Stensgården stieg er vor der Bibliothek aus, die zwischen Systembolaget, dem staatlichen Spirituosenladen, und McDonalds eingeklemmt lag. Wieder hatte er einen afrikanischen Fahrer gehabt, der den Weg zielsicher gefunden hatte. Das Bibliotheksschild war beschädigt und die Außentür mit Graffiti besprüht. Jesper Humlin machte die zuständige Bibliothekarin ausfindig, dem Aussehen nach fast eine Kopie der Frau, die er am vorigen Abend in Mölndal getroffen hatte. Ohne seine Besorgnis gänzlich überspielen zu können, fragte er, ob irgendwelche speziellen Gruppen eingeladen wären.

– Was für Gruppen?

– Ich weiß nicht. Es war nur so eine Frage.

– Ich kann mir nicht vorstellen, was für Gruppen das sein sollten. Bestenfalls kommen zehn Personen.

Bestürzt sah Jesper Humlin sie an.

– Zehn Personen?

– Das ist das übliche, wenn Lyriker uns besuchen. Wenn wir einen Kriminalschriftsteller haben, sind es natürlich mehr.

– Wie viele mehr?

– Letztes Mal waren 157 Personen da.

Jesper Humlin stellte keine weiteren Fragen. Er deponierte seine Tasche im Zimmer der Bibliothekarin und verließ anschließend die Bibliothek. Draußen auf dem trostlosen Marktplatz versuchte er erneut Olof Lundin zu erreichen, und diesmal hatte er Glück.

– Ich hoffe, du hast nicht mit den Abendzeitungen gesprochen?

– Selbstverständlich habe ich das. Aber leider sind sie offenbar nicht sonderlich interessiert.

Die Erleichterung, die Jesper Humlin verspürte, war überwältigend.

– Es wird also nichts in der Presse stehen?

– Vermutlich nicht. Aber ich habe noch nicht ganz aufgegeben.

– Ich will, daß du sofort damit aufhörst.

– Hast du über den Kriminalroman nachgedacht?

– Nein.

– Tu das. Melde dich, wenn du einen Vorschlag für einen guten Titel hast.

– Ich bin Poet. Ich schreibe keine Kriminalromane.

– Melde dich, wenn du einen Vorschlag für einen guten Titel hast.

Wütend steckte Jesper Humlin das Handy in die Tasche, zog die Jacke enger um sich und begann, ziellos über den Platz zu laufen. Nach wenigen Metern blieb er stehen und sah sich um. Etwas hatte seine Aufmerksamkeit geweckt. Erst wußte er nicht, was es war. Dann merkte er, daß es die Menschen waren. Geduckt bewegten sie sich im Wind. Es schien, als hätte er, ohne es zu merken, eine unsichtbare Grenze überschritten und befände sich plötzlich in einem anderen Land. Die Menschen, die er auf dem Marktplatz sah, wirkten absolut fremd. Ihre Hautfarbe, ihre Gesichter, die Art, wie sie sich kleideten.

Ihm fiel plötzlich auf, daß er noch nie dieses andere, neue Schweden besucht hatte, das sich allmählich herausbildete, die ghettoartigen Vororte, in denen man all diejenigen zusammenpferchte, die als Einwanderer oder Flüchtlinge nach Schweden gekommen waren. Mit quälender Deutlichkeit wurde ihm bewußt, daß es nur natürlich war, wenn an diesem Abend nur zehn Personen in die Bibliothek kamen. Was hatten seine Gedichte diesen Menschen zu geben?

Er lief auf dem Marktplatz herum, bis er anfing zu frieren. In einem Café, wo arabische Musik gespielt wurde, schlug er in einem schmutzigen Telefonbuch Pelle Törnbloms Adresse auf. »Törnbloms Boxklub«. Er fragte das dunkelhäutige Mädchen hinter dem Tresen, ob sie wisse, wo der Boxklub liege.

– Auf der anderen Seite der Kirche.

Jesper Humlin hatte keine Kirche gesehen.

– Wo liegt die Kirche?

Das Mädchen zeigte durch das beschlagene Fenster nach draußen und widmete sich dann wieder ihrer Illustrierten.

Jesper Humlin trank seinen Kaffee aus und machte sich auf die Suche nach der Kirche und dem baufälligen Fabrikgebäude, wo ein Schild an einer verrosteten Blechtür verkündete, daß dies der Eingang zu Pelle Törnbloms Boxklub war. Zögernd blieb er stehen. Warum suchte er Pelle auf? Was hatten sie einander eigentlich zu sagen? Er beschloß, in die Bibliothek zurückzukehren. In diesem Moment ging die Tür auf. Als erstes bemerkte Jesper Humlin, daß Pelle Törnblom zugenommen hatte. Früher war er durchtrainiert gewesen. Der Mann, der jetzt aus der Tür trat, hatte einen großen Hängebauch und ein gerötetes Gesicht. Das Hemd spannte unter seiner Lederjacke. Er begrüßte Jesper Humlin wie einen guten alten Bekannten.

– Wir wollen heute abend zu deiner Lesung kommen, sagte er lächelnd.

– Wer ist wir?

– Amanda und ich.

– Amanda?

– Meine Frau. Meine vierte und letzte Frau.

– Dann werden es zwölf. Die Bibliothekarin hat zehn Besucher versprochen.

Pelle Törnblom hielt die Blechtür auf und zog Jesper Humlin ins Haus. Sie stiegen eine schmale Treppe hinauf und kamen in einen Raum, wo es nach altem Schweiß roch. In der Mitte befand sich ein Boxring. An den Wänden standen verschiedene Geräte für das Krafttraining. Um sich blickend suchte Jesper Humlin nach etwas, das Olof Lundins Rudergerät glich.

– Donnerstags habe ich geschlossen. Sonst ist es hier voll.

Pelle Törnblom lotste ihn in ein kleines Büro. Sie setzten sich. Pelle Törnblom betrachtete ihn mit zusammengekniffenen Augen.

– Wieso bist du so braun?

– Ich war auf Reisen.

– Es sieht nicht natürlich aus.

– Wie meinst du das?

– Es sieht zu gepflegt aus. Als würdest du deine Zeit in einem Solarium verbringen.

Jesper Humlin war sich jetzt ganz sicher, daß es ein Fehler gewesen war, Pelle Törnblom aufzusuchen.

– Ich war auf Reisen. An Orten, wo die Sonne scheint. Da wird man braun.

Pelle Törnblom zuckte die Achseln.

– Du hast zugenommen, sagte Jesper Humlin und ging zum Gegenangriff über.

– Ich habe zum vierten und letzten Mal geheiratet. Ich muß mir keine Gedanken mehr darüber machen, wie ich aussehe.

– Du bist zu dick.

– Nur im Winter. Im Sommerhalbjahr nehme ich ab.

– Wer ist Amanda?

– Sie kommt aus der Türkei. Obwohl sie eigentlich aus dem Iran stammt. Aber ihr Vater ist in Pakistan geboren. Er lebt jetzt allerdings in Kanada.

– Sie ist also eine Einwanderin?

– Sie ist in Schweden geboren. Falls das irgendeine Bedeutung haben sollte.

– Auf dem Marktplatz habe ich gesehen, daß viele von den Leuten hier in Stensgården Einwanderer sind.

– Im großen und ganzen sind nur ich und die Penner vor dem Systemet das, was man als Urschweden bezeichnen könnte. Alle, die hier boxen, stammen aus anderen Ländern. Insgesamt sind es neunzehn verschiedene Nationalitäten.

– Ich vermute, die werden heute abend wohl kaum in die Bibliothek kommen, sagte Jesper Humlin und merkte zu seiner Verwunderung, daß der Gedanke ihn mutlos machte.

– Hinterher wirst du einige von ihnen treffen, sagte Pelle Törnblom aufmunternd und begann, an dem Kabel einer schmutzigen Kaffeemaschine zu zerren, die auf einem Regal stand.

– Was soll das heißen?

– Zur Lesung heute abend konnte ich sie nicht locken. Aber sie kommen anschließend zu dem Fest.

– Was für einem Fest?

– Dem Fest, das wir heute am späteren Abend für dich geben.

Jesper Humlin fühlte, wie ihn erneut eine große Unruhe befiel.

– Keiner hat mir etwas von einem Fest gesagt.

– Natürlich nicht. Es sollte eine Überraschung sein.

– Das geht nicht. Ich muß zurück nach Stockholm. Die Lesung ist so gelegt worden, daß ich den letzten Flug erreiche.

– Du kannst morgen früh fliegen.

– Ausgeschlossen. Andrea dreht durch.

– Wer ist das?

– Die Frau, von der es heißt, daß ich mit ihr zusammenlebe.

– Ruf sie an und sag ihr, daß du bis morgen hierbleibst. Ist das so schwierig?

– Es ist unmöglich. Du kennst sie nicht.

– Nur eine Nacht?

– Auf keinen Fall.

– Eine Menge Leute werden sehr enttäuscht sein, wenn das Fest abgeblasen wird. Nicht zuletzt die ganzen Jugendlichen, die hier boxen. Die haben noch nie einen berühmten Bestsellerautor getroffen.

– Ich bin kein Bestsellerautor. Besonders berühmt bin ich wohl auch nicht.

Pelle Törnblom hatte die Kaffeemaschine in Gang bekommen. Jesper Humlin schüttelte den Kopf, als er ihm fragend eine Tasse hinhielt.

– Ich glaube, du bist keiner, der junge Einwanderer enttäuscht. Von ihren Eltern kommen auch welche.

Jesper Humlin gab auf. In Gedanken versuchte er sich eine Erklärung für Andrea zurechtzulegen, warum er unbedingt über Nacht in Göteborg bleiben mußte. Aber ihm war klar, daß alles, was er sagte, gegen ihn verwendet werden würde.

– Ein paar Zigeuner werden aufspielen, sagte Pelle Törnblom verheißungsvoll.

Jesper Humlin antwortete nicht. Statt dessen richteten sich seine Blicke und Gedanken auf ein zerfleddertes Plakat an der Wand, das für einen Boxkampf zwischen Eddie Machen und Ingemar Johansson warb.

Zur Lesung erschienen dreizehn Personen, da einer der Aufseher in der Bibliothek blieb, obwohl er abends frei hatte. Es hätten siebzehn werden können, da ein paar Betrunkene von den Bänken vor dem Systemet hereinkommen und sich wärmen wollten. Jesper Humlin, der Andrea noch immer nicht angerufen hatte, ließ seinen Blick düster über die leeren Reihen schweifen. Doch als die angetrunkenen Personen hereingestolpert kamen, raffte er sich auf und erklärte, er weigere sich, Gedichte vor Leuten vorzutragen, die offensichtlich betrunken waren und die Bibliothek nur der Wärme wegen aufsuchten.

Gerade als er anfangen wollte, kam Pelle Törnblom in einem engen, abgetragenen Anzug an und stellte ihm seine Frau Amanda vor. Jesper Humlin verliebte sich auf der Stelle in sie. Sie hatte ein schönes Gesicht mit tiefliegenden Augen. Während der Lesung und des Vortrags richtete er seine innere Aufmerksamkeit ganz auf sie, sie war es, für die er seine Gedichte las, und niemand sonst. Das Publikum bestand hauptsächlich aus Rentnern, darunter ein Mann, der laut röchelte, und in Jesper Humlins desperater Vorstellungswelt wurden daraus brausende Wogen an einem felsigen Ufer. Nach den Gedichten und dem Vortrag gab es keine Fragen. Pelle Törnblom lächelte, und Jesper Humlin wurde mißtrauisch. Er verachtet mich, dachte er. Als wir jung waren, träumten wir von einer ganz anderen Art von Literatur. Von scharfsichtigen Reportagebüchern über das Elend der Welt. Für mein Teil wurden es Gedichte, und für sein Teil erst ein Bugsierdampfer und dann ein Boxklub.

Nachdem sich die Bibliothekarin mit einem Blumenstrauß bei Jesper Humlin bedankt hatte, einem der kleinsten, den er je erhalten hatte, beschloß er, durch eine Hintertür zu entwischen und geradewegs zum Flughafen zu fahren. Daß dies zum endgültigen Abbruch des Kontaktes zwischen ihm und Pelle Törnblom führen könnte, war ihm klar. Doch die Angst vor Andreas Reaktion wog schwerer. Als die wenigen Besucher den Saal geräumt hatten, kamen Pelle Törnblom und Amanda zu ihm hin.

– Ich habe deine Gedichte nicht verstanden, sagte Amanda aufrichtig. Aber sie waren schön.

– Ich habe sie verstanden, sagte Pelle Törnblom. Aber besonders schön fand ich sie nicht.

– Ich hole nur eben meinen Mantel, sagte Jesper Humlin. Dann mache ich einen Spaziergang zum Boxklub.

Pelle Törnblom musterte ihn mißtrauisch.

– Ich dachte, wir gehen zusammen.

– Nach einer Lesung habe ich immer das Bedürfnis, ein wenig allein spazierenzugehen.

– Wozu denn?

– Um meinen Kopf zu lüften.

– Wir leisten dir Gesellschaft. Aber wir müssen nicht reden.

Er ahnt, daß ich verduften will, dachte Jesper Humlin. Als er in das Zimmer trat, in dem er seinen Mantel hatte, zögerte er immer noch mit seiner Entscheidung. Der Gedanke, Andrea anzurufen und ihr zu sagen, daß er nicht nach Hause kommen würde wie verabredet, erschien ihm nach wie vor undurchführbar. Er schaltete das Handy an, um ein Taxi zu rufen, das auf der anderen Seite des Marktplatzes halten sollte, damit niemand entdeckte, daß er sich aus dem Staub machte. Im selben Moment klingelte es. Auf dem Display sah er eine Nummer, die er nicht kannte. Er meldete sich. Es war seine Mutter.

– Wo bist du?

– Warum fragst du nicht, wie es mir geht?

– Es ist eine neue Zeit angebrochen. Bei den Handys weiß man nie, wo die Leute sich befinden. Warum fragst du nicht, wo ich jetzt bin?

– Die Nummer ist mir unbekannt.

– Ich bin in ein Restaurant ausgeführt worden.

– Von wem?

– Von einem heimlichen Verehrer.

– Wer ist es?

– Das sage ich nicht.

– Rufst du deswegen an? Um mir zu sagen, daß du mir nicht sagen willst, mit wem du zum Essen ausgegangen bist?

– Ich möchte, daß du heute am späteren Abend zu mir kommst. Wir haben etwas Wichtiges zu besprechen.

– Heute abend kann ich nicht. Ich bin verreist.

– Ich habe mit Andrea gesprochen. Sie hat gesagt, daß du auf jeden Fall heute abend nach Hause kommst.

Jesper Humlin fühlte sich von allen Seiten eingekesselt.

– Denk daran, daß ich morgen tot sein kann. Ich werde bald neunzig.

– Du stirbst nicht heute nacht. Ich kann morgen abend zu dir kommen.

– Das geht nicht. Da kommt Andrea her.

– Was meinst du damit?

– Daß ich dich heute abend treffen werde und sie morgen.

– Warum können wir uns nicht gleichzeitig treffen?

– Ich habe ein paar wichtige Mitteilungen zu machen. Aber ich möchte mit jedem von euch einzeln sprechen.

Jesper Humlin zerbrach sich den Kopf darüber, was sich seine Mutter jetzt wohl wieder ausgedacht hatte.

– Ich komme. Wenn ich den Flug noch erreiche.

– Wo bist du?

– Hat Andrea das nicht gesagt?

– Sie hat vergessen, ob es Luleå oder Malmö war.

– Ich bin in Göteborg.

– Jetzt habe ich keine Zeit mehr mit dir zu reden. Ich bin heute abend nach zwölf daheim. Ich erwarte dich zu einem Glas Wein.

– Ich will keinen Wein.

Sie hatte das Gespräch bereits beendet. Jesper Humlin wählte die Nummer des Taxis. Es war besetzt. In einem Telefonbuch, das auf einem Regal lag, suchte er verschiedene andere Taxiunternehmen heraus. Überall war besetzt. Inzwischen war ihm der Schweiß ausgebrochen. Ich will auf kein Fest gehen, dachte er. Dagegen würde ich Amanda vielleicht ganz gern allein treffen und ihr meine Gedichte erklären.

Er rief wieder an. Jetzt bekam er Antwort.

– Wir schicken in zwanzig Minuten einen Wagen.

– Da ist es zu spät. Ich muß einen Flug erreichen.

– In der Stadt ist ein Ärztekongreß. Es geht nicht schneller.

– Zwanzig Minuten sind zu lang.

– Dann können wir Ihnen nicht helfen.

Jesper Humlin wollte versuchen, ein Taxi auf der Straße anzuhalten. Er begab sich zum Notausgang und dachte, daß er soeben durch das Tor der gescheiterten Poeten hinausschlich. Die Bestsellerautoren benutzten den Haupteingang, während er selbst auf die Hintertreppe angewiesen war.

Als er hinaustrat, wurde er bereits von Pelle Törnblom erwartet.

– Amanda ist schon vorgegangen, sagte er. Wir haben befürchtet, du könntest dich davonmachen.

Jesper Humlin spürte die Demütigung, erwischt und eingefangen worden zu sein.

– Ich habe dir angesehen, daß du abhauen wolltest, sagte Pelle Törnblom vorwurfsvoll. Ich mußte an all die Leute denken, die enttäuscht sein würden, wenn du nicht auftauchst.

– Du kennst Andrea nicht.

Irritiert streckte Pelle Törnblom die Hand aus.

– Gib mir dein Handy. Ich werde sie anrufen.

– Um was zu sagen?

– Daß du krank geworden bist.

– Sie weiß, daß ich nie krank werde. Sie ist Krankenschwester, und sie kennt mich.

– Ich sage, du hättest einen Kreislaufkollaps bekommen.

– Ich habe keine Probleme mit dem Kreislauf.

– Eine plötzliche Diarrhöe. Die kann man überall bekommen.

– Du verstehst meine Situation nicht. Selbst wenn ich von einer ganz realen Herzattacke betroffen wäre, würde sie mir vorwerfen, meine Versprechen nicht zu halten.

Pelle Törnblom sah ein, daß Jesper Humlins Probleme ernst zu nehmen waren. Er überlegte.

– Wann geht deine Maschine?

– In exakt siebenundsiebzig Minuten.

– Wir warten eine Stunde. Dann rufe ich an und sage, ich hätte dich zum Flugplatz gefahren, aber mein Auto hätte unterwegs eine Panne gehabt.

– Sie wird mir nicht glauben.

– Sie muß dir nicht glauben, Hauptsache sie glaubt mir.

Pelle Törnblom sprach mit entschiedener Stimme. Jesper Humlin sah ein, daß es keinen Sinn mehr hatte, sich gegen das Fest zu wehren, das ihn erwartete. Er reichte Pelle Törnblom das Handy.

– Ruf Andrea an, wenn du meinst, das bringt etwas. Aber mich erwartet ein veritabler Alptraum, wenn du nicht überzeugend klingst.

– Mach dir keine Sorgen.

Jesper Humlin spürte, wie seine Besorgnis sofort wuchs.

Sie überquerten den windigen und menschenleeren Marktplatz. Jesper Humlin dachte, er müßte fragen, was ihn eigentlich gleich erwartete, aber Pelle Törnblom kam ihm zuvor.

– Ein Glück, daß meine Jungs, die boxen, deine Gedichte nicht gehört haben.

– Ich habe schon verstanden, daß du sie nicht mochtest.

Pelle Törnblom zuckte die Achseln.

– Sie waren, wie Gedichte gewöhnlich sind.

– Wie denn?

– Uninteressant.

Schweigend gingen sie weiter. Jesper Humlins Gefühl von Unbehagen und Bedeutungslosigkeit wuchs mit jedem Schritt, den sie in dem kalten Wind taten.

Als sie am Boxklub ankamen, flackerten ein paar Windlichter vor der Tür, die angelehnt war. Bevor sie eintraten, hielt Jesper Humlin Pelle Törnblom zurück.

– Was wird von mir erwartet?

– Du bist der Ehrengast.

– Ich frage, was erwartet wird.

– Daß du dich wie ein Ehrengast benimmst.

– Ich weiß nicht, wie sich ein Ehrengast benimmt.

– Du beantwortest Fragen. Gibst Autogramme. Zeigst, daß du es zu würdigen weißt.

– Wer bin ich eigentlich für sie?

Pelle Törnblom schien von der Frage überrascht und überlegte, ehe er antwortete.

– Ein Mensch aus einer fremden Welt. Du kommst aus

Stockholm, aber du könntest ebensogut von einem Planeten in einer fernen Milchstraße zu Besuch gekommen sein.

Wie Jesper Humlin befürchtet hatte, reagierte Andrea mit Wut, als Pelle Törnblom anrief und mitteilte, sein Auto hätte eine Panne. Trotz des Getöses von dem Zigeunerorchester konnte Jesper Humlin Andreas Stimme hören. Wie eine Feuerflamme umgab sie Pelle Törnbloms Kopf. Er riß den Hörer vom Ohr, als hätte er einen elektrischen Schlag bekommen.

– Was ist passiert?

– Sie hat mir nicht geglaubt.

– Was habe ich gesagt?

Pelle Törnblom gab sich geschlagen.

– Wir hätten ins Freie gehen sollen, als wir angerufen haben.

– Du hättest ins Freie gehen sollen. Du hast angerufen.

– In einem Auto, das auf der Landstraße liegengeblieben ist, klingt es kaum wie in einem Zigeunerorchester.

– Was hat sie gesagt?

– Sie hat von einem Buch gesprochen, das sie schon heute abend anfangen wollte zu schreiben.

– Sag nichts weiter. Ich will es nicht wissen.

Jesper Humlin hatte sich vorgenommen, auf dem Fest, zu dem er so überraschend als Ehrengast geschleppt worden war, nichts zu trinken. Aber jetzt warf er alle Hemmungen über Bord. Irgendwo muß man sein letztes Mahl einnehmen, dachte er. Das Nachtmahl vor dem Hinscheiden kann man auch in einem Boxklub zu sich nehmen. Er fing an zu trinken, anfangs langsam und systematisch, dann immer hemmungsloser. Er und Pelle Törnblom tranken als einzige Wein, die anderen hatten Limonade in den Händen. Pelle Törnblom stellte ihn verschiedenen Menschen vor, allesamt Einwanderer, und viele von ihnen sprachen so schlecht Schwedisch, daß Jesper Humlin nicht verstand, was sie sagten. Aber immerzu waren Leute da, die mit ihm reden wollten, die meisten jung, und er mobilisierte seine gesamte Geduld, um ihre Fragen zu beantworten, wenn es ihm erst einmal gelungen war zu verstehen, was sie wollten.

Dann zog ihn jemand zum Tanzen in den Ring. Jesper Humlin verabscheute es zu tanzen, er hatte es nie gekonnt und die Leute immer beneidet, welche die Kunst beherrschten, raffinierte Bewegungen zur Musik zu machen. Als er aus dem Ring klettern wollte, stolperte er über die Seile und stürzte. Aber da er mittlerweile stark betrunken war, landete er weich, ohne sich zu verletzen. Amanda führte ihn in das Büro, in dem er früher am Abend die Unterredung mit Pelle Törnblom gehabt hatte. Jetzt wollte er, daß Amanda bei ihm blieb. Aber als er plump nach ihr griff und sagte, sie sei schön, errötete sie und beeilte sich, aus dem Zimmer zu kommen und die Tür hinter sich zu schließen.

Jesper Humlin war von Einsamkeit umschlossen. Die Musik und die aufgekratzten Stimmen drangen zu ihm hinein. Plötzlich, ohne daß er wußte, warum, erinnerte er sich an das Mädchen aus Mölndal, das behauptet hatte, es heiße Tea-Bag. Er schloß die Augen. Keine Gedichte mehr, dachte er plötzlich. Aber ich werde auch nie den Kriminalroman schreiben, den Olof Lundin erwartet. Was ich schreiben werde, und ob ich es überhaupt schaffe, weiß ich nicht.

Die Tür ging auf. Ein arabisch aussehendes Mädchen sah ihn an.

– Störe ich?

Die Welt stört, dachte Jesper Humlin.

– Überhaupt nicht.

Das Mädchen sprach unsicher Schwedisch, aber Jesper Humlin hatte keine Schwierigkeiten, sie zu verstehen.

– Ich will Schriftstellerin werden, sagte sie.

– Warum?

Jesper Humlin merkte, daß er zusammenfuhr, als hätte man ihn hinterrücks überfallen. Obwohl er betrunken war, konnte er nicht umhin, der Besorgnis und dem Argwohn anheimzufallen, die ihn jedesmal quälten, wenn ein Mensch vor ihm stand und behauptete, Schriftsteller werden zu wollen. Er stellte sich immer vor, daß die Person, die da stand, sich als eine ihm überlegene Begabung erweisen würde.

– Ich will meine Geschichte erzählen.

– Was für eine Geschichte?

– Meine.

Jesper Humlin betrachtete das Mädchen, das vielleicht achtzehn, neunzehn Jahre alt war. Er war so betrunken, daß das Zimmer schaukelte, aber es gelang ihm, ihre Gestalt mit dem Blick festzuhalten. Er sah, daß sie sehr dick war. Sie war in einen Schal gehüllt, der ihre Umrisse verbarg. Aber er bemerkte trotzdem, daß sie nicht nur übergewichtig war, sondern direkt fett. Ihr Gesicht war voller Pickel und die Haut blank vor Schweiß.

– Woher kommst du?

– Iran.

– Wie heißt du?

– Leyla.

– Boxt du?

– Ich bin hier, weil mein Bruder mich bat mitzukommen. Er boxt hier.

– Und du willst Schriftstellerin werden.

– Ich weiß bloß nicht, wie man es macht.

Jesper Humlin starrte sie an. Woher der Gedanke kam, wußte er nicht. Aber er war ganz klar und deutlich, wie in jenen seltenen Augenblicken, wenn er ein Gedicht in seiner Gesamtheit vor sich sah und dann nie mehr ein einziges Wort hatte ändern müssen. *Ich weiß bloß nicht, wie man es macht.* Jesper Humlin setzte sich im Stuhl auf. Viktor Leander soll seinen Kriminalroman schreiben, dachte er. Und Olof Lundin soll vergeblich auf meinen warten. Was ich tun werde, ist, diesem Mädchen zu helfen, seine Geschichte zu erzählen. Und sie soll mir ihrerseits helfen, über diese Menschen zu schreiben, die in Stensgården wohnen. Jesper Humlin zog die Flasche zu sich heran, die Amanda hinterlassen hatte, und trank, als hätte ihn ein gewaltiger Durst befallen. Mißbilligend sah Leyla ihm dabei zu.

– Ich werde dir helfen, sagte Jesper Humlin und stellte die Weinflasche ab. Wenn du mir deine Telefonnummer aufschreibst, werde ich dich anrufen.

Das Mädchen schrak zusammen.

– Das kann ich nicht.

– Was kannst du nicht?

– Meine Telefonnummer herausgeben.

– Warum nicht?

– Meine Eltern werden Fragen stellen, wenn ein Mann mich anruft.

– Du mußt ihnen sagen, wer ich bin.

Sie schüttelte den Kopf.

– Das geht nicht. Es ist unpassend. Ruf hier an, bei Pelle Törnblom oder Amanda.

Plötzlich lächelte sie.

– Willst du mir wirklich helfen?

– Ich will. Aber ob ich es kann, ist eine andere Sache.

Das Mädchen verschwand zur Tür hinaus. Die Musik hatte wieder eingesetzt. Jesper Humlin blieb mit seiner Flasche sitzen und betrachtete die zerfledderten Plakate an der Wand. Auch wenn es sich nur schemenhaft abzeichnete, dämmerte ihm jetzt, was er schreiben würde. Kein Buch wie das, was Viktor Leander plante, keins wie das, was Olof Lundin sich wünschte, sondern etwas ganz anderes.

Am nächsten Tag fuhr Pelle Törnblom ihn zum Flughafen. Jesper Humlin hatte einen gewaltigen Kater und war nicht ganz sicher, was im weiteren Verlauf des Festes geschehen war. Er war mit heftigen Kopfschmerzen auf einem Teppich vor dem Boxring aufgewacht.

– Es war ein sehr gelungenes Fest. Ich bin froh, daß du geblieben bist. Andrea wird bestimmt Verständnis haben.

Jesper Humlin schauderte es bei dem Gedanken daran, was ihn erwartete, wenn er nach Hause kam. Er lechzte nach dem Bier, das er am Flughafen zu trinken gedachte.

– Sie wird gar nichts verstehen.

– Für meine Boxer und die anderen, die da waren, hat dein Besuch viel bedeutet.

Jesper Humlin antwortete nicht. Er dachte an das dicke Mädchen, Leyla. Und an die Idee, die ihm am Abend zuvor gekommen war. Aber jetzt, in dem fahlen Licht des verkaterten Morgens, konnte er nicht mehr beurteilen, ob die Idee gut war oder nicht. Und das machte ihm plötzlich mehr angst als der Gedanke daran, was Andrea sagen würde, wenn er nach Hause kam.

5

Alle waren gegen seine Idee. Jedoch aus unterschiedlichen Gründen, die sie mit gewaltiger Energie auf ihn niederprasseln ließen. Andrea war wie erwartet wütend darüber, daß er über Nacht in Göteborg geblieben war und wollte zunächst kein Wort von seinem neuen Plan hören.

– Du bist ein durch und durch unzuverlässiger Mensch, den nur interessiert, wie er untreu sein kann, ohne daß ich es merke.

– Ich bin dir nicht untreu.

– Wer ist Amanda?

Jesper Humlin sah Andrea verdutzt an. Sie saßen einige Tage nach seiner Rückkehr aus Göteborg beim Essen in ihrer Wohnung in Hägersten.

– Amanda ist mit einem guten alten Freund von mir verheiratet, einem Boxtrainer.

– Seit wann kümmert es dich, ob die Frauen, hinter denen du her bist, verheiratet sind oder nicht? Du hast heute nacht ihren Namen gemurmelt.

– Das hat nichts zu bedeuten. Was aber etwas bedeutet, ist, daß ich Lust habe, ein Buch über Einwanderer zu schreiben, und zwar unter deren Mitwirkung.

– Was befähigt dich dazu?

– Ich bin immerhin Schriftsteller.

– Bald sagst du wahrscheinlich auch noch, daß du einen Kriminalroman schreiben wirst.

Entsetzt sah Jesper Humlin sie an.

– Warum sollte ich?

– Weil du anscheinend glaubst, daß du über jedes beliebige Thema schreiben kannst, ohne dich anzustrengen. Ich finde, du solltest dieses arme Mädchen in Ruhe lassen.

Abrupt beendete Jesper Humlin den Versuch, Andrea seine Idee plausibel zu machen. Der Rest des Abends, bis sie sich zur Nachtschicht ins Krankenhaus begab, drehte sich um seinen mangelnden Ernst angesichts der Frage, ob sie Kinder haben sollten. Bevor sie ging, versprach er, bis zum nächsten Morgen zu bleiben und sie zu erwarten, wenn sie von der Arbeit wiederkam.

Kaum hatte sie die Wohnung verlassen, ging er ins Schlafzimmer und durchsuchte ihre Papiere und Tagebücher. Er fand eine Skizze in Form eines an sie selbst gerichteten Briefes, der eine ihrer früheren Kontroversen beschrieb, und setzte sich ins Wohnzimmer, um ihn gründlich zu lesen. Wieder regte sich seine Besorgnis. Andrea schrieb gut, unnötig gut, dachte er. Mit einer Grimasse legte er die Papiere weg. Sein erster Gedanke war, unverzüglich Schluß zu machen, oder ihr wenigstens damit zu drohen. Aber er konnte die Folgen nicht einschätzen.

Getreu seiner Gewohnheit las er anschließend ihr Tagebuch. Es war ein altes Modell, für Teenager gedacht. Aber er wußte, wie er das Schloß mit einer Haarnadel aufbekam, und hatte keine Skrupel dabei. Er überflog die Aufzeichnungen, die sie seit seiner letzten Inspektion des Tagebuchs gemacht hatte. Das meiste war ziemlich uninteressant, da es von ihren Problemen am Arbeitsplatz handelte. Nur wenn es um ihre Gedanken über die Ehe und um den Kinderwunsch ging, studierte er sorgsam ihre fahrige und schwer zu entziffernde Schrift. Eine Formulierung fraß sich in seinem Kopf fest. *Ich muß mich in jedem Augenblick fragen, was ich will. Führt man seinem Willen nicht ständig neuen*

Brennstoff zu, verkümmert er. Sogleich beschloß er, diese Worte in seinem eigenen Arbeitsbuch zu notieren, in dem er Einfälle sammelte. Ein Gedicht über den Willen hatte er noch nicht geschrieben. Ihre Formulierung war ausbaufähig und könnte als Material für eine Strophe dienen, die dann in die Gedichtsammlung des nächsten Jahres aufgenommen werden konnte.

Nach dem Einbruch in ihr Tagebuch war ihm leichter ums Herz, er holte sich in der Küche ein kleines Glas Grappa und legte sich dann mit einer ihrer Modezeitschriften, die er heimlich las, aufs Sofa.

Jesper Humlin, erschöpft von dem langen Streit mit Andrea, wollte gerade zu Bett gehen, als seine Mutter anrief.

– Wolltest du nicht heute abend herkommen?

– Ich bin schon zu Bett gegangen. Ich bin müde. Wenn es dir recht ist, könnte ich morgen kommen.

– Ist Andrea da?

– Sie arbeitet.

– Das solltest du auch tun. Es ist ja erst halb zwölf! Ich habe ein kleines Souper für uns hergerichtet. Zum Einkaufen war ich extra in einem Delikateßgeschäft.

Jesper Humlin kleidete sich an, bestellte ein Taxi und sah im Garderobenspiegel, daß die Sonnenbräune aus der Südsee bereits am Verblassen war. Das Taxi wurde von einer Frau gefahren, die sich in der Innenstadt überhaupt nicht auskannte.

– Ich bin Stockholmerin der dritten Generation, sagte sie munter, nachdem sie weite Umwege gefahren war, um von der richtigen Seite in die Einbahnstraße einzubiegen, in der Märta Humlin wohnte. Ich bin in der Stadt geboren, aber ich finde mich trotzdem nicht zurecht.

Als sie ankamen, zeigte sich, daß sie kein Wechselgeld hatte. Und Jesper Humlins Kreditkarte funktionierte auch nicht. Es endete damit, saß sie seine Kontonummer aufschrieb und hoch und heilig versprach, ihm das Wechselgeld zu überweisen.

In der Wohnung hatte Märta Humlin Austern aufgetischt. Jesper Humlin mochte keine Austern.

– Warum hast du Austern gekauft?

– Damit ich meinen Sohn zu etwas Besonderem einladen kann. Ist es dir nicht recht?

– Du weißt, daß ich keine Austern mag.

– Das hast du nie gesagt.

Er sah ein, daß es sinnlos war, die Sache weiter zu diskutieren. Statt dessen erzählte er von der Idee, die ihm gekommen war, als er in Göteborg war. Es war vorgekommen, daß seine Mutter ihm sowohl gute Ideen als auch anregende Gesichtspunkte für seine Bücher geliefert hatte.

– Das klingt nach einem glänzenden Einfall.

– Findest du wirklich?

– Du weißt, daß ich meine Ansichten immer offen zum Ausdruck bringe.

– Ach. Andere Personen, mit denen ich gesprochen habe, waren gegenteiliger Auffassung.

– Du mußte auf das hören, was ich sage. Ich finde, du solltest über dieses Mädchen aus Indien schreiben. Es kann ebenso pittoresk wie romantisch werden. Ist es eine Liebesgeschichte?

– Sie ist ebenso häßlich wie dick. Außerdem kann ich keine Liebesromane schreiben.

Märta Humlin sah ihren Sohn scharf an.

– Ich dachte, du willst dich bemühen, etwas Neues zu schaffen?

– Ich will darüber schreiben, wie es ist.

– Und wie ist es? Warum ißt du keine Austern?

– Ich bin schon satt. Ich will darüber schreiben, wie schwer es ist, in ein fremdes Land zu kommen und zu versuchen, Wurzeln zu schlagen.

– Wer um Himmels willen ist daran interessiert, von fetten Mädchen mit Kopftuch in einem Vorort zu lesen?

– Ich glaube tatsächlich, es sind ziemlich viele.

– Wenn du tust, was ich sage, ist es eine gute Idee. Wenn nicht, finde ich, du solltest die Finger von der ganzen Sache lassen. Außerdem weißt du nichts darüber, wie es ist, als Fremder in ein Land zu kommen. Warum habt ihr euch noch keine Kinder angeschafft, Andrea und du?

– Wir sind dabei.

– Andrea behauptet, daß ihr sehr selten miteinander schlaft.

Jesper Humlin ließ die kleine Gabel fallen, mit der er in der Auster herumstocherte, die er nicht haben wollte.

– Redet sie mit dir über solche Sachen?

– Wir haben ein sehr offenes und vertrauensvolles Verhältnis.

Das versetzte Jesper Humlin einen Schock. Andrea hatte sich oft über Märta Humlins grenzenlose Egozentrik beschwert. Jetzt stellte sich also heraus, daß sie eigentlich ein ganz anderes Verhältnis zu der Frau hatte, die seine Mutter war und ihn zwang, Austern zu essen.

– Ich komme nie wieder her, wenn du und Andrea weiterhin hinter meinem Rücken miteinander redet.

– Wir wollen nur dein Bestes.

Plötzlich fiel Jesper Humlin das Telefongespräch ein, das sie vor wenigen Tagen geführt hatten. Er dachte nicht daran, sich in ein sinnloses Räsonnement über das, was Andrea und seine Mutter zueinander sagten oder nicht sagten, verwickeln zu lassen. Was er jetzt erfahren hatte, war genug.

– Was für eine wichtige Mitteilung wolltest du mir machen?

– Welche Mitteilung?

– Du hast angerufen und gesagt, du müßtest mich unbedingt allein treffen, um mir etwas sehr Wichtiges mitzuteilen.

– Daran kann ich mich nicht erinnern.

– Falls du dein Testament ändern und deinen Kindern kein Geld hinterlassen willst, möchte ich, daß du es sagst.

– Ich entscheide selbst, was im Testament steht.

– Wenn wir Kinder haben wollen, wäre eine gewisse finanzielle Sicherheit nicht unwillkommen.

– Sitzt du da und wünscht mir das Leben aus dem Leib?

Jesper Humlin legte die Gabel weg. Es war sehr spät. Aber seine Mutter sprühte noch vor Energie.

– Ich muß jetzt nach Hause. Ich bin müde und will nicht mitten in der Nacht mit dir über Geld diskutieren.

Pikiert sah Märta Humlin ihn an.

– Nie hätte ich gedacht, daß ich einen Sohn bekomme, der ständig darüber klagt, daß er müde ist. Das hast du von deinem Vater geerbt.

Dann begann sie sich darüber auszulassen, wie müde ihr Mann immer gewesen sei, und Jesper Humlin blieb sitzen, bis es drei Uhr morgens war. Um nicht von Andrea geweckt zu werden, legte er sich in ihrem Wohnzimmer hin und steckte sich Stöpsel in die Ohren. Es dauerte mehrere Stunden, ehe er einschlief. Wieder und wieder kehrte die Erinnerung an das Mädchen zurück, das Tea-Bag hieß.

Am nächsten Tag, spätnachmittags, ging er zu seinem Verlag, fest entschlossen, seinen Verleger davon zu überzeugen, daß die Idee, mit der er sich trug, gut war. Er hatte eine Mütze in die Tasche gesteckt, weil er mit der Möglichkeit rechnete, längere Zeit in Olof Lundins eiskaltem Zimmer zu verbringen. Der Verleger befand sich in seinem Rudergerät, als Jesper Humlin zur Tür hereintrat.

– Ich bin soeben an Åland vorbeigerudert, sagte Olof Lundin. Wie geht es mit dem Kriminalroman? In einer Woche muß ich einen Titel haben. Wir werden bald anfangen, ihn zu lancieren.

Jesper Humlin antwortete nicht. Er setzte sich in den Stuhl, der am weitesten vom Ventilator entfernt stand. Als Olof Lundin mit dem Rudern aufhörte, steckte er eine Nadel mit farbigem Kopf in eine Seekarte der mittleren Ostsee, die an der Wand hing. Er zündete sich eine Zigarette an und setzte sich hinter den Schreibtisch.

– Ich nehme an, du bist gekommen, um mir einen Titel zu nennen?

– Ich bin hier, um mitzuteilen, daß ich niemals einen Kriminalroman schreiben werde. Allerdings habe ich eine andere Idee.

– Die ist schlechter.

– Wie kannst du das wissen, ehe ich etwas gesagt habe?

– Nur Kriminalromane und gewisse pikante Bekenntnisromane verkaufen sich in mindestens 50 000 Exemplaren.

– Ich will ein Buch über ein Einwanderermädchen schreiben.

Interessiert sah Olof Lundin ihn an.

– Einen Bekenntnisroman also? Seit wann hast du ein heimliches Verhältnis?

Jesper Humlin zog seine Mütze über die Ohren. Er fror so, daß er zitterte.

– Was für eine Temperatur herrscht eigentlich in diesem Zimmer?

– Plus ein Grad.

– Das ist doch völlig unerträglich. Wie kannst du hier drinnen arbeiten?

– Man muß sich abhärten. Was ist übrigens mit deiner Sonnenbräune passiert?

– Nichts weiter, als daß es in diesem Land nur regnet. Willst du nun meine Idee hören oder nicht?

Olof Lundin breitete die Arme in einer Geste aus, die Jesper Humlin als eine Mischung aus Offenheit und Desinteresse deutete. In dem Gefühl, vor einem Gericht zu stehen, das alle, die keine Kriminalromane schrieben, schon vorab verurteilt hatte, legte er seine Gedanken dar. Olof Lundin steckte sich eine weitere Zigarette an und maß seinen Blutdruck. Als Jesper Humlin nichts mehr zu sagen hatte, lehnte sich der Verleger im Stuhl nach hinten und schüttelte den Kopf.

– Dieses Buch wird sich in 4320 Exemplaren verkaufen.

– Wie kannst du das wissen?

– Es gehört zu dieser Kategorie. Außerdem kannst du nicht über dicke Einwanderermädchen schreiben. Du weißt nichts von ihrem Leben.

– Gerade das will ich doch herausfinden.

– Sie werden dir niemals die Wahrheit erzählen.

– Warum nicht?

– Weil ich es sage. Es ist meine Erfahrung, die spricht.

Olof Lundin setzte sich auf seinem Stuhl ruckartig auf und ließ die Handflächen auf die Tischplatte prallen.

– Was du schreiben sollst, ist ein Kriminalroman. Nichts

anderes. Laß diese fetten Mädchen in Ruhe. Du brauchst sie nicht, und sie brauchen dich nicht. Was uns fehlt, ist ein Kriminalroman von deiner Hand, und dann, daß ein eingewandertes junges Schrifstellertalent den großen Roman über das neue Land Schweden schreibt. In einer Woche will ich den Titel haben.

Olof Lundin stand auf.

– Es ist immer wieder nett, mit dir zu reden. Aber jetzt wartet ein Treffen mit den Direktoren des Ölkonzerns. Sie haben bereits mit Entzücken zur Kenntnis genommen, daß du nächstes Jahr einen Kriminalroman vorlegen wirst.

Olof Lundin stürmte aus dem Zimmer. Jesper Humlin ging zu einer Konditorei in der Nähe des Verlagshauses und trank einen Kaffee, um sich wieder aufzuwärmen. Flüchtig erwog er, mit Viktor Leander über seine Idee zu sprechen. Aber er sah ein, daß er es besser bleiben ließ. Wenn sein Einfall so gut war, wie er glaubte, würde Viktor Leander ihn sofort klauen.

Er nahm ein Taxi nach Hause und stellte zu seiner Erleichterung fest, daß weder Andrea noch seine Mutter eine Nachricht auf seinem Anrufbeantworter hinterlassen hatten. Nachdem er mit zunehmendem Widerwillen einige seiner Notizen für die Gedichtsammlung über »Qualen und Gegensätze« durchgelesen hatte, die er als nächstes Buch plante, legte er sich aufs Bett und starrte an die Decke. Auch wenn er immer noch zögerte, schien es ihm, als wäre die Idee, die ihm in Göteborg gekommen war, im Moment am tragfähigsten.

Er blieb liegen und drehte und wendete seine Gedanken, bis er sich vom Bett erhob und von seinem Arbeitszimmer aus bei Pelle Törnblom anrief. Dieser war außer Atem, als er nach geraumer Zeit ans Telefon kam.

– Was machst du gerade?

– Ein bißchen Boxtraining mit einem Typen aus Pakistan. Was hat Andrea gesagt?

– Genau das, was ich wußte, daß sie sagen würde. Aber ich habe es überlebt.

– Gib zu, daß das Fest gelungen war. Die Jungs, die hier boxen, sind sehr stolz.

– Ich wüßte gern, ob ein iranisches Mädchen, das Leyla heißt, dir ihre Telefonnummer gegeben hat.

– Ihr Bruder boxt hier. Er hat mir erklärt, worum es geht. Ich finde es eine gute Idee.

Rasch blätterte Jesper Humlin seinen Tischkalender durch.

– Sag ihr, daß ich nächsten Mittwoch komme. Können wir bei dir zu Hause eine Unterhaltung führen?

– Hier im Klub geht es besser. Es gibt ein Zimmer im Erdgeschoß, das mir gehört, das aber ungenutzt ist.

– Ich hoffe, wir können ungestört sein.

– Ihr Bruder kommt natürlich mit.

– Warum soll er dabeisein?

– Um darauf zu achten, daß alles anständig zugeht. Daß seiner Schwester nichts passiert.

– Was sollte passieren?

– Es ist nicht schicklich, daß sie sich allein mit einem fremden Mann trifft. Wir reden hier von kulturellen Unterschieden, die man respektieren muß. Man weiß nie, was passieren kann, wenn ein Mann und eine Frau allein sind.

– Herrgott! Du hast sie doch gesehen!

– Sie ist nicht die schönste Frau der Welt. Aber das bedeutet nichts. Ihr Bruder wird nur daneben sitzen und kontrollieren, daß nichts Ungehöriges geschieht.

– Was denkst du eigentlich von mir?

– Ich finde, es ist eine ausgezeichnete Idee, daß du mit deinen Gedichten aufhörst und statt dessen etwas Vernünftiges schreibst. Das denke ich von dir. Daß du dich verbessern kannst.

Jesper Humlin wurde wütend. Er fühlte sich gekränkt. Aber er sagte nichts. Und er sah ein, daß er die Anwesenheit von Leylas Bruder akzeptieren mußte.

Er beendete das Gespräch. Das Telefon klingelte. Er wartete mit dem Abheben, bis er eine Stimme auf dem Anrufbeantworter hörte. Es war ein Journalist von einer der größten Zeitungen im Land. Jesper Humlin nahm den Hörer ab und bemühte sich, beschäftigt zu klingen.

– Ich hoffe, ich störe nicht?

Jesper Humlin wünschte sich immer, daß Journalisten, die anriefen, Frauen mit sanfter und angenehmer Stimme wären. Aber dies war ein Mann mit rauher Stimme.

– Ich arbeite. Aber es ist schon in Ordnung.

– Ich würde gern ein paar Fragen zu Ihrem neuen Buch stellen.

Jesper Humlin ging davon aus, daß der Journalist von dem Gedichtband redete, den er vor ein paar Monaten veröffentlicht hatte.

– Ein kurzes Gespräch ist in Ordnung.

– Haben Sie was dagegen, daß ich es mitschneide?

– Nein.

Jesper Humlin wartete, bis der Journalist, dessen Namen er nicht kannte, das Tonbandgerät eingeschaltet hatte.

– Ich möchte eigentlich nur fragen, was für ein Gefühl es ist.

Der Abend in Mölndal flimmerte in Jesper Humlins Kopf vorbei.

– Es ist ein gutes Gefühl, ein sehr gutes.

– Verbirgt sich irgend etwas Besonderes hinter diesem Buch?

Gerade diese Frage beantwortete Jesper Humlin besonders gern. Sie wurde ständig wiederholt. Ein paar Tage zuvor hatte er sich, in der Badewanne liegend, eine neue Antwort ausgedacht.

– Ich versuche stets, aus meiner gewohnten literarischen Landschaft aufzubrechen und mich auf ungebahnten Pfaden durchzuschlagen. Wäre ich nicht Poet, wäre ich sicher Straßenarbeiter geworden.

– Können Sie diese seltsame Antwort näher erläutern?

– Ich kann mir kaum eine wichtigere Tätigkeit vorstellen, als neue Wege für Menschen zu bereiten, die nach mir kommen.

– Was für Menschen?

– Neue Generationen.

Der Journalist hüstelte.

– Eine merkwürdige, aber schöne Antwort.

– Danke.

– Aber für einen Lyriker muß es doch ein gewaltiger Schritt sein, den Versuch zu unternehmen, einen Kriminalroman mit Bestsellerqualitäten zu schreiben?

Jesper Humlin erstarrte, und die Knöchel der Hand, die den Telefonhörer umspannte, wurden weiß.

– Ich verstehe nicht ganz, was Sie meinen?

– Wir haben eine Pressemitteilung von Ihrem Verlag erhalten, daß Sie im nächsten Herbst einen Kriminalroman herausbringen.

Schon des öfteren war Jesper Humlin über seinen Verleger Olof Lundin verstimmt gewesen. Aber in diesem Moment, völlig unvorbereitet von einem Journalisten in die Enge getrieben, begann er ihn zu hassen. Die einzige Idee für einen Kriminalroman, die ihm in den Sinn kam, war ein Autor, der seinen Verleger ermordete, indem er ihm Stapel von falschen Pressemitteilungen in den Rachen stopfte.

– Hallo?

– Ich höre.

– Möchten Sie, daß ich die Frage wiederhole?

– Nicht nötig. Es ist nur so, daß ich mich entschieden habe, bis auf weiteres keine Aussagen über mein nächstes Buch zu machen. Ich bin gerade in den Schreibprozeß eingetreten. Die Konzentration ist sehr anfällig für Störungen. So ähnlich, wie wenn man unwillkommene Gäste in sein Haus läßt.

– Das klingt ja sehr anspruchsvoll. Aber irgend etwas müssen Sie doch sagen können? Warum gibt der Verlag sonst eine Pressemitteilung heraus?

– Das kann ich nicht beantworten. Lassen Sie mich nur sagen, daß ich bereit bin, in ungefähr einem Monat über das Buch Auskunft zu geben.

– Sie könnten doch vielleicht erzählen, wovon es handeln soll?

Jesper Humlin überlegte fieberhaft.

– Ich kann nur so viel sagen, daß das Spannungsfeld in der Kulturkollision liegt.

– Das kann ich nicht schreiben. Niemand begreift, was gemeint ist.

– Menschen aus unterschiedlichen Kulturen, die sich begegnen und einander nicht verstehen. Ist das deutlicher?

– Es ist also jemand, der Einwanderer ermordet?

– Ich sage nicht mehr als das, was ich gesagt habe. Aber die Schlußfolgerung, die Sie ziehen, ist nicht zutreffend.

– Es sind also Einwanderer, die Schweden ermorden?

– Es kommen tatsächlich überhaupt keine Morde vor.

– Wie kann es dann ein Kriminalroman sein?

– Dazu werde ich mich äußern, wenn die Zeit reif ist.

– Wann ist sie das?

– In einem Monat.

– Haben Sie noch etwas zu sagen?

– Im Moment nicht.

– Dann möchte ich mich bedanken.

Jesper Humlin legte den Hörer auf.

Der Journalist war verstimmt gewesen. Er selbst war naßgeschwitzt und wütend. Er dachte, er sollte Olof Lundin schleunigst anrufen. Aber davon würde es nicht besser. Eine Pressemitteilung war an die Öffentlichkeit gelangt, und das war nicht ungeschehen zu machen. Der Kriminalroman, den er nicht schreiben würde, stellte jetzt eine literarische Neuigkeit dar.

Am selben Abend kam Andrea überraschend zu ihm nach Hause. Jesper Humlin, der nach dem niederschmetternden Gespräch mit dem Journalisten vor Erschöpfung auf dem Sofa eingenickt war, fuhr auf, als wäre er gerade dabei, etwas Unerlaubtes zu tun. Aber als er hörte, daß Andrea die Tür nicht zuknallte, atmete er auf. Das bedeutete, daß sie nicht sofort Streit suchen würde. Kam sie leise zur Wohnungstür herein, war sie guter Dinge.

Sie setzte sich neben ihn aufs Sofa und schloß die Augen.

– Ich fange an, griesgrämig zu werden, sagte sie. Ich werde allmählich wie ein altes Weib.

– Ich gebe dir sehr oft Anlaß zur Sorge. Aber das versuche ich zu ändern.

Andrea öffnete die Augen.

– Von wegen. Aber ich lerne vielleicht irgendwann, damit zu leben.

Sie kochten zusammen und tranken Wein, obwohl es

ein Abend mitten in der Woche war. Geduldig hörte sich Jesper Humlin ihre verbitterten Ausfälle gegen das Chaos im schwedischen Gesundheitswesen an. Zugleich überlegte er, wie er ihr am geschicktesten erklären könnte, daß er das iranische Mädchen jetzt tatsächlich treffen würde. Aber noch mehr dachte er an das, was seine Mutter ihm am Abend zuvor gesagt hatte, daß sie und Andrea Vertraulichkeiten über ihr intimstes Privatleben austauschten.

Plötzlich schien sie seine Gedanken zu lesen.

– Wie war es bei Märta?

– Wie gewöhnlich. Aber sie hatte Austern gekauft. Außerdem hat sie mir etwas erzählt, was ich nicht gern gehört habe.

– Wird sie dich enterben?

Jesper Humlin erstarrte.

– Hat sie das behauptet?

– Nein.

– Warum sagst du das dann?

– Herrgott! Was war es, was du nicht gern gehört hast?

Jesper Humlin erkannte, daß der Augenblick nicht günstig war. Er hatte genau wie Andrea schon zu viel Wein getrunken. Es konnte leicht im Krach enden. Aber er war nicht imstande, sich zu beherrschen.

– Sie sagt, daß ihr über unser Sexualleben redet. Ihr zufolge hast du behauptet, wir würden nicht besonders oft miteinander schlafen.

– Das ist doch wahr.

– Mußt du mit ihr darüber reden?

– Warum nicht? Sie ist schließlich deine Mutter.

– Sie hat nichts mit uns beiden zu tun.

– Wir reden über alles. Ich habe deine Mutter gern.

– Gewöhnlich sagst du das Gegenteil.

– Ich habe meine Ansicht geändert. Außerdem ist sie

sehr offenherzig zu mir. Ich weiß Dinge von ihr, die du nicht für möglich halten würdest.

– Zum Beispiel?

Andrea schenkte die Gläser voll und lächelte geheimnisvoll. Jesper Humlin gefiel ihr Blick nicht.

– Ich habe dich gefragt, was es ist, was ich nicht von meiner Mutter weiß.

– Dinge, die du nicht wissen willst.

– Ich kann nicht wissen, ob ich es nicht wissen will, bevor ich es nicht weiß.

– Sie hat einen Job.

Jesper Humlin starrte sie an.

– Was für einen Job?

– Das ist es, was du nicht wissen willst.

– Meine Mutter hat in ihrem ganzen Leben nicht gearbeitet. Sie ist in allen Kulturbereichen, die es gibt, herumgehüpft. Aber einer regelmäßigen Arbeit ist sie nie nachgegangen.

– Jetzt hat sie eine.

– Was macht sie?

– Sie verkauft Telefonsex.

Langsam stellte Jesper Humlin sein Weinglas ab.

– Es gefällt mir nicht, daß du schlecht über sie redest.

– Es ist wahr.

– Was ist wahr?

– Sie verkauft Telefonsex.

– Sie ist siebenundachtzig Jahre alt. Wie kannst du so etwas auch nur andeuten?

– Ich habe sie selbst gehört. Warum sollte eine Frau, die siebenundachtzig ist, nicht Telefonsex verkaufen?

In Jesper Humlin machte sich das nagende Gefühl breit, daß das, was Andrea sagte, wahr sein könnte. Dennoch begriff er nicht, was sie meinte.

– Würdest du mir bitte erklären, wobei es sich bei dieser Arbeit handelt?

– In jeder Zeitung gibt es Anzeigen mit Telefonnummern, die man für schmutzige Gespräche und für Gestöhne und Gott weiß was anrufen kann. Es war eine Freundin deiner Mutter, die darauf kam, daß es vielleicht einen Bedarf bei alten Männern gibt, die lieber zusammen mit Frauen ihres eigenen Alters stöhnen wollen.

– Und?

– Sie hatte recht. Dann haben sie ein Unternehmen gegründet. Sogar eine Aktiengesellschaft. Vier Frauen, von denen die jüngste dreiundachtzig ist und die älteste einundneunzig. Deine Mutter ist übrigens Vorstandsvorsitzende. Im vergangenen Jahr haben sie nach allen Abzügen einen Gewinn von 445 000 Kronen gemacht.

– Was für Abzüge? Ich begreife nicht, wovon du redest.

– Ich erzähle dir nur, daß deine Mutter täglich eine Anzahl von Stunden am Telefon sitzt und gegen Bezahlung stöhnt. Ich habe sie selbst gehört. Es klingt sehr überzeugend.

– Überzeugend?

– Daß sie sich erregt fühlt. Sei jetzt nicht dumm. Du verstehst genau, was ich meine. Wie geht es mit deinem neuen Buch voran?

– Ich fahre nächste Woche nach Göteborg, um damit anzufangen.

– Viel Glück.

Andrea stand auf und begann abzuräumen. Jesper Humlin blieb sitzen. Was Andrea ihm über seine Mutter erzählt hatte, beunruhigte und empörte ihn. Im tiefsten Inneren wußte er bereits, daß das, was sie sagte, wahr war. Er hatte eine Mutter, die zu allem, aber auch zu allem imstande war.

Allem

99

Als Jesper Humlin eine Woche später im Zug nach Göteborg saß, hatte er die Zeit hauptsächlich damit verbracht, die Fragen von Journalisten zu dem Kriminalroman, den er nicht schreiben würde, der jedoch im nächsten Herbst erscheinen sollte, abzuwimmeln. Außerdem hatte er einen Streit mit Viktor Leander gehabt, der ihn am Telefon beschimpft hatte, seinem besten Freund die Ideen zu klauen. Gegen die Zusicherung absoluten Stillschweigens war es Jesper Humlin schließlich gelungen, ihn davon zu überzeugen, daß kein Kriminalroman von seiner Hand erscheinen würde.

Der Mann, den er am eifrigsten jagte, Olof Lundin, hatte sich die ganze Woche über unerreichbar gemacht. Jesper Humlin hatte ihn sogar mitten in der Nacht angerufen, ohne Erfolg. Auch mit seiner Mutter hatte er noch nicht über die skandalöse Tätigkeit gesprochen, die sie per Telefon ausübte. Aber er hatte sich dazu gezwungen, selbst herausfinden, ob jedes Wort, das Andrea gesagt hatte, wahr war. Eines Nachmittags, als er allein zu Hause war, hatte er sich mit zwei Kognaks gestärkt und dann die Nummer gewählt, die Andrea ihm in einer Zeitung gezeigt hatte. Erst hatten sich zwei fremde Frauenstimmen gemeldet. Aber beim dritten Anruf hatte er zu seinem Entsetzen seine eigene Mutter mit schleppender Stimme zu sich sprechen hören. Er hatte den Hörer auf die Gabel geknallt, als hätte dieser ihn gebissen, und anschließend noch etliche Kognaks gekippt, um sich zu beruhigen.

Jesper Humlin sank auf seinem Sitz zusammen und wünschte, er befände sich nicht in einem Zug nach Göteborg, sondern in einem Flugzeug, das ihn weit weg bringen würde. Er lehnte sich zurück und schloß die Augen. Die Woche, die vergangen war, hatte ihn ausgelaugt. Gerade als er kurz davor war einzuschlafen, begann jemand in seiner Nähe laut in ein Handy zu sprechen. Das Gespräch schien sich auf unklare Weise um einen unbezahlten Bagger zu drehen. Jesper Humlin ließ alle Gedanken an ein Schlummerstündchen fahren und zog eine Abendzeitung zu sich heran. Noch immer verspürte er einen rasch abklingenden Angstschauer, wenn er eine Abendzeitung aufschlug. Noch bestand die Gefahr, daß ein Journalist sich für das interessieren könnte, was in Mölndal passiert war. Besonders wenn man bedachte, daß Jesper Humlin jetzt wegen des Buches, das er nicht schreiben würde, ein interessanter Name in der Öffentlichkeit war.

Mißmutig stocherte er in dem Essen, das serviert wurde. Für den Rest der Reise saß er da und schaute hinaus auf die dunkelnde Landschaft. Der Boden unter den Füßen, dachte er. Ich bin mitten im Leben, mitten in der Welt, mitten im schwedischen Winter. Und mir fehlt ein fester Boden unter den Füßen.

In Göteborg holte ihn Pelle Törnblom mit einem rostigen und verbeulten Kastenwagen ab. Kaum hatten sie das Bahnhofsgelände verlassen, blieben sie in einem Stau stecken.

– Sie sind schon da, sagte Pelle Törnblom zufrieden. Sie haben große Erwartungen.

– Schon da? Aber ich bin doch erst in vier Stunden mit ihr und ihrem Bruder verabredet.

– Sie sind seit heute morgen da. Es ist ein großer Augenblick für sie.

Jesper Humlin warf einen mißtrauischen Blick auf den Mann hinterm Steuer. Meinte er es ernst oder war er sarkastisch?

– Ich weiß wirklich nicht, was dieses Treffen bringen wird. Vielleicht kommt überhaupt nichts dabei heraus.

– Das Wichtigste ist, daß du es machst. Einwanderer gelten in diesem Land als Opfer. Opfer der Umstände, der mangelnden Sprachkenntnisse, von fast allem, was man sich vorstellen kann. Mitunter betrachten sie sich auch selber als Opfer. Aber die allermeisten wollen tatsächlich als ganz gewöhnliche Menschen betrachtet und behandelt werden. Wenn du ihnen helfen kannst, ihre eigenen Geschichten zu erzählen, hast du etwas Wichtiges geleistet.

– Wen meinst du? Ich werde mit einem Mädchen namens Leyla sprechen. Mit sonst niemand.

Die Autoschlange bewegte sich ein paar Meter vorwärts und blieb wieder stehen. Zugleich begann ein mit Schnee vermischter Regen zu fallen.

– Es werden wohl ein paar mehr sein.

– Wer denn alles? Wie viele?

– Wir mußten ein paar zusätzliche Stühle aufstellen.

Jesper Humlin legte die Hand auf den Türgriff und machte sich zur Flucht bereit.

– Zusätzliche Stühle? Wovon redest du?

– Es werden wohl so an die fünfzig.

Jesper Humlin versuchte, die Tür aufzubekommen. Der Griff ging ab.

– Was ist das für ein Auto?

– Der Griff ist lose. Ich repariere das später.

– Was meinst du mit fünfzig Personen?

– Leyla hat ein paar Freundinnen mitgebracht, die ebenfalls schreiben lernen wollen.

– Wieso sprichst du dann von fünfzig Personen?

– Ihre Familien kommen auch mit.

– Wozu?

– Es ist, wie ich bereits erklärt habe. Sie wachen über ihre Töchter. Ich finde im Ernst, du solltest dich darüber freuen, daß sie so interessiert sind.

– Aber ich bin hergekommen, um mit *einem* Mädchen zu reden! Nicht mit mehreren, und schon gar nicht mit ihren Familien. Fahr mich zurück zum Bahnhof.

Pelle Törnblom wandte ihm den Kopf zu.

– Du wirst sehen, es wird alles gut. Wenn sie merken, daß du ein Mensch bist, dem man vertrauen kann, werden künftig weniger Leute kommen.

– Es ist mir egal, wie viele kommen. Ich bin hier, um mit *einem* Mädchen zu reden. Fahr mich zurück zum Bahnhof.

– Es kommt tatsächlich noch eine weitere Person.

– Wer?

– Ein Journalist.

– Wie hat er davon erfahren?

– Ich habe mit ihm gesprochen.

– Der Teufel soll dich holen.

– Du kannst dir ja vorstellen, was er schreiben wird, wenn du diese Mädchen im Stich läßt, die in unserer Gesellschaft ohnehin schon so arm dran sind.

Jesper Humlin saß stumm da, den Türgriff in der Hand. Warum hört niemand auf das, was ich sage? dachte er. Warum kommen fünfzig Personen, wenn ich hier bin, um mit einem einzigen Menschen zu sprechen?

Die Autoschlange kam wieder ins Rollen. Der Schneefall wurde dichter. Als sie in Stensgården und dem Boxklub eintrafen, hatte Jesper Humlin eigentlich nur Lust zu weinen. Aber er folgte Pelle Törnblom in den voll besetzten Raum. Dicht gedrängt saßen dort Menschen aller Altersstufen und jeglichen Aussehens. Es gab sehr alte Menschen und kleine Kinder, die laut schrien. Der Raum war erfüllt von den Düften exotischer Gewürze, die Jesper Humlin nicht kannte.

Er blieb in der Tür stehen. An einem einsamen Tisch

ganz hinten im Raum saß Leyla zusammen mit ihren Freundinnen. Zu seinem großen Erstaunen war eine davon Tea-Bag.

Er machte auf dem Absatz kehrt. Pelle Törnblom schnitt ihm den Rückzug ab.

Ihm blieb nur ein Weg.

6

An diesem Abend um Viertel vor zehn wurde Jesper Humlin von einem hünenhaften finnischen Zigeuner namens Haiman niedergeschlagen. Der Grund war, daß dieser die Art, wie Jesper Humlin seiner Nichte Sacha die Wange tätschelte, als reichlich zudringlich empfunden hatte. Sacha gehörte nicht zu Leylas Freundinnen, und warum Jesper Humlin ihr überhaupt die Wange getätschelt hatte, war nicht gänzlich zu klären. Doch der Schlag, der ihn traf, war hart. Haiman praktizierte seit vielen Jahren in seiner Freizeit mit ein paar Freunden auf einem Feld irgendwo in Frölunda eine Art Rugby mit eigenen Spielregeln. Seine Faust traf den total unvorbereiteten Jesper Humlin an der linken Wange und schickte ihn geradewegs in eine Wand hinein und dann zu Boden. Pelle Törnblom zufolge, der in seinem Leben schon viele Leute hatte zu Boden gehen sehen, war es einer der schönsten Knockouts, der ihm je untergekommen war.

Als Jesper Humlin ein gute Stunde später aufwachte, befand er sich auf einer Trage in der wie üblich überfüllten Notaufnahme des Sahlgrenska Krankenhauses. Als er die Augen aufschlug, stand Pelle Törnblom an seiner Seite. Es dauerte einige Augenblicke, ehe sich Jesper Humlin nebelhaft an das Vorgefallene erinnern konnte.

– Der Arzt sagt, daß der Kiefer nicht gebrochen ist. Du hast Glück gehabt.

– Glück? krächzte Jesper Humlin. Der Schmerz schnitt ihm in die Kehle.

– Ich verstehe nicht, was du sagst.

Pelle Törnblom kramte ein Stück Papier und einen Stift aus der Tasche und reichte sie Jesper Humlin, der seine Frage aufschrieb.

Was ist eigentlich passiert?

– Ein Mißverständnis. Alle sind sehr unglücklich darüber. Draußen warten über zwanzig Personen, um zu erfahren, wie es dir geht. Sie wollen hereinkommen und dich begrüßen. Sie sind sehr besorgt.

Entsetzt schüttelt Jesper Humlin den Kopf.

– Sie kommen nicht herein, ehe ich ihnen die Erlaubnis gebe. Es war nur ein Mißverständnis. Eine unbedeutende Kulturkollision.

Pelle Törnblom sah ihn aufmunternd an und klopfte ihm auf die Schulter. Sofort wuchs der Schmerz in der Wange.

– Genau die Erlebnisse, die du suchst, indem du den Mädchen das Schreiben beibringst.

Mit vor Erregung zitternder Hand kritzelte Jesper Humlin:

Ich will nicht von einem Irren aufs Maul geschlagen werden.

– Haiman ist normalerweise ein sehr friedfertiger Mann. Aber er fand, du warst ein bißchen sehr zudringlich. Du solltest den Mädchen nicht die Wange tätscheln. Es kann mißverstanden werden. Aber du hattest Glück. Die Ärzte meinen, du hast nicht einmal eine Gehirnerschütterung davongetragen. Zur Sicherheit wollen sie dich aber bis morgen früh hierbehalten.

Jesper Humlin schrieb weiter.

Ich will nach Hause fahren. Ich komme nie wieder hierher zurück.

– Natürlich kommst du zurück. Du bist nur ein bißchen aufgewühlt. Alle waren von dem Abend begeistert. Du warst brillant. Die ganze Sache wird ein großer Erfolg.

Über Jesper Humlins Kopf hing eine starke Lampe, die ihm direkt ins Gesicht schien. Er sah Pelle Törnblom an und schüttelte langsam den Kopf. Wäre er dazu imstande gewesen, hätte er ihn geschlagen. Wieder schrieb er auf den Zettel und bat ihn, den Wartenden draußen auszurichten, daß er hoffe, er brauche keinen von ihnen je wieder zu sehen. Pelle Törnblom nickte verständnisvoll und verschwand hinter einem Vorhang. Jesper Humlin fuhr mit den Fingerspitzen über seine Wange, die stark geschwollen war. Der Schmerz pochte unter der Haut. Pelle Törnblom kam zurück.

– Sie sind froh zu hören, daß es dir gutgeht. Sie freuen sich darauf, dich wiederzusehen. Ich habe gesagt, du hättest den Abend sehr gelungen gefunden.

Wütend schrieb Jesper Humlin auf den Zettel.

Hau ab.

– Ich warte auf Amanda. Sie wird ein paar Stunden bei dir bleiben. Morgen hole ich dich ab und fahre dich zum Bahnhof oder zum Flughafen. Vorher müssen wir festlegen, wann du wieder herkommst.

Jesper Humlin fluchte still vor sich hin und schloß die Augen. Er hörte, daß Pelle Törnblom hinter dem Vorhang verschwand. Indem er sich vorsichtig zurücktastete und überlegte, was an diesem Abend geschehen war, bevor sich überraschend die Dunkelheit über ihn gesenkt hatte, versuchte er, den Schmerz fernzuhalten.

Pelle Törnblom hatte hinter seinem Rücken gestanden und ihm den Rückzug abgeschnitten. Als er den Raum betreten hatte, war eine plötzliche Stille entstanden. Er hatte gefühlt, wie alle Blicke sich auf ihn richteten. Dann hatte das Gemurmel wieder eingesetzt, lauter diesmal. Während er sich seinen Weg zu dem Tisch bahnte, an dem Leyla, Tea-Bag und ein weiteres Mädchen saßen, hatte er zu vermeiden versucht, all diesen starrenden, erschreckenden Menschen in die Augen zu sehen. Dort war ein Stuhl freigehalten worden, und immer desperater dachte er, bevor er sich setzte, müßte er wissen, wie diese Situation zu meistern war.

Als er sich zu dem wartenden Stuhl durchzwängte, fiel ihm aus einem unerfindlichen Grund plötzlich sein Börsenmakler ein. Vielleicht, weil ihn das Chaos von fern an die Bilder aus den verschiedenen Börsen im Fernsehen erinnerte. Oder war die Erklärung so einfach, daß er seit über einer Woche keinen Kontakt mit Anders Burén gehabt hatte, der sein Aktienhändler war und sich um seine Investitionen kümmerte. Einige Jahre lang hatten sie erstaunliche Gewinne erzielt. Aber jetzt schwankten seine Aktien ebenso wie alle anderen Papiere an den immer unruhiger werdenden Börsen der Welt.

Wenn ich das überlebe, muß ich ihn morgen anrufen, dachte er. Und sogleich beunruhigte ihn der Gedanke, daß genau in diesem Moment, während er sich zwischen den Stühlen durchdrängte, an einer fernen Börse etwas Dramatisches geschah, dessen Nachbeben alle seine Investitionen auslöschen würden. Als er an dem Tisch ankam, verstummte das Gemurmel. Er nickte Tea-Bag zu, aber es war Leyla, die ihre Hand ausstreckte. Tea-Bag verhielt sich irgendwie abwartend. Das dritte Mädchen saß mit abgewandtem Gesicht da.

Als er Leylas Hand ergriff, war es, als würde er einen toten, verschwitzten Fisch anfassen. Aber Fische schwitzen nicht, dachte er verwirrt. Und Mädchen müssen schwitzen dürfen, wenn sie nervös sind. Vielleicht kann ich das Bild in einer künftigen Gedichtsammlung verwenden, die ich vermutlich nie schreiben werde. Meine Zukunft besteht zur Zeit aus zwei Büchern, die niemals geschrieben werden. Eins davon wird gerade heftig lanciert.

Jesper Humlin hielt ihre Hand fest, in der Befürchtung, den Boden unter den Füßen zu verlieren, wenn er sie losließe. Er begrüßte sie freundlich. Irgendwo hinter ihm im Zimmer begann jemand zu applaudieren.

– Wie ich sehe, hast du ein paar Freundinnen mitgebracht, sagte er freundlich.

– Sie wollten mitkommen. Tea-Bag kennst du schon.

Jesper Humlin nahm ihre Hand. Als er sie zu fest drückte, zog sie sie zurück. Den Namen des dritten Mädchens konnte er nicht verstehen. Sie gab ihm nicht die Hand. Noch immer hatte sie das Gesicht abgewandt. Er setzte sich auf den leeren Stuhl. Im selben Moment erhob sich eine Gruppe von Menschen, die ganz hinten im Raum saß, und begann sich zu dem Tisch vorzudrängen.

– Das sind meine Eltern, sagte Leyla.

– Allesamt?

– Die zwei größten da an der Seite sind mein Bruder und meine Schwester. Die beiden daneben sind meine Mutter und mein Vater.

Leyla zeigte auf sie. Jesper Humlin konnte nichts anderes erkennen, als daß alle vier gleich klein waren.

– Das ist meine Familie, sagte Leyla. Sie wollen gern guten Tag sagen.

– Ich dachte, nur dein Bruder wollte kommen, entgegnete Jesper Humlin.

– Ich habe drei Brüder. Außerdem ist meine Großmutter väterlicherseits hier. Und die beiden Schwestern meines Vaters.

Der Reihe nach begrüßte Jesper Humlin die Familienmitglieder. Sie betrachteten ihn freundlich, aber zugleich
taxierend. Jesper Humlin hörte ihre Namen und vergaß
sie gleich wieder. Als die Zeremonie beendet war, begann
ihr lärmender Rückzug zwischen den ineinander verkeil-
ten Stühlen. Jesper Humlin fühlte den Schweiß unter dem
Hemd heruntersickern. Die Fenster waren verrammelt. Er
warf einen Blick zu Pelle Törnblom hin, der wie ein Raus-
schmeißer an der Tür stand. Er fühlte Panik in sich aufstei-
gen und verfluchte die Tatsache, daß er vergessen hatte, die
Schachtel mit Beruhigungstabletten mitzunehmen, die er
normalerweise immer in der Tasche hatte.

– Das hier ist Tanja, sagte Leyla und zeigte auf das Mädchen, das mit abgewandtem Gesicht dasaß.

Jesper Humlin erwartete, daß das Geschiebe zwischen
den Stühlen wieder anfangen würde. Aber niemand kam.
Tanja war offenbar allein.

– Woher kommst du?

– Sie kommt aus Rußland, antwortete Leyla.

– Du willst hier also teilnehmen und schreiben lernen?
Um deine Geschichten zu erzählen?

– Sie hat mehr erlebt als alle anderen, sagte Leyla. Aber
sie sagt nicht sehr viel.

Das erwies sich als eine wahrhaft treffende Beobachtung.
Im Laufe des Abends äußerte Tanja kein einziges Wort. Ab
und zu betrachtete Jesper Humlin sie insgeheim. Er schätz-
te, daß sie das älteste von den Mädchen war, vielleicht
fünfundzwanzig, sechsundzwanzig. Sie war das genaue
Gegenteil von Leyla, schlank und mit einem ovalen, schönen Gesicht und braunen Haaren, die auf die Schultern
herabfielen. Sie war angespannt und starrte unentwegt auf
einen Punkt in weiter Ferne. Jesper Humlin mußte sich
eingestehen, daß er selbst unter Aufbietung all seiner Phan-

tasie und all seines Einfühlungsvermögens nicht die geringste Ahnung hatte, woran das Mädchen dachte. Er merkte auch, mit der üblichen Mischung aus Besorgnis und Verlockung, daß er sich von ihr immer stärker angezogen fühlte.

Neben Tanja saß das Mädchen, das er schon in Mölndal getroffen hatte, das Tea-Bag hieß und ihm die Frage gestellt hatte, die vielleicht der eigentliche Grund dafür war, daß er jetzt nach Stensgården zurückkehrte. Damals hatte sie den Eindruck erweckt, freimütig und stark zu sein. Jetzt wirkte sie gehemmt und unsicher und wich seinem Blick aus.

Plötzlich verstummte das Gemurmel in dem Raum. Jesper Humlin wurde klar, daß der Dirigent erschienen war, und der Dirigent war er selbst. Jetzt mußte er handeln. Er wandte sich an Leyla.

– Warum willst du eigentlich schreiben lernen?

– Ich will ein Soapstar werden.

Jesper Humlin geriet aus dem Konzept.

– Ein Soapstar?

– Ich will im Fernsehen sein. In einer Serie, die zehn Jahre lang jeden Tag läuft.

– Ich glaube kaum, daß ich dir dabei helfen kann. Mit Soaps werden wir uns hier weniger befassen.

Jesper Humlin wußte nicht, wie er fortfahren sollte. Die ganze Situation erschien ihm absurd. Das Gemurmel im Saal hatte wieder eingesetzt. Vor sich hatte er Leyla, die schwitzte und Soapstar werden wollte, Tanja mit ihrem abgewandten Gesicht und Tea-Bag, die er nicht wiedererkannte. Um Zeit zum Nachdenken zu gewinnen, zeigte er auf die Schreibblöcke, die vor den Mädchen lagen. Jeder trug, wie er bemerkte, den Stempel »Törnbloms Boxklub«.

– Ich will, daß ihr zwei Dinge schreibt, begann er und wurde sofort von jemandem ganz hinten im Saal unterbrochen, der ihm auf gebrochenem Schwedisch befahl, lauter zu sprechen.

– Eigentlich ist das kein Vortrag, rief er. Aber ich will, daß die Mädchen die Antwort auf zwei Fragen niederschreiben, die ich ihnen jetzt stelle: Warum wollt ihr hier teilnehmen und schreiben lernen? Das ist die erste Frage. Die zweite Frage lautet: Was erträumt ihr euch für die Zukunft?

Ein erwartungsvolles und zugleich erstauntes Raunen breitete sich im Saal aus. Pelle Törnblom hatte sich unterdessen mit einem Glas Wasser zum Tisch durchgeschlagen.

– Kann man hier vielleicht ein Fenster aufmachen? Es ist furchtbar warm.

– Wir haben so viele Einbrüche gehabt. Ich war gezwungen, die Fenster zuzunageln.

– Ich ersticke hier drinnen!

– Du hast zuviel an. Aber es läuft gut. Sehr gut.

– Es geht in die Binsen. Ich werde noch wahnsinnig. Wenn wir hier keine Luft reinbekommen, werde ich ohnmächtig. Ich will nicht ohnmächtig werden. Eigentlich sollte ich dich zusammenschlagen.

– Das kannst du nicht, weil ich stärker bin als du. Es läuft gut. Sehr gut.

Pelle Törnblom kehrte zur Tür zurück. Die Mädchen schrieben. Was mache ich danach, dachte Jesper Humlin und spürte seine Verzweiflung wachsen. Er beschloß, überhaupt nichts zu machen. Nur die Zettel einsammeln, ihre Antworten lesen und dann jede einzelne bitten, bis zum nächsten Mal, falls es ein nächstes Mal geben würde, eine kurze Geschichte darüber zu schreiben, wie sie diesen

Abend erlebt hatten. Anschließend könnte er diesen stickigen Raum verlassen und mit etwas Glück den letzten Zug oder die letzte Maschine nach Stockholm erreichen. Er war fest entschlossen, nie wieder zurückzukehren. Er ließ den Blick über all die Menschen schweifen, die dasaßen und ihn anschauten. Eine Frau, die ein Kind stillte, nickte ihm aufmunternd zu. Jesper Humlin nickte freundlich zurück. Dann sammelte er die Zettel ein. Er wollte nicht vorlesen, was jede einzelne geschrieben hatte. Um sich zu vergewissern, daß er nicht auf wilde Proteste stoßen würde, wandte er sich flüsternd an Leyla.

– Ich will, daß du zu allen Menschen hier sagst, daß das, was auf den Zetteln steht, etwas Vertrauliches zwischen euch und mir ist. Ich will nicht laut verkünden, was ihr geantwortet habt.

Erschrocken sah sie ihn an.

– Das geht nicht. Außerdem kann ich nicht alle Sprachen, die sie sprechen.

– Sie müssen doch ein bißchen Schwedisch verstehen?

– Das ist nicht sicher.

– Warum kannst du nicht erklären, daß das, was auf den Zetteln steht, eine Angelegenheit unter uns ist?

– Meine Brüder werden glauben, daß ich dir eine geheime Botschaft schicke.

– Warum um Himmels willen solltest du das tun?

– Das können sie nicht wissen.

– Ich kann keinen Schreibkurs mit euch abhalten, wenn alle immerzu wissen sollen, worüber wir sprechen. Schreiben heißt, aus sich selbst heraus Geschichten zu erzählen. Es geht darum, seine innersten Gedanken zu offenbaren.

Leyla überlegte.

– Du mußt nicht vorlesen, was wir geschrieben haben.

Aber wir müssen unsere Zettel zurückbekommen, damit wir sie vorzeigen können, wenn wir nach Hause kommen. Außer Tanja natürlich.

– Warum sie nicht?

– Sie hat keine Familie. Wir sind ihre Familie.

Jesper Humlin sah ein, daß er nicht weiterkommen würde. Er erhob sich.

– Ich werde nicht verraten, was die Mädchen geschrieben haben, rief er.

Sofort erhob sich ein mißbilligendes Murren im Raum.

– Aber sie dürfen natürlich behalten, was sie geschrieben haben.

Langsam verstummten die Proteste. Jesper Humlin setzte sich wieder hin, warf Leyla einen dankbaren Blick zu und nahm sich die Zettel vor. Zuerst sah er den von Tanja an. Der Zettel war leer, bis auf eine kleine Zeichnung von einem Herzen, das zu bluten schien. Nichts weiter. Lange betrachtete Jesper Humlin das Bild von dem blutenden oder vielleicht weinenden Herzen. Dann schaute er Tanja an. Aber sie erwiderte seinen Blick nicht, sie starrte weiter auf einen Punkt, der sich weit jenseits der Wände in dem stickigen Raum zu befinden schien. Er faltete den Zettel zusammen, stellte fest, daß ihre kleine Zeichnung ihn berührte, und legte ihn wieder vor sie hin.

Der nächste Zettel war von Leyla. Sie wollte Schriftstellerin werden, um davon zu erzählen, wie es war, als Flüchtling in einem fremden Land wie Schweden zu leben. Aber sie hatte auch einen offenherzigen Zusatz gemacht. *Ich will schreiben lernen, um dünn zu werden.* Jesper Humlin dachte, es sei jedenfalls die aufrichtigste Antwort auf die Frage, aus welcher Quelle ein Schriftstellertraum entsprungen war, die er je gehört hatte. Auf die Frage, was sie sich für die Zukunft erträumte, hatte sie geantwortet, sie wolle Soapstar oder Moderatorin einer Fernsehsendung werden.

Der letzte Zettel war von Tea-Bag. *Ich will davon erzählen, was am Strand geschah.* Was die Zukunft anging, hatte sie zu Jesper Humlins Erstaunen ebenfalls geschrieben, sie wolle Fernsehmoderatorin werden.

Die Antworten, die er erhalten hatte, waren ebenso klärend wie verwirrend. In seinem immer erschöpfteren Kopf suchte er nach einer guten Möglichkeit, den Abend zu beenden. Er sah die Mädchen an. Und dann alle Angehörigen, die immer ungeduldiger darauf warteten, daß er etwas sagte. Jetzt werde ich lügen, dachte er, während er aufstand. Ich werde lügen, und ich werde es überzeugend machen. Nicht aus Bosheit und Verachtung, sondern weil dieses ganze Projekt bereits gescheitert ist, ehe ich es auch nur geschafft habe, das Boot ins Wasser zu lassen.

– Das soll für heute abend erst einmal genügen. Nun haben wir uns getroffen, ihr und ich, und ich weiß jetzt etwas mehr darüber, was ihr euch von dieser Sache versprecht. Ihr werdet benachrichtigt werden, wann wir uns das nächste Mal treffen. Danke für heute abend.

Einen Moment lang herrschte ratloses Schweigen. Dann brach der Applaus los. Jesper Humlin fühlte, wie sich eine große Erleichterung in ihm ausbreitete. Bald würde es überstanden sein. Er ging auf den Ausgang zu und drückte unterwegs viele ausgestreckte Hände. Und da geschah es, daß ein Mädchen von etwa siebzehn Jahren dastand und ihn anlächelte und er, ohne sich dessen eigentlich bewußt zu sein, ihre Wange tätschelte. Dann wurde alles schwarz.

Jetzt lag er in einem Krankenhaus auf einer Trage, und die linke Wange war stark geschwollen. Die Schmerzen kamen und gingen in Wellen. Ein gehetzter Arzt stürzte durch den

Vorhang herein und musterte ihn. Er sprach gebrochenes Schwedisch. Auf dem Namensschild erahnte Jesper Humlin einen polnischen oder vielleicht russischen Namen.

– Die Röntgenbilder sehen gut aus, sagte der Arzt. Wie fühlen Sie sich?

– Ich habe Schmerzen.

– Sie nehmen ein paar Schmerztabletten. In ein paar Tagen ist es vorbei. Waren Sie betrunken?

– Fragen Sie, ob ich besoffen war?

– Das ist nicht unüblich, wenn man in eine Schlägerei gerät.

– Ich danke für die unverschämten Unterstellungen. Ich war nicht betrunken. Ich wurde überfallen.

– Dann sollten Sie Anzeige bei der Polizei erstatten.

Pelle Törnblom trat zusammen mit Amanda durch den Vorhang. Er hörte das letzte, was der Arzt sagte.

– Eine Anzeige ist überflüssig. Nur ein kleiner Familienstreit, der eskaliert ist.

Der Arzt verschwand. Jesper Humlin zwang sich in eine sitzende Stellung, mit dem Vorsatz, Pelle Törnblom ein für allemal zu erklären, was er von eskalierten Familienstreitigkeiten hielt. Aber die Schmerzen wurden so schlimm, daß er sich wieder hinlegen mußte.

– Was meinst du mit Familienstreit? flüsterte er.

– Draußen in Stensgården fühlen wir uns wie eine große Familie. Jedenfalls sollten wir das tun. Du bist jetzt kurz davor, aufgenommen zu werden.

Jesper Humlin zeigte auf den Vorhang.

– Sie sind gegangen. Sie lassen ausrichten, daß sie sich darauf freuen, dich wiederzusehen. Haiman ist sehr unglücklich. Er wird dir ein Geschenk machen, wenn ihr euch das nächste Mal seht.

– Das wird nie geschehen. Was für ein Geschenk?

– Er sagte etwas von einem Rugbyball.

– Ich will keinen Rugbyball haben. Ich hasse Rugby. Ich komme nie wieder hierher zurück.

Dann kam ihm plötzlich ein Gedanke. Etwas, das er vollständig vergessen hatte.

– Der Journalist? Du sagst, du hast mit einem Journalisten gesprochen. Hat er gesehen, was passiert ist?

– Er war ganz begeistert von dem Abend. Er wird positiv darüber berichten.

– Das einzige, was er schreiben wird, ist, daß ich zusammengeschlagen wurde. Das kommt in die Schlagzeilen auf Seite eins. Und der Kerl, der mich niedergeschlagen hat, wird behaupten, ich hätte seine Tochter oder Kusine, oder was sie nun ist, betatscht. Wie soll ich mich dagegen wehren? Ich bin vorab verurteilt.

– Er schreibt nicht darüber. Ich verspreche es dir. Er ist tatsächlich an dem interessiert, was ihr macht.

Zweifelnd sah Jesper Humlin Pelle Törnblom an, wagte aber schließlich doch zu glauben, daß er die Wahrheit sagte.

– Ich gehe jetzt. Amanda bleibt noch eine Weile. Ich bringe dich morgen früh zum Zug, dann können wir verabreden, wann du das nächste Mal kommst.

Jesper Humlin antwortete nicht. Ihm dämmerte, daß alles, was er zu Pelle Törnblom sagte, sofort in sein Gegenteil verkehrt wurde.

Pelle Törnblom verschwand. Amanda holte ihm ein Glas Wasser. Jesper Humlin bewunderte ihren schönen Hintern, wobei er zugleich an Tanja dachte, was seine Stimmung sofort hob. Das kleine, blutende Herz hatte ihn gerührt. Auch ihr Aussehen hatte ihn beeindruckt. Aber er blieb eisern. Er würde nicht zurückkehren. Die ganze Idee, ein paar Mädchen zu einem improvisierten Schreibkurs zu versammeln, war verfehlt. Oder er war die falsche Person, um ihn zu leiten. Zum ersten Mal spielte er mit dem Gedanken, daß er vielleicht trotz allem versuchen sollte, einen Kriminalroman zu schreiben. Vielleicht war doch etwas an dem, was Olof Lundin in seinem Rudergerät gesagt hatte, daß er etwas Überraschendes zustande bringen könnte, was alle anderen konventionellen und vorhersehbaren Kriminalromane in die zweite Reihe verbannte.

Am Morgen fuhr ihn Pelle Törnblom nach Landvetter. Der Schmerz in der Wange war noch da, und sie war noch genauso geschwollen.

– Der Abend gestern war sehr interessant. Sie können es gar nicht erwarten, daß du wiederkommst.

– Ich komme nie wieder zurück.

– In ein paar Tagen wirst du einsehen, welches Abenteuer du das Privileg hattest zu erleben. Wann kommst du wieder?

– Am Mittwoch. Aber unter einer Voraussetzung, die nicht zur Debatte steht.

– Was für eine Voraussetzung?

– Daß jedes von den Mädchen nur *einen* Angehörigen mitbringt.

– Das wird schwierig.

– Dann komme ich nicht.

– Ich kann sie bitten, die Anzahl der Familienmitglieder zu reduzieren.

– Außerdem setze ich voraus, daß der Mann, der mich zusammengeschlagen hat, sich nicht blicken läßt.

– Das ist unmöglich. Sonst wäre er gekränkt.

Jesper Humlin staunte.

– *Er* wäre gekränkt? Und was war gestern mit mir? Ich

wurde nicht nur gekränkt. Ich wurde zusammengeschlagen.

– Er will dir ein Geschenk machen und sich mit dir versöhnen.

– Ich will keinen Rugbyball haben.

– Du kannst ihn entgegennehmen und ihn dann wegwerfen. Aber du mußt ihn treffen und seine Entschuldigung annehmen.

– Vielleicht schlägt er mich wieder zusammen.

– Du hast viele Vorurteile, Jesper Humlin. Du weißt nicht viel über dieses Land und die Menschen, die hier wohnen.

– Warum war er überhaupt da?

– Vielleicht hat er vor, eine von seinen Töchtern in den nächsten Kurs zu schicken.

– Nächster Kurs? Es gibt keinen nächsten Kurs.

Der Schmerz in der Wange wuchs, während Jesper Humlin redete. Für den Rest der Autofahrt blieb er stumm. Außerdem fiel es ihm schwer, etwas zu finden, um die Behauptung über seine Vorurteile zu widerlegen, da Pelle Törnblom vermutlich recht hatte. Sie trennten sich im Schneematsch am Flugplatz. Jesper Humlin hoffte, daß ihn niemand erkannte. Die geschwollene Wange war jetzt sowohl rot als auch blau.

Als er nach Hause kam, ging er direkt ins Schlafzimmer, zog die Gardinen vor und kroch ins Bett. Ein paar Stunden später wurde er vom Telefon geweckt. Er zögerte, ob er drangehen sollte. Beim siebten Klingelzeichen nahm er den Hörer ab. Es war Pelle Törnblom.

– Der Journalist hat sehr gut geschrieben.

– Nichts von der Schlägerei?

– Es war keine Schlägerei. Du hast einen Schlag abbekommen, den man als lupenreine Rechte charakterisieren könnte. Aber das hat er nicht erwähnt. Er spricht von einer »vorbildlichen Initiative eines bedeutenden Poeten«.

– Schreibt er das wirklich so?

– Wörtlich.

– Jesper Humlin setzte sich im Bett auf.

– Was schreibt er noch?

– Daß andere Autoren sich ein Beispiel an deiner Initiative nehmen sollten. Warum Kriminalromane schreiben, wenn man sich in der Wirklichkeit engagieren kann?

– Steht das wirklich da?

– Ich zitierte direkt aus der Zeitung.

Zum ersten Mal seit vielen Tagen verspürte Jesper Humlin so etwas wie ein befreiendes Gefühl, wieder real geworden zu sein.

– Wenn du das nächste Mal kommst, will er ein Interview mit dir machen. Das Fernsehen hat auch schon angerufen.

– Welcher Kanal?

– Zwei verschiedene Kanäle.

– Ich rede gern mit ihnen.

– Ich sagte doch, daß du es anders betrachten wirst, wenn du dich erst wieder besser fühlst.

– Ich fühle mich nicht besser.

– Gib mir Bescheid, wenn du weißt, mit welchem Zug oder welcher Maschine du kommst, dann hole ich dich ab.

Jesper Humlin legte den Hörer auf und streckte sich zwischen den kühlen Laken aus. Auch wenn es ihm immer noch Kopfzerbrechen machte, wie er aus der Situation herauskommen sollte, die in Stensgården entstanden war, freute es ihn, daß man anfing, in ihm etwas anderes zu sehen als einen guten und respektierten, aber nicht besonders spannenden Poeten. Die größte Befriedigung lag in dem Gedanken daran, wie Olof Lundin und Viktor Leander reagieren würden. Olof Lundin würde vermutlich vor Wut darüber, daß einer seiner Autoren die unglaubliche Unverschämtheit besaß, seine Ratschläge zu mißachten, an seinem Gerät die Ruder abbrechen.

Jesper Humlin erinnerte sich an das einzige Mal, als er in der großen Paradewohnung des Verlegers zu Besuch gewesen war. Die Wände waren vollgehängt mit wertvoller Kunst. Spät in der Nacht, als Olof Lundin sich einen kräftigen Rausch angetrunken hatte, war er mit Jesper Humlin im ebenso schwankenden Schlepptau herumgetaumelt und hatte erzählt, welche seiner Autoren durch die Gewinne, die der Verlag mit ihren Büchern gemacht hatte, dies und jenes Bild bezahlt hätten. In einer Ecke des Flurs hing eine kleine Aquarellminiatur eines weniger bekannten Westküstenmalers, und Olof Lundin hatte nicht ohne demonstratives Mißvergnügen festgestellt, das Geld dafür hätte Jesper Humlin tatsächlich für ihn zu erschreiben vermocht.

Jesper Humlin lag im Bett und weidete sich daran, daß er Olof Lundins Blutdruck jetzt in ungeahnte Höhen treiben würde. Aber zugleich ließ ihm die nagende Besorgnis keine Ruhe, daß Olof Lundin in der Verlagsbranche sehr viel Einfluß besaß und ihm viele Türen direkt vor der Nase zuknallen konnte.

Viktor Leanders Reaktion konnte er sich unschwer vorstellen, und die bereitete ihm nichts anderes als Befriedigung. Er würde nächtelang schlaflos daliegen und sich darüber grämen, daß Jesper Humlin auf eine Idee gekommen war, die sich auf Dauer als besser erweisen würde, als sich dem Lemmingezug der Autoren anzuschließen, die mehr oder weniger beliebige Kriminalromane schrieben. In dem fortwährenden Machtkampf zwischen Jesper Humlin und Viktor Leander wurden die entscheidenden Schläge in der Form ausgeteilt, daß man sich gegenseitig schlaflose Nächte bereitete. Diesmal war Viktor Leander an der Reihe, wach zu liegen.

Den Rest des Tages verbrachte Jesper Humlin im Bett. Am Abend nahm er ein Taxi zu Andrea nach Hause. Dort erklärte er ihr, was geschehen war. Allerdings veränderte er die Reihenfolge der Ereignisse, überging das Tätscheln der Wange eines unbekannten Mädchens und gab einem aufbrausenden Zigeuner die Schuld, dem er nicht gestattet hatte, an dem Schreibkurs teilzunehmen, den er gerade ins Leben gerufen hatte.

– Wieso konntest du ihn nicht teilnehmen lassen? Zigeuner haben es immer schwer in unserer Gesellschaft.

– Ich habe beschlossen, daß nur Mädchen teilnehmen dürfen.

– Konntest du keine Ausnahme machen?

– Dann hätten zehn Boxer Schlange gestanden.

– Warum gerade Boxer?

– Weil Pelle Törnblom einen Boxklub hat. Jetzt bin ich nicht imstande, noch mehr zu erklären. Meine Backe tut mir weh.

In dieser Nacht schliefen sie zum ersten Mal seit drei Wochen miteinander. Am nächsten Tag, als Andrea ihre Wohnung verlassen hatte, öffnete Jesper Humlin unverzüglich ihr Tagebuch und sah nach, was sie geschrieben hatte. Er wußte, daß sie ihre Aufzeichnungen immer morgens machte. *Was ist mit ihm los? Es geht so schnell, daß ich gar nicht dazu komme, etwas zu spüren.*

Jesper Humlin fühlte sich gekränkt und rächte sich, indem er sich in Gedanken ausmalte, wie er in einem Hotel in Göteborg eine leidenschaftliche Nacht mit der schweigsamen und schönen Frau namens Tanja verbrachte. Es gab mehr als einen Grund dafür, warum er nach Göteborg zurückkehren und den gelinde gesagt verwirrenden Schreibkurs weiterführen sollte, den er nicht ins Leben gerufen hatte, sondern in dessen Klauen er sich eher befand.

Er fuhr nach Hause. Den Nachmittag verbrachte er mit dem Versuch, den blauen Fleck auf der geschwollenen Wange mit verschiedenen getönten Cremes zu kaschieren. Als das Telefon klingelte, beugte er sich über den Anrufbeantworter. Die Neuigkeit von seinem Schreibkurs war sowohl zu Olof Lundin als auch zu Viktor Leander vorgedrungen. Jesper Humlin meldete sich nicht. Er rief auch nicht zurück. Es spannte in seinem Gesicht, als er lächelte.

Kurz nach fünf entschloß er sich zu einem Spaziergang. Als er die Haustür öffnete, entdeckte er, daß jemand auf den Treppenstufen saß. In der Dunkelheit sah er zuerst nicht, wer es war. Dann erkannte er Tea-Bag.

7

Ein paar Stockwerke über seinem Kopf knallte eine Tür
zu. Da Jesper Humlin nicht von neugierigen Nachbarn mit
einem schwarzen Mädchen im Treppenhaus überrascht
werden wollte, schob er sie rasch in seine Wohnung hinein. Im selben Moment befiel ihn die Sorge, daß Andrea
auftauchen und ihm eine Eifersuchtsszene machen könnte.
Er nahm Tea-Bag mit in die Küche und fragte, ob sie eine
Tasse Tee haben wolle. Energisch schüttelte sie den Kopf.

– Ich trinke keinen Tee.

Jesper Humlin dachte an ihren Namen und wunderte
sich.

– Was möchtest du dann?

– Kaffee.

Das Mädchen saß auf einem Stuhl und folgte ihm mit
dem Blick. Immer, wenn er sie ansah, lächelte sie. Er fand,
sie war eine der schönsten Frauen, die er je gesehen hatte.
Aber ihr Alter war für ihn immer noch schwer zu bestimmen. Es konnte irgendwo zwischen siebzehn und fünfundzwanzig liegen. Sie war sehr dunkel, ihre Haut war so
schwarz, daß sie fast ins Bläuliche spielte. Sie hatte lange,
sorgsam eingeflochtene falsche Zöpfe im Haar. Ihr Gesicht war total ungeschminkt. Sie trug eine dicke Steppjacke, die sie nicht ablegte, nicht einmal öffnete, obwohl
es in der Küche warm war. An den Füßen hatte sie Turn-
schuhe mit verschiedenfarbigen Schnürsenkeln.

Als der Kaffee fertig war, nahm er ihr gegenüber Platz.
Sie saß auf Andreas Stuhl. Das fand er ebenso beunruhi-

gend wie erregend. Die ganze Zeit hatte er den Impuls, ihr Gesicht zu berühren, mit den Fingerkuppen zu spüren, ob ihre Haut warm oder kalt war.

– Wie hast du meine Adresse herausgefunden?

– Das war nicht schwer.

– Hat Pelle Törnblom sie dir gegeben?

Stumm bewegte sie die Lippen und antwortete nicht.

Es klapperte an der Wohnungstür. Andrea, dachte er entsetzt. Aber niemand kam. Später, als Tea-Bag seine Wohnung verlassen hatte, sah er das Papier, daß im Briefkastenschlitz steckte. »Kontrolle der Klimaanlagen in den Mietwohnungen.«

– Du hast dir die Mühe gemacht, mich aufzuspüren. Außerdem bist du von Göteborg hierher gereist. Das bedeutet, daß du etwas willst.

Für einen Moment blieb Tea-Bag stumm und zog an ihren Fingern. Dann sagte sie etwas in einer fremden Sprache.

– Das habe ich nicht verstanden.

– Ich muß in meiner eigenen Sprache reden, bevor ich in deiner reden kann. Ich schließe eine Tür auf.

– Wie bitte?

– Einmal, als ich klein war, klamm ein Affe an meinem Rücken.

Jesper wartete auf eine Fortsetzung, die nicht kam.

– Würdest du das bitte wiederholen?

– Du hast gehört, was ich sagte. »Einmal, als ich klein war, klamm ein Affe an meinem Rücken.«

– Es heißt nicht »klamm«. Es heißt »klammerte«.

– Er klammerte nicht. Er machte etwas anderes.

– Saß er still?

– Nein.

– Sprang er herum?

– Nein.

Jesper Humlin suchte nach weiteren Verben.

– Vielleicht kletterte er.

Tea-Bag lächelte, leerte rasch ihre Kaffeetasse und stand auf.

– Willst du schon gehen? fragte er überrascht.

– Das war alles, was ich wissen wollte.

– Was?

– Daß der Affe kletterte.

Plötzlich wirkte sie unruhig. Nun konnte Jesper Humlin seine Neugier nicht mehr zügeln.

– Du mußt verstehen, daß ich mich wundere. Du kommst aus Göteborg hierher, um mich nach einem einzigen Wort zu fragen?

Sie setzte sich wieder, zögernd diesmal, noch immer ohne die dicke Steppjacke zu öffnen.

– Heißt du wirklich Tea-Bag?

– Ja. Nein. Spielt das eine Rolle?

– Es ist nicht ganz unwichtig.

– Taita.

– Taita. Ist das dein Nachname?

– Meine Schwester.

– Deine Schwester heißt Taita?

– Ich habe keine Schwester. Frag nicht mehr.

Jesper Humlin fragte nicht mehr. Tea-Bag schaute auf die leere Kaffeetasse, und er ahnte, daß sie hungrig war.

– Magst du etwas essen?

– Ja.

Er stellte ihr Brot und Aufschnitt hin. Sie stürzte sich förmlich darauf. Jesper Humlin sagte nichts, solange sie aß. Statt dessen versuchte er sich zu erinnern, welche Arbeitszeiten Andrea an diesem Tag hatte. Fortwährend lauschte er besorgt nach dem Geräusch eines Schlüssels im Schloß.

Tea-Bag aß, bis von dem Brot und dem Aufschnitt nichts mehr übrig war.

– Du wohnst also in Göteborg?

– Ja.

– Warum bist du hierhergekommen?

– Um nach diesem Wort zu fragen.

Das stimmt natürlich nicht, dachte Jesper Humlin. Aber ich will sie nicht bedrängen. Es wird schon noch früh genug an den Tag kommen.

– Woher stammst du eigentlich?

– Kasachstan.

Jesper Humlin runzelte die Stirn.

– Kasachstan?

– Ich bin Kurdin.

– Du siehst nicht aus wie eine Kurdin.

– Mein Vater war aus Ghana, aber meine Mutter war Kurdin.

– Lebt sie nicht mehr?

– Papa sitzt im Gefängnis und Mama ist weg.

– Was heißt »weg«?

– Sie ging in einen Container und verschwand.

– Was meinst du damit? Daß sie in einen Container ging?

– Es war vielleicht ein Tempel. Ich erinnere mich nicht.

Jesper Humlin versuchte ihre eigentümliche Antwort zu deuten, die verschiedenen Teile in einen Zusammenhang zu bringen. Aber es gelang ihm nicht.

– Du bist also als Flüchtling hierhergekommen?

– Ich will hier bei dir wohnen.

Jesper Humlin erschrak.

– Das geht nicht.

– Warum nicht?

– Es geht einfach nicht.

– Ich kann draußen im Treppenhaus schlafen.

– Das wäre wohl nicht besonders ratsam. Warum willst du nicht in Göteborg wohnen? Da hast du deine Freunde. Leyla ist deine Freundin.

– Ich kenne keine Leyla.

– Aber sicher. Sie war es doch, die dich in den Boxklub mitgenommen hat.

– Niemand hat mich mitgenommen. Ich war allein da.

Ihr Lächeln war plötzlich erloschen. Jesper Humlin wurde es allmählich mulmig zumute. Es konnte nicht stimmen, daß sie nach Stockholm gereist war, nur um ihn danach zu fragen, welches schwedische Verb passen könnte, um die Bewegungen eines Affen auf dem Rücken eines Menschen zu beschreiben. Überhaupt fand er keinen Zusammenhang in dem, was sie sagte, und auch nicht zwischen ihren Worten und dem großen Lächeln, das auf ihrem Gesicht wie eine sanft rollende Welle kam und ging.

– Woran denkst du?

– Ich denke an das Schiff, das versank. An alle, die ertranken. Und an meinen Papa, der auf dem Dach der Hütte sitzt und nicht herunterkommen will.

– Und diese Hütte steht in Ghana?

– In Togo.

– Togo? Ich dachte, du bist aus Ghana?

– Ich bin aus Nigeria. Aber das ist ein Geheimnis. Der Fluß brachte das kalte und klare Wasser von den Bergen herunter. Eines Tages kletterte ein Affe auf meinem Rücken.

Jesper Humlin hatte den Eindruck, das Mädchen, das an seinem Tisch saß, sei verwirrt.

– Was machte dieser Affe noch, außer daß er auf deinem Rücken herumkletterte?

– Er verschwand.

– Das war alles?

– Reicht das nicht?

– Sicher. Aber ich möchte natürlich wissen, warum dieser Affe so wichtig ist?

– Bist du dumm?

Jesper Humlin sah sie forschend an. Ihr letzter Kommentar hatte ihm nicht gefallen. Keine kleine Negerin, selbst mit einem noch so schönen Lächeln, durfte es sich erlauben, in seiner Küche zu sitzen und zu behaupten, er sei dumm.

– Weshalb bist du eigentlich hergekommen?

– Ich will hier wohnen.

– Das geht nicht. Ich weiß nicht, wer du bist, ich weiß nicht, was du tust. Ich kann hier nicht einfach so Leute einziehen lassen.

– Ich bin ein Flüchtling.

– Ich hoffe, man hat dich gut aufgenommen.

– Niemand weiß, daß ich hier bin.

Jesper Humlin betrachtete sie schweigend.

– Bist du illegal eingereist?

Ohne zu antworten, stand sie auf und verließ eilig die Küche. Jesper Humlin horchte, ob die Wohnungstür zuschlagen würde, oder ob irgendwelche Geräusche erkennen ließen, daß sie auf die Toilette gegangen war. Aber alles blieb still. Viel zu still, dachte er und stand auf. Vielleicht war sie gerade dabei, etwas zu stehlen. Er ging hinaus ins Wohnzimmer. Leer. Die Tür zur Toilette stand einen Spalt offen. Er ging weiter ins Arbeitszimmer, ohne sie zu finden. Dann schob er die Tür zum Schlafzimmer auf.

Jetzt hatte sie die Steppjacke ausgezogen. Sie lag auf dem Bett. Aber Tea-Bag hatte sich auch ihrer übrigen Kleider entledigt. Ihr Kopf war sehr schwarz auf dem weißen Kissen. Sie hatte sich auf Andreas Platz gelegt. Jesper Humlin wurde es ganz kalt. Wenn Andrea kam, würde keine Erklärung der Welt sie überzeugen können, daß er tatsächlich nichts dazu beigetragen hatte, daß ein vermutlich illegaler Flüchtling in seinem Bett lag. Auf ihrer Seite.

Jesper Humlin sah die fetten Schlagzeilen vor sich. Erst hatte er einem Einwanderermädchen die Wange getätschelt und war zusammengeschlagen worden. Würde Tea-Bag jetzt zu schreien anfangen und behaupten, er habe sie in sein Bett gezwungen, würde die Journalistenmeute des ganzen Landes ihn jagen und in Stücke reißen. Er ging zu ihr hin. Sie lag mit geschlossenen Augen da.

– Was soll das? Du kannst nicht einfach in meinem Bett liegen! Außerdem liegst du auf Andreas Seite. Was, meinst du, würde sie dazu sagen?

Er bekam keine Antwort. Er wiederholte seine Frage und merkte, daß er ins Schwitzen geriet. Jederzeit könnte Andrea auftauchen. Ihre Arbeitszeiten änderten sich ständig. Er rüttelte Tea-Bag an der Schulter. Keine Reaktion. Er fragte sich, wie es möglich war einzuschlafen, kaum daß man den Kopf aufs Kissen gelegt hatte. Aber sie spielte kein Theater, versuchte ihn nicht zu täuschen. Sie war wirklich eingeschlafen. Er schüttelte sie heftig. Irritiert, ohne richtig wach zu werden, holte sie mit dem Arm aus und traf ihn genau an der Wange, die ein Mann namens Haiman kurz zuvor mit seiner Faust besucht hatte.

Das Telefon klingelte. Jesper Humlin zuckte zusammen, als hätte er einen Schlag bekommen. Er stürzte ans Telefon. Es war Andrea.

– Wieso bist du so außer Atem?

– Ich bin nicht außer Atem. Wo bist du?

– Ich wollte nur sagen, daß ich zu einer Lesung gehe.

– Was für eine Lesung? Dauert sie lange?

– Wieso fragst du, ob sie lange dauert?

– Ich möchte natürlich wissen, wann du herkommst. Ob du zu mir kommst oder nach Hause gehst. Wie du weißt, sitze ich nicht gern allein hier rum.

– Das weiß ich überhaupt nicht. Ich will mir eine Lesung von ein paar jungen Lyrikern anhören. Das solltest du auch tun. Ich hoffe, ein paar Anregungen für das Buch zu bekommen, das ich schreiben will.

– Ich will nicht, daß du ein Buch über unser Privatleben schreibst.

– Ich komme zu dir nach Hause, wenn es zu Ende ist.

– Wann wird das sein?

– Woher soll ich das wissen?

Jesper Humlin merkte, daß sie mißtrauisch wurde.

– Ich dachte, wir könnten vielleicht zusammen essen. Wenn ich weiß, wann du kommst, kann ich schon mal anfangen zu kochen.

– Nicht vor neun.

Jesper Humlin atmete auf. Das verschaffte ihm drei Stunden Zeit, das Mädchen aus der Wohnung zu bekommen. Es gefiel ihm nicht, daß Andrea sich andere Gedichte anhörte als die, die er ihr vorlas. Aber in diesem Moment hatte ihn eine Schar von jungen Lyrikern gerettet, deren Gedichte sicher unbegreiflich waren, diesmal jedoch eine sehr praktische Funktion erfüllten. Er legte auf und kehrte ins Schlafzimmer zurück.

Noch immer weigerte sie sich aufzuwachen, als er ihre Schulter berührte. Er saß auf der Bettkante und versuchte zu verstehen, was eigentlich vorging. Wer war sie, warum war sie gekommen? Was war das für ein Affe, von dem sie gesprochen hatte? Er schaute auf die Steppjacke und ihre Hose. Er verspürte den Impuls, behutsam die Decke zu lüpfen und nachzusehen, ob sie nackt war. Doch er widerstand der Versuchung.

Er durchsuchte ihre Taschen. Als erstes fiel ihm auf, daß sich weder Schlüssel noch Geld darin befanden. Wie ein Mensch ohne Schlüssel oder Geld existieren konnte, war ihm ein absolutes Rätsel. In der Innentasche der Jacke fand er eine kleine Plastikhülle. Darin steckte ein sudanesischer Paß, ausgestellt auf Florence Kanimane. Das Foto darin zeigte Tea-Bag. Als Jesper Humlin den Paß durchblätterte, fand er keinerlei Stempel. Schon gar kein Visum für Schweden. Aber sie hatte doch von Ghana und Togo gesprochen? Und von Kasachstan? Und behauptet, sie wäre Kurdin!

Das einzige, was er in dem Paß fand, war ein totes, vertrocknetes und unangenehm großes Insekt, und dazu eine gepreßte gelbe Blume. Sie erinnerte an ein Herz, ein plattgedrücktes Herz. Er dachte an das Herz, das die stumme Tanja gezeichnet hatte. Außer dem Paß befand sich eine abgegriffene, beschädigte Fotografie in der Plastikhülle. Sie zeigte eine afrikanische Familie, einen Mann, eine Frau und sechs Kinder. Das Bild war im Freien aufgenommen, mit einer Hütte im Hintergrund. Da es keine Schatten gab, muß die Sonne sehr hoch am Himmel gestanden haben, als die Aufnahme gemacht wurde. Sie war so verschwommen, daß Jesper Humlin, obwohl er im Zimmer Licht gemacht hatte, nicht erkennen konnte, ob eins von den Kindern Tea-Bag war. Oder Taita. Oder Florence, wie der jüngste Beitrag auf ihrer Namensliste lautete.

Außer dem Paß und der Fotografie enthielt die Plastikhülle ein zusammengefaltetes, aus einem Notizblock herausgerissenes Papier. Darauf war »Schweden« und der Name »Per« zu lesen. Nichts weiter. Als er das Papier gegen das Licht hielt, entdeckte er ein Wasserzeichen, das »Madrid« lautete. Er runzelte die Stirn. Was war das eigentlich für eine, die ihm erst in Mölndal eine Frage gestellt hatte, dann in seinem Treppenhaus gewesen war und jetzt in seinem Bett lag?

Ein weiteres Mal durchsuchte er ihre Sachen, ohne etwas anderes zu finden als Sand. *Es ist eine Geschichte, die ich vor mir habe,* dachte er. *Ein Mädchen, das sich vermutlich illegal in Schweden befindet und von einem Affen spricht, ein Mädchen, über dessen Namen ich nichts Sicheres weiß und das weder Geld noch Schlüssel in den Taschen hat.* Er setzte sich vorsichtig auf die Bettkante. Sie schlief, tief und ruhig. Behutsam strich er ihr mit den Fingerkuppen über die Wange. Sie war sehr warm. Er sah auf die Uhr. Zehn Minuten vor sechs. Eine Stunde konnte er sie noch schlafen lassen. Dann mußte er sie wecken und aus der Wohnung schaffen.

Das Telefon klingelte. Er ging ins Schlafzimmer und wartete, bis der Anrufbeantworter sich einschaltete. Es war Viktor Leander. *Ich wollte nur hören, was du so machst. Wir sollten uns treffen. Ruf mich an. Oder geh ans Telefon, falls du zu Hause bist. Ich glaube, du bist da.*

Jesper Humlin nahm nicht ab. Er setzte sich auf einen Stuhl und versuchte sich vorzustellen, wie es wäre, plötzlich zu bemerken, daß einem ein Affe auf dem Rücken herumklettert. Seine Phantasie versagte. Er spürte keinen Affen auf seinem Rücken.

Er hörte sie nicht aus dem Schlafzimmer kommen. Sie bewegte sich vollständig lautlos.

– Warum hast du dich hingelegt?

– Ich war müde. Ich gehe jetzt.

– Wer bist du eigentlich?

– Tea-Bag.

Er zögerte.

– Während du schliefst, ist dein Paß aus der Tasche gerutscht. Ich konnte nicht umhin zu sehen, daß du darin Florence heißt.

Sie lachte laut auf, als hätte er etwas Lustiges gesagt.

– Er ist gefälscht, sagte sie fröhlich.

– Wo hast du ihn her?

– Ich habe ihn im Lager gekauft. Am Strand.

– Was für ein Lager? Was für ein Strand?

Das war der Moment, in dem sie zu erzählen begann. Wie sie sich an der spanischen Küste an Land gerettet hatte und dort von bewaffneten Wachen und von Schäferhunden eingefangen worden war, die aussahen wie Albinos …

»Sogar die Zungen, die ihnen aus dem Maul hingen, waren weiß. Wie viel Zeit ich in diesem Lager verbracht habe, weiß ich nicht. Vielleicht waren es viele Jahre, vielleicht wurde ich eigentlich dort geboren, der Strand vor dem Zaun war vielleicht das Laken, auf dem mein neugeborener Körper zum ersten Mal Boden und Erde und Sand spürte. Ich weiß nicht, wie lange ich dort war, und ich will es auch gar nicht wissen. Aber zuletzt, an einem Morgen, als meine Verzweiflung größer denn je war, ging ich hinunter zum Zaun und warf alle Steine weg, sah, wie sie sich wie ein Fächer aus verlorenen Tagen und Nächten ausbreiteten und dann von den Wellen weggespült wurden.

Ich hatte jede Hoffnung aufgegeben, jemals das Lager verlassen zu dürfen. Dieser Strand, an dem ich an Land gekrochen bin, war nicht mehr die Freiheit, er war der Brückenkopf zum Tod, und ich wartete nur darauf, daß jemand seinen Finger auf mich richten und mich dann zwingen würde, wieder ins Wasser hinauszuwaten und mich mit denen zu vereinen, die schon tot waren und am Meeresgrund lagen. Jeder Tag war wie ein ausgedehntes Warten zwischen zwei Herzschlägen. Aber plötzlich stand ein sehr großer und dünner Mann vor mir, ein Mann, der schwankte wie eine hochgewachsene Palme, und da hörte ich zum ersten Mal von Schweden und beschloß hinzufahren, weil es dort Menschen gab, die sich vielleicht dafür intessierten, daß ich, gerade ich und niemand anderes, tatsächlich existierte.

Im Lager ging ein dauernder geheimnisvoller Handel mit versteckt gehaltenen Pässen vor sich, von denen manche mehrmals hintereinander gefälscht worden waren. Von einem älteren Mann aus dem Sudan, der den kalten Wind des Todes näherkommen fühlte und einsah, daß er das Lager nicht lebend verlassen würde, tauschte ich den Paß gegen das Versprechen ein, jedes Jahr, einmal im Monat, solange ich lebe, in eine Kirche oder eine Moschee oder einen anderen Tempel zu gehen, und genau eine Minute an ihn zu denken. Das war es, was er für den Paß haben wollte, eine Erinnerung daran, daß es ihn einmal gegeben hatte, obwohl er alles in dem Land, aus dem er geflohen war, zurückgelassen hatte. Die Fotografie hatte ich in einer wasserdichten Wachstuchtasche bei mir, als ich aus dem Meer stieg, und mit Hilfe eines kommunistischen Flüchtlings aus Malaysia, der die Kunst beherrschte, wie echt aussehende Stempel herzustellen, obwohl seine Hilfsmittel im Lager fast gleich Null waren, wurde die Fotografie des alten Mannes entfernt, und mein Gesicht, jetzt mit dem Namen Florence versehen, durfte seinen Platz einnehmen. Es war wie ein heiliges Ritual, einem Paß mit dem Bild eines sterbenden alten Mannes ein neues Leben zu geben. Ich brachte meinen eigenen Geist in den Paß ein und half der Seele des alten Mannes, sich zu befreien. Nie werde ich den Augenblick vergessen, als der Paß verwandelt wurde. Es ist und bleibt einer der entscheidenden Momente meines Lebens.

Auf einer zerfledderten Karte, die einem Marokkaner gehörte, der bereits zum neunten Mal versuchte, nach Europa vorzudringen, um zu einem Bruder zu gelangen, der sich in einer Stadt irgendwo im nördlichen Deutschland befand, machte ich Schweden ausfindig. Ich bekam eine Ahnung davon, daß es eine lange Reise werden würde, aber nicht, wie lang. Vielleicht erkannte ich, daß die Reise unmöglich war, wollte es aber nicht akzeptieren. Ich weiß nicht. Da ich mich nie von irgendwelchen Erwartungen beherrschen ließ, beschloß ich, vorerst nur zu versuchen, aus dem Lager herauszukommen, ohne gleich wieder eingefangen zu werden.

Ich freundete mich mit ein paar jungen Männern aus dem Irak an, die ihre Flucht als blinde Passagiere in einem Laderaum begonnen hatten, der nach verfaultem Fisch stank. Der Laderaum befand sich in einem spanischen Fischkutter, der in verbotenen türkischen Gewässern fischte. Sie schafften es bis zum Hafen von Malaga, wo man sie entdeckte und sofort unsanft ins Lager beförderte. Später konstruierten sie heimlich eine Leiter aus Tauenden, Ästen und Plastikstücken, die sie von den Tischen in der Kantine abbrachen. Als ich zu ihnen stieß, verboten sie mir mitzukommen, sie wollten ihren Ausbruch alleine machen und meinten, ein schwarzes Mädchen würde es nicht viele Stunden auf der Flucht in Spanien schaffen. Aber meine Einsamkeit erweichte sie, und sie erlaubten mir, die Leiter zu benutzen, wenn ich eine Stunde wartete, nachdem sie über den Zaun geklettert waren, ehe ich mich dann selber davonmachte.

In einer dunklen Nacht ohne Mondschein verschwanden die drei irakischen jungen Männer. Nachdem genau eine Stunde vergangen war – ich hatte keine Uhr, die hatte ich verloren, als ich aus dem Meer stieg, aber ich zählte die Sekunden und Minuten mit Daumen und Zeigefinger am Puls des Handgelenks –, kletterte ich über den Zaun und verschwand in der Dunkelheit. Ich folgte dem ersten Pfad, auf den ich traf, dann bog ich auf einen anderen Pfad ab, geradeso als hätte ich einen inneren Kompaß, der mich in bestimmte Richtungen lenkte, und ich ging durch die Dunkelheit, ohne zu wissen, was mich erwartete, wenn es Morgen wurde. Mehrmals rutschte ich aus und fiel hin, Äste und dornige Büsche rissen Wunden in mein Gesicht, aber ich ging weiter, immerzu ging ich weiter, mit Kurs auf Schweden und die Erinnerung an den langen, schwankenden Mann, der als erster Interesse für meine Geschichte gezeigt hatte.

Als die Sonne nach der ersten Nacht aufging, war ich sehr erschöpft. Ich setzte mich auf einen Felsen. Ich erinnere mich nur noch, daß ich sehr durstig war. Ich entdeckte, daß ich mich in der Nacht durch eine dornige Berglandschaft mit steilen Abhängen geschlagen hatte, die der Tod hätten sein können, dem ich auf dem Meer entkommen war. Weit weg auf einem Feld sah ich Menschen, die Sonne wurde von einer Autoscheibe reflektiert, und ich machte mich auf den Weg nach Norden. Stets mied ich dabei die Nähe der Menschen. Ich lebte von Früchten und Nüssen, ich trank Regenwasser, das ich mit den Händen aus Felsspalten schöpfte, und ich hielt Kurs in Richtung Norden. So ging es weiter, Tag und Nacht. Jeden Morgen, wenn die Sonne aufging, bestimmte ich die Richtung und lief weiter gen Norden.

Wie lange ich unterwegs war, weiß ich nicht. Aber eines Tages konnte ich nicht mehr. Mitten in einem Schritt stock-

te ich und sank zu Boden. Obwohl ich die Füße fest gegen
die Erde gestemmt hatte, nach dem Vorbild meines Vaters,
war ich in diesem Augenblick nahe daran aufzugeben, mich
einfach hinzulegen und zu verwittern, bis ich eins wäre
mit der verdorrten Erde. Ob ich damals seit einer Woche
oder einem Jahr unterwegs war, wußte ich nicht. Nur, daß
ich herausfinden mußte, wo ich mich befand. Ich zwang
mich zum Aufstehen und lief weiter, bis ich zu einer kleinen spanischen Stadt kam, die vereinzelt in einer endlosen
Ebene dalag.

Diesmal ging ich hinein. Ich war in der schlimmsten
Mittagshitze angekommen. Die Stadt lag da wie ein ver-
trockneter Kadaver. Auf einem Schild las ich, daß die
Stadt ›Alameda de Cervera‹ hieß. Auf einem anderen Schild
stand ›Toledo 111 Kilometer‹. Die Fensterläden an den
Fassaden der weißen Häuser waren geschlossen, ein paar
Hunde lagen hechelnd im Schatten, aber nirgends sah ich
Menschen. Ich ging durch die leeren Straßen, geblendet
von dem starken Licht, und ich fand einen Laden, der
offen war. Oder vielleicht war er auch geschlossen, aber
die Tür war angelehnt, und ich betrat den halbdunklen
Raum.

In einer Ecke schlief ein Mann auf einer Matratze. Ich
versuchte mich geräuschlos zu bewegen, ich hatte meine
zerfetzten Schuhe ausgezogen, und ich weiß noch, wie
kühl sich der Steinboden unter den Fußsohlen anfühlte.
Ich hielt die Schuhe in der Hand und entdeckte, daß ich
in einen Schuhladen gekommen war. Die Regale waren
voll von Schuhen. An einer Wand fand ich, was ich suchte,
eine Karte. Mit dem Finger fuhr ich bis ›Alameda de Cervera‹ und dann weiter nach ›Toledo‹, und ich erkannte,
daß ich mich nur ein kleines Stück vom Lager entfernt
hatte, obwohl ich seit einer Ewigkeit unterwegs war. Da

*drinnen im Dunkel fing ich an zu weinen, lautlos, damit
der schlafende Mann nicht aufwachte.*

*Was ich danach machte, kann ich mir nur als undeut-
liche Erinnerungsbilder ins Gedächtnis rufen. Die Hitze,
die Hunde, das grelle weiße Licht, das von den Hauswänden reflektiert wurde. Ich ging in eine Kirche; dort
war es kühl, und ich trank von dem abgestandenen Wasser im Taufbecken. Dann brach ich die Sparbüchse an einem Tisch auf, auf dem Postkarten zum Verkauf lagen. Für
das Geld kaufte ich mir eine Busfahrkarte.*

*– Toledo, sagte ich zu dem Fahrer, der mit Ekel und
Lust auf meine schwarze Haut schaute.*

*Doch mein Lächeln verlockte ihn nicht. Irgendwo in
mir wurde in diesem Augenblick eine Wut über diese trä-
gen europäischen Männer geboren, die nicht imstande
waren, meine Schönheit zu würdigen und sich davon ver-
locken zu lassen. Das Geld reichte gerade für die Fahrkarte. An die Fahrt habe ich keine Erinnerung. Ich schlief
und wachte davon auf, daß der Fahrer unsanft an meiner
Schulter rüttelte und sagte, wir wären angekommen. Der
Bus parkte in einer unterirdischen Garage. Ich ging mitten durch die Abgase, drängte mich zwischen den Bussen
mit Menschen, die ein- und ausstiegen, und befand mich
schließlich auf einer Straße mit einem so gewaltigen Ver-
kehr, daß ich Angst bekam. Es dämmerte, und ich versteckte mich in der Dunkelheit eines Parks. Plötzlich meinte
ich, es wären wilde Tiere in dem Park. Woher dieses Gefühl kam, weiß ich nicht, aber es war sehr stark, stärker als
die Vernunft, die mir sagte, daß es in Europa keine Raubtiere gab.*

*Ich blieb bis in die Morgendämmerung wach, während
die Angst in meiner Brust hämmerte. Gerade als das erste
schwache Morgenlicht die Dunkelheit aufzulösen begann,*

sah ich einen betrunkenen Mann auf einem der Kieswege heranschwanken. Er setzte sich auf eine Bank, beugte sich vor und erbrach sich. Dann schlief er ein. Ich schlich mich zu ihm, stahl ihm die Brieftasche und lief weg. Dann versteckte ich mich wieder, diesmal in einem dichten Gebüsch, das nach Urin stank, und zu meinem Erstaunen entdeckte ich, daß die Brieftasche voller Geldscheine war. Ich steckte sie in die Tasche, warf die Brieftasche weg und verließ den Park. Ich frühstückte in einem Café, und mir wurde klar, daß ich nicht länger gehen mußte. Jetzt hatte ich ja Geld. Ich konnte einen Stadtplan kaufen, den Bahnhof heraussuchen und einen Zug bis zu der Grenze nehmen, die im Norden lag, und dann die Reise im Zug fortsetzen, solange das Geld reichte.

Nach Frankreich gelangte ich, indem ich an der Grenze durch einen Graben kroch. In der Ferne hörte ich Hunde bellen und jaulen, genau wie die weißen Schäferhunde in dem Lager, aus dem ich entflohen war. Das Geld, das ich übrig hatte, wechselte ich in einer kleinen Stadt. Immer noch blieb mir genug, um regelmäßig Mahlzeiten zu mir zu nehmen und Zugfahrkarten zu kaufen. Aber als ich die Bank verließ, wurde ich von einem Polizisten angehalten, der mich nach meinen Papieren fragte. Ich holte meinen sudanesischen Paß hervor, aber dann überlegte ich es mir anders und rannte weg. Ich hörte den Polizisten hinter mir herrufen, aber er schaffte es nicht, mich einzuholen. In diesem Moment begriff ich, daß ich magische Kräfte besaß. Wenn ich an einer Grenze durch einen Graben kroch, machte die Angst mich unsichtbar, und wenn ich verfolgt wurde, bewegte ich mich genauso schnell wie einer der Vögel, die ich über dem Tal auf der anderen Seite des Flusses nahe bei meinem Heimatdorf in den warmen Aufwinden hatte dahingleiten sehen. Jetzt wußte ich, daß ich das

Land, das Schweden hieß, wirklich erreichen würde, solange ich nicht versuchte, gegen meine Angst anzukämp-
fen. Sie war mein wichtigster Bundesgenosse. Sie half mir,
Kräfte zu entdecken, von denen ich nicht wußte, daß ich
sie besaß.

In den Tagen, die folgten, war ich so aufgeregt über meine Entdeckung, daß ich nächtelang lief, immer in Richtung
Norden. Manchmal folgte ich den Pfaden, die sich entlang
der Straßen wanden, auf denen Autos vorbeirasten. Aber
ich bewegte mich genauso schnell, und meine Augen konnten in der Dunkelheit sehen, als ob die Nacht von starken
Scheinwerfern erhellt wäre. Lag vor meinen Füßen ein Stein
oder ein Abgrund, bemerkte ich dies, obwohl alles um
mich her schwarz war.

Eines Morgens kam ich zu einem großen Fluß mit brau-
nem Wasser, das träge dahinfloß. Am Uferrand war ein
Ruderboot mit einer Kette an einem Baumstamm befestigt. Mit einem Stein zertrümmerte ich das Schloß und
schob das Boot ins Wasser. An diesem Tag verzichtete ich
darauf, vorsichtig zu sein und mich bis zum Einbruch der
Dunkelheit still zu verhalten. Ich ließ das Ruderboot treiben, streckte mich der Länge nach auf dem Boden aus, der
nach Teer roch, schaute hinauf in die Wolken, die hoch
über meinem Kopf dahintrieben, und merkte, daß ich
plötzlich angefangen hatte, wieder ganz ruhig zu atmen.
Es war, als wäre ich außer Atem gewesen, seit ich in Spanien über den Zaun geklettert und in der Dunkelheit verschwunden war. Ich schlief ein und träumte, daß mein
Paß wie zwei Türen war, die zu einer Landschaft aufge-
stoßen wurden, die ich aus meiner Kindheit kannte. Dort
konnte ich meinen Vater sehen, wie er mir entgegenkam
und mich wie eine Feder hochwirbelte, die er zur Sonne
hinaufwerfen wollte, um mich in seinen warmen Armen

aufzufangen, wenn ich langsam wieder zur Erde herab-
sank.

Ich wurde davon wach, daß das Ruderboot schwank-
te. Ein langes Bugsierschiff war vorbeigefahren. Hemden
flatterten an einer Wäscheleine an Bord des Schiffs. Ich
winkte, obwohl ich keinen Menschen sehen konnte.«

Abrupt brach Tea-Bag ab, als reute sie das Gesagte plötzlich, als hätte sie sich selbst und ihre Geheimnisse verraten.
Jesper Humlin wartete auf eine Fortsetzung, die jedoch
nicht kam. Sie zog den Reißverschluß ihrer Jacke hoch und
drückte das Kinn tief auf den Hals hinunter.

– Was ist dann passiert?

Sie schüttelte den Kopf.

– Ich will nichts mehr erzählen. Nicht jetzt.

– Wie wirst du nach Göteborg zurückkommen? Wo
wirst du wohnen? Hier kannst du nicht bleiben. Hast du
Geld?

Sie antwortete nicht.

– Ich weiß nicht, wie du heißt, sagte er langsam. Vielleicht heißt du wirklich Tea-Bag. Ich weiß auch nicht, wo
du wohnst. Ich weiß nicht, warum du hergekommen bist.
Aber ich habe den Verdacht, daß du dich ohne Aufenthaltsgenehmigung hier im Land befindest. Wie du zurecht-
kommst, ahne ich nicht.

Sie antwortete nicht.

– Übermorgen fahre ich wieder nach Göteborg, fuhr er
fort. Dort treffe ich Leyla und Tanja und hoffe, daß auch
du dasein wirst. Begleite mich doch, wenn du nicht schon
eher zurückfährst. Im Zug kannst du mir erzählen, warum du eigentlich hergekommen bist. Und du kannst die
Geschichte zu Ende bringen, die so plötzlich damit endete,
daß du einer Wäscheleine mit flatternden Hemden zuge-

winkt hast. Wir treffen uns übermorgen um Viertel vor zwei im Hauptbahnhof in der großen Halle. Wenn du nicht kommst, kommst du nicht. Aber wenn du kommst, zahle ich deine Fahrkarte. Verstehst du, was ich sage?

– Ich verstehe.

– Jetzt mußt du gehen.

– Ja.

– Hast du einen Ort, wo du bleiben kannst?

Sie antwortete nicht. Er gab ihr zwei Hundertkronenscheine, die sie in die Tasche steckte, ohne sie anzusehen.

– Bevor du gehst, würde ich gern wissen, wie du wirklich heißt.

– Tea-Bag.

Zum ersten Mal, seit sie aus dem Schlafzimmer gekommen war, lächelte sie. Jesper Humlin brachte sie zur Tür.

– Du darfst nicht hier auf der Treppe schlafen.

– Nein, antwortete sie. Ich werde nicht hier schlafen. Ich werde meinen Affen besuchen.

Er sah, wie sie, plötzlich voller Energie, die Treppe hinuntertanzte und weg war. Während er die Laken im Schlafzimmer glättete und sich vergewisserte, daß sie keine Spuren hinterlassen hatte, dachte er nur an eine einzige Sache.

Hemden an einer Wäscheleine.

Ein Ruderboot, aus dem ein Mädchen mit schwarzer Haut Menschen zuwinkt, die nicht da sind.

8

Als Jesper Humlin am folgenden Tag aufwachte, fühlte er sich zum ersten Mal seit sehr langer Zeit ausgeruht. Es war, als hätte die Begegnung mit dem Mädchen, das Tea-Bag oder vielleicht Florence hieß, ungeahnte Energiereserven in ihm freigesetzt. Er stand sofort auf, faulenzte nicht wie üblich lange im Bett herum und beschloß, noch an diesem Tag das schwierige Gespräch mit seiner Mutter hinter sich zu bringen, das ihm bevorstand. Aber zuvor war er fest entschlossen, seinen Börsenmakler zu erreichen.

Es ging leichter als erwartet.

– Burén.

– Hast du eine Ahnung, wie viele Male ich in der letzten Woche versucht habe, dich zu erreichen?

– Neunzehnmal, glaube ich.

– Warum rufst du nicht zurück?

– Ich habe es mir zur Gewohnheit gemacht, meine Klienten nicht unnötig zu belästigen.

– Aber ich habe doch nach dir gesucht, um mit dir zu sprechen?

– Jetzt sprichst du mit mir.

– In einer halben Stunde bin ich in deinem Büro.

– Du bist willkommen, falls ich da bin.

– Was heißt das?

– Ich bin hier, wenn nichts Unvorhergesehenes dazwischenkommt.

Jesper Humlin rief ein Taxi, da er argwöhnte, daß eine

Verspätung von nur einer Minute Burén die Möglichkeit geben würde, in eins der unüberschaubaren Labyrinthe der Finanzwelt zu verschwinden, wo es unmöglich sein würde, ihn zu erwischen.

Der Taxifahrer trug einen Turban und ließ das Radio in voller Lautstärke Reggae spielen. Buréns Büro lag am Strandvägen, und die Adresse machte dem Fahrer keine Probleme. Während der Fahrt saß Jesper Humlin da und ärgerte sich über die laute Musik. Aber noch mehr ärgerte er sich darüber, daß er es nicht schaffte, den Fahrer zu bitten, die Musik leiser zu stellen. Warum sage ich ihm nicht Bescheid? dachte er. Habe ich Angst, als Rassist zu gelten, weil ich bei einer Autofahrt, für die ich selber zahle, um eine etwas geringere Musiklautstärke bitte? Als das Taxi hielt, war er immer noch verärgert. Um zu zeigen, wie großzügig er war, gab er dem Fahrer ein viel zu hohes Trinkgeld.

Immer, wenn er Anders Buréns Büro betrat, fühlte sich Jesper Humlin beklommen, und er hatte ihn schon bei mehreren Gelegenheiten gefragt, warum er seine Klienten in einem Zimmer empfangen mußte, in dem die Gardinen vorgezogen waren und alles im Dunkel lag.

– Das schafft eine ganz besondere Gemütlichkeit.

– Ich finde, man fühlt sich wie in einem Keller.

– Wenn man über Geld spricht, sollte man sehr gelassen sein und alle störenden Gedanken beiseite schieben.

– Mein einziger Gedanke, wenn ich dich besuche, ist, daß ich so schnell wie möglich wieder verschwinden möchte.

– Das ist ganz meine Absicht.

– Wie bitte?

– Meine Klienten sollen nicht länger bleiben als nötig.

Anders Burén hatte das beachtliche Alter von vierundzwanzig Jahren, sah aber aus, als sei er fünfzehn. Er hatte eine erstaunliche Karriere in der Finanzwelt hinter sich, die schon auf dem Gymnasium begann, als er mit geborgtem Geld in der aufkeimenden IT-Branche ein paar glückliche Investitionen getätigt und seine erste Million eingeheimst hatte, ehe er auch nur Abiturient war. Dann hatte er einige Jahre lang bei den größten Finanzmaklern im Lande gearbeitet, bevor er sich selbständig gemacht und sein dunkles Zimmer eingerichtet hatte. Jesper Humlin nahm auf dem unbequemen Holzstuhl Platz, den Anders Burén für eine astronomische Summe auf einer Auktion bei Bukowskis ersteigert hatte.

– Ich möchte nur hören, wie es mit meinen Geschäften geht.

– Es geht gut.

– Obwohl an der Börse Unruhe herrscht?

– Wer hat gesagt, daß an der Börse Unruhe herrscht?

– Die Schlagzeilen in den Zeitungen schreien es doch heraus! In der letzten Woche ist der Index um 14 Prozent gefallen.

– Das ist eine ausgezeichnete Entwicklung.

– Wie kann das denn sein?

– Kommt nur darauf an, unter welchem Aspekt man es betrachtet.

– Ich kann es nur auf eine Art betrachten. Wie stehen meine Aktien?

Jesper Humlin hatte sich vor ein paar Jahren, als er seine gesamten Ersparnisse in Höhe von 250 000 Kronen investierte, dazu entschlossen, vorsichtig zu sein und den Rat seiner Mutter zu beherzigen, nicht alle Eier in einen Korb zu legen. Er hatte darauf bestanden, daß Burén, den ihm übrigens Viktor Leander empfohlen hatte, kleinere

Posten aus vielen verschiedenen Unternehmen und Branchen kaufen sollte. Aber nach ungefähr einem Jahr hatte Burén ihn davon überzeugt, daß es jetzt günstig wäre, eine konzentrierte Einlage in der dramatisch expandierenden IT-Branche zu machen. Insbesondere hatte er ihn auf ein Unternehmen – White Vision – hingewiesen, das sogenannte »geklonte Akzesse« entwickelte, wobei Jesper Humlin allerdings noch immer nicht wußte, was das bedeutete. Das Unternehmen wurde jedoch von den Medien hochgejubelt, und die Gründerin, eine neuzehnjährige Studentin von der Chalmers Universität, galt als genialische Innovatorin, wobei sie obendrein eine sehr schöne Frau mit einem für die Klatschpresse interessanten Privatleben war.

Die Entwicklung war anfangs auch glänzend verlaufen. Die von Jesper Humlin investierten 250 000 waren binnen weniger Monate auf den dreifachen Wert gestiegen. Jedesmal, wenn er vorgeschlagen hatte, zu verkaufen und den Gewinn zu realisieren, hatte Anders Burén ihn davon überzeugt, daß der Gipfel noch nicht erreicht sei. Jetzt schaute er gedankenvoll und unter konzentriertem Schweigen auf den Monitor. Jesper Humlin bekam allmählich Magenschmerzen.

– Deine Aktien machen sich hervorragend.

Jesper Humlin verspürte eine große Erleichterung. Während der letzten Wochen hatte er sich wegen der Börsenschwankungen ständig Sorgen gemacht und es nicht einmal gewagt, die Entwicklung in den Zeitungen zu verfolgen.

– Sie steigen also weiter?

Anders Burén warf noch einen Blick auf den Monitor.

– Sie steigen nicht. Aber sie machen sich.

– Jetzt klingst du, als würdest du von einer unruhigen

Schulklasse reden. Als wir die Aktien kauften, standen sie bei 120 Kronen. Als wir uns zuletzt sprachen, waren sie nahezu 400 wert. Wie stehen sie heute?

– Sie bewegen sich nur geringfügig.

– Aufwärts oder abwärts?

– Mal so, mal so. Manchmal eher aufwärts, manchmal eher abwärts.

– Wie stehen sie im Moment?

– Sie sind günstig und fair plaziert.

– Kannst du mir nicht eine klare und einfache Antwort geben?

– Ich gebe dir eine klare und einfache Antwort.

– Wie stehen sie?

– Bei 19,50.

Fassungslos starrte Jesper Humlin den Mann an, den er im Dunkel auf der anderen Seite des Schreibtischs erahnen konnte. Er sah es vor sich, wie seine finanziellen Mittel sich in rasender Geschwindigkeit aus einem Goldberg in einen Haufen Asche verwandelten.

– Das ist doch eine Katastrophe! Ich kaufe Aktien für 250 000. Wenn ich sie heute verkaufen würde, was bekäme ich dafür?

– Ungefähr 35 000.

Jesper Humlin stieß einen Schrei des Entsetzens aus.

– Dann habe ich also über 200 000 verloren?

– Solange du deine Aktien nicht verkaufst, hast du überhaupt nichts verloren.

Jesper Humlin bekam Herzklopfen.

– Sie müssen doch wieder steigen?

– Natürlich.

– Wann?

– Mit großer Wahrscheinlichkeit bald.

– Wie kannst du das wissen? Wann?

– White Vision ist ein gut geführtes Unternehmen. Wenn es nicht Konkurs macht, wird es vermutlich in den kommenden Jahren stark anwachsen.

– Konkurs?

– In diesem Fall verrechnen wir deine Verluste mit den Gewinnen, die du bei anderen Unternehmen gemacht hast.

– Aber ich besitze doch keine anderen Aktien!

Anders Burén betrachtete ihn mit einem Blick, der ebenso bekümmert wie streng zurechtweisend war.

– Das habe ich dir schon lange zu sagen versucht. Daß du mehr Aktien kaufen sollst. Um deine Verluste zu verrechnen.

– Ich habe doch kein Geld!

– Du kannst Kredite aufnehmen.

– Soll ich mich verschulden, um Aktien zu kaufen, die mit Gewinn laufen sollen, damit ich die Aktien verrechnen kann, die mit Verlust laufen?

Jesper Humlin fühlte sich völlig am Boden. Er hatte die größte Lust, dem pickligen jungen Mann auf der anderen Seite des Schreibtischs eine Tracht Prügel zu verpassen.

– Jetzt gilt es, einen kühlen Kopf zu bewahren.

– Ich habe Magenschmerzen.

– Die Börse wird sich erholen. Deine Aktien sind günstig und fair bewertet. Das Unternehmen hat angesichts der Liquiditätsprobleme eine Gewinnwarnung ausgesprochen. Aber das kann sich wieder ändern. Wie geht es mit deinen Gedichten?

– Sie haben jedenfalls nicht auf die gleiche Weise an Wert verloren wie meine Aktien.

Anders Burén beugte sich über den Schreibtisch vor.

– Ich sollte dir vielleicht erzählen, daß wir bald Kollegen werden.

– Ich werde mich nie mit Aktien befassen.

– Das habe ich nicht gemeint. Ich bin dabei, ein Buch zu schreiben.

In einem schwindelnden Augenblick sah Jesper Humlin vor sich, wie Anders Burén ein Buch schrieb, das augenblicklich in den Himmel gehoben wurde, während er selbst endgültig in die hinterste Reihe verdrängt wurde.

– Wovon soll es handeln?

– Es ist ein Kriminalroman. Über den gnadenlosen Börsenmarkt.

– Hast du an ein Selbstporträt gedacht?

– Aber nein. Der Mörder ist eine Frau. Eine rücksichtslose Börsenmaklerin, die ihren Kunden nicht nur finanziell das Fell über die Ohren zieht.

– Was macht sie sonst noch?

– Sie zieht ihnen buchstäblich die Haut vom Leib. Ich rechne damit, daß das Buch in etwa einem Monat fertig ist.

Jesper Humlin fühlte sich plötzlich zutiefst davon gekränkt, daß ein Mann wie Anders Burén die Kunst des Schreibens offenbar als etwas betrachtete, das er ohne weiteres beherrschte. In ihm regte sich Protest. Aber er sagte natürlich nichts.

Erneut warf Anders Burén einen Blick auf den Monitor.

– Sie bleiben jetzt konstant. Günstig und fair. 17 Kronen.

– Vor fünf Minuten standen sie doch noch bei über 19?

– Das sind marginale Bewegungen. Du hast sie für 120 gekauft. Ob sie bei 19 oder 17 stehen, spielt kaum eine Rolle.

Jesper Humlin hätte am liebsten losgeheult.

– Was rätst du mir?

– Die Ruhe zu bewahren.

– Sonst nichts?

– Ich verspreche, daß ich mich melde, wenn es aufwärts geht.

– Wie lange wird das dauern?

– Nicht lange.

– Wie lange?

– Ein paar Wochen. Höchstens zehn Jahre.

Jesper Humlin starrte ihn an. Von irgendwoher ertönte der Gesang von Franziskanermönchen. Anscheinend hatte Burén unbemerkt ein Tonband angestellt. Die Musik schwoll zu einem ohrenbetäubenden Dröhnen in seinem Kopf an.

– Zehn Jahre?

– Allerhöchstens. Auf keinen Fall länger.

Anders Burén stand auf.

– Jetzt muß ich gehen. Aber du brauchst dir keine Sorgen zu machen. Ich schicke dir eine Kopie des Manuskripts, sobald es fertig ist. Ich möchte gern deine Meinung hören.

Auf der Straße blieb Jesper Humlin stehen. Er suchte in seinem Kopf nach einem beruhigenden Gedanken, aber er fand keinen, bis er Tea-Bags Lächeln vor sich sah. Da konnte er sich wieder bewegen, befreit von der Kälte, die ihm aus dem dunklen Büro von Anders Burén gefolgt war. Er dachte, er sollte vielleicht doch einen Kriminalroman schreiben, allein schon um Geld zu verdienen. Die Sorge, Anders Burén könnte sich als ein talentierter Schriftsteller erweisen, verließ ihn nicht.

Am selben Abend besuchte Jesper Humlin seine Mutter. Er konnte es nicht länger aufschieben. Der Gedanke an das Gespräch, das er mit ihr führen mußte, ängstigte ihn.

Als er ihr am Telefon seinen Besuch angekündigt hatte, wurde er das Gefühl nicht los, daß sie ahnte, was er im Sinn hatte.

– Ich will nicht, daß du heute abend kommst, sagte sie abweisend.

– Du hast gesagt, ich bin immer willkommen?

– Nicht heute abend.

Jesper Humlins Argwohn war geweckt. Mit Unbehagen meinte er zu hören, daß seine Mutter einen lasziven Unterton in der Stimme hatte.

– Warum kann ich nicht heute abend kommen?

– Ich habe heute nacht geträumt, daß ich keine Besuche empfangen sollte.

– Ich muß mit dir reden.

– Worüber?

– Das werde ich dir heute abend erzählen.

– Ich will nicht, daß du kommst.

– Ausnahmsweise wird es mal so, wie ich gesagt habe. Nicht, wie du willst. Wann paßt es dir?

– Es paßt überhaupt nicht.

– Ich komme um elf.

– Nicht vor Mitternacht.

– Ich komme um halb zwölf. Keine Minute später.

Als er Schlag halb zwölf durch ihre Tür trat, roch die ganze Wohnung nach starken Gewürzen und war von einem schweren Essensdunst erfüllt.

– Was riecht hier so?

– Ich habe ein javanesisches Bambusgericht gekocht.

– Du weißt, daß ich nicht mitten in der Nacht essen möchte. Warum richtest du dich nie nach dem, was ich sage?

Seine Mutter rang nach Luft und sank zu Boden. Ein paar kurze, lähmende Sekunden lang glaubte Jesper Humlin, jetzt sei das eingetreten, was er immer befürchtet hatte, daß sie einen Herzinfarkt erlitten hatte und gestorben war. Dann erkannte er, daß sie nur einen ihrer sorgfältig eingeübten Ohnmachtsanfälle inszeniert hatte.

– Dir fehlt nichts. Warum liegst du auf dem Boden?

– Ich stehe nicht eher auf, als bis du mich um Entschuldigung gebeten hast.

– Ich habe keinen Grund, um Entschuldigung zu bitten.

– So schändlich behandelt man seine neunzigjährige Mutter nicht. Ich habe mir die Mühe gemacht, Nahrungsmittel nach Hause zu schleppen, Kochbücher zu wälzen und vier Stunden lang am Herd zu stehen. Nur weil mein Sohn mir einen unerwünschten Besuch aufzwingt.

Sie deutete auf einen Hocker, der in einer Ecke der Diele stand.

– Setz dich.

– Willst du auf dem Boden liegen bleiben?

– Ich werde nie wieder aufstehen.

Seufzend setzte sich Jesper Humlin auf den Hocker. Er wußte, daß seine Mutter tatsächlich auf dem Boden liegen bleiben würde, wenn er ihr nicht gehorchte. Die Art, wie sie ihren gefühlsmäßigen Terror betrieb, konnte sehr raffiniert sein und die Geduld auf die Probe stellen.

– Es gibt etwas, worüber ich mit dir reden möchte.

– Ich bin es, der mit dir reden möchte. Kannst du dich nicht wenigstens aufsetzen?

– Nein.

– Willst du, daß ich dir ein Kissen hole?

– Wenn du es schaffst, eine so anstrengende Aufgabe zu bewältigen.

Jesper Humlin stand auf, ging in die Küche und öffnete

ein Fenster. Immer wenn seine Mutter kochte, verwandelte sich die Küche in etwas, das den blutigen Trümmern eines Schlachtfelds glich. Auf dem Weg ins Schlafzimmer blieb er am Telefon stehen und starrte es wütend an. Aus einem Impuls heraus hob er das Telefonbuch hoch. Darunter lag eine Anzeige für »Sofortkontakt mit reifen Frauen«. Nachdem er das Kissen aus dem Schlafzimmer geholt hatte, überlegte er flüchtig, ob er es nicht besser benutzen sollte, um seine Mutter zu ersticken, statt es ihr auf dem Dielenboden bequemer zu machen.

– Was wolltest du mir sagen?

– Ich wollte dich darüber informieren, womit ich mich zur Zeit beschäftige.

Jesper Humlin erstarrte. Konnte seine Mutter Gedanken lesen? Er beschloß, sofort zum Gegenangriff überzugehen.

– Ich weiß, womit du dich beschäftigst.

– Das weißt du überhaupt nicht.

– Ich bin hergekommen, um mit dir darüber zu sprechen. Dir ist natürlich klar, daß ich entrüstet bin?

Seine Mutter setzte sich auf.

– Schnüffelst du in meinen Papieren herum?

– Wenn jemand in dieser Familie in den Sachen oder Gedanken der anderen herumschnüffelt, dann du. Ich lese deine Papiere nicht.

– Dann kannst du auch nicht wissen, womit ich mich beschäftige.

Jesper Humlin versuchte, eine erträgliche Sitzhaltung auf dem Hocker zu finden, der genauso unbequem war wie der Stuhl, auf dem er früher an diesem Tag in Anders Buréns scheußlichem Büro gesessen hatte. Ich werde sie schmoren lassen, dachte er. Ich werde nichts weiter sagen, sondern sie einfach nur schmoren lassen.

– Dann sagen wir, daß es so ist. Ich weiß nicht, was du machst. Ich weiß nicht, was du mir erzählen willst.

– Ich bin dabei, ein Buch zu schreiben.

Jesper Humlin starrte sie an.

– Was für ein Buch?

– Einen Kriminalroman.

Für einen Moment hatte Jesper Humlin das Gefühl, langsam verrückt zu werden. Das Opfer einer Verschwörung zu sein, deren ganzes Ausmaß er jetzt erst zu erkennen begann. Mit wem er auch sprach, immer war der Betreffende im Begriff, einen Kriminalroman zu schreiben.

– Freust du dich nicht?

– Warum sollte ich mich freuen?

– Darüber, daß sich deine Mutter selbst im hohen Alter ihre Kreativität bewahrt hat.

– Es scheint so, als würden heutzutage alle Menschen Kriminalromane schreiben. Außer mir.

– Wie ich den Zeitungen entnommen habe, wirst auch du einen schreiben. Aber der wird vermutlich nicht besonders gut.

– Was in den Zeitungen steht, stimmt nicht. Warum sollte mein Buch nicht gut werden?

Seine Mutter legte sich wieder hin.

– Dann habe ich keine Konkurrenz von dir zu befürchten.

– In dieser Familie bin ich der Schriftsteller. Nicht du.

– In einigen Monaten wird sich das geändert haben. Ich hoffe, dir ist klar, daß das eine Sensation werden wird, wenn ich, eine siebenundachtzig Jahre alte Frau, mit einem Kriminalroman debütiere, der internationales Aufsehen erregen wird.

Jesper Humlin fühlte, wie eine Katastrophe in Höchstgeschwindigkeit auf ihn zuraste. Wenn seine eigene Mutter sich ihm als Schriftstellerin überlegen zeigen würde, wäre seine Niederlage besiegelt.

– Von wem wird er handeln? preßte er mühsam hervor.

– Das gedenke ich nicht zu erzählen.

– Warum nicht?

– Du klaust mir nur die Idee.

– Noch nie in meinem Leben habe ich jemandem eine Idee geklaut. Tatsächlich bin ich ein Künstler, der seine Arbeit ernst nimmt. Wovon soll dein Buch handeln?

– Von einer Frau, die ihre Kinder umbringt.

– Das klingt nicht besonders originell.

– Außerdem verspeist sie sie.

Obwohl das Küchenfenster offenstand, wirkte der Essensdunst plötzlich wieder unerträglich.

– Darüber willst du ein Buch schreiben?

– Ich bin schon bei Kapitel 40.

– Es wird also ein dickes Buch?

– Ich rechne mit siebenhundert Seiten. Da Bücher heutzutage teuer sind, sollte man dicke Romane schreiben, die länger vorhalten.

– Ich hoffe, das erzählst du meinem Verleger Olof Lundin. Er ist immer aufgeschlossen für neue Ideen.

– Ich habe bereits mit ihm gesprochen. Er sagte, er sähe meinem Manuskript mit Interesse entgegen. Er fing sofort an, Pläne zu machen, wie er uns als »Die Schriftstellerfamilie« präsentieren würde.

Jesper Humlin verschlug es die Sprache, auf die gleiche Weise wie früher am Tag, als Anders Burén ihn über den Stand seiner Aktien aufgeklärt hatte. Seine Mutter erhob sich, nahm das Kissen in die Hand und ging ins Wohnzimmer. Jesper Humlin blieb im Wohnzimmer sitzen. Der Boden unter den Füßen, dachte er. Jetzt ist er wieder weg. Dann sah er in kurzen, aber deutlichen Bildern Leyla,

Tanja und Tea-Bag vor sich. Tea-Bag mit ihrem Lächeln, Tanja mit ihrem abgewandten Gesicht, Leyla mit ihrem plumpen Körper. Vielleicht tue ich doch ein gutes Werk, wenn ich mich für die Geschichten dieser Mädchen interessiere.

Jesper Humlin würgte ein paar Bissen von dem scharfen javanesischen Gericht herunter, das seine Mutter vorbereitet hatte, und trank etliche Gläser Wein, um sich zu stärken. Während der Mahlzeit sprachen sie weder von dem Kriminalroman, den sie gerade schrieb, noch von dem, den Jesper Humlin nicht schreiben würde. Sie mieden in stummem Einverständnis alle Themen, die dramatische Ausbrüche verursachen konnten, da sie beide vor dem Kräftemessen, das bevorstand, eine Pause brauchten.

Jesper Humlin schob den Teller beiseite, der noch voll beladen war.

– Du hast keinen Sinn für raffinierte Gerichte.

– Ich kann nichts dafür, daß ich um Mitternacht keinen Hunger habe.

– Wenn du nicht endlich anfängst, sorgfältig zubereitete Mahlzeiten zu schätzen und dein Zusammenleben mit Andrea in Ordnung zu bringen, wird es dir schlecht ergehen.

Jesper Humlin war verblüfft, fühlte aber zugleich den notwendigen Schubs im Rücken, um loszulegen.

– Es ist nicht mein Sexualleben, über das wir sprechen sollten, sondern deins.

– Ich habe kein Sexualleben.

– Davon weiß ich nichts. Aber was ich weiß, ist, daß du dich mit absolut verwerflichen und vermutlich illegalen Telefongesprächen sexuellen Inhalts befaßt.

Sie sah ihn erstaunt und zugleich amüsiert an.

– Jetzt klingst du wie ein Polizist. Das habe ich immer schon gewußt. Daß in dir eigentlich keine Schriftstellerseele steckt, sondern eine Polizistenseele.

– Was, glaubst du, wird passieren, wenn das publik wird?

– Daß du die Seele eines Polizisten hast?

Jesper Humlin schlug mit der Faust auf den Tisch.

– Wir sprechen nicht von mir, sondern von dir. Ich habe keinen Polizisten in mir. Ich will, daß du auf der Stelle mit diesen abscheulichen Telefongesprächen aufhörst. Ich begreife nicht, wie du dich selbst ertragen kannst. Hast du keine Moral? Es ist erniedrigend und demütigend.

– Du mußt dich nicht so schrecklich aufregen. Diese alten Männer, die anrufen, sind nett und harmlos. Viele sind interessante Persönlichkeiten. Zu meinen Stammkunden gehört auch ein Schriftsteller.

Jesper Humlin spitzte die Ohren.

– Wer?

– Das werde ich selbstverständlich nicht verraten. Diese ganze Branche setzt Vertraulichkeit voraus.

– Aber du nimmst Geld dafür? Das bedeutet, daß es Prostitution ist.

– Ich muß meine Telefonrechnung bezahlen.

– Wenn ich es recht verstehe, verdient ihr Geld damit.

– Nicht sehr viel.

– Wie viel?

– Ich nehme vielleicht fünfzig- oder sechzigtausend Kronen im Monat ein. Für eine solche Tätigkeit bezahlt man natürlich keine Steuern.

Jesper Humlin traute seinen Ohren nicht.

– Du verdienst fünfzigtausend Kronen im Monat damit, daß du ins Telefon stöhnst?

– So ungefähr.

– Was machst du mit dem ganzen Geld?

– Javanesische Bambusgerichte kochen. Ich kaufe Austern. Die ich meinen Kindern anbieten kann.

– Aber das ist doch ungesetzlich! Du bezahlst keine Steuern?

Für einen Augenblick wirkte seine Mutter bekümmert.

– Das Problem mit den Steuern haben wir im Vorstand diskutiert. Wir sind zu einer Lösung gekommen, die uns vertretbar erscheint.

– Was für eine Lösung?

– Wir haben ein gemeinsames Testament über das Vermögen der Firma gemacht. Die gesamten Einkünfte werden dem Staat vermacht. Das sollte genügen, um sämtliche fällig gewordenen Steuern zu begleichen.

Jesper Humlin beschloß, die schärfsten Geschütze aufzufahren.

– Wenn du und deine Freundinnen nicht sofort mit dieser Sache aufhören, werde ich eine anonyme Anzeige bei der Polizei erstatten.

Der Wutausbruch, der jetzt folgte, traf ihn überraschend.

– Hab ich's doch geahnt. Jetzt kommt die Polizistenseele ans Licht. Ich will, daß du meine Wohnung verläßt und dich hier nie wieder blicken läßt. Ich streiche dich aus meinem Testament. Ich will dich nie wieder sehen. Außerdem verbiete ich dir, an meiner Beerdigung teilzunehmen.

Als sie verstummt war, schüttete sie ihm den Inhalt ihres Weinglases direkt ins Gesicht. Es war noch nie vorgekommen, daß die Erregung, die in ihr aufflammte, einen solchen Ausdruck annahm. Er geriet aus der Fassung und sah, wie seine Mutter, anscheinend völlig beherrscht, ihr Weinglas wieder vollschenkte.

– Wenn du nicht sofort, ohne weitere Kommentare, die

Wohnung verläßt, wirst du noch mehr Wein ins Gesicht bekommen.

– Wir müssen in Ruhe darüber sprechen.

Diesmal landete der Wein größtenteils auf seinem Hemd. Jesper Humlin sah ein, daß die Schlacht zumindest fürs erste verloren war. Er stand auf und wischte sich das Hemd mit der Serviette ab.

– Wir müssen darüber reden, wenn ich aus Göteborg zurück bin.

– Nie im Leben werde ich wieder mit dir reden.

– Ich rufe dich an, wenn ich zurück bin.

Seine Mutter erhob das Glas. Jesper Humlin verließ fluchtartig die Wohnung.

Draußen fiel mit Schnee vermischter Regen. Natürlich war weit und breit kein Taxi in Sicht. Zwei betrunkene Finnen bettelten ihn um Zigaretten an und verfolgten ihn mehrere Blocks weit, wobei sie immer bedrohlicher wurden. Als er zu Hause ankam, war er durchgefroren und tropfnaß. Andrea schlief. Das hatte er gehofft. Um nicht am folgenden Tag peinliche Fragen beantworten zu müssen, stopfte er das Hemd mit den roten Flecken ganz unten in den Müllbeutel. Als er es in der Hand hielt, überkam ihn das Gefühl, es sei nicht Wein, sondern Blut, was auf dem Hemd war.

Da er nach der Szene in der Wohnung der Mutter noch immer aufgewühlt war, schob er alle Gedanken an Schlaf beiseite und setzte sich statt dessen ins Arbeitszimmer, um das zweite Treffen vorzubereiten, das er in Göteborg mit den Mädchen und einer unbekannten Anzahl von Familienmitgliedern abhalten würde. Plötzlich war er sich nicht mehr sicher, ob Tea-Bag am Bahnhof sein würde. Das machte ihn traurig, als sei er überraschend verlassen worden.

Er dachte an das, was sie ihm erzählt hatte, die unabgeschlossene Geschichte. Wie viel von dem, was sie gesagt hatte, war eigentlich wahr? Er konnte es nicht wissen. Aber er dichtete weiter, füllte die Lücken aus, nahm sie bei der Hand und führte sie in seine eigene Erzählung hinein. Er war noch nie in Afrika gewesen. Jetzt hatte er das Gefühl, er könnte endlich dorthin gelangen, weil er eine Person gefunden hatte, die ihn begleitete.

Er ging in die Küche hinaus und holte einen Teebeutel, den er vor sich auf den Tisch legte. Und er dachte, daß die Blätter, die sich unter der weißen Hülle befanden, Buchstaben seien, Wörter, Sätze, vielleicht sogar Lieder, welche die eigentliche Geschichte des Mädchens mit dem großen Lächeln erzählten …

– Warum sitzt du da mit einem Teebeutel in der Hand und schläfst?

Andrea stand über den Schreibtischstuhl gebeugt, auf dem er eingeschlafen war. Er schreckte auf, versuchte sich zu erheben, fiel aber auf den Stuhl zurück, da sein eines Bein eingeschlafen war.

– Ich frage, wieso du einen Teebeutel in der Hand hältst.

– Ich wollte Tee machen, bin aber eingeschlafen.

Genervt schüttelte Andrea den Kopf und überließ ihn seinem Schicksal. Er massierte sein Bein, bis er die Wohnungstür zuschlagen hörte. Durch das Fenster konnte er in der Morgendämmerung sehen, daß es aufgehört hatte zu schneien. Er schlüpfte ins Bett, legte sich auf die Seite, die noch die Wärme von Andreas Körper bewahrt hatte, und fiel in einen tiefen, traumlosen Schlaf.

Viertel vor zwei stand er in der Halle des Hauptbahnhofs und sah sich unter den Menschen um. Niemand lächelte, alle schienen trostlos davon in Anspruch genommen zu sein, zu unerwünschten Zielen unterwegs zu sein. Er wollte schon aufgeben, als er spürte, daß jemand seinen Arm streifte.

Tea-Bag lächelte.

Sie schafften es gerade noch, den Zug zu besteigen, ehe er mit einem Ruck den Bahnhof verließ.

9

Bis Hallsberg ging alles gut. Dort verschwand Tea-Bag, ohne eine Spur zu hinterlassen. Aber bis zu dem Augenblick, in dem sie flüchtete, hatte sie es geschafft, die Geschichte zu erzählen, die sie so unvermittelt in Jesper Humlins Wohnung abgebrochen hatte. Er fand, die Geschichte sei in vielen Stücken so unwahrscheinlich, daß sie tatsächlich vollständig wahr sein konnte. Sie hatte in ihrem gebrochenen, aber nichtsdestoweniger klaren Schwedisch berichtet, wie sie sich vom Internierungslager in Südspanien nach Schweden durchgeschlagen hatte. Jesper Humlin hatte überlegt, ob es ein einsameres Wesen geben konnte als einen jungen Menschen auf der Flucht in einem Europa, das ein endloses Niemandsland war, ohne Warnschilder und mit wenigen Zäunen oder Mauern, aber dennoch ein absolut verbotenes Gebiet für jeden, der nicht die formelle Erlaubnis erhalten hatte, die Grenze zu überschreiten.

Bis Södertälje hatte sie regungslos in ihrem Stuhl gesessen und nicht einmal – was ihn irritierte, da er fand, sie zeige nicht genug Dankbarkeit – reagiert, als er beim Schaffner eine Fahrkarte für sie kaufte. Sie hatte das Kinn in die Steppjacke gebohrt und zum Fenster hinausgestarrt. Mit ein paar belanglosen Fragen hatte Jesper Humlin versucht, ihr Schweigen zu durchlöchern. Sie hatte nicht geantwortet, und er hatte sich gefragt, was er da eigentlich machte. Sie passierten die Tunnel bei Södertälje, und als sie wieder ans Licht kamen, war es, als hätte sie aus der flüchtigen Dunkelheit eine Inspiration geschöpft. Plötzlich legte sie die Steppjacke ab, und er konnte nicht umhin festzustellen, daß sie einen sehr schönen Körper hatte.

– Der Affe, sagte sie. Soll ich von ihm erzählen?

– Gern. Aber erst möchte ich die andere Geschichte zu Ende hören. Das Ruderboot, das zu schaukeln anfing. Das Bugsierschiff, das vorbeifuhr. Die Hemden auf der Wäscheleine. Und du hast gewinkt, obwohl du keinen Menschen sehen konntest.

– Ich will lieber von dem Affen sprechen.

– Man muß seine Geschichten zu Ende erzählen. Geschichten, die unfertig bleiben, sind wie unselige Geister. Sie suchen dich heim.

Sie betrachtete ihn aufmerksam.

– Ich schwöre, daß ich recht habe. Unvollendete Geschichten können dein Feind werden.

Langsam, nachdenklich nahm sie die Erzählung wieder auf, mitunter widerwillig, als versuche sie, die Geschichte in Stücke zu zerschlagen, weil sie ihr einen allzu großen Schmerz bereitete.

»Ich trieb weiter in diesem Boot. Die Zeit war nicht mehr wichtig. Ich glaube, ich lag drei Tage und drei Nächte in dem Boot, und ich ruderte nur wenige Male an Land, wenn ich an kleinen Dörfern vorbeikam, und kaufte für mein letztes Geld etwas zu essen. In einem der Dörfer saß in einem Geschäft, bei dem es bestimmt die billigsten Nahrungsmittel gab, ein schwarzer Mann auf einem kaputten Küchenstuhl, es war so ein Geschäft, wie ich sie immer suchte, mit der schmutzigsten Fassade und dem schäbigsten Schild. Er sah mich mit ernsten Augen an, aber als ich lächelte, lächelte er zurück. Er sagte etwas zu mir, was ich nicht verstand. Aber als ich ihm in meiner eigenen Sprache antwortete, der Sprache, die mir langsam schon fremd

wurde, sprang er auf und antwortete mir mit einem Aus-
ruf in derselben Sprache.

– Mein Mädchen! Du kommst aus demselben Land wie
ich. Was machst du hier, wohin bist du unterwegs?

Ich dachte, ich sollte vorsichtig sein. Der Mann gehörte
zu meinem eigenen Volk. Aber er saß auf einem fremden
Stuhl auf fremdem Boden. Vielleicht würde er mich bei der
Polizei anzeigen, Schäferhunde holen und dafür sorgen,
daß ich ins Gefängnis kam? Ich wußte es nicht. Aber es
war, als würde ich es nicht mehr schaffen. Weder von dort
wegzulaufen, noch etwas zu sagen, was nicht wahr war.
Ich habe wie alle anderen Menschen gelernt zu lügen. Aber
jetzt fühlte ich, daß alle Lügen sinnlos wären, sie würden
in meinen Mund zurückspringen und mich ersticken. Ich
entschloß mich, diesem Mann alles so zu berichten, wie es
war.

– Ich bin aus einem spanischen Flüchtlingslager ent-
flohen.

Er runzelte die Stirn. Ich konnte alle Furchen und Nar-
ben sehen, die er im Gesicht trug, und daß er in seinem
Leben viele Gefahren und viel Kummer erlitten hatte.

– Wie bist du hergekommen?

– Ich bin zu Fuß gegangen.

– Herrgott! Bist du zu Fuß von Spanien hierher gekom-
men?

– Ich bin auch in einem Boot den Fluß hinuntergetrie-
ben.

– Wie lange warst du unterwegs?

Als ich diese Frage gestellt bekam, wußte ich plötzlich
die Antwort. Ich dachte, ich hätte die Kontrolle über die
Zeit verloren. Aber vor meinem inneren Auge konnte ich
plötzlich ein langes Band aus weißen Steinen sehen. Ich
zählte sie.

– Drei Monate und vier Tage.

Ungläubig schüttelte er den Kopf.

– Wie hast du das fertiggebracht? Wo hast du zu essen bekommen? Bist du die ganze Zeit allein gewesen? Wie heißt du?

– Tea-Bag.

Der Mann, der groß und kräftig war und schon weiße Haare hatte, beugte sich vor und sah mir in die Augen.

– Wenn du so lange allein warst, bist du jetzt meine Tochter. Jedenfalls für eine Weile. Bald kommt Monsieur le Patron, und dann kannst du nicht hiersein, da er mit dem seltsamen Gefühlsleben des weißen Mannes gesagt hat, daß er nicht mehr als einen schwarzen Menschen auf einmal ertragen kann.

Ich wagte ihm immer noch nicht zu trauen. Auch wenn er mir direkt in die Augen sah, sie beinahe aufriß, damit ich tief in ihn hineinsehen sollte, befand ich mich auf verbotenem Terrain, das vergaß ich nie.

– Wie heißt du? fragte ich ihn.

– Zacharias. Aber in deiner und meiner Sprache heiße ich Luningi.

Der Name meines Vaters! Jetzt war ich es, die ihre Augen aufsperrte und hoffte, er könne tief darin das Dorf sehen, in dem mein Vater sein ganzes Leben verbracht hatte, bis zu dem Tag, an dem er verschleppt wurde, um nie mehr wiederzukommen.

– Mein Vater hieß Luningi.

– Ich habe meinen Namen von einem Onkel, der einmal in die Wüste hinausging, nachdem er einen Traum von einem Berg gehabt hatte, den er besuchen sollte. Er kam nie wieder zurück. Aber wir glauben, daß er den Berg fand, und daß dieser so schön war, daß er sich zum Bleiben entschloß. Vielleicht hackte er eine Öffnung, eine Grotte in *die Bergwand und ist noch immer dort. Was weiß ich und was weißt du und was weiß irgendwer? Weißt du überhaupt, wohin du unterwegs bist?*

– Nach Schweden.

Luningi überlegte mit gerunzelter Stirn.

– Ist das eine Stadt? Ich habe den Namen schon mal gehört.

– Ein Land. Im Norden.

– Warum willst du dahin?

– Jemand wartet dort auf mich.

Lange, lange sah mich Luningi mit seinen aufgesperrten Augen an. Das Schweigen, mit dem er sich umgab, war voll von Gedanken. Die Luft in dem dunklen Laden, in dem es säuerlich nach ein paar Käselaibern auf der Theke roch, machte mich ruhig. Der Geruch des Käses und der dunkle Mann mit den weißen Haaren waren ganz wirklich. Ich dachte daran, daß ich seit über drei Monaten mit kaum einem Menschen gesprochen hatte. Meine Zunge hatte sich an vielen Tagen geschwollen und starr angefühlt, als würde sie darüber trauern, daß sie nie zur Anwendung kam.

– Wer ist es, der auf dich wartet?

– Das Land. Die Menschen, die da wohnen, wissen, wer ich bin.

Luningi nickte bedächtig.

– Wenn du ein Ziel hast, sollst du daran festhalten. Menschen, die ihr Ziel verlieren, haben sich oft unachtsam verhalten. Man hat ein einziges Ziel im Leben. Auch ich hatte einst ein Ziel. Nach Europa zu fahren und zehn Jahre zu arbeiten. Nichts anderes, nur arbeiten. So billig wie möglich leben, mein Geld sparen und dann wieder nach Hause zurückkehren, um das zu tun, wovon ich immer geträumt habe.

– Was denn?

– Ein Leichenschauhaus eröffnen.

*Ich hatte das Wort noch nie gehört. ›Leichenschau-
haus‹. War das ein Geschäft, in dem man Käse verkaufte? Oder geblümte Stoffe, aus denen Kleider genäht wurden? Vielleicht war es ein Restaurant, wo man Essen
bekam, das so stark gewürzt war, daß einem schon nach
dem ersten Bissen der Schweiß herunterlief? Ich wußte es
nicht.*

*– Du weißt vielleicht nicht, was ein Leichenschauhaus
ist? Oder du willst es vielleicht nicht wissen, weil du Angst
vor dem Tod hast?*

– Jeder hat Angst vor dem Tod.

*– Ich nicht. Ein Leichenschauhaus ist ein Ort, wo tote
ruhen, ehe sie beerdigt werden. Ein Raum voller Eis, wo
die Sonne nicht bis zu den Toten vordringt, wo ihre Körper
sich nach dem Todeskampf in der Kühle ausruhen können, bevor sie in der Erde bestattet werden.*

– Warum willst du ein Leichenschauhaus besitzen?

*– Als ich jung war, reiste ich in unserem Land her-
um, in deinem und meinem Land, zusammen mit meinem
Vater, der Menschen dabei half, nach Wasser zu suchen.
Er war kein Wünschelrutenmann, er lief nicht mit einer
Astgabel vor sich herum. Das Wasser fand er mit seinen
inneren Augen. Aber da sah ich – in den großen Städten,
wo die Menschen so zahlreich waren, daß sie fast anein-
anderklebten, und in Dörfern, wo die Verlassenheit so
stark war, daß sie die Menschen stumm machte –, wie wir
mehr und mehr die Fähigkeit verlieren, einen würdigen,
langsamen, nachdenklichen Tod zu sterben. Ein Afrikaner, der die Fähigkeit verliert, in Würde zu sterben, ist ein
verlorener Mensch. Er verliert auch die Fähigkeit zu leben.
Genau wie viele Menschen hier in diesem Land. Ich will*

ein Leichenschauhaus bauen, wo die Würde gewahrt wird. Bei mir sollen sich die Toten in der Kühle ausruhen können, ehe sie sich ein letztes Mal vor der Erde verneigen und verschwinden.

– Ich glaube, ich verstehe.

– Nein. Du verstehst nicht. Eines Tages vielleicht. Wenn du nicht von dem Land verschlungen wirst, das dich erwartet. Länder sind manchmal wie hungrige Raubtiere mit tausend Mäulern. Sie verschlingen uns, wenn der Hunger zu groß ist, und spucken uns aus, wenn wir nicht mehr gebraucht werden. Ich sitze in diesem Laden und verkaufe täglich ein paar Laibe Käse; es ist mir nie gelungen, Geld zusammenzusparen. Ich fürchte nur eins, nämlich daß ich, wenn ich meine Zeit nahen fühle, nicht genug Kraft oder Geld haben werde, um nach Hause zurückzukehren und an dem Ort zu sterben, wo ich einmal geboren wurde. Man kann ohne Wurzeln leben. Aber man kann nicht sterben, ohne zu wissen, wo man seine allerletzten und wertvollsten Wurzeln in die Erde pflanzt.

Luningi ging zur Tür und blinzelte auf die Straße hinaus. In einem Kirchturm schlug die Uhr einmal.

– Jetzt gehst du besser. Monsieur le Patron wird bald zurücksein.

Luningi steckte ein paar Stücke Käse in eine Plastiktüte und gab sie mir. Ich bemerkte, daß sein Rücken von einer Last gebeugt war, die ich nicht sehen konnte. Außerdem zog er das linke Bein nach.

– Käse sättigt.

Dann griff er in seine Hosentasche und holte ein paar zerknitterte Scheine hervor. Ich wollte sie nicht annehmen.

– Sie sind für dein Leichenschauhaus.

– Das sollen andere bauen. Für mich ist es zu spät.

– Du brauchst das Geld für deine Heimreise.

– Nicht so sehr, wie du sie für deine Reise nach Norden brauchst.

Still standen wir da drinnen in der Dunkelheit. Luningi streckte seine Hand aus und berührte meine Wange.

– Du bist sehr schön, meine Tochter. Wenn ich die Hand wegnehme, kann ich dich nicht länger beschützen. Viele Männer werden dich begehren, dir vielleicht schaden, weil du so schön bist. Der einzige Mensch, der dich verteidigen kann, bist du selbst.

– Ich habe keine Angst.

Luningi zog seine Hand zurück und schaute mich plötzlich unwirsch an.

– Warum behauptest du, du hast keine Angst, wo es doch das erste war, was mir an dir aufgefallen ist? Als du hier bei mir und all diesen verdammten Käselaibern eintratst. Ich bin selbst auf der Flucht gewesen. Ich weiß, was es heißt, nicht willkommen zu sein, immer gehetzt, immer auf verbotenem Terrain, umgeben von Menschen, deren Blicke wie schußbereite Waffen sind. Steh nicht da und sag, du hättest keine Angst. Ich bin zu alt, als daß ich mir Lügen anhören müßte.

– Ich habe Angst.

– Du hast Angst. Geh jetzt. Ich werde versuchen, von dir zu träumen, um zu sehen, ob dir gelingt, was du dir vorgenommen hast. Anzukommen. Und wieder sichtbar zu werden, ohne daß man dich jagt. Vergiß nur nicht, daß du in einer Welt lebst, in der unwillkommene Flüchtlingsströme aus armen Erdteilen über die ganze Erde ziehen. Und die, welche sich auf der anderen Seite der Grenze befinden, die du überqueren willst, werden alles tun, um zu verhindern, daß du ankommst. Geh jetzt.

– Warum ziehst du das eine Bein nach?

– Weil meine Kraft nur dafür ausreicht, das andere Bein zu versorgen. Geh jetzt.

Er schob mich zur Tür, strich mir noch einmal ungeschickt mit seinen Fingerkuppen über die Wange und beförderte mich dann mit einem leichten Stoß hinaus auf die Straße. Ich versuchte, mir diesen Stoß für den Rest meiner langen Reise zu bewahren, um fortwährend die Stärke zu spüren, die er mir zum Geschenk hatte machen wollen, außer den Käsestücken und den zerknitterten Scheinen. Während meiner Flucht sprach ich von nun an jeden Tag in Gedanken mit ihm. Ich konnte ihn um Rat fragen, und jedesmal, wenn er mir eine Antwort gab, war es, als würden seine Haare noch weißer.

Wenn ich müde war, verschmolzen die Bilder von Luningi und meinem Vater mitunter zu einem neuen und ganz überraschenden Gesicht, das ich noch nie gesehen hatte, aber trotzdem zu kennen meinte. Oft, im Traum oder kurz vor dem Einschlafen, war es, als würden die beiden Männer, Luningi und mein Vater, in einer geheimnisvollen Sprache miteinander reden, die ich noch nie zuvor gehört hatte. Dann und wann drehten sie sich zu mir um und lächelten. Ich war es, von der sie redeten, sie diskutierten, was sie mir raten sollten, welche Gebete zu sprechen seien und zu welchen Göttern, um mich vor allen Gefahren zu schützen. Aber oft überkam mich Wut über ihre Unzulänglichkeit. Weder Luningi noch mein Vater waren als Beschützer sonderlich erfolgreich. Andauernd geriet ich in Schwierigkeiten, und die einzige Person, die mir helfen konnte, war ich selbst.

Viele Wochen nachdem ich Luningi und seine Käselaiber verlassen hatte, hatte ich in einer schrecklichen Sturmnacht die Grenze nach Deutschland überquert. Lange, trostlose Regenfälle hatten eingesetzt, die mich ständig *durchnäßten, Erkältungen und Fieber verursachten und mich zwangen, unter Brücken und in leerstehenden Abriß-häusern Schutz zu suchen. Einmal war ich zu einem Rast-platz an einer der großen Autobahnen gelangt, die Tag und Nacht Autos ausspieen wie aus einem funkensprü-henden Ofen, und stocherte in einer Mülltonne nach etwas Eßbarem. Ein Lastwagenfahrer, der an einer Hauswand stand und pinkelte, entdeckte mich. Er war schmutzig und roch genau wie die Mülltonne, und der Bauch hing ihm wie ein Sack über den Gürtel. Er fragte, ob ich mitfahren wollte, und obwohl ich wußte, was mir passieren konnte, sagte ich ja. Aber nicht, ehe ich ihm die Erklärung abge-nommen hatte, daß er wirklich nach Norden unterwegs war.*

Ich weiß nicht, wie es kommt, aber ich erinnere mich noch an den Namen der Stadt, in die er wollte, Kassel. Ich fand, es klang wie der Name eines Insekts, eins von den kleinen Tieren, die immer auf mir herumkrochen, als ich ein Kind war und vor der Hütte spielte. Ein Kassel, ein kleines Tier mit Tausenden von vorsichtigen Beinen, das nie stach, sich nur mit sanften Bewegungen über meine Haut tastete, auf die gleiche Weise wie ich mich jetzt über den Teil der Erdoberfläche tastete, der Europa hieß.

Ich kletterte auf den hohen Sitz, und er steuerte auf die Straße hinaus. Ich dachte, ich sollte vielleicht Angst haben. Aber die Wärme im Fahrerhaus sorgte dafür, daß ich ein-schlief. Als ich aufwachte, stand der Laster still, und er hatte sich auf mich gelegt, ein gewaltiges Gewicht, das drohte, mein Herz zu zerquetschen. Mit den Fingernägeln kratzte ich ihn am Hals und schaffte es, aus dem Laster zu fliehen. Das Letzte, was ich von ihm hörte, war, wie sein Keuchen in Gebrüll überging. Dann sprang der Motor an, die starken Scheinwerfer leuchteten auf, und ich sah ihn verschwinden.

Aber trotz dem, was geschehen war, oder zumindest beinah geschehen war, suchte ich weiter nach pinkelnden Lastwagenfahrern an den großen Straßen, die ständig voller Autos zu sein schienen, die einander jagten, um am schnellsten voranzukommen. Mein Lächeln verlockte die Männer, mich mitzunehmen. Immer mußte ich meine Fingernägel einsetzen, um mich zu befreien, außer einmal, als ein Fahrer mich an einem Rastplatz absetzte und sagte, er würde nach Westen abbiegen, nicht weiter nach Norden fahren. Er lud mich zum Frühstück ein, er stellte mir keine Fragen, er erzählte nichts von sich selber, er gab mir einfach die Hand, nachdem er die Kaffeetasse geleert hatte, und dann war er mit seinem Laster weg.

Schließlich gelang es mir, zu einem Meer und einem Strand zu kommen. Es ging ein kalter Wind, er zerrte an meinem Gesicht, aber ich wollte nicht aufgeben. Ich wollte weiter. Ich schlich mich an Bord einer Fähre und versteckte mich unter ein paar Bänken in einem leeren Speisesaal. Es schaukelte und schüttelte im Schiffsrumpf, mehrere Male übergab ich mich, aber ich wußte jetzt, nachdem ich auf einer Karte an der Wand nachgesehen hatte, daß ich bald am Ziel sein würde. Die weißen Steine in meinem Kopf bildeten jetzt eine endlos lange Linie. Aber die Zeit lag hinter mir, jeden Morgen war es, als würde ich mich häuten. Das, was gewesen war, ließ ich hinter mir und zwang mich, nach vorn zu sehen.

In der Morgendämmerung schlich ich aus dem Speisesaal, machte eine Toilette ausfindig und wusch mir das Gesicht. Im Spiegel sah ich einen Menschen, den ich nur teilweise erkannte. Ich war abgemagert und hatte einen eigentümlichen Ausschlag im Gesicht. Aber was mich vor

allem von der unterschied, die ich früher gewesen war,
waren all die eingekerbten Falten auf meiner Stirn. Darin
sah ich alle Straßen und Flüsse und Mülltonnen, die Mei-
lensteine auf meiner langen Reise gewesen waren. Die
Karte hatte sich unmerklich und lautlos in meine Haut
eingeritzt. Es würde mir nie erlaubt sein zu vergessen.

Als ich die Toilette verließ und in der kalten Dämme-
rung hinaus aufs Deck trat, entdeckte ich plötzlich einen
Menschen, den ich kannte. Er saß zusammengekauert in
einem Rettungsboot und zitterte vor Kälte. Es war einer
von den Jungen, die die Leiter gebaut hatten, auf der ich
über den spanischen Zaun geklettert bin, einer von den
Jungen, die eine halbe Stunde, bevor ich mich davonma-
chen durfte, in der Dunkelheit verschwunden waren. Er
zuckte zusammen und sah mich an. Ich lächelte, aber er er-
kannte mich nicht. Die Angst leuchtete aus seinen Augen.
Ich hockte mich vor ihn hin. Der Wind war schneidend
kalt.

– Erkennst du mich nicht?

Er schüttelte den Kopf.

– Ich war diejenige, die über den Zaun kletterte, nach-
dem ihr abgehauen wart.

– Was für ein Zaun?

Seine Stimme war heiser und abwesend, das Gesicht
bedeckte ein schmutziger Stoppelbart. Als ich seine Hand
nehmen wollte, schlug er meine Hand weg.

– Wo sind die anderen?

– Welche anderen?

– Mit denen du abgehauen bist?

– Ich bin allein. Ich war die ganze Zeit allein.

– Wohin bist du unterwegs?

– Nach Hause.

– Wo ist zu Hause?

Er murmelte etwas, das ich nicht verstand. Wieder versuchte ich seine Hand zu nehmen, ihn zu beruhigen, doch er stieß mich zurück, stand dann auf und verschwand stolpernd eine Leiter hinunter. Ich folgte ihm, zögerte aber und blieb stehen. Er wollte allein sein. Ich sah ihn geduckt und schwankend wie einen Betrunkenen ein glattes, schaukelndes Deck überqueren und hinter einem hohen Schornstein verschwinden.

Es war jetzt heller Tag, ein graues Meer mit zischenden Wellen und weit in der Ferne der dunkle Umriß von Land. Plötzlich wußte ich nicht, was ich tun sollte. Ich schlug die flatternde Persenning eines Rettungsboots zurück und kroch hinein. Ich hatte gesehen, daß dem Jungen der Irrsinn in die Augen geschrieben stand. Die Angst hatte ihn aufgefressen. Die unsichtbaren Parasiten hatten sich durch seine Haut gebohrt. Ich kauerte mich in dem feuchten Boot zusammen und versuchte, meine Wärme zu bewahren. Ich weinte. Ich rief nach meinem Vater, doch er antwortete nicht. Meine Mutter schwebte wie ein unruhiger Geist in weiter Ferne. Ich rief sie, aber auch sie konnte meine Stimme nicht hören. Ich hatte den Boden meiner Einsamkeit erreicht, tiefer konnte ich nicht fallen. Meine Kräfte waren erschöpft. Der nächste Schritt wäre, daß der Irrsinn auch aus meinen Augen zu leuchten begänne. Aber noch war ich ja nicht in das Land gekommen, von dem ich wußte, daß ich dort willkommen sein würde. Wieder befand ich mich in einem Schiff unterwegs zu einem unbekannten Ufer.

Wie lange ich brauchte, um Dänemark zu durchqueren, weiß ich nicht. Aber eines Tages war ich an einem Strand mit grauen Steinen angelangt, einem Strand, der nach fauligem Tang roch, und auf der anderen Seite des Sunds konnte ich Schweden sehen. Große Teile des Wegs legte ich mit *dem Fahrrad zurück. Die Fahrräder stahl ich nachts, wenn ich wie ein einsamer Hund in menschenleeren Stadtteilen und Vororten herumstrich. Das Radfahren hatte ich von einem Cousin meiner Mutter gelernt, er hieß Baba, hatte lange in Städten gelebt und beherrschte verschiedene Kunststücke. Als er in unser Dorf zurückkehrte, hatte er ein altes Rad dabei, und er brachte mir bei, wie man darauf fährt.*

Endlich war ich an die letzte Grenze gelangt. Als ich dort am Strand stand, erlebte ich zum ersten Mal in meinem Leben Schnee. Er begann zu fallen wie eine Decke, die sich langsam auf den harten Sand senkte. Erst dachte ich, mit meinen Augen würde etwas nicht stimmen. Dann begriff ich, daß es das gefrorene Wasser war, das auf meinen Kopf herabfiel, wie weiße Blumen aus einem eiskalten Garten, der irgendwo da oben zwischen den Wolken lag. Ich stand regungslos da und schaute zu, wie meine Jacke weiß wurde ...«

Dort, am Strand südlich von Helsingör, wurde die Erzählung Jesper Humlin zum zweiten Mal aus den Händen gerissen. Tea-Bag hatte das alles mit einer Art beherrschtem Eifer erzählt, war aber immer wieder für einige Augenblicke in Schweigen versunken. An dem dänischen Strand angekommen, hatte sie sich zurückgelehnt und die Augen geschlossen, als würde ihr das Erzählen eine allzu große Anstrengung bereiten. Jesper Humlin hatte ebenfalls die Augen geschlossen, und als er sie wieder aufschlug, hatte der Zug in Hallsberg gehalten und ihr Platz war leer gewesen.

Der Zug hatte den Bahnhof schon verlassen, als er sich Gedanken über ihren Verbleib zu machen begann. Da er einen Moment lang eingeschlummert war, hatte er angenommen, sie sei auf die Toilette gegangen. Aber die Verriegelungen an den Türen zeigten grün, ebenso im nächsten Wagen, als er dort nachsehen ging. Er suchte den ganzen Zug ab, blieb vor besetzten Toiletten stehen und kontrollierte, wer herauskam. Aber Tea-Bag war und blieb verschwunden. Als er im Hauptbahnhof auf sie gewartet und gedacht hatte, sie würde nicht kommen, hatte ihn eine plötzliche Niedergeschlagenheit befallen. Jetzt, wo sie bei dem kurzen Aufenthalt in Hallsberg verschwunden war, verspürte er nichts als Sorge. Es war, als hätte er zum zweiten Mal angefangen, ein Buch zu lesen, hätte sich davon fesseln lassen, und dann hätte ein unsichtbares Wesen es ihm aus den Händen gerissen. Es war ihm völlig unbegreiflich, wieso sie sich aus dem Staub gemacht hatte. Kein erkennbares Zeichen hatte darauf hingedeutet, daß etwas nicht so war, wie es sein sollte. Aber es muß etwas gegeben haben, dachte er, obwohl ich es nicht bemerkt habe.

Etwas nördlich von Herrljunga blieb der Zug auf offener Strecke stehen. Nach einer halben Stunde fragte Jesper Humlin den Schaffner gereizt, was los sei.

– Warum halten wir?

– Stromausfall.

– Warum werden wir nicht darüber informiert?

– Das werden Sie hiermit. Wir halten, weil es einen Stromausfall gibt.

– Und wie lange werden wir hier noch stehen?

– In Kürze sind wir wieder unterwegs.

Jesper Humlin versuchte Pelle Törnblom auf seinem Handy anzurufen. Aber natürlich war der Strom ausgerechnet an einer Stelle ausgefallen, wo das Mobiltelefon kein Netz hatte.

Nach einer Stunde kam der Schaffner wieder vorbei.

– Ich dachte, Sie sagten, in Kürze seien wir wieder unterwegs?

– Wir fahren in Bälde.

– Wie bald?

– In ein paar Minuten.

– Wir haben bereits eine Stunde Verspätung.

– Der Lokführer meint, daß er zehn Minuten aufholen kann.

– Dann sind wir immer noch fünfzig Minuten verspätet.

– Es ist, wie es ist. Aber jetzt werden wir bald losfahren.

Der Zug blieb drei Stunden auf offener Strecke stehen. Dann kam über Lautsprecher der Bescheid, daß sie mit dem Bus nach Göteborg weiterfahren müßten. Mittlerweile befand sich Jesper Humlin am Rande eines Nervenzusammenbruchs, erstens aus Sorge um Tea-Bag, zum anderen wegen der Tatsache, daß er an diesem Abend nicht zu seinem Treffen in Stensgården erscheinen konnte. Als er sich in den überfüllten Bus gezwängt hatte, wollte er noch einmal bei Pelle Törnblom anrufen. Er durchsuchte seine Aktenmappe und sämtliche Taschen. Umsonst. Das Handy hatte er im Zug liegenlassen.

Es war halb elf Uhr abends, als der Bus am Hauptbahnhof von Göteborg vorfuhr. Vergeblich hielt Jesper Humlin Ausschau nach Pelle Törnbloms Auto. Natürlich war niemand da, um ihn abzuholen.

10

Jesper Humlin holte tief Luft.

Dann ließ er jeden Gedanken an eine Fortsetzung des mit Leyla und ihren beiden Freundinnen begonnenen Projekts fallen. Das Beste, was er tun konnte, war, sich aus dieser Sache zurückzuziehen, über die er schon von Anfang an die Kontrolle verloren hatte.

Als er im Schneematsch vor dem Bahnhofsgebäude in Göteborg stand, sah er alles klar und deutlich vor sich. Die ganze Idee war von vornherein zum Scheitern verurteilt gewesen. Er hatte sich von der irrwitzigen Vorstellung leiten lassen, in einem Boxklub, der sich in einem Vorort von Göteborg befand, erwarte ihn ein literarisches Abenteuer. Zwischen dem Leben, das er führte, und den Menschen draußen in Stensgården klaffte ein Abgrund. Eine Brücke würde er nicht schlagen können, selbst wenn er fest dazu entschlossen war. Was allerdings fraglich war, wenn er ganz ehrlich sein sollte. Er dachte flüchtig, daß sich die Träume der Mädchen, Moderatorinnen im Fernsehen zu werden, nicht wesentlich von seinen eigenen Ambitionen unterschieden. Reich und berühmt sein, ständig in der Presse erwähnt werden und auch in der internationalen literarischen Arena Erfolg haben.

Er stieg in ein Taxi und gab das Hotel an, in dem er für gewöhnlich während der Buchmesse wohnte. Aber gerade als der Wagen zu dem Hotel an der Avenue abbog, beugte er sich vor und verlangte, statt dessen nach Stensgården gefahren zu werden. Der Taxifahrer drehte sich um.

– Aber Sie wollten doch hierher?

– Ich habe es mir anders überlegt

Der Taxifahrer sprach gebrochenes Schwedisch. Allerdings mit einem ausgeprägten Göteborger Dialekt.

– Wohin in Stensgården?

– Zu Pelle Törnbloms Boxklub.

Das Taxi machte einen Kavalierstart.

– Mein Bruder boxt da. Ich wohne in Stensgården.

Rasch lehnte sich Jesper Humlin so weit wie möglich zurück, damit sein Gesicht im Schatten lag. Der Taxifahrer jagte mit überhöhter Geschwindigkeit durch die leeren Straßen.

– Würden Sie bitte etwas langsamer fahren. Ich möchte lebendig ans Ziel kommen.

Der Taxifahrer drosselte die Geschwindigkeit. Nach der ersten Ampel erhöhte er das Tempo wieder. Jesper Humlin gab jeden Gedanken daran auf, die Ansichten des Fahrers darüber, was schnell war und was nicht, beeinflussen zu können.

– Ein Mitglied meiner Familie ist heute abend im Klub.

– Er ist also auch ein Boxer?

– Es ist eine Sie. Meine Kusine. Sie treffen dort einen Dichter.

Jesper machte sich im Dunkel des Rücksitzes klein.

– Klingt interessant.

– Leyla will eine große Schriftstellerin werden. Er soll Leyla beibringen, wie man es macht, daß man einen Haufen Geld zusammenschreibt. Leyla hat ausgerechnet, daß sie vier Bücher im Jahr schreiben kann. Wenn sich davon je hunderttausend Exemplare verkaufen, ist sie in ein paar Jahren Millionärin. Dann machen wir ein Institut auf.

– Wer ist wir?

– Sie und ich und mein Bruder und ihre anderen Kusinen. Plus zwei Onkels, die noch im Iran wohnen. Aber sie sind auf dem Weg. Obwohl sie vielleicht mit türkischen Pässen einreisen. Das haben wir noch nicht entschieden. Wir werden elf Teilhaber sein.

– Was für ein Institut? Ist es denn wirklich so einfach, in Schweden eine Aufenthaltsgenehmigung zu bekommen? Werden die Pässe nicht kontrolliert?

– Ein Studio, wo dicke Menschen dünn werden. Es ist sehr schwer, in Schweden eine Aufenthaltsgenehmigung zu bekommen. Man muß wissen, wie man es macht. Dann ist es leicht.

– Und das wissen Sie?

– Das wissen alle.

– Wie macht man es?

– Man reist hierher. Entweder man wird hereingelassen oder ausgewiesen. Wenn man hereingelassen wird, ist die Sache klar. Wenn man ausgewiesen wird, ist die Sache auch klar.

– Wieso?

– Man läßt sich nicht ausweisen.

– Geht das?

– Ohne weiteres. Man türmt aus dem Flüchtlingslager. Man kann mit jemand anderem den Namen tauschen. Oder man taucht einfach unter. Außerdem gibt es Kirchen, in denen man Schutz suchen kann.

Jesper Humlin protestierte.

– Das klingt viel zu einfach, um wahr zu sein. Jeden Tag lese ich in der Zeitung von Menschen, die verzweifelt versuchen, hier zu bleiben, die Selbstmordversuche unternehmen, um bleiben zu können, aber trotzdem ausgewiesen werden.

– Es ist ein Problem, daß die schwedischen Behörden

nicht verstanden haben, welche Spielregeln gelten. Wir haben versucht, ihnen beizubringen, wie Flüchtlinge denken. Aber sie hören oft nicht richtig zu.

Plötzlich fühlte Jesper Humlin sich konservativ empört und sah ein Schweden mit total unbewachten Grenzen vor sich, wo Horden von Menschen fröhlich miteinander plaudernd ins Land einwanderten.

– Hört sich interessant an. Ich dachte, es wären unsere Behörden, die die Regeln für die Einwanderung festsetzen. Nicht die Flüchtlinge.

– Das wäre nun doch eine sehr undemokratische Art, eine so wichtige Frage zu behandeln. Die Flüchtlinge wissen schließlich sehr viel mehr über ihre Situation als die verschiedenen Behörden, in denen keiner von den Beamten die Erfahrung gemacht hat, in einem Container eingesperrt durch Europa zu reisen.

Schweigend bedachte Jesper Humlin die Informationen, die er erhalten hatte, nicht nur über die Vorstellungen des Taxifahrers von der Einwanderung nach Schweden, sondern auch über die Gründe, die das Mädchen namens Leyla veranlaßt hatten, schreiben lernen zu wollen. Aber er hatte das Gefühl, daß irgend etwas nicht stimmte. Waren es wirklich nur äußerliche Motive, die sie antrieben? Gab es keine anderen Gründe dafür, daß sie versuchte, die Kunst zu erlernen, mit Worten persönliche Erzählungen zu gestalten? Jesper Humlin fiel es schwer zu glauben, daß es in Wahrheit nur ums Geld ging und um ein Schlankheitsinstitut mit einer großen Anzahl von iranischen Verwandten als Teilhaber.

Vor dem dunklen Eingang zum Boxklub bremste das Taxi.

– Die sind bestimmt schon nach Hause gegangen. Es ist halb zwölf.

Jesper Humlin beugte sich vor, um zu zahlen. Noch immer wußte er nicht, warum er es sich anders überlegt hatte und hierher gefahren war. Außerdem fehlte ihm ein Telefon, um ein Taxi zu bestellen, wenn er hier wieder weg wollte. Ich weiß nicht mehr, warum ich tue, was ich tue, dachte er erschöpft. Es ist wieder der feste Boden, der feste Boden, der verschwunden ist. Das Beste für mich wäre, wieder zurück ins Hotel zu fahren. Trotzdem beharre ich darauf, hier auszusteigen.

– Sind Sie sicher, daß ich Sie hier absetzen soll?

– Ja, das bin ich.

Jesper Humlin stieg aus dem Wagen und sah ihn nach einem schlitternden Kavalierstart im Schneematsch davonfahren. Was zur Hölle mache ich hier? dachte er. Wütend rüttelte er an der Tür, die natürlich verschlossen war. Dann schrak er zusammen und drehte sich um. Aus dem Schatten kam ein Mensch auf ihn zu. Jetzt werde ich ausgeraubt, dachte er. Ich werde ausgeraubt und niedergestochen, und vielleicht sterbe ich hier im Schneeregen. Dann sah er, daß es Tanja war, die da stand. Ihre langen Haare waren durchnäßt. Sie fror so, daß sie zitterte. Aber zum ersten Mal hatte sie den Blick nicht auf ein unergründliches Ziel an einem fernen Horizont gerichtet. Jetzt sah sie ihm direkt in die Augen. Und sie lächelte. Jesper Humlin begriff plötzlich, daß sie da gestanden und auf ihn gewartet hatte. Als alle anderen die Hoffnung aufgegeben hatten, daß er noch kommen würde, war Tanja in der Nässe und Dunkelheit stehen geblieben.

– Tut mir leid, daß ich so spät komme. Aber der Zug hatte eine Störung. Außerdem ist Tea-Bag aus dem Zug verschwunden. Weißt du, wo sie wohnt?

Sie antwortete nicht. Versteht sie, was ich sage? dachte er. Ein bißchen Schwedisch muß sie doch immerhin verstehen. Oder ist es so, daß sie nicht über Tea-Bag reden will?

– Es ist zugeschlossen, sagte er. Wir kommen nicht hinein. Alle sind schon nach Hause gegangen. Das verstehe ich durchaus, da ich so spät komme.

Im nächsten Moment erkannte Jesper Humlin, daß sie sehr wohl verstand, was er sagte. Sie zog einen Schlüsselbund aus der Jackentasche, klemmte sich eine kleine Taschenlampe zwischen die Zähne und begann, Pelle Törnbloms Schloß mit einem Dietrich zu bearbeiten. Als sie keinen Erfolg hatte, holte sie ein Brecheisen hervor, das sie in ihrem Stiefel stecken hatte, fuhr am Türrahmen entlang, setzte das Brecheisen an und stemmte die Tür auf. Bevor Jesper Humlin zum Protest ansetzen konnte, hatte sie ihn in den dunklen Flur gezogen und die aufgebrochene Tür hinter ihnen zugeschoben.

– Das ist doch ein Einbruch?

Tanja antwortete nicht. Sie war schon unterwegs zu dem Raum mit den verrammelten Fenstern. Das Licht der Taschenlampe strich über die Plakate, die an der Wand klebten. Boxer mit drohendem Blick sahen ihn an. Er folgte ihr. Sie machte Licht.

– Das Licht könnte vielleicht draußen zu sehen sein?

– Nicht einmal in Schweden dringt Licht durch zugenagelte Fenster.

Sie sprach langsam, suchte nach jedem Wort, wie ein Blinder eine sichere Stelle sucht, um seinen Fuß darauf zu setzen.

Er hörte, daß ihre Stimme einen Klang wie eine Glocke hatte, spröde und bestimmt zugleich.

– Jemand kann uns beobachtet haben.

– Niemand hat uns gesehen.

Jesper Humlin dachte an den umfangreichen Schlüsselbund und das Brecheisen, das sie aus dem Stiefel gezogen hatte.

– Hast du schon öfter Türen aufgebrochen?

Er hörte selbst, wie idiotisch die Frage klang. Aber es war zu spät, sie zurückzunehmen. Tanja ließ sich auf den Stuhl sinken, auf dem sie bei ihrem ersten Treffen gesessen hatte. Sie legte ihre Jacke und den Rucksack ab, den er erst jetzt entdeckte, strich sich die nassen Haare aus dem Gesicht und legte ihren Notizblock und einen Stift vor sich hin. Sie ist bereit anzufangen, dachte Jesper Humlin. Was mache ich jetzt?

Dann erkannte er, daß er soeben die Einleitung zu etwas erlebt hatte, was eine Erzählung werden könnte. Im Kopf machte er sich ein paar Notizen. *Dunkelheit, Taxi, Boxklub, Tanja, Einbruch, ein leerer Saal mit zugenagelten Fenstern. Hier nimmt eines Nachts eine große Erzählung über die schwedische Gegenwart ihren Anfang.* Er zog seinen Mantel aus und nahm seinen Platz ein. Sie folgte ihm wachsam mit ihrem Blick.

– Du hast ein Herz gezeichnet, begann er. Wessen Herz?

Statt zu antworten, machte sie den Rucksack auf und schüttete den Inhalt auf den Tisch. Erstaunt betrachtete er die Dinge, die sich da türmten. Es war ein Sammelsurium aus Miniaturikonen und Tannenzapfen, zerrissenen Kinokarten, Schnullern, einem Dosenöffner, einem Prisma aus einem Lüster und zwei braunen Umschlägen. Tanja schob ihm die Umschläge hin. Er verstand, daß er sie lesen sollte. Als er einen der Umschläge nahm, schlug sie irritiert mit der Hand auf den Tisch. Er zog den anderen Umschlag zu sich heran und nahm das Papier heraus. Es war ein Bescheid von der Ausländerbehörde. *Die Ausländerbehörde hat bei der ordentlichen Versammlung am 11. August 1997 beschlossen, Ihren Einspruch betreffs Bewilligung einer*

permanenten Aufenthaltsgenehmigung in Schweden abzu-
lehnen.

Der Brief war an Inez Liepa gerichtet, und die Ablehnung wurde damit begründet, daß sie ihrem untertänigen
Antrag auf Asyl in Schweden nachweislich falsche Angaben sowohl ihren Namen als auch ihre Nationalität
betreffend zugrunde gelegt hatte. An den Rand hatte jemand einige Herzen gekritzelt, aus denen Blut oder Tränen
tropften. Jesper Humlin nahm an, daß es nicht der zuständige Beamte war, von dem die Zeichnungen stammten.

Er nahm den zweiten braunen Umschlag. Er war von
der Polizeibehörde in Västerås, die mitteilte, daß die Person, die angab, Inez Liepa zu heißen und russische Staats-
bürgerin zu sein, am 14. Januar 1998 aus Schweden ausgewiesen werden sollte. Jesper Humlin legte das Papier
weg. Sie beobachtete ihn wachsam. Gibt es unter diesen
Menschen keinen, bei dessen Namen ich mir sicher sein
kann, dachte er. Erst Tea-Bag, die vielleicht Florence hieß,
und nun Inez, die sich Tanja nennt. Er konnte seine Em-
pörung nicht verbergen.

– Wir haben in diesem Land Gesetze und Bestimmun-
gen. Wenn du einen falschen Namen angibst, kannst du
natürlich nicht damit rechnen, daß du bleiben darfst. Warum sagst du nicht, wie es wirklich ist?

– Was sagen?

– Wie du heißt. Ist es Inez oder Tanja?

– Ich heiße Natalia.

– Natalia? Hast du einen dritten Namen? Tanja, Inez
und jetzt Natalia?

– Ich habe nur einen richtigen Namen. Natalia.

– Und du bist aus Rußland?

– Ich bin in Smolensk geboren.

– Aber Liepa klingt estnisch. Du müßtest aus Riga sein.

– Riga liegt in Lettland.

– Das habe ich gemeint. Ich habe mich versprochen. Lettland, nicht Estland.

– Es gibt viele Länder auf der Welt. Die kann man leicht verwechseln.

Er sah sie an, ohne feststellen zu können, ob sie das ironisch meinte oder nicht. Seine Irritation wuchs.

– Vielleicht kannst du mir auf meine Frage antworten? Welches dein richtiger Name ist und woher du eigentlich kommst? Außerdem möchte ich gerne wissen, wo Tea-Bag wohnt. Ich mache mir Sorgen um sie.

Sie antwortete nicht. Er betrachtete die Dinge, die auf dem Tisch lagen.

– Wenn du willst, kannst du erzählen, warum du hierher nach Schweden gekommen bist. Es interessiert mich natürlich auch, wie es dir gelungen ist, dich so lange vor der Polizei versteckt zu halten. Aber vor allem will ich wissen, warum du weggegangen bist. Was hat dich dazu veranlaßt, alles zu verlassen und hierher zu kommen? Darüber solltest du schreiben. Das ist deine Erzählung. Ich verspreche, dir zuzuhören. Aber ich will, daß du sagst, wie es ist. Nichts sonst. Ich bin es langsam leid, nicht sicher sein zu können, wie die Menschen eigentlich heißen.

Er wartete. Inez oder Tanja oder Natalia blieb stumm. Ich habe die ganze Nacht lang Zeit, dachte er. Früher oder später muß sie etwas sagen.

Aber da irrte Jesper Humlin. Nach einer halben Stunde hatte sie immer noch nichts gesagt. Als die Stille endlich durchbrochen wurde, geschah dies dadurch, daß die Haustür mit einem Knall aufging und ein Schäferhund mit Gebell ins Zimmer stürmte, gefolgt von drei Polizisten mit gezogener Waffe.

– Hände hoch und nicht bewegen.

Jesper Humlin fragte sich, ob er träumte. Aber die Angst, die er verspürte, war echt.

– Ich kann alles erklären. Es ist nichts Ungesetzliches, was hier vor sich geht.

Tanja saß regungslos auf dem Stuhl. Wieder verlor sich ihr Blick an einem Punkt in weiter Ferne. Aber Jesper Humlin merkte, daß sie zugleich wachsam verfolgte, was um sie herum geschah.

– Sie rufen am besten Pelle Törnblom an, den Besitzer dieses Klubs.

– Wir wurden wegen eines Einbruchs in dieses Gebäude alarmiert. Die Tür wurde aufgebrochen.

– Das läßt sich erklären. Ich heiße Jesper Humlin und bin Schriftsteller. Ich vermute, daß keiner der Wachtmeister Poesie liest. Aber sie haben vielleicht trotzdem von mir gehört. Ich werde ziemlich oft in den Massenmedien erwähnt.

– Das heben wir uns fürs Polizeipräsidium auf. Folgen Sie uns jetzt.

Tanja stopfte ihre Sachen in den Rucksack. Jesper Humlin sah, daß sie die beiden Briefe absichtlich liegenließ.

– Ich protestiere gegen diese Behandlung. Falls ich ein Telefon benutzen darf, rufe ich Pelle Törnblom selber an.

Einer der Polizisten packte ihn am Arm. Jesper Humlin sah schon die Schlagzeilen vor sich.

Es war vier Uhr morgens, als es Jesper Humlin endlich gelang, den Polizisten, der das Protokoll aufnahm, dazu zu bringen, daß er Pelle Törnblom anrief. Während einiger kurzer Minuten waren er und Tanja allein gewesen, als man sie aufs Polizeipräsidium brachte.

– Ich behaupte, daß die Tür schon aufgebrochen war, sagte er. Ich werde auch nichts davon sagen, wer du bist. Wo hast du übrigens gelernt, wie man Türen aufbricht?

– Mein Vater war Einbrecher. Von ihm habe ich es gelernt.

– Was bedeutet das? Daß du auch noch eine Diebin bist?

– Wovon sollte ich sonst leben?

– Läufst du deshalb mit einem Brecheisen im Stiefel herum? Um Einbrüche zu machen?

In ihren Augen blitzte es auf, als sie antwortete.

– Ich hasse es, arm zu sein. Weißt du, was das heißt? So arm zu sein, daß man sich selber nicht mehr leiden kann? Weißt du das? Nein, das weißt du nicht.

– Du bist also vor der Armut geflohen?

– Ich bin vor gar nichts geflohen. Fliehen, das klingt, wie vor etwas wegzulaufen. Ich bin nach Smolensk gefahren, um reich zu werden. Ich hatte es satt, in Häuser einzubrechen, in denen nichts zu holen war. Ich wollte in ein Land, wo es etwas hinter den Türen gibt, die ich aufbreche. Es wurde Schweden.

Das Gespräch endete abrupt, da sie getrennt abgeführt wurden. Jesper Humlin wurde in eine Zelle mit einem betrunkenen Eishockeyfan gesteckt, der sich auf den Boden erbrochen hatte und dem ein Auge zugeschwollen war. In der folgenden halben Stunde war er gezwungen, sich einen wirren Bericht über eine Tribünenschlägerei im Scandinavium anzuhören, die eskaliert war. Erst als der Fan weggebracht wurde, gelang es Jesper Humlin, seine Gedanken wieder zu sammeln. Als Pelle Törnblom endlich in der Morgendämmerung erschien, hatte er eine Erklärung parat, die vor allem Tanja schützen sollte. Pelle Törnblom sah ihn lange an, ehe er etwas sagte.

– Wäre es nicht einfacher gewesen, mich anzurufen und mich zu bitten, zu kommen und aufzuschließen?

– Ich habe mein Telefon im Zug liegenlassen. Hast du gar nicht mitbekommen, daß ich verspätet war?

– Ich habe tatsächlich ziemlich lange darauf gewartet, daß du anrufst. Es war die Hölle, allen, die gekommen waren, zu erklären, daß du sie im Stich gelassen hast.

– Der Zug hatte Verspätung, wiederholte Jesper erregt. Ich habe sie nicht im Stich gelassen.

– Haiman hatte einen Rugbyball für dich dabei. Als ihm klar wurde, daß du nicht kommen würdest, tat es ihm leid, daß er damals nicht härter zugeschlagen hat. Alle waren tief enttäuscht.

– Ich saß bei Herrljunga in einem Zug fest, der wegen eines Stromausfalls liegengeblieben war. Wie oft soll ich das noch erklären?

– Warum hast du nicht angerufen?

– Das Handy hatte kein Netz an der Stelle, an der der Zug anhalten mußte.

– Ich hoffe, du verstehst, daß es mir schwerfällt, dir zu glauben. Es sind ein bißchen zu viele Zufälle.

– Jedes Wort, das ich sage, ist wahr. Was ist da draußen passiert? Als ich nicht kam?

– Ich habe ihnen erklärt, daß du dich leider als eine Person entpuppt hast, auf die man sich nicht verlassen kann. Wir haben beschlossen, alles abzublasen.

– Abzublasen?

– Ich hoffe, dir ist klar, wie sehr du diese Mädchen enttäuscht hast.

– Das verstehe ich ganz und gar nicht. Ich kann alles erklären. Ich habe niemanden im Stich gelassen.

– Wo hast du übrigens Tanja aufgegabelt?

– Sie wartete vor der Tür des Boxklubs auf mich.

– Was hat sie da gemacht?

Jesper Humlin begann den Plan ins Werk zu setzen, der Tanja vor allen Anschuldigungen bewahren sollte, sie hätte die Tür aufgebrochen.

– Sie hat die Tür bewacht, weil es dort einen Einbruch gegeben hat.

– Es hat keinen Einbruch gegeben. Es ist nichts gestohlen worden.

– Davon weiß ich nichts.

Jesper Humlin war vollständig unvorbereitet, als Pelle Törnbloms Faust vorschoß und ihn am Kragen packte.

– Ich weiß nicht, was du treibst, oder was in dir vorgeht. Aber du sollst den Teufel tun, die Tür zu meinem Boxklub aufzubrechen.

Er entließ ihn aus seinem Griff. Aus purer Überraschung sank Jesper Humlin auf einen Stuhl. Sie waren allein in einem Raum und warteten auf die Fertigstellung des Protokolls, ehe er entlassen wurde. Wo Tanja sich befand, wußte er nicht.

– Wie oft muß ich noch sagen, daß ich es nicht war, der die Tür aufgebrochen hat.

– Du bist wahrscheinlich ein solches Schwein, daß du auch noch Tanja beschuldigst, es getan zu haben.

– Ich habe doch gesagt, daß sie die Tür bewacht hat. Ich beschuldige sie überhaupt nicht.

Pelle Törnblom kramte eine Schachtel Zigaretten hervor. Ein Schild an der Wand verkündete, daß auf dem Polizeipräsidium absolutes Rauchverbot herrschte.

– Du darfst hier nicht rauchen.

Ungerührt steckte sich Pelle Törnblom eine Zigarette an und setzte sich.

– Du taugst nicht.

– Wie meinst du das?

– Kann ich etwas wesentlich anderes meinen, als daß du nicht dazu taugst, diesen Mädchen zu helfen, ein bißchen mehr Selbstbewußtsein zu entwickeln?

– Wie soll ich das auch tun können, wenn du alles abgeblasen hast?

– Ich stand da und habe mich geschämt. Als du nicht kamst. Leyla war den Tränen nahe, und ihre Verwandten waren aufgewühlt. Auch wenn sie dir ganz egal sind, mußt du sie nicht wie Scheiße behandeln. Aber du wirst noch bereuen, was du getan hast.

– Ich vermute, du meinst, daß Haiman mich aufsuchen wird, um mich noch einmal zusammenzuschlagen.

– Wir wenden keine Gewalt an. Das ist noch so ein Vorurteil, das Leute wie du über Menschen verbreiten, die aus anderen Kulturen nach Schweden gekommen sind.

– Ich verbreite keine Vorurteile. Ich will wissen, was du meinst.

– Der Journalist war genauso enttäuscht wie wir anderen. Er wird deine Gedichtsammlungen auf Beispiele hin überprüfen, aus denen hervorgeht, daß du eigentlich ein Menschenbild hast, das Schwäche verurteilt. Auch wenn du versuchst, es in schöne und einschmeichelnde Worte zu verpacken. Er wird dich in der Luft zerreißen.

Jesper Humlin bekam sofort Magenschmerzen.

– Das ist ungerecht. Ich verdiene es nicht, so behandelt zu werden.

Pelle Törnblom warf die Zigarette auf den Boden und zertrat die Glut mit dem Absatz.

– Es hat keinen Sinn, daß wir dieses Gespräch fortsetzen. Mir ist auch schleierhaft, wie du behaupten kannst, eins der Mädchen sei mit dir im Zug gewesen und in Hallsberg verschwunden. So etwas passiert nicht. Ich gehe davon aus, daß wir von nun an keinen Kontakt mehr miteinander haben werden. Außerdem ist es wohl angebracht, daß du dich in den nächsten Jahren bei uns da draußen nicht blikken läßt. Du magst es nicht für möglich halten, aber diese Leute haben ihre Würde bewahrt, obwohl sie in schwierigen Verhältnissen leben.

Pelle Törnblom verließ das Zimmer. Verzweifelt versuchte Jesper Humlin eine Lösung für das Problem zu finden, das ihm vordringlich erschien, nämlich den Journalisten, von dem er noch nicht einmal den Namen kannte, daran zu hindern, daß er einen Artikel schrieb, der ihn vernichten würde. Zugleich fühlte er sich durch Pelle Törnbloms Worte gekränkt und traurig.

Die Tür ging auf. Ein Polizist trat ein.

– Sie können jetzt gehen. Sie müssen nur vorher einige Papiere unterschreiben.

– Ich unterschreibe keine Papiere.

– Sie sollen unterschreiben, daß Sie keines Vergehens beschuldigt sind.

Jesper Humlin unterschrieb sofort.

– Wo ist das Mädchen, das mit mir zusammen festgenommen wurde?

– Die, die Tatjana heißt. Tatjana Nilsson?

Jesper Humlin wunderte sich über nichts mehr.

– Ja, die meine ich. Wo ist sie? Wir sind gleichzeitig beim Boxklub angekommen. Da war die Tür bereits aufgebrochen.

– Das wissen wir.

– Dann gehe ich davon aus, daß sie auf dieselbe Weise entlassen wird wie ich.

– Wir müssen sie nicht entlassen.

– Was heißt das?

– Sie ist durchs Toilettenfenster entflohen. Wie sie es

aufbekommen hat und wie sie durch das Fenster kriechen konnte, ist uns ein Rätsel.

– Hat sie damit eine kriminelle Handlung begangen?

– Nicht direkt. Aber wir haben ihren Führerschein im Register überprüft. Irgend etwas stimmt da nicht. Wir wissen nur nicht, was.

– Es gibt sehr wenige Dinge im Leben, die stimmen, sagte Jesper Humlin freundlich. Kann ich jetzt gehen?

Es war inzwischen Viertel nach fünf. Bevor Jesper Humlin das Polizeipräsidium verließ, wählte er von einem Telefonapparat aus seine Handynummer. Zu seiner Überraschung meldete sich jemand.

– Mit wem spreche ich?

– Wieso?

– Es ist nämlich mein Telefon, in das Sie gerade sprechen.

Der Mann am anderen Ende klang verschlafen und schien nicht ganz nüchtern zu sein.

– Ich habe dieses Handy gestern für hundert Kronen gekauft.

– Ich werde es sperren lassen, sobald dieses Gespräch beendet ist. Wenn Sie das Handy gekauft haben, ist es Diebesgut. Hehlerei.

– Das geht mich wohl kaum etwas an. Oder? Aber Sie können es für fünfhundert zurückhaben.

– Wo können wir uns treffen?

– Ich werde mir die Sache überlegen. Rufen Sie in einer Stunde wieder an. Wie spät ist es überhaupt? Ist das vielleicht eine angemessene Zeit, um Leute durch einen Anruf aus dem Schlaf zu reißen?

– Ich melde mich in einer Viertelstunde wieder.

In Jesper Humlins Schläfen pochte es. In den letzten

Jahren war er immer mehr davon überzeugt, daß er bald dieselben Probleme mit seinem Blutdruck haben würde wie Olof Lundin. Aber seine Ärztin, die eine Frau von großer Geduld war, konnte jedesmal, wenn er sie konsultierte, feststellen, daß sein Blutdruck völlig normal war. Heimlich hatte er jedoch einen Blutdruckmesser angeschafft, da er seine Ärzte stets im Verdacht hatte, ihm nicht die Wahrheit zu sagen. Als die Blutdruckmanschette dasselbe Ergebnis anzeigte, begann er die technische Qualität des Geräts anzuzweifeln.

Er dachte, jetzt sei es an der Zeit, sämtliche Körperfunktionen gründlich durchchecken zu lassen. Jeden Morgen, wenn er aufwachte, verbrachte er die ersten Minuten damit, in sich hineinzuhorchen, wie er sich fühlte. Er war selten krank, fühlte sich aber oft schlecht. Es gab immer irgendeine kleine Unpäßlichkeit zu entdecken, die den ganzen Tag überschatten konnte. Einige Wochen zuvor hatte er eigentümliche Ausschläge an einem Bein und dem rechten Unterarm bemerkt. Da er sofort argwöhnte, es könnte das Anzeichen einer ernsten Krankheit sein, hatte er Andrea mit seinen Hautproblemen konfrontiert. Sie hatte einen flüchtigen Blick darauf geworfen.

– Es ist nichts.

– Du siehst doch, wie ich aussehe? Wie kannst du da behaupten, es sei nichts?

– Weil ich eine hochqualifizierte Krankenschwester bin und allein mit Hilfe meiner Augen feststellen kann, daß es nichts ist.

– Ich bin hier doch ganz rot?

– Juckt es?

– Nein.

– Tut es weh?

– Nein.

– Es ist nichts.

Andreas Diagnose hatte eine momentane, aber vorübergehende Beruhigung bewirkt. Jetzt massierte er besorgt seine pochenden Schläfen und dachte, er sollte seine Ärztin anrufen, obwohl es erst halb sechs Uhr morgens war.

Als fünfzehn Minuten um waren, rief er erneut seine Nummer an. Das Handy war abgeschaltet. Wütend knallte er den Hörer auf die Gabel und verließ das Polizeipräsidium. Draußen war es noch dunkel. Er war müde und hungrig, und die Kopfschmerzen waren nicht verschwunden. Außerdem machte er sich Sorgen darüber, was Pelle Törnbloms Journalist schreiben würde. Als er Göteborgs Fußballstadion passiert hatte, blieb er plötzlich stehen und drehte sich um. Er hatte das vage Gefühl, daß ihm jemand folgte. Aber da war niemand. Er ging weiter Richtung Hauptbahnhof. Es wehte und war kalt. Er meinte, einen Anflug von Halsweh zu verspüren. Als er am Bahnhof ankam, glitt jemand an seine Seite. Er schrak zusammen. Es war Tanja. Oder Inez. Oder Natalia. Oder vielleicht sogar Tatjana.

– Was machst du hier?

– Ich wollte nur wissen, wie es gelaufen ist.

– Keiner von uns wird beschuldigt, die Tür aufgebrochen zu haben. Aber sie haben entdeckt, daß mit deinem Führerschein etwas nicht stimmt. Tatjana Nilsson. Bist du das?

– Natürlich stimmt mit dem Führerschein etwas nicht. Er ist gefälscht.

Besorgt sah Jesper Humlin sich um. Er spürte, wie sich die Probleme vor ihm auftürmten. Erst war Tea-Bag verschwunden. Jetzt war Tanja aus dem Polizeipräsidium entwischt. Er zog sie mit sich in eins der Cafés, das geöffnet hatte. Sie schaute ihn fragend an.

– Wieso bist du so nervös?

– Ich bin nicht nervös. Du hast nicht zufällig ein Handy, das ich benutzen kann? Ich habe meines gestern im Zug liegenlassen, und jemand hat es gestohlen. Vermutlich einer vom Reinigungspersonal. Anschließend hat er es verkauft.

– Möchtest du eine bestimmte Marke?

– Wie meinst du das?

Tanja stand auf. Weiter hinten im Lokal erhoben sich gerade einige Männer in teuren Mänteln von ihren Stühlen. Tanja ging an ihnen vorbei. Dann kam sie zurück. Als die Tür zuschlug, reichte sie ihm ein Handy. Jesper Humlin verstand, daß sie es auf irgendeine Weise geschafft hatte, es einem von den Männern zu stehlen, die gerade weggegangen waren.

– Ich will es nicht.

– Die können es sich leisten, ein Neues zu kaufen.

– Ich begreife nicht, wie du es dir geschnappt hast. Lag es auf dem Tisch?

– Er hatte es in der Tasche.

– In der Tasche?

– Ja.

– Ich begreife immer noch nicht, wie du es fertiggebracht hast.

Sie beugte sich vor und tätschelte seinen Arm.

– Was hast du in der Manteltasche?

– Kleingeld. Meine Schlüssel. Warum fragst du?

– Kannst du mir deine Schlüssel mal zeigen?

Jesper Humlin griff in seine Tasche. Da lagen ein paar Münzen. Aber keine Schlüssel. Sie öffnete ihre Hand und gab ihm seinen Schlüsselbund.

– Wann hast du ihn genommen?

– Jetzt.

Jesper Humlin starrte sie an.

– Wer bist du eigentlich. Und *was* bist du? Eine Einbrecherin oder eine Taschendiebin?

Die Tür des Cafés ging auf. Einer der Männer, die gerade gegangen waren, lief zu dem Tisch und dann zum Tresen und fragte, ob jemand sein Mobiltelefon gefunden hätte. Die Kellnerin schüttelte den Kopf. Jesper Humlin duckte sich. Kopfschüttelnd verließ der Mann das Lokal.

– Wolltest du nicht anrufen?

– Ich glaube, das wächst mir jetzt alles über den Kopf. Tanja stand auf.

– Ich muß etwas erledigen. Ich komme wieder.

– Du wirst bestimmt verschwinden.

– Ich komme wieder. Spätestens in einer Stunde.

– Dann bin ich möglicherweise abgereist.

– Nein, sagte sie. Du bist nicht abgereist. Du kannst nicht abhauen, ehe ich nicht deine Frage beantwortet habe.

– Welche von ihnen?

– Ob ich eine Einbrecherin bin oder eine Taschendiebin.

Tanja verschwand. Jesper Humlin schenkte sich Kaffee nach und versuchte seine Gedanken zu sammeln. Das Handy brannte in seiner Tasche. Er bezwang sein Unbehagen und gab Andreas Nummer ein.

– Warum rufst du so früh an?

– Ich habe heute nacht kein Auge zugetan.

– Das hört man.

– Wie meinst du das?

– So klingst du normalerweise, wenn du die ganze Nacht durchgesoffen hast. Hattest du Spaß?

– Ich habe im Polizeipräsidium von Göteborg gesessen, beschuldigt, einen Einbruch begangen zu haben.

– Hast du das?

– Natürlich nicht. Es war wirklich keine lustige Nacht. Ich wollte nur sagen, daß ich damit rechne, heute nach Hause zu kommen.

– Das würde ich dir auch raten. In den nächsten achtundvierzig Stunden werden wir entscheiden, was mit unserer Zukunft ist.

– Versprochen.

– Was ist versprochen?

– Daß wir über das alles reden werden.

– Du mußt dir darüber im klaren sein, daß es ernst ist. Übrigens sollst du Olof Lundin anrufen.

– Was wollte er? Wann hat er angerufen?

– Gestern abend. Er sagte, du kannst jederzeit anrufen. Außerdem hat deine Mutter angerufen.

– Was wollte sie?

– Sie hat behauptet, du hättest sie überfallen.

– Ich habe sie nicht angerührt!

– Sie sagte, du hättest ihr einen Schlag auf den Kopf versetzt, so daß sie mehrere Stunden auf dem Fußboden im Flur liegen geblieben ist.

– Nichts von dem, was sie sagt, ist wahr. Sie verliert allmählich den Verstand.

– Wenn ich mit ihr rede, wirkt sie immer sehr vernünftig.

– Sie ist senil. Sie tut nur so, als wäre sie normal.

– Ich muß jetzt gehen. Aber ich rechne also damit, daß wir heute abend ein ernsthaftes Gespräch miteinander führen werden.

– Ich werde kommen. Und du fehlst mir.

Andrea beendete das Gespräch, ohne die letzte Bemerkung zu kommentieren. Erschöpft überlegte Jesper Humlin, ob Andrea tatsächlich dabei war, ihn zu verlassen, und was für ein Drama seine Mutter jetzt wieder vorbereitete. Um sich abzulenken, rief er Olof Lundin an.

– Lundin.

– Hier ist Jesper Humlin. Ich hoffe, ich habe dich nicht geweckt.

– Ich bin seit vier Uhr auf. Wo bist du?

Jesper Humlin faßte einen raschen Entschluß.

– In Helsinki.

– Was machst du da?

– Recherchearbeiten.

– Du hast dich also entschlossen, einen Kriminalroman zu schreiben. Ausgezeichnet. Dann können wir deinen Roman zusammen mit dem deiner Mutter in einem Paket lancieren.

– Ich lasse mich in kein Paket stecken. Außerdem wird meine Mutter niemals ein Buch schreiben.

– Sag das nicht. Ich habe ihr Exposé gelesen.

Ein Stich fuhr Jesper Humlin in den Magen.

– Hat sie schon damit angefangen, dir ihr Manuskript zu schicken?

– Es ist eher eine einzige Seite. Handgeschrieben. Darauf hat sie die Handlung skizziert. Ich muß gestehen, daß ich nicht sehr viel verstanden habe, da ihre Schrift schwer zu entziffern ist. Irgendwas mit Kannibalen und verrückten Staatssekretären, glaube ich. Aber mit einer neunzigjährigen Debütantin muß man Geduld haben.

– Es wird kein Buch daraus.

– Ich habe mir Sorgen um dich gemacht. Mit diesen Dummheiten in Göteborg hast du also aufgehört?

– Nein. Außerdem sind es keine Dummheiten.

– Wenn ich nur einen Kriminalroman von dir bekomme, kannst du den Rest deiner Zeit verbringen, womit du willst. Er soll 384 Druckseiten umfassen.

– Ich hatte an 389 Seiten gedacht.

– Das geht nicht. Wir haben bereits die Druckerei gebucht und Papier bestellt. Wie weit bist du gekommen? Warum verlegst du die Handlung nach Helsinki? Es handelt meist ein bißchen viel von Russen und Spionen, wenn Kriminalromane dort spielen. Brasilien eignet sich besser.

Jesper Humlin war verblüfft.

– Wieso?

– Da ist es wärmer.

Jesper Humlin dachte an Olof Lundins eiskaltes Zimmer und überlegte, ob es da möglicherweise einen Zusammenhang gab.

– Ich habe einen Scherz gemacht. Ich bin nicht in Helsinki. Ich bin in Göteborg. Ich werde keinen Kriminalroman schreiben. Im Moment weiß ich überhaupt nicht, was ich schreiben werde. Vielleicht eine Erzählung über ein junges Mädchen, das eine Taschendiebin ist. Oder ein Buch über eine Person, der ein Affe auf dem Rücken herumklettert.

– Bist du krank?

– Nein.

– Du sagst so komische Sachen.

– Was hast du gewollt, als du gestern anriefst?

– Ich wollte mich nur vergewissern, daß das, was in den Zeitungen stand, nicht wahr ist. Ich erwarte gespannt deinen Roman. Genau wie die Öldirektoren.

– Es wird keinen Kriminalroman geben.

– Ich kann kaum verstehen, was du sagst.

– Ich sagte, daß es keinen Kriminalroman geben wird!

– Jetzt höre ich überhaupt nichts mehr. Komm zu mir ins Büro, wenn du wieder in Stockholm bist. Wir müssen in Ruhe miteinander reden. Außerdem will die Marketingabteilung ihre Kampagne für deinen neuen Roman präsentieren.

Das Gespräch brach ab. Jesper Humlin war sehr müde. Das Gefühl, daß der feste Boden unwiderruflich verloren war, lastete auf ihm wie ein gewaltiges Gewicht. Es war, als hätte jemand alle Ausgänge eines Hauses blockiert, in dem er eingesperrt war.

So verging fast eine Stunde. Er glaubte fast schon, Tanja wäre auf die gleiche Art verschwunden wie Tea-Bag, als die Tür des Cafés aufging.

Tanja war wieder da. In Begleitung von Leyla.

11

Jesper Humlin wurde aus einem chaotischen Traum gerissen, in dem er in abgehackten Sequenzen dabei war,
seine Mutter zu erwürgen. Als er sich im Bett aufsetzte und
sich im Zimmer umschaute, wußte er zunächst nicht, wo
er sich befand. Dann kehrten die Erinnerungsbilder langsam zurück. Er sah auf die Uhr. Viertel vor elf. Tanja war
kurz nach acht gegangen, und, ermattet von der langen
Nacht im Polizeipräsidium, war er sofort eingeschlafen.
Die Schläfen pochten, die Kopfschmerzen hatte er nicht
wegschlafen können. Die Ereignisse, die sich abgespielt
hatten, seit er am Vorabend mit dem Bus nach Göteborg
gekommen war, traten jetzt klar und deutlich zutage. Am
liebsten wäre er wieder in den Schlaf eingetaucht, in dem
fremden Bett in der ebenso fremden Wohnung in einem
der Hochhäuser von Stensgården, um alles zu vergessen.
Aber er wußte, der Versuch wäre zwecklos.

Auf leisen Sohlen ging er in die Küche und trank Wasser. Dann durchsuchte er die Wohnung nach persönlichen
Habseligkeiten von Tanja. Immerhin hatte sie behauptet,
es sei ihr Zuhause, auch wenn sie nur vorübergehend und
in größter Heimlichkeit dort wohnte. Er fand keine Zeichen oder Spuren von ihr. In einem der Küchenschränke,
inmitten einer Batterie ihm unbekannter Gewürze, stand
eine Kaffeedose einer Marke, die er kannte. Er setzte Wasser auf, vermied es, mit dem Topf zu klappern, um nicht
die Aufmerksamkeit der Nachbarn zu erregen, und ließ sich
dann in einem Sessel vor einem Fenster im Wohnzimmer

nieder, die Tasse auf der Lehne balancierend. Auf die eintönigen Häuserreihen fiel mit Schnee vermischter Regen. Am Horizont sah er den Wald und dahinter graue Klippen und das Meer.

In Gedanken kehrte er zu dem Augenblick zurück, als die Mädchen in das Café gekommen waren, wo er immer mutloser auf Tanja gewartet hatte. Er war aufgestanden und ihnen ein Stück entgegengegangen, als Tanja ihn entschieden gestoppt und an den Tisch zurückgeführt hatte.

– Ich will sie begrüßen.

– Das geht nicht.

– Warum nicht?

– Jemand, der Leyla kennt, könnte dich sehen. Das wäre nicht gut.

– Ich will sie doch nur begrüßen.

Jesper Humlin sah, wie Tanja zu Leyla zurückkehrte. Die Mädchen setzten sich an einen Ecktisch. Ab und zu warfen sie einen Blick in seine Richtung, ohne ihn eigentlich zu sehen, und dabei unterhielten sie sich fortwährend. Leyla hatte ein Tuch um den Kopf gebunden.

Jesper Humlin war verwirrt. Seine Unsicherheit irritierte ihn. Tanja kehrte an seinen Tisch zurück, als wäre sie eine ausgesandte Botin.

– Was hat es für einen Sinn, daß sie herkommt, wenn ich sie nicht begrüßen darf?

– Leyla wollte sich selbst überzeugen, daß du uns nicht verraten hast. Daß du zurückgekommen bist.

– Pelle Törnblom sagte, ihr hättet beschlossen, das Ganze abzublasen.

– Was hätten wir sonst tun sollen, als du nicht kamst? Wir sind es gewöhnt, enttäuscht zu werden.

– Ich möchte nur bemerken, daß es Tea-Bag ist, die verschwunden ist. Niemand anders.

– Sie hatte bestimmt einen Grund. In einem Land wie Schweden ist es immer am besten, vorsichtig zu sein.

– Warum gerade in Schweden?

Tanja schüttelte gereizt den Kopf.

– Wir werden das Treffen, das gestern nicht stattgefunden hat, heute abend nachholen.

Jesper Humlin fiel das Telefongespräch mit Andrea ein.

– Das geht nicht.

Es blitzte in Tanjas Augen.

– Willst du uns schon wieder verraten?

– Ich dachte, wir hätten uns darauf geeinigt, daß ich keinen Verrat begangen habe.

– Wenn wir dir glauben sollen, muß unser Kurs heute abend stattfinden.

– Das ist ausgeschlossen.

Tanja stand auf.

– Leyla wird nicht froh sein, wenn ich ihr erzähle, was du gerade gesagt hast.

Fieberhaft suchte Jesper Humlin nach einem Ausweg.

– Können wir den Kurs nicht jetzt gleich abhalten?

– Das geht nicht.

– Warum nicht?

– Leyla ist in der Schule.

– Wie kann sie in der Schule sein, wenn sie hier sitzt?

– Wenn jemand entdeckt, daß sie nicht in der Schule ist, bekommt sie Probleme.

– Wenn ich heute abend nicht in Stockholm bin, bekomme ich Probleme. Können wir uns heute nachmittag treffen?

– Ich werde sie fragen.

Tanja setzte sich an den anderen Tisch. Wieder dachte Jesper Humlin, daß sie eine Botin war, die sich zwischen zwei verschiedenen Heerlagern hin und her bewegte. Ihm wurde klar, daß Schweden sich im letzten Jahrzehnt in ein Land verwandelt hatte, über das er nur äußerst begrenzte Kenntnisse besaß.

Tanja kam zurück.

– Um fünf Uhr.

Sofort stellte Jesper Humlin im Kopf einen Zeitplan auf.

– Wir haben zwei Stunden Zeit. Dann muß ich fahren. Wo werdet ihr sein?

– Bei mir zu Hause.

– Ich wäre sehr dankbar, wenn der Mann, der Haiman heißt, nicht dabei wäre.

– Er wird nicht kommen.

– Kannst du mir das garantieren?

– Niemand wird davon erfahren, daß wir dich treffen. Dafür sorgt Leyla.

Sogleich war Jesper Humlin beunruhigt.

– Wie?

– Sie sagt, sie ist zu Hause bei Fatima.

– Wer ist das?

– Das ist eine Freundin aus Jordanien. Wenn Leylas Eltern anrufen, um zu kontrollieren, ob sie wirklich da ist, bekommen sie die Auskunft, Leyla und Fatima wären zu Sacha nach Hause gegangen. Und von da sind sie dann zu mir nach Hause gegangen. Aber wenn Leylas Eltern anrufen, haben wir das schon erfahren, weil Fatimas Bruder bei denen ans Telefon geht. Und Fatimas Bruder ruft mich an, und dann bleibt Leyla genug Zeit, um nach Hause zu fahren. Nicht von mir aus, sondern von Fatima aus. Obwohl sie nicht dagewesen ist.

Jesper Humlin ahnte mehr, als daß er wirklich verstand, wie Leylas Sicherheitsnetz aussah. Leyla verließ das Café.

Sie lächelte ihm zu, ein verborgenes Lächeln, für Außenstehende nicht zu erkennen. Gleich darauf erhob sich Tanja und nickte ihm zu, ihr zu folgen. Sie nahmen eine Straßenbahn hinaus nach Stensgården. Als sie dort angekommen waren, lotste Tanja ihn zu einem der Hochhäuser am Rand der trostlosen Wohnsiedlung. Sie nahmen den Aufzug in den siebten Stock. Jesper Humlin hatte erwartet, daß »Nilsson« an der Tür stehen würde, hinter der Tanja wohnte. Aber als sie ihn flüsternd ermahnte, leise zu sein, und dann einen der Dietriche zum Öffnen der Tür benutzte, verstand er, daß es nicht so einfach war.

– Zieh deine Schuhe aus, sagte sie, als sie in den Flur getreten waren. Mach weder Radio noch Fernseher an.

– Ist das nicht deine Wohnung?

– Ich wohne hier immer, wenn sie leer steht.

– Du hast keinen Schlüssel?

– Ich brauche keine Schlüssel, um Türen zu öffnen.

– Das ist mir bekannt. Wer wohnt hier?

– Die Familie Yüksel.

– Sind das Verwandte von dir?

– Ich habe keine Verwandten.

– Wie kannst du dann hier wohnen?

– Sie sind zur Zeit in Istanbul.

– Wissen sie überhaupt, daß du hier wohnst?

– Nein.

– Ich dachte, du hättest gesagt, wir würden bei dir zu Hause sein?

– Das ist bei mir zu Hause. Ich finde heraus, welche Wohnungen leer stehen. Wo die Leute verreist oder ausgezogen sind. Dann wohne ich da. Und verschwinde, wenn die Leute, die eigentlich da wohnen, wiederkommen oder neue Bewohner einziehen.

– Wie erfährst du, welche Wohnungen leer stehen?

– Leyla weiß über alles Bescheid, was in dieser Siedlung passiert. Sie erzählt es mir.

Jesper Humlin versuchte nachzudenken.

– Du hast also keine eigene Wohnung?

– Wie sollte ich, da es mich nicht gibt?

– Was meinst du damit, daß es dich nicht gibt?

– Du hast den Ausweisungsbescheid selber gesehen. Die Polizei sucht mich. Nachdem ich jetzt meinen Führerschein vorzeigen mußte, werden sie Tatjana Nilsson früher oder später mit der Person verbinden, die ich wirklich bin.

– Und wer ist das?

Tanja schrak zusammen und sah ihn an.

– Du weißt, wer ich bin. Jetzt beantworte ich keine Fragen mehr. Mach nicht auf, wenn es an der Tür klingelt. Geh nicht ans Telefon. Ich bin in ein paar Stunden wieder da.

– Ich kann mich nicht in einer fremden Wohnung aufhalten, in der jederzeit fremde Leute zur Tür hereinkommen können.

– Sie kommen nicht vor nächster Woche. Leyla hat eine Kusine, die in dem Reisebüro arbeitet, wo sie ihre Fahrkarten kaufen.

– Es macht mich nervös, hierzusein.

– Was meinst du, wie es mir damit geht, die ganze Zeit zu wissen, daß ich aus dem Land geworfen werde, wenn die Polizei mich schnappt?

Jesper Humlin wußte nicht, was er antworten sollte.

– Gibt es einen Ort, wo ich mich hinlegen und ausruhen kann?

– Es gibt in jedem Zimmer Betten. Die Familie Yüksel ist groß.

Tanja rauschte ab. Vorsichtig schlich Jesper Humlin in

der Wohnung der Familie Yüksel herum und legte sich in einem Zimmer ins Bett, das, angesichts der Fußballplakate an der Wand, vermutlich von einem halbwüchsigen Sohn bewohnt wurde. Er zog die Decke bis zum Kinn und dachte, daß er sich mitten in etwas befand, was er sich in seinen wildesten Phantasien nicht hätte vorstellen können. Dann schlief er ein.

Die Kaffeetasse war leer. Er trug sie hinaus in die Küche. Dann kehrte er ins Wohnzimmer zurück. Er blieb stehen und ließ den Blick über die Wände gleiten. Auf einem Regal stand eine große Anzahl von Fotografien in vergoldeten Rahmen. Kinder verschiedenen Alters, ein Hochzeitsbild, ein Mann in Uniform. Über dem Regal hing eine Fahne, von der er annahm, es sei die türkische. Ich befinde mich mitten in einer großen Erzählung, dachte er. Alles, was mir geschieht, alles, was diese Mädchen erzählen oder nicht erzählen, was sie tun oder nicht tun, kann ich vielleicht zu einer Geschichte formen, die noch nie zuvor erzählt worden ist. Tea-Bag ist Gott weiß wohin verschwunden, Schäferhunde werden in ein leeres Boxstudio gehetzt. Ich befinde mich in einer Wohnung, die einer türkischen Familie gehört. Hier wohnt, wenigstens zur Zeit, außerdem ein Mädchen, das es nicht gibt, das sich in den Höhlen versteckt, die sich ihm bieten, hinter verschiedenen Identitäten. Ein Mädchen, das vielleicht Tanja heißt und überlebt, indem es Einbrüche oder Taschendiebstähle begeht.

Vorsichtig durchsuchte er die Schubladen der Familie Yüksel nach Papier und Bleistift. So viel war in der letzten Woche passiert, daß er sich Notizen machen mußte, wollte er nicht die Kontrolle über all diese Eindrücke verlieren. Er fand einen Schreibblock und einen Bleistift, setzte sich an den Küchentisch und fing an, seine Eindrücke zu notieren. Dann dachte er, er sollte besser Andrea Bescheid sagen, daß er wirklich die Absicht hatte, an diesem Abend nach Hause zu kommen, auch wenn es spät werden würde. Er sprach eine Nachricht auf ihren Anrufbeantworter, ohne daß es ihm unangenehm war, ein gestohlenes Mobiltelefon zu benutzen. Bevor er sich wieder den Notizen zuwandte, rief er noch seinen Börsenmakler an.

– Burén.

– Wie kommt es, daß du dich seit neuestem plötzlich meldest, wenn ich anrufe?

– Hast du die Telefonnummer gewechselt? Ich dachte, es wäre jemand anderes.

Jesper Humlin wurde hellhörig.

– Wenn du gesehen hättest, daß ich der Anrufer bin, wärst du also nicht drangegangen? Ich dachte, ich gehöre zu deinen Kunden?

– Selbstverständlich.

– Es scheint nicht so. Ich rufe von einem guten Freund aus an. Du mußt die Nummer nicht speichern. Ich werde dieses Telefon nie wieder benutzen.

– Ich registriere alle Nummern. Sie gehen automatisch in den Speicher meines PC's. Was wolltest du fragen?

– Ich will nicht, daß du diese Nummer speicherst. Hörst du nicht, was ich sage?

– Ich höre, was du sagst. Was willst du?

– Ich will wissen, wie meine Aktien stehen.

– Wenn wir keinen Abschwung bekommen, glaube ich ganz bestimmt, daß wir mit einem Aufschwung rechnen können.

– Ich will, daß du ganz ehrlich auf eine Frage antwortest. Werde ich das Geld jemals wiederbekommen, das ich an der Börse investiert habe?

– Zu gegebener Zeit.

– »Zu gegebener Zeit«? Wie lang ist das?

– Innerhalb von fünf bis zehn Jahren. Ich habe übrigens gerade mit dem Mittelteil meines Romans angefangen.

– Ich interessiere mich nicht für deinen Roman. Ich interessiere mich für meine Aktien. Du hast mich irregeführt.

– Es bedeutet immer ein Risiko, wenn man seine Gier überhandnehmen läßt.

– Du warst es, der mich daran gehindert hat zu verkaufen.

– Es ist meine Pflicht, dich nach bestem Wissen zu beraten.

Jesper Humlin merkte, daß er dabei war, sich von Anders Buréns ausweichenden Bemerkungen einwickeln zu lassen. Er beendete das Gespräch ohne weitere Kommentare. Anders Burén bietet selbst den Stoff für einen großen Roman, dachte er erbost. Der Abstand zwischen seiner Welt und diesen Mädchen in Stensgården ist wie ein expandierendes Universum. Die Entfernung wächst mit jeder Minute. Wenn ich sie zusammenbringen würde, worüber könnten sie miteinander reden, angesichts ihrer getrennten Welten?

Er beugte sich über seine angefangenen Notizen. Es kratzte an der Wohnungstür. Er hielt den Atem an und fühlte sein Herz laut in der Brust schlagen. Die Familie Yüksel, dachte er. Eine Woche zu früh. Gleich wird eine große türkische Familie hier hereinströmen und fragen, wer da an ihrem Küchentisch sitzt.

Es war Tanja. Fragend blickte sie ihn an. Sie sieht meine Angst, dachte Jesper Humlin. Wenn sie etwas zu erraten versteht, ist es die Unsicherheit der Menschen, da sie selbst immerzu in Unsicherheit lebt. Tanja leerte ihren Rucksack.

Außer den Tannenzapfen, Schnullern und Miniaturikonen war er mit Handys vollgestopft. Sieben Stück lagen vor ihm auf dem Tisch.

– Du kannst dir eins aussuchen.

– Wo hast du die gestohlen?

– Im Polizeipräsidium.

Jesper Humlin starrte sie an.

– Im Polizeipräsidium?

– Es gefiel mir nicht, heute nacht da eingesperrt zu sein. Ich hatte das Bedürfnis, mich zu rächen. Ich bin noch mal hingegangen und habe ein paar Handys eingesteckt.

– Sind das die Mobiltelefone von Polizisten?

– Nur von Hauptkommissaren. Und von einem Staatsanwalt. Nimm sie alle. Wenn wir Glück haben, werden nicht alle heute schon gesperrt.

– Ich will keine Mobiltelefone, die du gestohlen hast. Schon gar nicht von Polizisten.

Er merkte, daß sie für einen kurzen Moment verletzt war. Dann erschien wieder das gefährliche Glitzern in ihren Augen. Bevor er etwas sagen konnte, drückte sie ihm eins von den Handys in die Hand.

– Nimm das. Geh dran, wenn es klingelt.

– Kommt nicht in Frage. Wie soll ich erklären, wer ich bin?

– Tu, was ich sage. Wenn du wirklich wissen willst, wer ich bin.

Sie verließ die Küche. Die Wohnungstür glitt leise ins Schloß. Kurz darauf klingelte das Telefon. Er zögerte, bevor er sich meldete. Es war Tanja.

– Hier ist Irina.

– Warum sagst du, daß du Irina heißt? Wo bist du?

– Du kannst mich von den Wohnzimmerfenstern aus sehen.

Er trat an die Fensterfront. Tanja stand wie ein kleiner Punkt draußen auf dem Lehmacker, der einen Rasen darstellen sollte.

– Ich sehe dich. Warum sollen wir uns am Telefon unterhalten?

– Weil das für mich beruhigender ist.

– Warum sagst du, daß du Irina heißt?

– Weil das mein Name ist.

– Wer ist dann Tanja? Und Natalia, Tatjana und Inez?

– Ich versuche sie mir als meine Künstlernamen vorzustellen.

– Schauspieler haben Künstlernamen. Taschendiebe nicht.

– Machst du dich über mich lustig?

– Ich bemühe mich nur zu verstehen, wieso du so viele Namen hast.

– Wie soll man in dieser Welt zurechtkommen, wenn man nicht bereit ist, etwas zu opfern? Wie zum Beispiel seinen Namen?

– Ich weiß immer noch nicht, welches dein richtiger Name ist.

– Weißt du, wie ich nach Schweden kam?

Die Frage überraschte ihn. Ihre Stimme klang plötzlich anders, nicht so hart und unzugänglich wie bisher.

– Nein, das weiß ich nicht.

– Ich bin gerudert.

– Was meinst du damit?

– Kann ich so viele verschiedene Sachen meinen? Ich bin nach Schweden gerudert.

– Von wo?

– Tallinn.

– Du bist von Estland nach Schweden gerudert? Das kann nicht sein!

»Ich bin hergekommen, nicht wahr? Ich mußte rudern. Mir blieb nichts anderes übrig. Ich hätte mich nicht getraut zu versuchen, durch die Paßkontrolle an der Fähre von Tallinn nach Schweden zu kommen, als ich den Leuten entfloh, die mich gefangenhielten. Ich ging einfach drauflos und kam zu einem kleinen Fischereihafen. Da lag ein Ruderboot. Ich wußte, daß ich aus dieser Stadt verschwinden mußte, sonst würde ich sterben. Ich setzte mich in das Ruderboot und machte mich davon. Es war windstill, es gab nur schwache Dünungen. Natürlich wußte ich nicht, wie weit es war. Ich ruderte die ganze Nacht, bis mein Rücken fast entzweiging. Alles, was ich dabeihatte, waren Wasser und ein paar Butterbrote. Als der Morgen dämmerte, war ich ganz von Meer umgeben. Ich wußte nicht einmal, in welche Richtung ich rudern sollte. Aber ich versuchte, dem Lauf der Sonne zu folgen, die ganze Zeit ruderte ich nach Westen. Ich ruderte direkt in den Sonnenuntergang hinein.

In der zweiten Nacht sah ich in der Ferne ein Passagierschiff. Ich dachte, es ist unterwegs nach Schweden, dieses Licht, das sich übers Meer bewegte. Ich ruderte weiter. Mein Rücken und meine Arme waren wie gelähmt. Aber ich ruderte, um die Panik zu bezwingen. Ich ruderte, um der Hölle zu entkommen, in der ich gelebt hatte, seit ich Smolensk verließ. Noch immer fiel es mir schwer, an das zu denken, was vorher geschehen war. All das, was viel schlimmer war, als die schwedische Polizei am Hals zu haben. Nur wenn ich es in ein Märchen verwandle, das von jemand anders als mir selbst handelt, kann ich daran denken. Und ich kann immer noch diesen Mann vor mir sehen, ihn, den ich in Smolensk traf und der mir versprach, daß ich eine viel bessere Zukunft haben würde, wenn ich nach Tallinn käme und als Bedienung in dem Restaurant seiner Freunde arbeitete. Jeden Morgen nach dem Aufwachen spreche ich ein Gebet, er möge tot sein, die Erde möge leichter geworden sein, ohne die Last, die jeder böse Mann bedeutet.

In der zweiten Nacht fing es an zu wehen, ob es Sturm war oder nicht, weiß ich nicht, aber ich mußte unentwegt Wasser aus diesem Ruderboot schöpfen, es dauerte zwei Tage und Nächte, ich erinnere mich an nichts anderes, als daß ich fror und Wasser schöpfte. Mehrmals verlor ich das Bewußtsein. Aber ich hatte mir die Ruder mit meinem Gürtel an den Leib gebunden, denn ohne die Ruder würde ich nie ankommen. Ich liebte diese Ruder, sie waren es, die mich am Leben hielten, weniger das Boot als eben die Ruder. Ich denke manchmal, wenn ich eines Tages einen Tempel bauen würde, dann würde es vorn am Altar zwei Ruder geben, ich würde eine ganz eigene Religion gründen, bei der man ein paar alte Ruder anbetet, die nach Teer riechen.

Ich glaube, es dauerte vier Tage und Nächte, nach Schweden zu rudern. Ich drehte mich nie um, da ich die Enttäuschung fürchtete, wenn ich noch immer kein Land entdecken konnte. Daher merkte ich es überhaupt nicht, als ich tatsächlich angekommen war. Plötzlich stieß etwas gegen den Boden des Boots. Ich saß fest. Als ich mich umdrehte, bekam ich beinah Angst, so nah war ich an Land. Ich war auf eine Sandbank aufgelaufen und konnte an Land waten. Es war Abend, ich irrte am Strand umher, von fern sah ich Lichter, aber ich wagte mich nicht dorthin, da ich nicht wußte, wo ich mich befand. Ich legte mich in eine Felsspalte, und obwohl es kalt war, schlief ich dort, bis es hell wurde.

Das Boot war verschwunden, es war wieder aufs Meer getrieben worden. Meine Ruder waren weg, und ich war *so verzweifelt, daß ich anfing zu weinen. Dann ging ich landeinwärts. Plötzlich sah ich eine Fahnenstange mit einer blaugelben Flagge. Da wußte ich, daß ich in Schweden war. Es war ein kindlicher Gedanke, aber ich trauerte darüber, daß ich meine Ruder nicht bei mir hatte, um den Menschen dort zu zeigen, was wir gemeinsam vollbracht hatten.*

Als ich in Tallinn zusammen mit Inez und Natalia und Tatjana im Bordell eingesperrt war, hatten wir ein Lexikon mit allen Flaggen der Welt. Wir lernten sie auswendig. Frag mich, wie Kameruns Flagge aussieht, oder Mexikos. Ich kann sie in allen Einzelheiten beschreiben. So ging es also zu, als ich hierher in dieses Land ruderte.«

Jesper Humlin wartete auf eine Fortsetzung, die nicht kam. Während Tanja erzählte, hatte er am Fenster gestanden und sie betrachtet, unten vor dem Haus, mitten auf dem leeren Feld. Er fragte sich, ob er jemals wieder ein solches Telefongespräch führen würde.

– Wohin warst du gekommen?

– Nach Gotland.

– Unglaublich! Was hast du dann gemacht?

– Das schaffe ich jetzt nicht zu erzählen.

– Was ist eigentlich in Tallinn passiert?

– Kannst du dir gar nichts selber denken?

– Es ist deine Geschichte. Ich will nicht meine eigenen Gedanken hineinmischen.

– Ich sage nichts mehr.

– Du bist nach Tallinn gelockt worden. Es gab kein Restaurant. Du hast dort ein paar andere Mädchen getroffen, die sich in derselben Lage befanden wie du. Eine hieß Natalia und eine andere Tatjana. Aber wer sind Inez und Tanja? Und wer ist Irina?

– Ich beantworte keine Fragen mehr. Es ist kalt, hier zu stehen und zu telefonieren.

– Warum kommst du nicht herauf?

– Keine Zeit. Ich habe dir eine Tüte mit Essen vor die Tür gestellt.

Das Gespräch wurde abgebrochen. Tanja winkte ihm zu. Er sah sie im Wind verschwinden. Du bist nicht von Estland hierher gerudert, dachte er. Du hast dir die Geschichte von Tea-Bag ausgeborgt. Ihr borgt Erzählungen voneinander, genau wie ihr euch Identitäten oder Handys borgt. Aber irgendwo steckt auch eine Wahrheit in dem, was du erzählt hast.

Jesper Humlin dachte an das, was Tanja gesagt hatte, und holte die Tüte mit Hamburgern und Coca-Cola herein, die sie vor die Tür gestellt hatte. Er setzte sich an den Küchentisch der Familie Yüksel und aß. Tanjas geborgte oder umgedichtete Geschichte, an einem gestohlenen Handy erzählt und von einem anderen gestohlenen Handy übermittelt, ließ ihm keine Ruhe. Er befand sich mitten in einer eigentümlichen Erzählung, oder vielleicht hüpfte er eher wie auf Eisschollen zwischen verschiedenen Erzählungen hin und her, die ineinanderglitten, alle gleich eigenartig, alle ohne Anfang und Ende. Zum ersten Mal seit langer Zeit hatte er das Gefühl, daß er sich in der Nähe von etwas befand, das wichtig war.

Er zog die Papiere zu sich heran und fuhr mit seinen Notizen fort. Aber die Geschichten begannen sich schon zu entwickeln, er fügte Einzelheiten hinzu und entdeckte nicht nur einen, sondern mehrere Entwürfe für Erzählungen über jenen Teil der Gegenwart, den er kaum gekannt hatte, ehe er durch einen Zufall nach Stensgården geraten war.

Ich weiß nicht, was ich hier treibe, dachte er. Eigentlich

mache ich mir am meisten Gedanken darüber, ob Viktor Leander mehr Bücher verkauft als ich, ob meine Aktien völlig wertlos werden, daß meine Mutter auf dem besten Wege ist, verrückt zu werden, und daß Andrea mich verlassen wird, wenn ich nicht ja dazu sage, daß wir uns Kinder zulegen. Aber vielleicht sollte es mich viel mehr beunruhigen, was diese Mädchen mir erzählen? Was ich sie erzählen höre, handelt von ihnen. Aber handelt es nicht genausosehr von mir selbst?

Es war genau fünf Uhr, als Jesper Humlin Tanjas diskretes Klopfen an der Tür der Familie Yüksel hörte. In ihrer Begleitung befand sich Leyla.

Sie setzten sich ins Wohnzimmer, da Tanja die Gefahr, daß Nachbarn sie hören und mißtrauisch werden könnten, dort am geringsten einschätzte. Aber sie sprachen mit gedämpften Stimmen, vorgebeugt, als befänden sie sich mitten in einer konspirativen Versammlung. Jesper Humlin dachte, er sollte damit beginnen, etwas zu dem zu sagen, was beim ersten Treffen geschehen war.

– Natürlich hätte ich diesem Mädchen nicht die Wange streicheln sollen. Aber es war ganz unschuldig. Ich mag es, Leute anzufassen.

Leyla betrachtete ihn aufmerksam.

– Mich faßt du nicht an.

– Es geschieht spontan.

– Ich glaube, du lügst. Ich glaube, du findest mich zu dick.

– Ich finde nicht, daß du dick bist.

Tanja bewegte sich unruhig auf ihrem Stuhl.

Leyla betrachtete ihn feindselig.

– Ich weiß nicht recht, wie wir anfangen sollen, sagte er zögernd.

– Willst du uns nicht danach fragen, was wir geschrieben haben? sagte Leyla.

Jesper Humlin merkte, daß sie anfing, ihm auf die Nerven zu gehen. Sie hatte wirklich erhebliches Übergewicht.

– Natürlich werden wir darüber sprechen, sagte er. Aber erst will ich wissen, warum ihr geschrieben habt, daß ihr davon träumt, Moderatorinnen im Fernsehen zu werden.

– Ich nicht.

– Du nicht, Tanja. Warum möchtest du nicht Moderatorin im Fernsehen werden?

– Selbstverständlich will ich Moderatorin im Fernsehen werden. Ich möchte Sendungen moderieren, in denen man Männer bloßstellt.

– Wie meinst du das?

– Ich will eine Sendung moderieren, in der Frauen sich rächen können.

– Ich kann mich nicht erinnern, daß ich jemals von einem solchen Programm gehört hätte.

– Dann wird es doch Zeit, daß es eins gibt?

Jesper Humlin sagte nichts. Statt dessen sah er Leyla an.

– Ich möchte eine Sendung moderieren, die nett ist.

– Kannst du das ein bißchen genauer erklären? Nett?

– Die Leute sollen still sein dürfen. Einfach dasitzen. Nett. Es ist immerzu so ein Krach.

Jesper Humlin versuchte sich eine Sendung vorzustellen, in der die Menschen still waren und es nett hatten. Es gelang ihm nicht. Statt dessen bat er sie um die Geschichten, die sie geschrieben hatten.

Er las vor, was Leyla geschrieben hatte. Es war mit kindlich geformten Buchstaben geschrieben und ganz kurz.

Ich möchte von etwas erzählen, das ich kenne. Wie es ist, dick zu sein, jede Nacht zu träumen, man ist dünn, und jeden Morgen enttäuscht zu sein. Aber eigentlich will ich etwas schreiben, das macht, daß ich berühmt werde und in Hotels wohne, wo man das Frühstück aufs Zimmer gebracht bekommt. Aber ich weiß wohl eigentlich nicht, warum ich das hier mache. Oder überhaupt irgendwas. Warum ich lebe. Es ist ein Gefühl, als sei Schweden ein Strick, an dem ich hänge. Wie sehr ich mich auch bemühe, erreiche ich mit meinen Füßen nie den Boden. Ich möchte Antworten auf alle Fragen. Und dann will ich an meine Oma schreiben können und ihr erzählen, was Schnee ist. Wann kann ich im Fernsehen anfangen? Wenn du mich auf dieselbe Weise berührst wie das Mädchen, dem du die Wange gestreichelt hast, wird Haiman oder jemand anders dir den Kopf abreißen, und den kann ich dann zu Hause in einen Blumentopf stecken. Reicht das jetzt? Leyla.

– Ein sehr guter Anfang. Bis zum nächsten Treffen möchte ich, daß du es ein bißchen mehr entwickelst.

Von Tanja bekam er ein kleines Päckchen.

– Ich will nicht, daß du es jetzt aufmachst.

– Machst du ihm Geschenke? sagte Leyla erbost.

– Das ist kein Geschenk. Es ist das, was ich geschrieben habe.

Leyla riß das Päckchen an sich.

– Da ist etwas Hartes drin. Das sind keine Papiere.

Tanja nahm das Päckchen wieder an sich. Jesper Humlin fürchtete einen Augenblick, sie würden eine Prügelei anfangen. Er erhob seine Arme und versuchte, sie zu beruhigen.

– Ich werde euer Geschriebenes mit nach Hause nehmen und es sorgfältig lesen. Nächstes Mal, wenn ich komme, werden wir darüber sprechen. Ich verspreche, es niemandem zu zeigen.

Sie vereinbarten ein Treffen für die darauffolgende Woche. Leyla versprach, mit Pelle Törnblom zu sprechen. Sie würde ihm erklären, daß der Kurs weitergehen sollte wie geplant, bevor der Zug auf der Strecke stehengeblieben war und den ganzen Ärger verursacht hatte. Jesper Humlin versprach, diesmal rechtzeitig zu kommen.

– Es kann gut sein, daß Pelle Törnblom dir nicht glauben wird, sagte er.

– Mir glauben alle, sagte Leyla. Ich sehe so lieb aus.

– Ich muß bald los, sagte Jesper Humlin. Aber ein bißchen Zeit haben wir noch. Falls ihr mich vielleicht etwas über meine Bücher fragen wollt.

– Ich habe versucht, eins davon zu lesen, sagte Leyla. Aber ich habe nichts begriffen. Ich hasse es, mich dumm zu fühlen. Wann können wir jemanden treffen, der sich mit Soaps auskennt?

Allmählich gewöhnte sich Jesper Humlin an die abrupten Wendungen in ihren Diskussionen.

– Ich werde sehen, was ich tun kann.

– Was heißt das?

– Daß ich darüber nachdenken werde, ob ich jemanden kenne, der mit Seifenopern zu tun hat.

– Ich will eine gute Rolle haben.

– Ich werde sehen, was ich tun kann.

– Es soll eine gute Rolle sein. Eine große Rolle.

– Vielleicht kenne ich jemanden, mit dem du reden kannst.

Leyla schien unzufrieden mit den vagen Antworten. Ihr Handy klingelte. Sie hörte zu, ohne etwas zu sagen.

– Papa hat angerufen, sagte sie. Ich muß los.

Es wurde ein sehr hastiger Aufbruch. Jesper Humlin blieb keine Zeit, sich richtig zu verabschieden.

– Ich kann dich zur Straßenbahn bringen, sagte Tanja zu ihm.

– Ich glaube, ich finde allein zur Haltestelle.

– Es ist besser, wenn ich mitkomme. Falls du überfallen wirst.

– Von wem? Ich dachte, Haiman erfährt nichts davon?

– Ich spreche nicht von Haiman. Er ist anständig. Ich wünschte, ich hätte einen wie Haiman gehabt, als ich in Tallinn war. Aber es gibt hier draußen andere Gangs, die nicht daran gewöhnt sind, solchen wie dir zu begegnen. Das könnte sie wütend machen.

– Wieso sollten irgendwelche Leute böse auf mich werden?

– Sie fühlen sich wie Neger. Und du bist weiß.

Mit Tanja als Leibwächterin gelangte Jesper Humlin zur Straßenbahnhaltestelle.

– Wie, fandest du, ist es gelaufen?

– Gut.

– Was du mir am Telefon erzählt hast, hat mich bewegt.

– Was bedeutet das? »Bewegt«?

– Es hat mich ergriffen.

Sie zuckte die Schultern.

– Ich habe nur gesagt, wie es war.

– Aber es gab vieles, was du nicht erzählt hast.

– Jetzt kommt die Straßenbahn.

Sie drehte ihm den Rücken zu und ging davon. Noch eine unvollständige Geschichte, dachte er. Von der ich nur eben mal den Rücken sehe. Jetzt kehrt sie zum Schlafen in die Wohnung der Familie Yüksel zurück. Falls sie nicht die Nacht für einen Einbruch nutzen will. Er fühlte in den

Taschen nach, ob seine Schlüssel noch da waren, und stieg dann in die Straßenbahn zum Hauptbahnhof.

Es war halb elf, als Jesper Humlin die Wohnungstür öffnete. Er war darauf eingestellt, daß Andrea noch wach und in Streitlaune war. Sie kam hinaus in den Flur. Zu seiner Erleichterung merkte er, daß sie nicht böse war.

– Tut mir leid, daß es so spät geworden ist.

– Macht nichts. Wir haben Besuch.

– Mitten in der Nacht? Wer ist es?

Mit Entsetzen dachte Jesper Humlin, daß es vielleicht seine Mutter war, die einen ihrer nächtlichen und stets unangekündigten Besuche machte.

– Ist es Märta?

– Nein. Komm mit in die Küche.

Jesper Humlin wünschte keinen Besuch mitten in der Nacht. Was er vor allem brauchte, war Schlaf.

Er ging in die Küche. Andrea gegenüber, mit einer Tasse Kaffee vor sich, saß ein Mädchen mit einem großen Lächeln.

Tea-Bag war wieder da.

12

Jesper Humlin erschrak, als er Tea-Bag in seiner Küche vorfand. Wie lange war sie schon da? Was hatte sie Andrea erzählt? Was sollte er selbst sagen, wenn Andrea ihn fragte, warum er nichts von Tea-Bag und ihrem ersten Besuch erzählt hatte? Vor ihm türmte sich eine ganze Batterie von mehr oder weniger komplizierten Gefahrenmomenten auf.

– So eine Überraschung, war alles, was er unter großer Vorsicht herausbrachte.

– Tea-Bag hat mir eine sehr aufregende und merkwürdige Geschichte erzählt.

Sicher, dachte Jesper Humlin. Falls ihr Name tatsächlich Tea-Bag ist, und nicht Florence. Ich habe gelernt, allem zu mißtrauen, was Leute zu heißen behaupten. Besonders jüngeren Frauen, die sich als Flüchtlinge in diesem Land aufhalten.

Andrea betrachtete ihn mit gerunzelter Stirn.

– Warum setzt du dich nicht? Ich dachte, ihr seid gute Freunde?

Er setzte sich und nickte Tea-Bag freundlich zu, ohne ihr in die Augen zu sehen.

– Warum hast du nie von ihrem Bruder erzählt?

Sofort begannen die Alarmglocken zu läuten.

– Von ihrem Bruder?

– Warum schaust du so komisch?

– Ich schaue nicht komisch. Ich verstehe nur nicht, wovon du redest. Ich bin müde.

– Adamah? In dessen Restaurant du oft zu Mittag ißt? Am Humlegård-Park? Du hast mir nie etwas von Adamah und seinem Restaurant erzählt. Was soll diese Geheimniskrämerei! Reicht es nicht, wenn du in deinen Gedichten rätselhaft bist? Versteckst du jetzt auch deine Stammlokale zwischen den Zeilen?

– Das hast du noch nie gesagt. Daß du meine Gedichte rätselhaft findest.

– Das habe ich jedesmal gesagt, wenn du eine neue Gedichtsammlung herausgebracht hast. Aber über deine Gedichte reden wir ein andermal. Ich möchte dich gern mal begleiten, wenn du Afrikanisch essen gehst. Adamah scheint ja eine sehr bemerkenswerte Persönlichkeit zu sein. Als Koch und als Mensch.

Du bist wohl nicht die einzige, die noch nie etwas von ihm und seinem Restaurant gehört hat, dachte Jesper Humlin. Hoffentlich hat Tea-Bag nichts davon gesagt, daß sie hier in unserem Bett geschlafen hat.

– Jedenfalls ist es gut, daß du sie hier hast übernachten lassen, als sie ihre Fahrkarte verloren hatte und nicht nach Eskilstuna zurückfahren konnte.

Das Telefon klingelte. Andrea verließ die Küche. Jesper Humlin beugte sich zu Tea-Bag vor, die immerzu lächelte, und sprach mit leiser Stimme zu ihr.

– Wann bist du hergekommen? Was hast du ihr eigentlich erzählt? Warum willst du nach Eskilstuna fahren? Wieso verschwindest du andauernd? Was ist in Hallsberg passiert? Warum fährst du nach Stockholm, obwohl wir in Göteborg verabredet waren?

Die Fragen sprudelten aus ihm heraus. Sie antwortete nicht, sondern nahm seine Hand, wie zur Beruhigung. Er zog die Hand sofort wieder an sich.

– Faß mich nicht an. Andrea ist eifersüchtig.

In Tea-Bags Augen blitzte es auf.

– Ich wollte nur zeigen, daß ich froh bin, dich zu sehen. Warum sollte sie auf mich eifersüchtig sein?

– Das gehört nicht hierher. Warum bist du gekommen? Was hast du ihr eigentlich gesagt? Warum bist du aus dem Zug verschwunden? Du mußt meine Fragen endlich beantworten.

– Ich sage immer, wie es ist.

– Wer ist Adamah? Was ist das für ein Restaurant, von dem sie spricht? Ich gehe nie Afrikanisch essen.

– Das solltest du tun.

– Es gibt viele Dinge, die ich tun sollte. Warum sagst du, daß du nach Eskilstuna fahren willst?

– Ich wohne da.

– Du wohnst in Göteborg.

– Wer hat das gesagt?

– Dort habe ich dich getroffen. Göteborg oder Mölndal oder Stensgården. Da hast du deine Freunde. Du kannst nicht in Mölndal oder Stensgården eine Lesung besuchen, wenn du in Eskilstuna wohnst.

– Ich habe nie gesagt, daß ich in Eskilstuna wohne.

– Gerade eben hast du es gesagt. Was ist eigentlich in Hallsberg passiert? Warum hast du den Zug verlassen? Begreifst du denn nicht, daß ich mir Sorgen gemacht habe?

Vorläufig mußte Jesper Humlin ohne Antwort ausharren, da Andrea zurückkam.

– Es war Märta.

– Was wollte sie?

– Sie kommt hierher.

– Ich will sie nicht sehen.

– Das macht nichts.

– Was soll das heißen?

– Sie will dich auch nicht sehen. Sie will mich sehen. Sie hat extra betont, daß sie geht, sobald du dich blicken läßt.

– Wieso? Warum kommt sie hierher? Wenn sie dich sehen will, könnt ihr euch doch in deiner Wohnung treffen.

– Sie braucht einen Rat für das Buch, an dem sie schreibt.

– Sie schreibt kein Buch. Was für einen Rat?

– Sie möchte sich darüber informieren, wie eine Krankenschwester ihre Kenntnisse dazu nutzen kann, Leute umzubringen.

– Und das mitten in der Nacht?

– Wenn deine Mutter überhaupt etwas wissen will, dann immer nach Mitternacht.

Andrea brach das Gespräch ab und wandte sich an Tea-Bag.

– Jesper hilft dir, auf dem Sofa in seinem Arbeitszimmer ein Bett zu richten. Ich hatte vor, heute abend zu mir nach Hause zu gehen. Aber da Märta kommt, bleibe ich hier.

Ich zähle nicht, dachte Jesper Humlin. Andrea bleibt nicht meinetwegen. Sondern weil meine durchgeknallte Mutter zu Besuch kommt.

Tea-Bag stand auf und ging ins Bad.

– Warum soll sie hier schlafen?

– Mitten in der Nacht gehen keine Züge nach Eskilstuna.

– Sie wohnt nicht in Eskilstuna. Sie wohnt in Göteborg.

– Ihr Bruder Adamah wohnt in Eskilstuna.

– Jetzt will ich endlich wissen, was hier vorgefallen ist. Hat sie an der Tür geklingelt?

– Wieso bist du so nervös? Was hast du überhaupt in Göteborg getrieben?

– Das habe ich dir bereits erzählt.

– Du hast nur wirres Zeug geredet. Als ich aus dem Krankenhaus kam, saß sie auf der Treppe. Sie fragte nach dir. Sie wollte wissen, ob du schon aus Göteborg zurück bist. Sie sagte, sie habe ihre Reise in Hallsberg unterbrechen müssen.

– Hat sie gesagt, warum?

– Nur, daß es notwendig war. Aber ich habe den Verdacht, daß du vielleicht etwas Dummes zu ihr gesagt hast. Sie ist sehr empfindlich.

– Das bin ich auch.

– Was hast du zu ihr gesagt?

– Gar nichts. Sie hat mir erzählt, wie sie nach Schweden gekommen ist. Dabei bin ich kurz eingenickt. Da ist sie verschwunden.

– Stell dir vor, durch ganz Europa zu radeln.

– Radeln?

– Du hast doch gerade gesagt, sie hätte dir erzählt, wie sie es vom nördlichen Finnland aus hierher geschafft hat?

Jesper Humlin sah ein, daß es besser war, keine weiteren Fragen zu stellen. Tea-Bags Geschichte war ebenso widersprüchlich und undurchschaubar wie Tanjas. Er fragte sich mehr und mehr, welche Geschichte eigentlich zu wem gehörte. Wenn jemand via Torneå nach Schweden geradelt war, dann müßte es Tanja gewesen sein und nicht Tea-Bag.

– Hilf ihr jetzt mit dem Bett. Märta wird gleich hiersein. Wir setzen uns in die Küche und machen die Tür zu. Ich werde sagen, daß du schläfst.

– Wie soll ich bitte schlafen können, wenn meine Mutter in der Küche sitzt und plant, wie sie mich umbringen kann?

– Sei nicht albern. Sie liebt dich. Warum sollte sie dich umbringen wollen?

– Weil sie verrückt ist.

– Sie schreibt ein Buch. Ich finde es großartig, daß ein alter Mensch noch so viel Energie hat.

Jesper Humlin holte Bettzeug und richtete das Sofa in seinem Arbeitszimmer zum Schlafen her. Tea-Bag kam herein, angetan mit seinem Bademantel. Er drehte sich weg, während sie ihn ablegte und zwischen die Laken schlüpfte. Da klingelte es an der Tür. Tea-Bag schrak zusammen und schien verängstigt.

– Das ist nur meine Mutter.

Er schloß die Tür und setzte sich auf seinen Schreibtischstuhl. Tea-Bag hatte die Decke bis zum Kinn hochgezogen und ließ den Blick durchs Zimmer wandern, an den mit Regalen bedeckten Wänden entlang.

– In diesem Zimmer habe ich angefangen, meine Bücher zu schreiben.

– Hast du ein Buch, das von Affen handelt?

– Nicht, soweit ich mich erinnere.

Sie wirkte enttäuscht.

– Wovon handeln sie dann?

– Vorwiegend von Menschen.

Er gab sich einen Ruck.

– Was war eigentlich der Grund dafür, daß du aus dem Zug verschwunden bist?

Tea-Bag antwortete nicht. Sie fing an zu weinen. Jesper Humlin war bestürzt.

– Möchtest du allein sein? fragte er.

Sie schüttelte den Kopf. Jesper Humlin saß schweigend da. Es war, als hätte er wieder ihr Buch in Händen und wartete darauf, daß es aufgeschlagen würde.

– Ich hatte Angst.

– Vor mir?

– Nichts, was von außen kommt, kann mir noch angst

machen. Die Angst kommt von innen. Ich hörte die Stimme meines Vaters. Er befahl mir zu rennen. Ich konnte ihn nicht sehen. Aber ich wußte, daß ich ihm gehorchen mußte. So schnell rennen, wie ich konnte, und mich nicht umdrehen.

– Was geschah dann?

– Die Angst ging wieder vorüber. Ein Laster hat mich dann nach Stockholm mitgenommen.

– Und was ist das für ein Bruder, von dem du geredet hast?

– Wer?

– Angeblich hast du einen Bruder, der Adamah heißt. Er besitzt ein Restaurant, in dem ich, wie du behauptest, regelmäßig zu Mittag esse.

Ohne zu antworten, drehte sie ihm den Rücken zu und zog die Decke hoch, bis nur noch ihre schwarzen, geflochtenen Haare auf dem Kissen zu sehen waren. In Sekundenschnelle war sie eingeschlafen. Er saß da und betrachtete die Konturen ihres Körpers, der sich unter der Decke abzeichnete, und dachte an das, was sie gesagt hatte. *Die Angst kommt von innen. Ich hörte die Stimme meines Vaters. Er befahl mir zu rennen.* Jesper Humlin löschte das Licht und öffnete behutsam die Tür. Er schlich sich bis an die Küchentür und horchte. Er hörte die Stimme seiner Mutter. Laut und herrisch. Er flüchtete ins Schlafzimmer.

Als er am nächsten Morgen aufwachte, war das Bett leer. Es war halb acht. Andrea war gegangen. Er stand auf und sah im Arbeitszimmer nach. Tea-Bag war ebenfalls weg. Neben dem Sofa lag die abgestempelte Bahnkarte Stockholm-Göteborg. Schon wieder ist sie verschwunden, dachte er. Ohne daß ich weiß, warum oder wohin.

Das Telefon klingelte. Als er hörte, daß es Anders Burén war, nahm er ab.

– Ich hoffe, ich habe dich nicht geweckt?

– Schriftsteller arbeiten morgens am besten.

– Neulich hast du gesagt, du würdest nachts am besten arbeiten. Aber deswegen rufe ich nicht an. Ich war für einige Tage in meinem privaten Kloster. Zum Meditieren.

Jepser Humlin wußte, daß Anders Burén alle drei Monate ein klosterartiges Sanatorium weit draußen in den Schären besuchte. Das Gerücht besagte, daß das Kloster strikter Geheimhaltung unterlag und als privater Klub betrieben wurde, in dem die Mitgliedschaft ein Vermögen kostete.

– Vielleicht ist dir eingefallen, wie du meine Aktien von White Vision wieder aufgewertet bekommst?

– White Vision ist völlig bedeutungslos.

– Für mich nicht.

– Ich habe eine fabelhafte Idee. Wir werden dich in eine Aktiengesellschaft verwandeln.

– Was soll das heißen?

– Ganz einfach. Wir gründen eine Aktiengesellschaft und nennen sie »Humlin Magic«. Ich besitze 51 Prozent und du 49 Prozent. Darin deponieren wir dann alle deine Autorenverträge und Urheberrechte.

Jesper Humlin unterbrach ihn.

– Wenn man als Autor davon profitieren will, seine Mittel in eine Aktiengesellschaft zu stecken, dann geht das nur unter einer Voraussetzung. Daß man viel Geld verdient. Die einzigen Autoren, die heutzutage eine Aktiengesellschaft haben, sind diejenigen, die Kriminalromane schreiben. Zu denen gehöre ich nicht.

– Du unterbrichst mich zu früh. Deine Rechte und Verträge sind in diesem Zusammenhang nur eine Lappalie.

– Vielen Dank.

– Ich will damit sagen, daß du persönlich der größte Aktivposten in der Gesellschaft bist.

– Wie stellst du dir das vor?

– Wir splitten dich in Anteile auf und verkaufen dich. Das ist nicht merkwürdiger, als wenn man eine Anteilswohnung in einem Winterhotel im Fjäll kauft.

– Ich verbitte es mir, mit einer Ferienanlage verglichen zu werden.

– Dir mangelt es an Phantasie. Ich dachte, Schriftsteller besäßen Phantasie.

– Die Phantasie, die mir zur Verfügung steht, benutze ich dazu, um Bücher zu schreiben.

– Begreifst du nicht, daß es eine glänzende Idee ist? Die Menschen zeichnen Anteile an dir. Für deine kommenden Bücher. Ich rechne damit, daß der erste Prospekt, mit dem wir an die Öffentlichkeit gehen, mindestens fünfzig Millionen bringen wird. Wir stückeln dich in tausend Anteilscheine. Menschen mit viel Geld lieben neue Ideen. Dann lassen wir die Hauptversammlung einmal jährlich entscheiden, was du im nächsten Jahr schreiben sollst. Sollte der schlimmste Fall eintreten und du in eine Konkursmasse verwandelt, liquidieren wir dich einfach, warten ein, zwei Jahre ab, bis du wieder besser schreibst, und fangen wieder von vorn an.

– Wenn ich das Wort »liquidieren« höre, denke ich an die Mafia, die sich unbequemer Personen durch einen gezielten Nackenschuß entledigt. Ich nehme an, das ist als schlechter Scherz gemeint?

– Im Gegenteil. Ich bin schon dabei, einen Prospekt für »Humlin Magic« zu entwerfen.

– Das kannst du dir sparen. Ich denke nicht daran, meine Seele als Anteile in einer Aktiengesellschaft zu verkaufen.

– Niemand ist an deiner Seele interessiert. Für mich zählt nur der materielle Wert deiner Person und das, was du in den Druck gibst. Nichts anderes. Denk darüber nach. Ich rufe dich in ein paar Stunden wieder an.

– Dann bin ich nicht zu erreichen. Wie stehen meine Aktien?

– Sie sind günstig und fair bewertet. Gestern bei Börsenschluß standen sie bei 14,50 Kronen.

Erbost warf Jesper Humlin den Hörer auf die Gabel und drückte ihn fest herunter, als Beschwörung gegen einen erneuten Anruf von Anders Burén. Es blieb still.

Das Licht sickerte grau durchs Fenster. Die Geräusche drangen gedämpft von der Straße herauf. Jesper Humlin stand reglos im Zimmer und hielt den Atem an. Er fühlte sich wie vor einem Schwindelanfall. Das sind die äußeren Umstände, dachte er. Ein Börsenmakler, der mich in eine Aktiengesellschaft verwandeln will, und ein Mädchen, das sich Tea-Bag nennt, auf meinem Sofa liegt und von einer Angst spricht, die von tief drinnen kommt. Was hat meine Angst ausgelöst? Die Erkenntnis, daß meine Aktien ins Bodenlose stürzen und daß Andrea Ansprüche an mich stellt, denen ich mich nicht gewachsen fühle. Ich habe eine Mutter, der ich zutraue, daß sie ein Buch schreiben wird, das sich als Meisterwerk entpuppt. Ich fürchte, daß mein Verleger mich rauswirft und daß von meinem nächsten Buch weniger als tausend Exemplare verkauft werden. Ich fürchte mich vor der vernichtenden Kritik, ich fürchte, meine Sonnenbräune zu verlieren. Kurzum, ich fürchte mich vor allem, was mich als Person bar jeder Leidenschaft und jeden Charakters bloßstellen könnte.

Jesper Humlin schüttelte die unangenehmen Gedanken ab, holte sich eine Tasse Kaffee aus der Küche und ließ sich im Arbeitszimmer nieder. Auf dem Tisch vor sich hatte er Leylas Text und Tanjas Päckchen. Im Zug von Göteborg hatte er vorgehabt, noch einmal zu lesen, was Leyla geschrieben hatte, und das Päckchen zu öffnen. Aber er war zu müde gewesen.

Er las Leylas Text noch einmal durch. Dann zog er das Päckchen zu sich heran und faltete das Papier auseinander. In ein kleines Stück Stoff gewickelt lag dort die Fotografie eines Kindes. Es war ein Mädchen. Auf der Rückseite stand »Irina«. Ein Kinderbild von Irina, dachte er. Oder von Tanja oder Inez oder was auch immer ihr Name sein mag. Er meinte, ihre Züge zu erkennen, obwohl das Mädchen auf dem Bild kaum mehr als drei Jahre alt war. Er legte das Foto weg und lehnte sich im Stuhl zurück. Sie bietet mir ihr Leben als Puzzle dar, dachte er. Vorsichtig gibt sie mir Stück um Stück, um sich vorzutasten, mir nie den Rücken zuzuwenden, sich nie der Gefahr auszusetzen, daß ich sie verraten könnte. Sie hat mir Tannenzapfen und Lüsterprismen gezeigt, sie hat preisgegeben, daß sie eine geschickte Taschendiebin ist, daß sie keine Angst hat, daß sie allein ist. Und jetzt gibt sie mir ein Bild von sich selbst als Kind.

In den folgenden Stunden saß Jesper Humlin an seinem Computer und gab alles ein, woran er sich erinnerte, seit er Tea-Bag zum ersten Mal begegnet war. Obwohl er nur die Absicht hatte, Notizen zu machen, war es, als würden bereits verschiedene Bücher in ihm Gestalt annehmen. Die einzelnen Erzählungen griffen ineinander. Als er den Computer ausstellte, fühlte er sich zum ersten Mal seit langem richtig zufrieden. Da steckt allerhand drin, dachte er. Bislang habe ich nur in ihren Geschichten blättern dürfen. Aber wenn ich weiter zu meinen Besuchen nach Göteborg fahre, werde ich eines Tages etwas haben, worüber ich schreiben kann. Was sie sich für die Zukunft erträumen, muß mich nicht kümmern. Mit Sicherheit besitzt keine von ihnen das nötige Talent, um Schriftstellerin zu werden. Zu ihren potentiellen Fähigkeiten als Soapdarstellerinnen oder als Fernsehmoderatorinnen kann und will ich mich nicht äußern. Das bedeutet aber nicht, daß ich mit leeren Händen aus dieser Sache hervorgehen werde.

Dann rief er seine Ärztin an. Er hatte sich eine feste wöchentliche Telefonzeit erbettelt.

– Beckman.

– Hier ist Jesper Humlin. Es geht mir nicht gut.

– Das tut es doch nie. Was ist es diesmal?

Anna Beckman, seit über zehn Jahren seine Ärztin, ging auf eine sehr direkte Art mit ihm um, an die er sich immer noch nicht gewöhnt hatte.

– Ich befürchte, es ist etwas mit dem Herzen.

– Deinem Herzen fehlt nichts.

– Ich habe Herzklopfen.

– Das habe ich auch.

– Sprechen wir von dir oder von mir? Ich mache mir Sorgen um mein Herz.

– Ich mache mir Sorgen um meine Mittagspause. Du möchtest natürlich heute noch herkommen?

– Wenn es geht.

– Du hast Glück. Jemand hat abgesagt. Um zwei.

Sie beendete das Gespräch, ohne auf Antwort zu warten. Kaum hatte er aufgelegt, klingelte das Telefon. Es war Andrea.

– Ist sie gegangen?

– Jedenfalls ist sie nicht hier. Was hat Märta gesagt?

– Sie macht sich Sorgen um dich. Sie findet, du solltest dir darüber Gedanken machen, was du eigentlich treibst.

– Was meint sie damit?

– Du ärgerst dich nur, wenn ich dir sage, was sie gesagt hat.

– Ich ärgere mich nur, wenn du nicht sagst, was sie gesagt hat.

– Sie fand deine letzte Gedichtsammlung schlecht.

Obgleich Jesper Humlin vor langer Zeit beschlossen hatte, sich nicht darum zu kümmern, was seine Mutter von seiner Schriftstellerei hielt, versetzte es ihm sofort einen Stich in den Magen. Aber das verriet er Andrea nicht.

– Ich will nichts mehr davon hören, was sie gesagt hat.

– Ich wußte, daß du dich ärgern würdest.

– Ich dachte, sie wollte wissen, wie man Leute umbringt.

– Das war ein Vorwand. Sie wollte über dich reden.

– Ich möchte nicht, daß ihr über mich redet.

– Aber *wir* werden heute abend miteinander reden. Ist dir das klar?

– Ich werde zu Hause sein.

– Das wollte ich nur wissen.

Mit dem Telefonhörer in der Hand blieb Jesper Humlin stehen, ganz leer im Kopf. Dann ging er zum Spiegel im Flur und betrachtete seine Sonnenbräune, die immer mehr zu verschwinden begann. Gleich morgen würde er ins Solarium gehen.

Er verließ das Haus und aß in einem kleinen Lokal um die Ecke zu Mittag, las die Zeitung und nahm anschließend ein Taxi zu seiner Ärztin. Der Taxifahrer stammte aus Lergrav auf Gotland und war sich nicht sicher, welchen Weg er am besten nehmen sollte.

Anna Beckman war fast zwei Meter groß, hager, hatte kurze Stoppelhaare und einen Ring in der einen Augenbraue. Jesper Humlin wußte, daß sie eine vielversprechende Karriere als Wissenschaftlerin abgebrochen hatte, da sie die endlosen Intrigen um die Forschungsgelder leid gewesen war. Sie riß die Tür auf und starrte ihn an. Ihr Wartezimmer war bis zum letzten Platz besetzt.

– Deinem Herzen fehlt nichts, fuhr sie ihn an, während sie ihn in ihr Sprechzimmer schob.

– Ich wäre dir dankbar, wenn du deine Diagnosen nicht vor den Ohren der Leute im Wartezimmer herausposaunen würdest.

Sie hörte sein Herz ab und maß seinen Blutdruck.

– Deine Werte sind hervorragend. Ich begreife nicht, wieso du mir die Zeit stehlen mußt.

– Stehlen? Ich bin schließlich dein Patient.

Sie betrachtete ihn mit kritischem Blick.

– Du setzt allmählich Fett an, weißt du das? Und diese Sonnenbräune sieht wirklich geschmacklos aus, wenn du gestattest.

– Ich bin überhaupt nicht fett.

– Seit deinem letzten Besuch hast du mindestens vier Kilo zugenommen. Wann war das? Vor zwei Monaten? Du hattest Angst, auf deiner Südseereise Amöben zu bekommen und dir in die Hose zu scheißen.

Wie üblich störte sich Jesper Humling an ihrer Ausdrucksweise.

– Es ist normal, daß man seinen Arzt um Rat fragt, wenn man eine längere Reise antritt. Ich habe keine vier Kilo zugenommen.

Anna Beckman vertiefte sich in sein Krankenjournal und deutete dann auf die Waage.

– Zieh dich aus und stell dich da drauf.

Jesper Humlin tat, wie ihm geheißen. Er wog 79 Kilo.

– Bei deinem letzten Besuch hast du 75 gewogen. Wie groß ist also die Differenz? Vier Kilo.

– Du mußt mir irgendwas verschreiben.

– Was soll ich dir verschreiben?

– Irgendwas zum Abnehmen.

– Das mußt du schon selber schaffen.

– Warum bist du immer so sauer, wenn ich komme? Es gibt andere Ärzte.

– Ich bin die einzige, die es mit dir aushält.

Sie zog den Rezeptblock zu sich her.

– Brauchst du irgendwas?

– Beruhigungstabletten.

Sie warf einen Blick ins Krankenjournal.

– Ich halte ein Auge darauf, daß du nicht zu viel nimmst.

– Ich nehme nicht zu viel.

Sie warf ihm das Rezept hin und stand auf. Jesper Humlin blieb sitzen.

– Noch etwas?

– Ich habe eine Frage. Es könnte nicht zufällig sein, daß du dabei bist, ein Buch zu schreiben?

– Warum sollte ich?

– Einen Kriminalroman vielleicht?

– Ich hasse solche Bücher. Warum fragst du?

– Nur so.

Jesper Humlin verließ Anna Beckmans Praxis und blieb unschlüssig auf der Straße stehen. Plötzlich fühlte er Tea-Bags Zugfahrkarte zwischen den Fingern. Er zog sie heraus und wollte sie in einen Papierkorb werfen, als er sah, daß etwas darauf geschrieben stand. Eine Adresse in einem der abgelegensten und unbekanntesten Vororte von Stockholm. Nach längerem Zögern machte er sich auf den Weg zur nächsten U-Bahnstation. Er mußte einen Fahrkartenkontrolleur fragen, wo er aussteigen sollte. Der Mann, der am Fahrkartenschalter saß, war Afrikaner, sprach aber ausgezeichnet Schwedisch. Zu seinem Erstaunen entdeckte Jesper Humlin, daß er eine Gedichtsammlung von Gunnar Ekelöf vor sich liegen hatte.

– Einer unserer besten Schriftsteller.

– Er ist gut, erwiderte der Schaffner, während er die Fahrkarte stempelte. Aber vom alten byzantinischen Reich hat er wohl nicht viel verstanden.

Sogleich fühlte Jesper Humlin sich im Namen Ekelöfs gekränkt.

– Was wollen Sie damit sagen?

– Es würde zu lange dauern, das zu erklären, sagte der Schaffner.

Dann schob er ihm eine Visitenkarte hin.

– Sie können mich anrufen, wenn Sie mit mir über seine Gedichte diskutieren möchten. Bevor ich nach Schweden kam, war ich Dozent für Literaturgeschichte an einer Universität. Hier in Schweden stemple ich Fahrkarten ab.

Der Schaffner musterte ihn aufmerksam.

– Kenne ich Sie nicht?

– Das ist nicht ausgeschlossen, antwortete Jesper Humlin und seine Laune besserte sich sogleich. Jesper Humlin. Ich bin Schriftsteller.

Der Schaffner schüttelte den Kopf.

– Was schreiben Sie?

– Poesie.

– Bedaure.

Jesper Humlin nahm die Rolltreppe hinunter in die Unterwelt. Als er an der richtigen Haltestelle angekommen war, beschlich ihn ein Gefühl, als hätte er erneut eine unsichtbare Grenze überschritten und befände sich in einem anderen Land, nicht in einem Vorort von Stockholm. Zu seiner Überraschung stellte er fest, daß die Adresse, die Tea-Bag ihm hinterlassen hatte, zu einer Kirche führte. Er ging hinein.

Die Kirche war leer. Er setzte sich auf einen braunen Holzstuhl und betrachtete das Mosaikfenster hinter dem Altar. Es zeigte einen Mann, der in einem Boot saß und ruderte. Am Horizont leuchtete ein starkes, bläuliches Offenbarungslicht. Jesper Humlin dachte an die beiden Ruderboote, von denen Tanja und Tea-Bag erzählt hatten. Das eine war durch die Flußsysteme Mitteleuropas getrieben, das andere war von Estland nach Gotland gerudert worden. Plötzlich sah er, wie in einer Offenbarung, eine Armada von kleinen Booten, in denen Flüchtlinge auf allen Meeren der Welt in Richtung Schweden ruderten.

Vielleicht sieht die Welt in Wirklichkeit so aus, dachte er. Wir leben in der großen Zeit der Ruderboote.

Er wollte gerade aufstehen, als eine Frau hinter dem Altar hervorkam. Sie trug ein Beffchen. Aber im übrigen ließ ihre Kleidung nicht an eine Kirche denken. Sie hatte einen kurzen Rock an und Schuhe mit hohen Absätzen. Sie schenkte Jesper Humlin ein Lächeln, das er erwiderte.

– Die Kirche war offen. Da bin ich eingetreten.

– Das ist auch so gedacht. Eine Kirche soll immer allen offenstehen.

– Eigentlich dachte ich, hier sei ein Wohnhaus.

– Warum dachten Sie das?

– Jemand hat mir diese Adresse gegeben.

Sie sah ihn abwartend an. Vage ahnte er, daß etwas nicht stimmte.

– Wer?

– Ein schwarzes Mädchen.

– Wie heißt sie?

– Vielleicht Florence. Aber sie nennt sich Tea-Bag.

Die Pastorin schüttelte den Kopf.

– Sie hat das größte und schönste Lächeln, das ich je gesehen habe.

– Ich weiß nicht, wen Sie meinen. Es ist keine Person, die ich kenne, keine, die öfter hierherkommt.

Sofort merkte Jesper Humlin, daß die Frau, die vor ihm stand, nicht die Wahrheit sagte. Pfarrer wissen nicht, wie man eine Unwahrheit überzeugend präsentiert, dachte er. Vielleicht, wenn sie von unseren inneren Welten und von Göttern predigen, die sich in fernen Himmeln verbergen. Aber nicht, wenn sie von so irdischen Dingen sprechen wie dem Sein oder Nichtsein einer Person.

– Es ist keine Person, die dieser Gemeinde angehört, fuhr sie fort. Keine, die ich mich erinnern kann, hier gesehen zu haben.

Sie hob ein Gesangbuch auf, das von einem Stuhl gefallen war.

– Wer sind Sie? fragte sie dann.

– Ein zufälliger Besucher.

– Es kommt mir so vor, als ob ich Ihr Gesicht kenne.

Jesper Humlin dachte an den Schaffner, den er vorhin getroffen hatte.

– Das ist kaum anzunehmen.

– Ich meine, ich habe Sie schon mal gesehen. Nicht hier. Aber irgendwo anders.

– Sie müssen sich irren.

– Sie suchen also nach jemandem?

– Man könnte es vielleicht so nennen.

– Hier ist niemand außer mir.

Er wunderte sich immer mehr, warum sie nicht die Wahrheit sagte. Sie ging auf den Ausgang zu. Er folgte ihr.

– Ich wollte gerade zusperren.

– Ich dachte, Sie sagten, eine Kirche sollte immer allen offenstehen?

– Wir haben nachmittags immer ein paar Stunden geschlossen.

Jesper Humlin ging hinaus.

– Sie sind jederzeit willkommen, sagte die Pastorin und schloß den Haupteingang ab.

Jesper Humlin überquerte die Straße und drehte sich um. Sie wollte mich loswerden, dachte er. Die Frage ist nur, warum? Er ging um die Kirche herum. Dahinter war ein kleiner Garten. Aber keine Menschen. Er wollte gerade wieder gehen, als er plötzlich meinte, jemanden an einem der Fenster an der Rückseite der Kirche zu sehen. Ein Gesicht oder die rasche Bewegung einer Gardine, er konnte nicht genau erkennen, was von beiden es war.

Es gab eine Tür an der Rückseite. Er ging hin und rüttelte daran. Sie war unverschlossen. Dahinter war eine Treppe, die hinunter in den Keller der Kirche führte. Er machte Licht und horchte. Dann ging er vorsichtig die Treppe hinab. An ihrem Ende lag ein Gang mit einer Reihe von Türen. Am Boden waren Spielsachen verstreut, ein Plastikeimer und eine Schaufel. Er runzelte die Stirn. Dann öffnete er die Tür, die am nächsten lag, und starrte in ein kleines Zimmer, in dem eine Frau und ein Mann und drei kleine Kinder auf einem Matratzenlager verschreckt seinem Blick begegneten. Jesper Humlin murmelte eine Entschuldigung und machte die Tür wieder zu. Er verstand. Unter der Kirche verbargen sich Flüchtlinge, wie in einer Art Katakomben der heutigen Zeit.

Plötzlich stand die Pastorin hinter ihm. Sie hatte die hochhackigen Schuhe ausgezogen. Ihre Schritte waren lautlos gewesen.

– Wer sind Sie eigentlich? Sind Sie Polizist?

Sie ist die zweite Frau, die mich im Laufe von wenigen Tagen als Polizisten betrachtet, dachte er. Erst meine durchgeknallte Mutter, und jetzt eine Pastorin mit viel zu hohen Absätzen an den Schuhen. Eine schwedische Pastorin sollte nicht so aussehen. Keine Pastorin sollte so aussehen.

– Ich bin kein Polizist.

– Kommen Sie von der Einwanderungsbehörde?

– Ich habe nicht die Absicht zu sagen, wer ich bin. Hat die schwedische Kirche eine Ausweispflicht eingeführt?

– Die Menschen in diesem Keller leben ständig in der Gefahr, ausgewiesen zu werden. Ich glaube nicht, daß Sie ihre Angst nachempfinden können.

– Vielleicht doch ein wenig, erwiderte Jesper Humlin. Ich bin auch kein ganz unsensibler Mensch.

Sie betrachtete ihn schweigend. Ihre Augen waren müde und besorgt.

– Sind Sie Journalist?

– Nicht ganz. Ich bin Schriftsteller. Aber das spielt keine Rolle. Ich werde niemandem verraten, daß Sie im Keller Ihrer Kirche Flüchtlinge verstecken. Ich bin mir nicht sicher, ob ich das richtig finde. Immerhin haben wir in dieser Gesellschaft Gesetze und Vorschriften, die wir befolgen sollten. Aber ich werde nichts sagen. Das einzige, was ich herausfinden will, ist, ob hier ein Mädchen mit einem großen Lächeln wohnt.

– Tea-Bag kommt und geht. Ob sie jetzt gerade hier ist, weiß ich nicht.

– Aber sie wohnt hier?

– Gelegentlich. Sonst wohnt sie bei einer Schwester in Göteborg.

– Wie heißt die Schwester?

– Das weiß ich nicht.

– Haben Sie ihre Adresse?

– Nein.

– Wie kommt es, daß sie gelegentlich hier wohnt, wenn sie sich eigentlich in Göteborg aufhält?

– Ich weiß es nicht. Eines Morgens stand sie einfach da.

Jesper Humlin fühlte sich zunehmend verwirrt. Sie lügt, dachte er. Was wird denn dadurch besser, daß sie mir nicht sagt, wie es wirklich ist?

– Welches Zimmer hat sie?

Die Pastorin zeigte den Gang entlang und sagte gleichzeitig, sie heiße Erika. Sie klopfte an die Tür, hinter der Tea-Bags Zimmer lag. Ein unterirdisches Hotel, dachte Jesper Humlin. Erika drückte die Türklinke. Die Tür war unverschlossen. Im Zimmer befanden sich ein Bett und ein Tisch, sonst nichts. Über dem Stuhl hing ein Pullover, den er kannte. Sie hatte ihn auf der Reise angehabt, die sie in Hallsberg unterbrochen hatte.

Erika schüttelte den Kopf.

– Tea-Bag kommt und geht. Ich weiß nie, wann sie hier ist. Sie ist scheu. Ich lasse sie in Ruhe.

Sie stiegen wieder die Treppe hinauf und traten in den Garten hinaus. Fasziniert beobachtete Jesper Humlin, wie sie in die Schuhe mit den hohen Absätzen schlüpfte.

– Sie haben schöne Beine, sagte er. Aber das darf man zu einer Pastorin vielleicht nicht sagen?

– Man darf zu einer Pastorin sagen, was man will.

– Was sind das für Menschen, die sich bei Ihnen verstecken?

– Im Moment leben hier eine Familie aus Bangladesch, zwei Familien aus dem Kosovo, ein alleinstehender irakischer Mann und zwei Chinesen.

– Wie kommen die hierher?

– Eines Morgens oder späten Abends stehen sie einfach da. Vom Hörensagen wissen sie, daß sie hier eine Freistatt finden.

– Wie geht es weiter?

– Sie verschwinden. Verstecken sich woanders. Ich habe einen guten Freund, einen Arzt, der herkommt und nach ihnen schaut. Wissen Sie, daß es heute annähernd zehntausend Menschen gibt, die auf diese Weise in Schweden leben. Untergetaucht. Es gibt sie, ohne daß es sie geben darf. Und das ist natürlich eine furchtbare Schande.

Sie verabschiedeten sich auf der Straße voneinander.

– Sagen Sie ihr nicht, daß ich hier war. Ich treffe sie so oder so bei einer späteren Gelegenheit.

Erika zog sich in ihre Kirche zurück. Jesper Humlin erwischte ein freies Taxi und fuhr zurück in seine eigene Welt. Er setzte sich wieder an den Schreibtisch. Das Bild von Tanja als Kind lag vor ihm. Plötzlich kam ihm ein Gedanke. Er ließ ihn lange in seinem Kopf herumwandern. Dann kramte er ein Vergrößerungsglas hervor und musterte die Rückseite der Fotografie. Mit Mühe und Not meinte er, einen Stempel auf dem Fotopapier erkennen zu können, auf dem er die Jahreszahl »1994« erahnte. Er legte das Bild wieder hin. Das Mädchen sah ihn mit ernsten Augen an.

Das ist nicht Tanja, dachte er.

Es ist ihre Tochter.

13

Am folgenden Tag stattete Jesper Humlin seinem Verleger einen Besuch ab, nachdem er zuvor eine Stunde im Solarium verbracht hatte, in dem Bemühen, die verblassende Sonnenbräune zu konservieren. Eigentlich wollte er Olof Lundin gar nicht treffen. Aber ihm fehlte der Mut abzusagen. Er wurde das Gefühl nicht los, daß die Öldirektoren eine größere Gefahr für ihn darstellten, als er sich eigentlich eingestand. In Olof Lundins Büro herrschte ausnahmsweise eine normale Zimmertemperatur. Dafür trat er aber in einen dichten Nebel aus Zigarettenrauch ein.

– Die Lüftung ist kaputtgegangen, erklärte Olof Lundin knapp. Der Reparaturdienst ist unterwegs.

– Stell dir einfach vor, es ist dichter Nebel über der Ostsee.

– Genau das habe ich getan. Ich hätte den Leuchtturm von Russarö sehen müssen, der an der Einfahrt zum Finnischen Meerbusen steht. Im Moment weiß ich nicht genau, wo ich mich befinde.

Jesper Humlin hatte sich darauf vorbereitet, sofort zum Angriff überzugehen. Er wollte nicht riskieren, in ein Gespräch verstrickt zu werden, bei dem Olof Lundin den Ton angab.

– Ich hoffe, du hast inzwischen begriffen, daß ich keinen Kriminalroman schreiben werde.

– Im Gegenteil. Die Marketingabteilung hat bereits einen originellen Vorschlag für die Lancierung präsentiert.

Sie denken an ein Bild von dir in Lebensgröße, mit einer Pistole in der Hand.

Jesper Humlin schauderte es bei dem Gedanken, sich selbst mit einer Waffe in der Hand zu sehen. Olof Lundin steckte sich an einer Zigarette, die bereits in dem überfüllten Aschenbecher vor sich hinqualmte, eine weitere Zigarette an.

– Deine mangelnde Entschlußkraft macht mir ernsthaft Sorgen, sagte er. Willst du wissen, wie viele Exemplare wir in den letzten zwei Wochen von deiner Gedichtsammlung verkauft haben?

– Nein danke.

– Ich sage es trotzdem. Damit du erkennst, wie ernst die Lage ist.

– Wie viele hast du verkauft?

– Drei.

– Drei?

– Eins in Falköping und seltsamerweise zwei in Haparanda.

Niedergeschlagen erinnerte Jesper Humlin sich an den chinesischen Briefschreiber aus Haparanda, der ihm mit größter Wahrscheinlichkeit bald eine seiner langen und fehlerhaften Analysen der Gedichte schicken würde.

– Die Lage ist ernst. Ich habe verstanden, daß du dich in einer Art schöpferischer Krise befindest und dich deswegen bei irgendwelchen Einwanderermädchen in Göteborg versteckst. Aber jetzt mußt du dich aufrappeln. Ich bin überzeugt, daß du einen hervorragenden philosophischen Kriminalroman schreiben kannst.

– Ich verstecke mich nicht. Wenn ich dir doch nur begreiflich machen könnte, was sie mir erzählen. Es sind Geschichten, die noch nie auf Schwedisch erzählt worden sind. Außerdem dürftest du kaum eine Ahnung davon haben, daß heute vermutlich an die zehntausend Menschen illegal in Schweden leben.

Olof Lundins Gesicht hellte sich auf.

– Ein optimaler Ausgangspunkt für deinen zweiten Kriminalroman. Der investigative Poet, der Menschen aufspürt, die sich versteckt halten.

Jesper Humlin merkte, daß ihm das Gespräch bereits entglitten war. Bei Olof Lundin konnte er auf keinerlei Verständnis rechnen. Er wechselte die Spur.

– Ich hoffe, du bist dir im klaren darüber, daß meine Mutter niemals ein Buch zustande bringen wird.

– Ich habe in meinem Leben schon größere Überraschungen erlebt. Aber ich werde natürlich abwarten, bis sie ein Manuskript abliefert.

– Ihren Angaben zufolge sollen es siebenhundert Seiten werden.

Olof Lundin schüttelte den Kopf.

– Wir haben beschlossen, daß wir künftig nur noch in äußersten Ausnahmefällen Bücher publizieren werden, die mehr als vierhundert Druckseiten umfassen. Die Menschen von heute verlangen nach dünnen Büchern.

– Ich glaube, es ist genau umgekehrt.

– In verlegerischen Fragen überläßt du das Urteil wohl besser mir. Man spricht vom magischen schöpferischen Akt. Niemand spricht von dem genauso magischen verlegerischen Akt. Aber ich garantiere dir, daß es ihn gibt.

Jesper Humlin holte tief Luft.

– Ich wollte eine Alternative vorschlagen. Keine Gedichtsammlung, kein Kriminalroman. Sondern ein spannender Bericht aus dem Untergrund. Über diese Mädchen, die ich in Göteborg getroffen habe. Ihre Geschichten, zu einem Roman verwoben, in dem ich die Hauptperson bin.

– Wer soll das lesen?

– Viele.

– Was soll daran spannend sein?

– Die einfache Tatsache, daß ihre Geschichten mit nichts zu vergleichen sind, was ich bisher gehört habe. Außerdem geht es um dieses Land. Es sind andere Stimmen als sonst, die da sprechen.

Olof Lundin fächelte sich den Rauch vor dem Gesicht weg. Jesper Humlin beschlich plötzlich das Gefühl, sich auf einem altertümlichen Schlachtfeld zu befinden, wo eine unsichtbare Kavallerie in einem Waldgebiet wartete und jetzt das Zeichen zum Angriff erhielt.

– Ich mache dir ein Gegenangebot. Schreib erst mal den Kriminalroman. Dann können wir eventuell dieses Einwandererbuch in Erwägung ziehen.

Jesper Humlin war empört über Olof Lundins totalen Mangel an Verständnis dafür, daß das, was er sagte, tatsächlich wichtig sein könnte.

– Ich schlage das Gegenteil vor. Erst dieses Buch, dann vielleicht, aber nur vielleicht, ein Kriminalroman.

– Die Direktoren im Vorstand werden nicht erfreut sein.

– Ehrlich gesagt ist mir das vollkommen egal. Ich verstehe nicht, wie du so zynisch sein kannst.

– Ich bin nicht zynisch.

– Du betrachtest diese Mädchen mit Verachtung.

– Ich kenne sie nicht einmal. Wie könnte ich sie dann verachten?

Zwei Männer mit Leiter und Werkzeugen betraten den Raum. Olof Lundin ließ die Hände schwer auf den Schreibtisch fallen.

– Da du so hartnäckig bist, werde ich mir die Sache durch den Kopf gehen lassen. Ruf mich morgen an.

Jesper Humlin stand auf.

– Entweder wird es so, wie ich es sage. Oder es wird überhaupt nichts daraus.

Er verließ das Zimmer, folgte dem langen Korridor mit den weichen roten Teppichen und trat dann durch die offene Tür in das Zimmer ein, in dem ein älterer Mann saß, der Jan Sundström hieß und die Auslandsrechte des Verlags betreute. Eine von Jesper Humlins früheren Gedichtsammlungen war ins Norwegische und Finnische übersetzt worden. Danach hatte es neun Jahre gedauert, bis wieder ein Buch von ihm ins Ausland ging, und zwar seltsamerweise nach Ägypten, wo es sich naturgemäß sehr schlecht verkaufte. Jan Sundström war ein ständig besorgter Mann, der es als persönlichen Sieg betrachtete, wenn es ihm gelang, eines der Bücher seiner Autoren auf dem ausländischen Markt zu plazieren.

– Norwegen hat ein gewisses Interesse gezeigt. Wir wollen die Hoffnung nicht aufgeben.

Jesper Humlin setzte sich ihm gegenüber an den Schreibtisch. Er hatte Respekt vor Jan Sundströms Urteil.

– Was, meinst du, würde geschehen, wenn ich ein Buch über Einwanderer schreiben würde? Einen Roman über ein paar junge Einwanderermädchen und ihre, wie ich finde, bemerkenswerten Geschichten?

– Das klingt nach einer fabelhaften Idee.

Jan Sundström stand auf und machte besorgt die Tür zu.

– Ich muß sagen, ich war verwundert, als ich hörte, daß du auch anfangen willst, Kriminalromane zu schreiben. Was geht eigentlich auf dem schwedischen Buchmarkt vor sich?

– Ich weiß es nicht. Aber ich werde keinen Kriminalroman schreiben.

– Wie kann das sein? Ich habe den ganzen Morgen in

einer Besprechung gesessen, bei der wir den Vorschlag der Marketingabteilung für eine Werbekampagne geprüft haben. Sie rechnen bereits mit einem großen Verkauf ins Ausland. Aber ich finde, du hättest schon ein bißchen mehr über den Plot sagen sollen.

Verblüfft starrte Jesper Humlin ihn an.

– Was für einen Plot?

Jan Sundström kramte in dem Wust auf seinem Schreibtisch und reichte ihm ein Papier. Mit wachsendem Entsetzen las Jesper Humlin, was da geschrieben stand.

»Jesper Humlin, einer der bedeutendsten Poeten unserer Zeit, hat sich jetzt die Aufgabe gestellt, den Kriminalroman zu verändern und ihm eine tiefere philosophische Bedeutung zu verleihen. Der Roman spielt hauptsächlich in Schweden, mit Ausflügen in ein kaltes, dunkles Helsinki und ein farbenfrohes, warmes Brasilien. Über die Handlung und ihren Verlauf soll hier nichts verraten werden. Aber man kann davon ausgehen, daß die Hauptperson deutliche Züge des Verfassers tragen wird ...«

Jesper Humlin war so außer sich, daß er anfing zu zittern und dunkelrot anlief.

– Wer zum Teufel hat das geschrieben?

– Du.

– Ich? Wer hat das behauptet?

– Olof.

– Ich schlage ihn tot. Das habe ich nicht geschrieben. Ich bin fassungslos.

– Es war Olof, der den Text vorgelegt hat. Er sagte, er hätte ihn von dir am Handy vorgelesen bekommen, und es sei schwer zu verstehen gewesen, was du gesagt hast.

Jetzt war Jesper Humlin so wütend, daß es ihn nicht

mehr auf dem Stuhl hielt. Er stürmte aus dem Zimmer, rannte durch den Korridor und riß die Tür zu Olof Lundins Büro auf. Bis auf die Männer, die gerade die streikende Entlüftungsanlage reparierten, war niemand da. Am Empfang bekam Jesper Humlin die Auskunft, Olof Lundin habe soeben den Verlag verlassen und werde erst am folgenden Tag zurückerwartet.

– Wo ist er?

– Auf einer Vorstandssitzung hinter verschlossenen Türen.

– Wo?

– Geheim. Ist es wichtig?

– Nein, erwiderte Jesper Humlin. Ich will ihn bloß totschlagen.

Am selben Abend hatte Jesper Humlin jene lange Unterredung mit Andrea, die in der letzten Zeit ständig aufgeschoben worden war. Noch immer war er aufgewühlt von dem, was er im Verlag gelesen hatte. Er hatte jede Menge wütender Nachrichten auf Olof Lundins verschiedenen Anrufbeantwortern hinterlassen. Jetzt schob er in einem wahren Kraftakt die Gedanken an den Kriminalroman beiseite, den er nicht schreiben würde, und konzentrierte sich auf das Gespräch mit Andrea. Sofort fühlte er sich in die Ecke gedrängt.

– Du hörst gar nicht zu, was ich sage, fing sie an.

Erstaunt sah er sie an.

– Du hast doch noch gar nichts gesagt?

– Du hörst sowieso nicht zu.

– Ich höre.

– Wie soll es eigentlich mit uns weitergehen?

– Woran genau denkst du?

– Du weißt genau, was ich meine. Wir haben eine Beziehung. Sie besteht nun schon seit ziemlich vielen Jahren. Ich möchte ein Kind haben. Und du sollst der Vater dieses Kindes sein. Wenn du keine Kinder willst, muß ich mir überlegen, ob ich nicht vielleicht einen anderen Mann brauche.

– Ich möchte auch Kinder haben. Die Frage ist nur, ob gerade jetzt der richtige Zeitpunkt dafür ist.

– Für mich schon.

– Ich bin gerade dabei, mein Selbstverständnis als Schriftsteller zu verändern. Ich bin nicht sicher, ob es möglich ist, diese Wandlung mit einem Kind zu vereinbaren.

– Dein Selbstverständnis wird sich niemals ändern. Du wirst immer der bleiben, der du jetzt bist. Wichtige Entscheidungen, die andere als dich selbst betreffen, werden bei dir immer weit unten auf der Warteliste landen.

– Es muß ja nicht länger als ein Jahr dauern.

– Das ist zu lang.

– Ich brauche wenigstens ein paar Monate nur für mich.

– Willst du wieder verreisen?

– Ich will versuchen, ein Buch über diese Mädchen zu schreiben, die ich in Göteborg getroffen habe.

– Ich dachte, es ginge darum, daß sie ihre Geschichten selbst erzählen? Wer besucht den Schreibkurs, du oder sie?

– Ich glaube nicht, daß sie imstande sind, ihre eigenen Geschichten zu erzählen.

– Warum gibst du dich dann mit ihnen ab?

– Ich versuche ihnen ihre Erlebnisse und Erfahrungen zu entlocken. Du hörst nicht zu, was ich sage.

– Das klingt für mich, als wärst du dabei, etwas zu stehlen.

– Ich stehle nichts. Eins der Mädchen ist eine Taschendiebin. Aber das ist eine andere Geschichte.

– Du stiehlst ihre Erzählungen. Aber das ist es nicht, wovon wir sprechen. Ich werde nicht bis in alle Ewigkeit darauf warten, daß du dich entscheidest.

– Kannst du mir nicht wenigstens einen Monat geben?

– Ich will, daß wir uns jetzt entscheiden.

– Das kann ich nicht.

Andrea stand vom Küchentisch auf.

– Ich verstehe das so, daß unsere Beziehung jetzt ihrem Ende entgegengeht.

– Mußt du immer gleich so dramatisch sein? Jedesmal, wenn wir ein ernstes Gespräch führen wollen, ist es, als würde ich in ein Theaterstück gestürzt, in dem ich mir meine Rolle nicht ausgesucht habe.

– Ich bin nicht dramatisch. Im Gegensatz zu dir sage ich, was ich denke.

– Das tue ich auch.

Andrea stand da und schaute ihn an.

– Nein, sagte sie langsam. Ich frage mich allmählich, ob du jemals sagst, was du denkst. Oder was du meinst. Ich glaube, in deinem Kopf ist kein Platz für jemand anderen als dich selbst.

Sie stürmte aus der Küche und knallte die Tür zu. In ihrer Wut und Enttäuschung hatte sie das Licht ausgemacht. Jesper Humlin blieb im Dunkeln sitzen. Sogleich schob er alle Gedanken an Andrea und Kinder beiseite. Er fragte sich, wo Tea-Bag sich befand. Versuchte sich zehntausend Menschen vorzustellen, die sich in Kellergewölben unter Kirchen oder in anderen Schlupfwinkeln verbargen. Doch es gelang ihm nicht. Er legte sich in seinem Arbeitszimmer aufs Sofa, das noch mit Tea-Bags Laken bezogen war. Es war, als sei alles in ihm zum Stillstand gekommen. Oder hätte sich festgefahren. Der Gedanke an Olof Lundin raubte ihm den Schlaf.

Am folgenden Tag rief Andrea an und stellte ihm ein Ultimatum.

– Du bekommst einen Monat Zeit. Nicht länger. Dann müssen wir entscheiden, ob wir eine gemeinsame Zukunft haben oder nicht.

Den restlichen Vormittag tigerte er in der Wohnung herum und grübelte darüber nach, was geschehen würde. Am späten Nachmittag verließ er die Wohnung, um die Abendzeitungen zu kaufen.

Tea-Bag saß auf der Treppe. Er starrte sie an.

– Warum klingelst du nicht an der Tür? Ich will nicht, daß du auf der Treppe sitzt. Die Nachbarn könnten anfangen, sich Gedanken zu machen.

Tea-Bag ging schnurstracks in die Küche und setzte sich, ohne ihre voluminöse Steppjacke zu öffnen. Als er sie fragte, ob sie Kaffee haben wollte, schüttelte sie den Kopf.

– Wenn du vorhast, mich irgendwas zu fragen, gehe ich.

– Ich werde dich nichts fragen.

– Wann fährst du wieder nach Göteborg?

– Das habe ich noch nicht entschieden.

Tea-Bag war rastlos und besorgt. Plötzlich stand sie auf, Jesper Humlin dachte, sie wäre wieder auf dem Sprung zu verschwinden.

– Wo kann ich dich erreichen?

– Du kannst mich nicht erreichen.

Sie blieb zögernd mitten in der Küche stehen. Jesper Humlin ahnte, daß er den Augenblick nutzen sollte, um einige der wichtigsten Fragen zu stellen, die ihn beschäftigten.

– Du sagst, du willst nicht, daß ich dich irgendwas frage. Aber ich bin mir nicht ganz sicher, ob das wahr ist.

Vielleicht ist es eigentlich umgekehrt. Du willst, daß ich frage. Nimm es mir nicht übel, aber es gibt einige Dinge, die ich gern wüßte. Immerhin hast du einmal hier übernachtet. Du und ich waren unterwegs nach Göteborg, als du plötzlich ausgestiegen bist. Du hast mir davon erzählt, wie du hier in dieses Land gekommen bist. Meiner Freundin hast du eine etwas andere Geschichte erzählt. Aber bestimmt hängen sie zusammen. Ich verstehe, daß du es schwer hast.

Sie zuckte zusammen, als hätte er sie geschlagen.

– Ich habe es nicht schwer.

Jesper Humlin nahm es zurück.

– Aber ganz leicht hast du es bestimmt auch nicht.

– Wie meinst du das?

– Unter einer Kirche zu leben.

Ihr Lächeln war erloschen.

– Du weißt nichts über mich.

– Stimmt.

– Es braucht einem nicht leid zu tun um mich. Ich bin kein Opfer. Ich hasse Mitleid.

Tea-Bag zog die dicke Steppjacke aus und legte sie auf den Boden. Ihre Bewegungen waren langsam.

– Ich habe einen Bruder, sagte sie. Ich hatte einen Bruder.

– Ist er tot?

– Ich weiß nicht.

Jesper Humlin wartete. Dann kamen nach und nach die Worte, zögernd, tastend, als suche sie nach einer Geschichte, die sich nur langsam und mit äußerster Vorsicht zum Ausdruck bringen ließ.

»Ich habe einen Bruder. Obwohl er tot ist, muß ich immer an ihn denken, als würde er noch leben. Er wurde im selben Jahr geboren, in dem ich alt genug geworden war,

um zu begreifen, daß Kinder nicht einfach über Nacht ka-
men, wenn ich schlief, und auch keine alten Leute waren,
die sich im Wald versteckten, mit einem Gott sprachen
und dann als Neugeborene zurückkehrten. Er war der
erste von meinen Geschwistern, von dem ich wirklich
wußte, daß er aus dem Leib meiner Mutter gekommen
war.

Mein Bruder erhielt den Namen Mazda, weil am Tag
zuvor ein Lastwagen dieser Marke außerhalb des Dorfes
umgekippt war und mein Vater zwei große Säcke Mais-
mehl von der Ladung nach Hause geschleppt hatte. Mein
Bruder Mazda, der jeden Morgen mit dem ersten Hahnen-
krähen zu schreien anfing, lernte schon mit sieben Mona-
ten laufen. Davor war er schneller gekrabbelt als irgend-
eines von den Kindern, die meine Mutter geboren hatte,
oder irgendeines, das sie vom Hörensagen kannte. Er war
genauso schnell über den Sand gekrabbelt, wie eine Schlan-
ge sich ringelt. Dann richtete er sich plötzlich auf, als er
sieben Monate alt war, und lief los. Er ging nie, er fing so-
fort an zu laufen, als wüßte er, daß seine Zeit auf Erden,
als Lebender, knapp bemessen war. Seine Füße konnten
Bewegungen ausführen, die niemand je zuvor gesehen
hatte.

Alle merkten, daß Mazda etwas Besonderes war. Er
würde nicht so werden wie wir anderen. Aber niemand
konnte wissen, ob es ihm im Leben gut oder schlecht er-
gehen würde. In dem Jahr, als er sechs wurde, trocknete
der Fluß aus, es fiel kein Regen, die Erde war braun, mein
Vater saß immer häufiger auf dem Dach und schrie gegen
seine eingebildeten Feinde an, meine Mutter sprach über-
haupt nicht mehr, und wir gingen oft hungrig zu Bett.

Da geschah es eines Morgens, als wir am Himmel ver-
geblich nach Vorboten des Regens gesucht hatten, daß die

Frau mit den blauen Haaren die Straße entlang ins Dorf geschlendert kam. Niemand hatte sie je zuvor gesehen. Sie lächelte und wiegte sich, als wäre eine unsichtbare Trommel in ihrem Körper verborgen, die für sie einen Rhythmus schlug, damit sie dazu tanzte. Und sie war nicht einfach eine Fremde aus einem anderen Dorf, sie mußte von weither gekommen sein, da niemand ihre Tanzschritte kannte. Aber sie sprach unsere Sprache, und Glitzerstaub fiel von ihren Händen, und sie blieb auf dem offenen Platz mitten im Dorf stehen, genau neben dem Baum, in dessen Schatten mein Vater und die anderen Männer sich versammelten, um die Probleme zu lösen, die immer in Dörfern entstehen, in denen Menschen so dicht beieinander leben.

Sie stand ganz still und wartete. Jemand lief zu meinem Vater und den anderen Männern und sagte, eine fremde Frau mit blauen Haaren sei eingetroffen. Mein Vater machte sich auf und blieb zuerst in einiger Entfernung stehen, um sie zu betrachten. Da sie sehr schön war, ging er nach Hause und wechselte das Hemd, ehe er zu dem Baum zurückkehrte. Unser Häuptling, der Mbe hieß, sah schlecht und mochte es nicht, wenn fremde Menschen ins Dorf kamen. Mein Vater und die anderen Männer versuchten ihm zu erklären, daß Glitzerstaub von den Händen dieser Frau fiel und daß ihre Haare ganz blau waren und daß man wohl gut daran täte herauszufinden, weshalb sie gekommen war. Mbe ließ sich widerwillig zu dem alten Baumstamm führen, auf dem er seinen Platz hatte, und bat die Frau, die er nicht sehen konnte, näher zu treten. Dann roch er an ihr.

– Tabak, sagte er. Sie riecht nach Zigaretten.

Die Frau verstand. Sie nahm eine Schachtel mit dünnen schwarzen Zigaretten und reichte sie Mbe, der sich sofort *eine anzünden ließ. Dann fragte er, wer die Frau sei, wie sie heiße und woher sie komme. Ich stand eingekeilt zwischen den anderen Kindern, genauso neugierig wie sie, und hörte, daß die Frau Brenda hieß und daß sie uns helfen wollte, und Mbe rief – eine starke Stimme hatte er, auch wenn er blind war –, daß alle Kinder und Frauen und Männer, die noch nicht erwachsen waren, sich entfernen sollten, da er nur im Kreis der Männer, die klug und vernünftig waren, hören wollte, was Brenda zu berichten hatte.*

Die Frauen gehorchten, allerdings unter großem Zögern und Murren. Später, als Brenda sich in einer von Mbes Hütten zur Ruhe gelegt hatte, kam mein Vater nach Hause, und er flüsterte lange an der Rückseite des Hauses mit meiner Mutter. Mazda schien beunruhigt. Es war, als verstünde er, daß es bei ihrem Gespräch um ihn ging. Wir wurden still und ängstlich, als wir hörten, daß sie zu streiten anfingen. Ich weiß noch, was sie sagten, obwohl nicht alle Worte in meinem Kopf hängengeblieben sind.

– Du kannst nicht wissen, wer sie ist.

Es war meine Mutter, die das sagte, und ihre Stimme war von einer Verzweiflung erfüllt, wie ich sie noch nie zuvor gehört hatte.

– Mbe sagt, man kann ihr trauen. Eine Frau mit blauen Haaren muß eine bemerkenswerte Frau sein.

– Wie kann er wissen, daß sie blaue Haare hat, wenn er blind ist?

– Schrei nicht so. Wir haben es ihm gesagt. Dann sieht er, was er nicht sehen kann.

– Vielleicht frißt sie Kinder.

An letzteres erinnere ich mich ganz genau. Mazda erstarrte und bekam solche Angst, daß er mich in die Hand biß.«

Tea-Bag hielt ihm ihre Hand hin. Jesper Humlin erkannte die vernarbten Spuren von Zähnen am Handgelenk.

»Es tat so weh, daß ich erschrak und nach ihm schlug. Er kauerte sich im Sand zusammen, den Kopf in den Händen verborgen. Kurz darauf kam mein Vater und sagte zu Mazda, er solle ihm folgen. Die Frau, die Brenda hieß, sammelte in den armen Dörfern Kinder zusammen, um sie mit in die Stadt zu nehmen, wo sie dann zur Schule gehen durften. Sie bezahlte dafür. Mein Vater sagte, er habe das Geld selbst gesehen. Was er zuerst für ihren Bauch mit einer Trommel unter der Haut gehalten hatte, hatte sich in einen Gürtel aus Krokodilleder voller Geldscheine verwandelt. Wenn Mazda in die Stadt käme, würde er jeden Monat Geld nach Hause schicken können. Da er in die Schule gehen durfte, würde er später eine Arbeit bekommen, die sicherstellen würde, daß sich niemand in der Familie mehr Sorgen machen müßte, wenn der Regen nicht zurückkehrte und der Fluß austrocknete.

Mazda verschwand noch am selben Tag, und ich habe ihn nie wieder gesehen. Keines von den Kindern, die sich an diesem Tag mit Brenda auf den Weg machten, ist je zurückgekommen.«

Tea-Bag unterbrach ihre Erzählung, stand auf und verließ die Küche. Jesper Humlin fand, es war, als sei sie plötzlich aus dem Schatten ihres Elternhauses hervorgetreten. Er folgte ihr ins Wohnzimmer. Als er sah, daß sie ins Bad ging, kehrte er in die Küche zurück. Tea-Bag kam wieder.

– Warum folgst du mir?

– Was meinst du damit?

– Du folgst mir zur Kirche im Tal der Hunde. Und du folgst mir, wenn ich auf die Toilette gehe.

Jesper Humlin schüttelte den Kopf. Zugleich fühlte er sich ertappt.

– Das Tal der Hunde?

– Wo die Kirche liegt.

– Warum nennst du es das Tal der Hunde?

– Ich habe dort einmal einen Hund gesehen. Einen einsamen Hund. Es war, als sähe ich mich selbst. Er war nirgendwohin unterwegs. Und er kam nirgendwoher. Du bist mir dorthin gefolgt. Und eben hast du vor der Toilette gestanden.

– Ich dachte, dir sei vielleicht nicht gut.

Sie betrachtete ihn wie aus weiter Ferne. Dann nahm sie den Faden ihrer Erzählung wieder auf, als sei nichts geschehen.

»*Ein paar Jahre später, als meine Mutter einen anderen Sohn bekommen hatte, der Mazdas Namen übernehmen mußte, da sie sicher war, daß die Frau mit den blauen Haaren ihn aufgefressen hatte, kam ein Mann ins Dorf, der erzählen konnte, was wirklich geschehen war. Ich erinnere mich, daß er Tindo hieß. Er war groß und hatte ein schönes Gesicht, alle Mädchen im Dorf verliebten sich sofort in ihn, und er war gekommen, um uns zu zeigen, wie wir aus der Saat auf unseren Feldern mehr herausbekamen. Da war Mbe schon tot, der neue Häuptling war jung und hieß Leme. An den Abenden versteckte ich mich gern im Schatten und hörte zu, wenn die Erwachsenen sich unterhielten. Gerade an diesem Abend befand ich mich im Dunkel hinter oder neben Lemes Hütte. Das Gespräch kam auf die Frau, die Brenda hieß und die Kinder mit in die Stadt genommen hatte.*

– Vermutlich hat sie die Kinder aufgefressen, sagte Leme, ohne einen Hehl daraus zu machen, daß er aufgebracht

war. Sie hatte Geld, das sie uns gab. Wenn man arm ist, ist auch wenig Geld viel.

– Nein, erwiderte Tindo. Niemand hier im Land frißt Kinder.

Wenn Tindo redete, klang es, als würde er singen. Auch wenn das, worüber er sprach, der Schmerz war, den mein Bruder Mazda erlitten hatte. Tindo wußte, daß Männer ohne Gewissen, Männer, die nur ihre Gier befriedigt sehen wollten, Frauen, welche ihre Gier nach Geld teilten, in die ärmsten und zurückgebliebensten Dörfer aussandten, um sich mit dem Versprechen, ihre Zukunft würde frei von Armut sein, Kinder zu ergaunern. Aber es gab keine Schulen, die in der Stadt auf sie warteten. Statt dessen dunkle Container, in denen die Luft heiß wie Feuer war, dunkle, stinkende Laderäume auf verrosteten Schiffen, die mit gelöschten Laternen aus den Häfen ausliefen, lange Wanderungen, auf denen die Kinder geschlagen wurden, wenn sie zu fliehen versuchten.

– Ich weiß, daß das, was ich dir erzähle, Leme, dir Schmerz bereiten wird, sagte Tindo schließlich. Nicht zuletzt wird es dich quälen, wie du es den Eltern sagen sollst, die ihre Kinder nie mehr wiedersehen werden. Aber nichts wird dadurch besser, daß man die Wahrheit verschweigt. Diese Kinder wurden in Sklavenkarawanen weggeführt. Sich dahinschlängelnde Reihen von angstvollen Kindern, die in die Gebiete der Länder jenseits der Berge gebracht wurden, wo die empfindlichen und kostbaren Sträucher wachsen. Dort sperrte man sie in Hütten, die ständig bewacht wurden. In den Nächten arbeiteten sie und bekamen eine einzige Mahlzeit pro Tag. Wenn sie nicht mehr die Kraft zum Arbeiten hatten, wurden sie zum Betteln auf die Straßen der Städte gejagt. Niemand hat je gehört, daß eins von diesen Kinder wieder aufgetaucht ist.«

Tea-Bag verstummte im selben Moment wie Tindo. Sie verließ die Küche. Als sie nicht wiederkam, ging er ihr nach. Sie stand an einem Fenster und sah hinunter auf die Straße. Sie hatte Tränen in den Augen.

– Was waren das für Sträucher?

– Schokolade. Kakaobohnen.

Sie holte ihre Jacke aus der Küche und verließ die Wohnung, ohne noch ein einziges Wort zu sagen. Er sah sie die Straße hinuntergehen. Plötzlich stutzte er und runzelte die Stirn. Da war etwas auf ihrem Rücken, etwas, das sich gegen die dicke Steppjacke abzeichnete. Ein Rucksack? Aber sie hatte keinen dabeigehabt, als sie kam. Er versuchte seinen Blick zu fokussieren. Und traute seinen Augen kaum.

Auf ihrem Rücken hockte ein Affe. Ein kleiner Affe, mit braungrünem Fell.

14

Zwei Tage später fuhren sie zum zweitenmal mit demselben Zug nach Göteborg. Wo Tea-Bag sich in der Zwischenzeit aufgehalten hatte, war Jesper Humlin gänzlich unbekannt. Sie hatte ihn von einer scheppernden Telefonleitung aus angerufen und nach der Abfahrtszeit gefragt, und auf dieselbe Weise wie beim ersten Mal war sie unversehens in der Bahnhofshalle aufgetaucht. Während der Zugfahrt hatte er versucht, sie dazu zu animieren, mit ihrer Erzählung fortzufahren. Aber Tea-Bag hatte sich abweisend gezeigt und sich in ihre Steppjacke gekuschelt, die sie durchaus nicht bereit war abzulegen. Beim Einsteigen hatte er auf ihrem Rücken diskret nach Spuren von Krallen gesucht. Die Jacke wies Risse auf. Aber ob sie von einem kleinen braungrünen Affen stammten, konnte er nicht erkennen. Als sie Hallsberg passierten, schlief Tea-Bag. Vor dem Halt in Göteborg mußte er sie wachrütteln. Als er ihre Schulter berührte, holte sie mit dem Arm aus und traf ihn mitten ins Gesicht. Der Schaffner, der gerade vorbeikam, blieb abrupt stehen.

– Was geht hier vor?

– Nichts. Ich habe sie nur geweckt.

Mißtrauisch musterte ihn der Schaffner, ehe er seinen Rundgang fortsetzte.

– Ich mag es nicht, wenn man mich anfaßt, sagte sie.

– Ich wollte dich nur wecken.

– Ich war wach. Ich tue nur so, als ob ich schlafe. Dann träume ich besser.

Sie nahmen ein Taxi nach Stensgården. Das Boxtraining war noch nicht zu Ende. Als sie hereinkamen, blieb Tea-Bag stehen und betrachtete fasziniert die jungen Männer im Ring. Vor den Seilen stand Pelle Törnblom. Er machte ihnen ein Zeichen, daß sie in sein Büro gehen sollten. Aber Tea-Bag wollte nicht. Mit den Augen folgte sie dem Schlagabtausch. Pelle Törnblom blies in eine Trillerpfeife, und die Jungen entfernten sich aus dem Ring.

– Tea-Bag, sagte Pelle Törnblom. Ein guter Name. Woher kommst du? Das ist mir noch nicht richtig klar.

Gespannt wartete Jesper Humlin auf die Antwort.

– Nigeria.

Jesper Humlin merkte sich ihre Antwort für zukünftige Fälle.

– Vor ein paar Jahren hatte ich ein paar Boxer aus Nigeria, sagte Pelle Törnblom. Einer davon hat sich einfach in Luft aufgelöst. Es hieß, er besitze übernatürliche Kräfte, sein Vater sei eine Art Zauberer. Na ja. Gegen Knockouts hatte er jedenfalls keine Medizin. Der andere lernte eine Finnin kennen und lebt jetzt in Helsinki.

Tea-Bag zeigte auf ein Paar Boxhandschuhe, die auf einem Schemel lagen.

– Kann ich sie mal probieren?

Pelle Törnblom nickte. Er half ihr in die Handschuhe. Dann begann sie phrenetisch auf einen Sandsack einzudreschen. Ihre Steppjacke war noch immer bis zum Hals geschlossen. Der Schweiß strömte ihr übers Gesicht.

– Sie ist schnell, flüsterte Pelle Törnblom. Aber ich möchte wissen, für wen der Sandsack eigentlich steht.

– Wie meinst du das?

– Sie schlägt auf einen Menschen ein. Mit den Jahren habe ich dann doch ein bißchen Einblick in das menschliche Verhalten gewonnen. Viele von den Jungs, die zum

Boxen herkommen, verprügeln dabei ihre Väter oder Onkels oder wer es nun ist, auf den sie wütend sind. Dreimal wöchentlich kommen sie her und verprügeln jemanden. Obwohl es die Sandsäcke sind, auf die sie einschlagen.

Abrupt hörte Tea-Bag auf. Pelle Törnblom nahm ihr die Handschuhe ab und drehte sich zu Jesper Humlin um.

– In fünf Minuten erwartet dich da unten ein Fernsehteam.

Rasch überlegte Jesper Humlin, ob er Tea-Bag dazubitten sollte. Es wäre das Natürlichste. Aber er entschied sich, das Interview alleine zu geben. Ein Fernsehinterview bedeutete eine wohltuende Injektion für sein momentan etwas angekratztes Selbstbewußtsein.

– Warte hier, sagte er zu Tea-Bag. Ich bin bald wieder da.

Pelle Törnblom runzelte die Stirn.

– Willst du sie nicht mitnehmen?

– Ich glaube, es ist besser, wenn ich allein mit dem Journalisten rede.

– Es geht doch in erster Linie um die Mädchen? Warum sollst du die Hauptrolle spielen?

– Es geht nicht um irgendeine Hauptrolle. Es geht darum, daß ich einen Plan habe, wie ich diese Sache aufziehen will.

Tea-Bag hatte sich auf einen Schemel gesetzt. Jesper Humlin machte kehrt und ging die Treppe hinunter, ohne Pelle Törnblom die Möglichkeit zur Fortsetzung des Gesprächs zu geben.

Das Fernsehteam war schon zur Stelle. Es bestand aus drei Personen, Kameramann, Tontechniker und Reporter. Alle drei waren Frauen. Und außerdem sehr jung.

– Sie warten auf mich, wie ich vermute?

– Eigentlich nicht. Wo sind die Mädchen?

Jesper Humlin geriet aus dem Konzept. Das Mädchen, das ihm geantwortet hatte, sprach mit hörbarem Akzent und machte keinen Hehl aus ihrer Enttäuschung darüber, daß er allein gekommen war.

– Ich heiße Azar Petterson, sagte sie. Ich werde das Interview führen. Aber wir haben uns das natürlich so gedacht, daß die Mädchen dabei sind.

– Bis auf weiteres versuche ich, die ganze Sache möglichst diskret zu behandeln. Sonst besteht die Gefahr, daß das, was wir hier vorhaben, so viel Aufmerksamkeit bekommt, daß wir nicht in Ruhe arbeiten können.

Azar sah ihn mißbilligend an.

– Was soll ich Sie fragen?

Jesper Humlin wurde langsam nervös.

– Das sollten Sie doch wohl selbst entscheiden.

Azar zuckte die Achseln und wandte sich an ihre Mitarbeiterinnen.

– Wir machen ein kurzes Interview, sagte sie zu dem stämmigen Mädchen, das die Kamera hielt. Dann kommen wir ein andermal wieder und reden mit den Mädchen.

Jesper Humlin war jetzt sehr nervös. Es war noch nie vorgekommen, daß ein Journalist, der ihn interviewte, einen solchen Widerwillen gegen seine Aufgabe gezeigt hatte.

– Wo soll ich stehen?

– Sie stehen da gut, wo Sie stehen.

Die Kamera lief, das Mikrofon hing über seinem Kopf.

– *Wir befinden uns in Stensgården. Einem der Vororte von Göteborg, die zu Unrecht in dem Ruf stehen, daß der hohe Anteil von Bewohnern mit Einwandererhintergrund dort ein beinahe slumartiges Wohnmilieu verursacht hat. Wir stehen hier in Pelle Törnbloms Boxklub, wo der Schrift-*

steller Jesper Hultin einen Schreibkurs für Einwanderer-
mädchen leitet. Warum tun Sie das eigentlich?

– *Ich finde, es ist wichtig.*

Azar wandte sich an das Mädchen hinter der Kamera.

– Wir unterbrechen hier.

Erstaunt sah Jesper Humlin sie an.

– War das alles?

– Es reicht als Vorspann für das Gespräch mit den Mädchen.

– Ich heiße Humlin. Nicht Hultin.

– Das schneide ich sowieso heraus.

Azar gab ihm ihre Visitenkarte.

– Rufen Sie mich ein paar Tage vor Ihrem nächsten Treffen an. Sorgen Sie dafür, daß die Mädchen dann dabei
sind.

– Sie werden bald hiersein.

– Wir haben keine Zeit zu warten.

Das Fernsehteam verschwand. Jesper Humlin fühlte sich
gekränkt. Aber ihm blieb keine Zeit, um mit seiner Em-
pörung fertig zu werden. Haiman trat durch die Tür. Jesper
Humlins Gefühl, verletzt worden zu sein, schlug in Angst
um. Haiman kam direkt auf ihn zu. In der einen Hand
hielt er eine Plastiktüte.

– Es war nicht meine Absicht, dir weh zu tun. Ich bitte
um Verzeihung.

– Keine Ursache.

– Wenn ich richtig böse gewesen wäre, hätte ich dich
totschlagen können.

– Daran zweifle ich nicht.

Haiman nahm einen speckigen und abgewetzten Rugbyball aus der Tüte und reichte ihn Jesper Humlin.

– Ich hoffe, wir können Freunde sein.

– Schon vergessen.

Haiman runzelte die Stirn.

– Es ist überhaupt nicht vergessen. Ich vergesse nie, was ich tue.

– Ich meine, wir erinnern uns an das, was geschehen ist. Aber wir denken nicht mehr daran.

Haiman sah ihn lange an. Die Falte auf seiner Stirn vertiefte sich.

– Ich verstehe nicht, was du meinst.

– Ich meine genau dasselbe wie du. Daß keiner von uns vergißt, was geschehen ist. Aber jetzt schenkst du mir einen Rugbyball, und wir sind Freunde.

Haiman lächelte.

– Das ist genau das, was ich meine. Magst du Rubgy?

– Mein Lieblingssport.

Pelle Törnblom zeigte sich in der Tür und sagte, es sei Zeit zum Anfangen. Als Jesper Humlin in den Saal trat, sah er, daß Leylas große Sippe auch diesmal geschlossen angerückt war. Leyla, Tanja und Tea-Bag warteten. Er drängte sich durchs Gewühl nach vorn und setzte sich auf den reservierten Stuhl. Das Gemurmel im Raum verebbte. Jesper Humlin wartete, bis es ganz still war.

– Ich glaube, wir können jetzt ernstlich mit diesem Kurs anfangen. Für heute abend möchte ich vorschlagen, daß ihr in zwanzig Minuten das Wichtigste aufschreibt, was euch heute begegnet ist. Schreibt, wie ihr wollt, ein Gedicht, was auch immer. Aber ihr habt nicht mehr als zwanzig Minuten Zeit. Dann lesen wir zusammen durch, was ihr geschrieben habt. Ihr dürft nicht miteinander reden. Jede sitzt für sich. Und im Raum muß es ganz still sein.

– Was ist mit den Sachen, die wir letztes Mal geschrieben haben? Wollen wir nicht darüber reden?

Es war Leyla, die diese Frage stellte. Ihr Tonfall irritierte Jesper Humlin. Aber er ließ es sich nicht anmerken.

– Natürlich werden wir darüber reden. Aber nicht jetzt gleich.

Leyla stand auf und begab sich dahin, wo einige ihrer Verwandten saßen, und nahm ihren Platz unter ihnen ein. Tea-Bag saß auf ihrem Stuhl wie zuvor, den Kopf in die Steppjacke versenkt. Tanja verkroch sich in eine Ecke, so weit wie möglich von den anderen entfernt. Im Raum herrschte Stille. Jesper Humlin schaute zu Tea-Bag mit ihrem eingezogenen Kopf herüber. Sie schien völlig uninteressiert daran, was um sie herum passierte. Er stand auf.

– Ich komme wieder, wenn die Zeit um ist.

In seinem engen Büro hatte Pelle Törnblom Kaffee gekocht. Jesper Humlin betrachtete die alten, zerfledderten Plakate und dachte, es sei eine sehr sinnvolle Entscheidung, obwohl es ja eigentlich überhaupt keine Entscheidung war, die Schreibübungen an einem Ort abzuhalten, der Schlägereien gewidmet war, obschon in organisierter Form.

– Es läuft prima, sagte Pelle Törnblom und quetschte sich hinter dem überladenen Tisch auf einen Stuhl.

– Wie kannst du sagen, daß es prima läuft? Wir haben doch gerade erst angefangen.

– Das Leben ist nicht so, wie du glaubst.

Sofort war Jesper Humlin auf der Hut.

– Was glaube ich denn?

– Daß dieses Land im Grunde ruhig und friedlich ist.

– Das glaube ich überhaupt nicht.

– Deine Gedichte verraten keine größere Kenntnis der Wirklichkeit.

Empört sprang Jesper Humlin auf.

– Setz dich hin, sagte Pelle Törnblom. Du reagierst immer viel zu heftig. Keins von diesen Mädchen hat es leicht gehabt. Sie haben es immer noch nicht leicht.

Jesper Humlin sah widerstrebend ein, daß Pelle Törnblom recht hatte. Er setzte sich wieder. Erneut beschlich ihn das Gefühl, daß er sich möglichst schnell aus der ganzen Sache herausziehen und lieber klein beigeben und diesen Kriminalroman schreiben sollte, den die Öldirektoren und Olof Lundin von ihm erwarteten.

Plötzlich schrak er zusammen. Haiman stand in der Tür.

– Ich wollte nur mitteilen, daß das Mädchen, das Tea-Bag heißt, überhaupt nichts schreibt. Wenn du willst, werde ich ihr sagen, daß sie tun soll, wie ihr geheißen wurde.

Jesper Humlin konnte sich unschwer vorstellen, wie Tea-Bag reagieren würde.

– Es ist wohl besser, sie machen zu lassen, was sie will.

– Dann finde ich, man sollte sie rauswerfen.

– Man kann niemanden zwingen zu schreiben, der es nicht will.

– Sie ist ein schlechtes Vorbild für die anderen Mädchen. Die schreiben nämlich. Ich bin selbst herumgegangen und habe es kontrolliert.

In der Gesellschaft von Pelle Törnblom fühlte Jesper Humlin sich sicher.

– Ich brauche keine Schreibwache.

– Ich will, daß sie sich ordentlich benehmen.

– Laß sie in Ruhe, dann wird es sich schon regeln.

Haiman verließ das Zimmer. Aber das lag weniger an Jesper Humlins Worten als an dem nachdrücklichen Nikken von Pelle Törnblom.

– Ich will ihn nicht hier haben, zischte Jesper Humlin,

als Haiman gegangen war. Ich kann keinen gebrauchen, der herumgeht und kontrolliert.

– Haiman ist in Ordnung. Er will, daß sie sich ordentlich benehmen.

– Ist er auch mit Leyla verwandt?

– Nein. Aber er ist ein Mensch, der Verantwortung übernimmt.

Als genau zwanzig Minuten um waren, kehrte Jesper Humlin in den Raum zurück, in dem die Mädchen warteten. Tea-Bag saß regungslos da, das Kinn tief in die Jacke gedrückt. Tanja und Leyla erhoben sich in ihren verschiedenen Ecken und kamen nach vorn an den Tisch.

– Jetzt lesen wir, sagte Jesper Humlin. Wer will anfangen?

Er wandte sich an Tanja.

– Hast du etwas geschrieben?

Tanja sah ihn wütend an.

– Warum sollte ich nicht?

– Weil du es das letzte Mal nicht getan hast.

Tanja wedelte mit dem zerknitterten Papier vor seiner Nase herum.

– Lies vor, sagte Jesper Humlin.

Tanja sammelte sich. Tea-Bag war noch immer tief in ihre eigenen Gedanken und ihre dicke Jacke gehüllt. Leyla machte einen besorgten Eindruck. Jesper Humlin vermutete, daß sie die Befürchtung hatte, Tanja könnte etwas Gutes geschrieben haben.

Tanja las:

»Das Wichtigste, was mir heute passiert ist, ist, daß ich aufgewacht bin.«

Jesper Humlin wartete auf eine Fortsetzung, die nicht kam.

– War das alles? fragte er vorsichtig.

Tanja geriet in Wut.

– Du hast nicht gesagt, daß es lang sein soll. Hast du das gesagt? Nein, hast du nicht. Es ist ein Gedicht.

Sofort ging Jesper Humlin in Deckung.

– Ich habe nur gefragt, um mich zu vergewissern, ob das alles war. Das ist gut, Tanja. *Das Wichtigste, was mir heute passiert ist, ist, daß ich aufgewacht bin.* Ausgezeichnet. Absolut wahr. Was wäre geschehen, wenn du nicht aufgewacht wärst?

– Ich wäre tot gewesen.

Jesper Humlin sah ein, daß er Tanja wohl nicht dazu bringen würde, ihre Vorstellung vom wichtigsten Ereignis des Tages weiter auszuführen. Er wandte sich an Tea-Bag.

– Ich habe nichts geschrieben.

– Warum nicht?

– Heute ist nichts Wichtiges passiert.

– Überhaupt nichts?

– Nein.

– Auch wenn nichts passiert, was einem wichtig erscheint, kann man doch der Ansicht sein, daß irgend etwas es wert ist, aufgeschrieben zu werden. Um der Erinnerung willen.

Leyla ergriff plötzlich Tea-Bags Partei.

– Was ist dir denn heute so Wichtiges passiert?

Jesper Humlin gab auf und wollte gerade Leyla bitten, ihren Text vorzulesen, als Tea-Bag sich Tanjas Schreibblock schnappte und eine leere Seite herausriß. Dann stand sie auf und las von dem unbeschriebenen Blatt ab:

»Sie, sie, die andere, sie, die nicht ich ist, aber trotzdem dem Gefühl nach meine Schwester sein könnte, sie, die auf der Straße neben dem Blumenladen die gelben Plastikfrösche verkauft, sie, die meine einzige Freundin geworden ist, sie hat es mit Bestimmtheit gesagt, daß sie Laurinda heißt, genau wie ihre Mutter, die Alte Laurinda. Sie hat ein weißes Mal, das sich wie ein ausgetrocknetes Flußbett über ihre Wange schlängelt und über die Schulter nach unten verschwindet. Sie hat es mit Bestimmtheit gesagt, nicht, daß sie es bei Gott geschworen hätte, denn sie glaubt an nichts mehr, wie sollte sie auch, nachdem sie so lange als ein Mensch gelebt hat, den es nicht geben darf. Sie hat es auf eine andere Weise mit Bestimmtheit gesagt. Sie hat gesagt, wir leben in einer Zeit, in der niemand den Namen eines anderen Menschen mit Gewißheit kennen kann, niemand weiß mehr, woher jemand kommt oder wohin jemand unterwegs ist. Erst wenn man irgendwo angekommen ist, von wo man nicht mehr fliehen muß, kann man seinen richtigen Namen sagen, und der ihre ist Laurinda.

Neun Jahre war sie unterwegs, und alle haben sie mit unsichtbaren Schwefelpeitschen gejagt, damit sie nicht bleibt, damit sie weiterhin nicht existiert, nicht sichtbar ist, nicht innehält, sondern weiter und immer weiter zieht, als kreise sie in einer ewigen Bahn um sich selbst, endlos, in einer Bahn, die das Leben langsam in Tod und Leere verwandelt. Es ging so weit, daß sie allmählich sogar für sich selbst unsichtbar wurde. Wenn sie in den Spiegel schaut oder wenn sie an einem späten Abend vor einem Schaufenster stehenbleibt, sieht sie ihr Gesicht nicht mehr, das einzige, was sie sieht, ist ein Schatten, der sich bewegt, ruckartig, als hätte selbst der Schatten Angst vor dem Eingefangenwerden.

Und auch innerlich ist sie unsichtbar; wo es einmal Er-
innerungen gab, sind jetzt nur noch Schalen wie von Nüs-
sen übrig, die ein Affe gefressen hat, keine Erinnerungen,
nur Schalen von Erinnertem, nicht einmal die Düfte sind
geblieben, alles ist weg, an die Musik, an die Lieder, die
ihre Mutter, die Alte Laurinda, ihr vorgesungen hat, erin-
nert sie sich nur noch als an ein fernes Rauschen.

Zuweilen konnte sie ein unerklärlicher Zorn erfassen,
wie ein Vulkan brach er aus ihr hervor, ein Vulkan, der
tausend Jahre geschlafen hat und plötzlich mit Gebrüll
aufwacht. Dann schrie sie ihre Mutter an: Sei endlich still!
Still! Hör auf zu reden. Warum kannst du deinen Mund
nicht geschlossen halten? Es kommen keine Worte mehr,
sondern die Eingeweide drängen heraus. Sei still!

Du mußt mir nicht dauernd erzählen, daß der Kopf
meines Vaters von einem Granatensplitter abgetrennt wur-
de. Ich trage den Splitter in mir, er zerreißt mir das Ge-
därm. Ich will nicht von dem reden, was meinem Vater
passiert ist, es ist so ekelhaft, aber du zwingst mich da-
zu, weil du nicht still sein kannst! Du redest so viel, daß
ich anfange, alle Wörter zu hassen. Ich weiß nicht mehr,
was sie bedeuten, bedeuten sie überhaupt etwas? Wenn
ich dich frage, fängst du an, von etwas ganz anderem zu
reden. Ich bekomme keine Antworten, und ich begreife
nicht, wovon du sprichst, aber das Schlimmste ist, daß
du selbst nicht begreifst, was die Worte, die aus deinem
Mund kommen, bedeuten. Ich werde verrückt, es riecht
nach all den Worten, die du ausspuckst, wenn du jetzt
nicht still bist, hören meine Nägel auf zu wachsen. Es ist
wahr, du redest so viel, daß mein Körper nicht mehr funk-
tioniert.

Ich weiß, daß du es nicht magst, wenn man darüber
spricht, aber ich will, daß du genau weißt, wie es ist. Ich

habe Schwierigkeiten zu pinkeln, obwohl man nicht dar-
über spricht, es ist so natürlich, daß es unnatürlich wird;
als ich klein war, bildete ich mir ein, daß Pinkeln genau-
so schändlich ist wie Lügen, ich traute mich nicht, dir zu
sagen, wenn ich mich naß machte, obwohl es ganz natür-
lich ist, alle Kinder machen sich naß. Warst du jemals selbst
ein Kind? Du leugnest vielleicht, daß du ein Kind warst,
daß es etwas gibt, worüber deine Eltern dich belogen
haben, war es so? Und deshalb quälst du mich?

Von dem anderen wollen wir gar nicht erst reden, ich
bringe nichts mehr aus mir heraus, es tut immerzu weh,
und was herauskommt, ist grün, wie klebriges Seegras, es
ist so furchtbar eklig, daß ich kotzen muß. Was heraus-
kommt, ist Galle und Scheiße. Und die Menstruation, das
Blut strömt nur so, jederzeit, ohne jede Regelmäßigkeit,
hast du dich nicht schon gewundert, warum ich mich so
oft wasche? Aber es ist mir egal, nichts von dem, was du
sagst, ist mehr wichtig.

Die Zehennägel wachsen, aber nicht die Nägel an den
Fingern, doch, an den Daumen, die Daumennägel, aber
nicht an den anderen Fingern. Und die Nägel biegen sich
und werden krumm, es sind keine Nägel mehr, eher Fisch-
schuppen, meine ganze Person verwandelt sich allmählich
in eine Echse, du bist dabei, eine Höhlenechse aus mir zu
machen. Das ist eine Art, die es nur bei Wesen wie mir gibt,
Wesen, die in Lastwagen und Container gescheucht und
wieder hinausgeworfen werden und nicht mehr wissen,
ob sie noch existieren oder ob sie schon tot sind und am
Meeresgrund liegen. Morgens schaue ich in den Spiegel,
und ich kann nicht glauben, was ich sehe, ich versuche es
zu vermeiden, aber ich schaue trotzdem in den Spiegel,
und mir scheint, daß ich ein altes Weib vor mir habe.

Als ich klein war, wohnte eine Witwe in einem dieser

*Häuser, die keine Häuser mehr waren, sondern einge-
stürzt waren auf dem Weg hinauf in die Berge, erinnerst
du dich an sie? Ich erinnere mich, sie war so furchtbar
häßlich, wir hatten Angst vor ihr, aber ich verstehe jetzt,
daß sie lieb war und nur alt, nicht häßlich, sie hatte vielleicht zu lange gelebt, genau wie sie sehe ich aus, wenn ich
in den Spiegel schaue, wie diese alte Witwe. Sie muß sehr
arm gewesen sein, ohne Kinder, die waren alle weggegangen oder vielleicht tot, und sie selbst war wohl eigentlich
auch schon tot, ohne daß sie es bemerkt hatte.*

*Die Augen, meine Augen also, ich spreche nicht mehr
von dieser Witwe, sie sind so unheimlich, es ist, als starrten sie mich haßerfüllt an, ich will diese Augen nicht
haben, sie gehören nicht zu mir, und die Zunge, nein, du
willst meine Zunge nicht sehen, das willst du nicht, sie ist
voll von sonderbaren Belägen, es fühlt sich an, als hätte
ich ein Tier im Mund, und das kommt nur daher, weil du
so viel redest. Kannst du nicht still sein, nicht um mei-
netwillen, aber jemand anderem zuliebe, egal wem. Mein
Vater ist tot, ihm kannst du nichts mehr anhaben. Ich
habe meinen Vater geliebt, und dich liebe ich auch, aber
ich will, daß du still bist. Ich begreife, daß du es schwer
hast, ich begreife, daß du Angst hast, wenn jemand das
versteht, dann ich, ich glaube, nicht einmal mein Vater verstand es so gut wie ich. Wenn du nicht aufhörst zu reden,
kratze ich dir die Augen aus, nimm dich vor meinen Dau-
mennägeln in Acht, nimm dich vor ihnen in Acht.*

*Du lügst und lügst. Wir sind am Ziel, bald sind wir am
Ziel, bald gibt es uns wieder, Herrgott, wann? Erzähl mir
das! Nein, sag nichts, ich will es nicht wissen, es spielt sowieso keine Rolle, weil es nicht wahr ist, was du sagst. Ich
bin wie eine Gefangene meiner eigenen Unsichtbarkeit,
nicht nur, weil ich auf der Flucht bin, sondern weil du*

277

mich gefangenhältst, du redest davon, daß wir bald am Ziel sein werden, aber du bist wie ein Gefängniswärter geworden. Weißt du, was ich denke? Ich denke manchmal, daß ich einfach verschwinden, erfrieren werde, nur um deine Lügen nicht mehr hören zu müssen. Es ist nicht meine Absicht, gemein zu sein, ich sage das alles, weil ich dich liebe und weil ich dir helfen muß, da du nicht mehr imstande bist, auch nur einen einzigen vernünftigen Gedanken zu fassen. Verstehst du, daß ich nicht gemein bin, verstehst du das? Wenn du auf das hörst, was ich sage, verstehst du es, nicht auf die Worte, aber auf das andere. Hörst du auf die Worte oder das, was ich sage? Siehst du, daß es mich hier gibt, oder bin ich auch für dich ausgelöscht? Was hat dann alles noch für einen Sinn?

Ich weiß nicht mehr, was für einen Sinn es hat, aber jetzt muß ich eine Entscheidung treffen, was geschehen soll, sonst geschieht gar nichts. Mitten in alledem, all diesem Reden und Spucken, habe ich etwas entdeckt, weißt du, was es ist? Ich bin nicht sicher, ob ich es erklären kann, und selbst wenn ich es erklären kann, bin ich nicht sicher, ob du es begreifst, überhaupt begreifen willst, da du immer meinst, du weißt alles besser. Nichts weißt du mehr besser, ich auch nicht, aber ich versuche es immerhin. Es ist, als verspürte ich zum ersten Mal etwas, das mit Freiheit zu tun hat, kannst du dir das vorstellen, so ein komisches Gefühl, nicht eingesperrt zu sein, und das verstehe ich am allerwenigsten, wie man sich frei fühlen kann, wenn man in einer Höhle hockt und nicht existiert.

Ich bin kein Kind mehr und auch nicht erwachsen, aber ich begreife jetzt etwas, was ich bisher nicht begriffen habe, daß ich mich davor hüten mußte, mich mit dir zu entzweien, das war es, worum sich mein Leben drehte. Es war diese Tradition, von der du dauernd redest, dieser Re-

spekt, der nur ein anderes Wort für eine Schlinge um meinen Hals ist, weil ich eine Frau bin und kein Mann. Ich betrachte diejenigen, die in meinem Alter sind, die Mädchen also, die in diesem Land leben, nicht die jungen Männer, sei unbesorgt, ich betrachte sie heimlich, weil ich scheu bin und scheu bleiben will, das gedenke ich nicht zu ändern, selbst wenn ich einen neuen Namen verpaßt bekomme. Du würdest durchdrehen, wenn du sie sähest, die Mädchen also, sie verkriechen sich nicht hinter Tüchern und Respekt und Traditionen und haben keine Angst vor Vätern, die sich einbilden, sie könnten alles tun, wonach ihnen der Sinn steht. Ich sehe etwas, was ich bisher noch nicht gesehen habe, es ist vielleicht nicht gut, aber das will ich selber herausfinden, ich denke nicht daran, dich für mich antworten zu lassen, ich will selber antworten.

Bis zum heutigen Tag, Mama, warst du meine Heldin. Bis zum heutigen Tag. Aber jetzt bist du es nicht länger. Obwohl ich dich natürlich liebe, das tue ich, dessen kannst du gewiß sein. Ich werde dich lieben, solange ich lebe, ich könnte bestimmt mein Leben für dich geben, wenn es sein müßte, und ich weiß, daß du dein Leben für mich geben würdest, aber jetzt geht das nicht mehr; wenn wir uns aus dieser Höhle befreien wollen, müssen wir tun, was ich sage.

So sprach sie manchmal zu der Alten Laurinda, es war der Vulkan, der alle glühenden Reste von Gefühlen und Gedanken ausspie, die sie nicht länger kontrollieren konnte. Und die Alte Laurinda hörte zu, obwohl sie das Gesicht abwandte und nie selbst das Wort ergriff.

Plötzlich ist es, als stolpere sie jäh in einen Abgrund. Woher sie kommt, weiß sie nicht mehr, es ist, als ob sie jeden Tag an einem Ort aufwacht, an dem sie noch nie zuvor gewesen ist, mit einem Körper, den sie nicht mehr kennt, selbst ihr Herzschlag ist ihr fremd, als würde jemand in ihrem Leib hocken und einen geheimen Code klopfen, wie ein Gefangener, der seine Botschaft in die Welt hinausschickt, so klingt ihr Herz.

Sie ahnt Düfte, die sie noch nie gerochen hat, Erinnerungen an Träume, von denen sie nicht einmal weiß, ob sie selbst sie geträumt hat oder ob jemand auf leisen Sohlen vorübergegangen ist, während sie geschlafen hat, und die Träume um sie herum ausgebreitet hat, als läge sie eigentlich auf einer Bahre und wäre schon tot. An einen Laster erinnert sie sich manchmal, an einen Trecker, mit dem sie am Rand eines Steilhangs unterwegs sind, und an das Pfeifen von Granaten, die um sie herum einschlagen. Das letzte, was sie von ihrem Vater sah, war, daß sein Kopf von einem Granatensplitter zerfetzt wurde, da waren nur noch sie und die Geschwister und die Mutter übrig, alle anderen waren weg. Nach Schweden gelangten sie auf einer Fähre, die zitterte wie ein gefangenes Tier, ihre Papiere hatten sie zerrissen und in die Toilette gespült, denn das hatten die ungeschriebenen Flüchtlingsgesetze sie gelehrt, daß ein Mensch ohne Papiere schwerer abzuweisen, wegzustoßen ist, als Menschen, die noch einen Namen haben. So weit ist es gekommen, daß jene, die es nicht gibt, wahrer sind als jene, die sich weigern, ihre Identität aufzugeben.

Sieben Monate verbrachten sie in einem Haus, in das es hereinschneite, und Herrgott, Schnee hatten sie noch nie gesehen, es war in Polen, ehe sie nach Schweden kamen. In diesem Haus lebte ein Zwerg, ein Mann, der nachts heulte wie ein Wolf, er lebte dort, seit er geboren war, und jede Nacht lief er mit einer Kerze herum und suchte nach sich selbst, nach dem, der er eigentlich war, er suchte nach dem Teil von sich, der verschwunden war, nach einem Meter Körpergröße, den ihm jemand gestohlen hatte. Als sie das Haus verließen, hatten Polizisten in grünen Uniformen sie auf die Fähre gescheucht und nach ihnen gespuckt.

In Schweden wurden sie mit Socken, warmen Jacken und Teebeuteln versorgt und in eine ausgekühlte Jugendherberge gesteckt, ganz nah bei dem kalten und grauen Meer, das die Grenze bildete für alles, was vorher gewesen war. Es war, als hätten sie alle ihre Erinnerungen zerrissen, alles, was früher war, und sie zusammen mit den zerrissenen Pässen weggeworfen. Freundliche Menschen mit gefrorenem Lächeln hatten sie dort eingesperrt und waren anschließend einfach verschwunden. Nachts hatten sie in verlassenen Gärten frostgeschädigte Äpfel gepflückt und die Garben geplündert, die für die Vögel aufgestellt waren, es war Weihnachten, als sie hier ankamen, und das war der Moment, in dem die Alte Laurinda begriff, daß sie am Ziel waren, und sich zum Sterben niederlegte.

Später waren sie getrennt worden, die Geschwister hatte man in Obhut genommen und auch um Laurinda wollte man sich kümmern, aber sie flüchtete, sie machte sich einfach aus dem Staub. Sie war eine Straße entlanggegangen, die durch braune Äcker führte, gelegentlich hatte jemand angehalten und sie mitfahren lassen, aber jedesmal hatte ihr Schweigen so beängstigend gewirkt, daß der Fahrer bald wieder hielt und sie absetzte. Sie war weitergegangen, jeder Schritt war ein Kampf mit der Erde, die bereits an ihr zog, doch sie war nicht stehengeblieben, bis sie den schwarzen Müllsack am Straßenrand entdeckte. Er mußte von einer Ladefläche gerutscht sein, oder vielleicht hatte man ihn abgeworfen.

Der Sack war mit gelben Plastikfröschen gefüllt, der

ganze Graben war voll von diesen Fröschen. Erst hatte sie gedacht, sie wären lebendig, aber so steif gefroren, daß sie außerstande waren wegzuhüpfen. Dann hatte sie einen in die Hand genommen, aber da war kein Herzschlag zu spüren gewesen, nur die starren Augen, die sie anglotzten, und sie hatte ihn weggeworfen, da sie fürchtete, es könnte in diesem Land giftige Frösche geben. Aber die Frösche hatten sich nicht gerührt, erneut hatte sie einen in die Hand genommen, und dabei entdeckte sie das Preisschild, das an seinem Bauch klebte. Sie hatte den Sack geschultert, und als sie in die nächste Stadt kam, schüttete sie die Frösche auf einem Gehsteig aus und wartete. Ob sie darauf wartete, daß sie zu hüpfen anfingen oder daß jemand einen der Frösche kaufen würde, wußte sie nicht, und es war auch nicht wichtig.

Da stand sie, als ich vorbeikam. Als ich die Frösche und Laurinda sah, die an der Hauswand hockte und über ihre toten oder steifgefrorenen Plastikfrösche wachte, wußte ich, daß ich stehenbleiben mußte. Ich fragte, ob sie meinen Affen gesehen hätte, aber sie schüttelte nur den Kopf, und ich blieb da, und sie erzählte ihre Geschichte. Ich erinnere mich noch an ihre Stimme. Ihre Stimme war die Stimme der Erde, der Erde und des Schmerzes, eine Stimme, die heiser ist und über große Entfernungen zu uns singt.

Wann es geschah, weiß ich nicht mehr, es kann gestern gewesen sein oder vor tausend Jahren, eigentlich spielt es auch keine Rolle. Aber heute, als ich aufwachte, erinnerte ich mich an das, was sie mir erzählt hatte, und daß diese Erinnerung, die so lange weg war, nun endlich zurückgekommen ist, ist das Wichtigste, was mir heute passiert ist.«

Tea-Bag verstummte und setzte sich. Das Papier, das sie in der Hand hielt, faltete sie zusammen und legte es vor ihn auf den Tisch. Darauf stand kein einziges Wort. Alle im Raum blieben stumm und regungslos. Jesper Humlin dachte, daß alle dort Versammelten das gleiche Erlebnis gehabt hatten wie er selbst, daß etwas Umwälzendes geschehen war, daß Tea-Bags Erzählung den Raum in ganz neue Farben getaucht hatte. Es geht tiefer, dachte er, so tief, daß ich es fast nicht zu fassen vermag, was hier geschieht.

In dieser Stille, wie nach einem Erdbeben, erhob sich Leyla. Jesper Humlins erster Gedanke war, daß sie seit ihrem letzten Treffen noch mehr zugenommen hatte. Trotzdem war sie wie von einem Schimmern umgeben. Und sie lächelte.

Wie ein Staffelstab, so schien es, hatte Tea-Bags großes Lächeln zwischen den Mädchen zu wandern begonnen. Jetzt, in dem Moment, als Leyla aufstand, war es, als hätte sie ihn übernommen.

15

Aus Leyla kamen Worte hervorgesprudelt. Tastende Rinnsale, die aus einer fernen Felsspalte sickerten und sich zu einer immer mächtigeren Flut vereinten. Jesper Humlin fragte sich, ob es ihr Lächeln war, aus dem Tea-Bag, Tanja und Leyla ihre eigentliche Inspiration und Kraft schöpften, nicht aus den Papieren und Stiften, die er zu bieten hatte. Leyla sprach mit leiser Stimme. Jesper Humlin beugte sich vor, um jedes Wort mitzubekommen von dem, was ihr an diesem frostigen Spätwintertag zufällig begegnet war.

»O Gott, ich sage Gott, obwohl ich seinen Namen eigentlich nicht aussprechen darf, aber ich tue es trotzdem, denn es gab nichts, was stimmte, als ich aufwachte, alles war falsch. Ich erinnere mich, daß ich dachte, es würde wieder ein Tag werden, der verging, ohne irgendwelche Erinnerungen zu hinterlassen. Noch ein Tag ohne Spuren, nur wie ein Wind, der rasch vorbeizieht. Einer dieser Tage, die ich die hohnlachenden Tage zu nennen pflege.

Es war viel zu früh, ich hasse es, wenn ich aufwache, bevor ich muß, aber ich hatte von Äpfeln geträumt, im Traum war ich wütend, Äpfel, die glänzten, aber beim ersten Biß nach verdorbenem Fisch schmeckten oder stanken wie der Katzenkadaver, den ich einmal gefunden habe, als ich ein Kind war. Die tote Katze lag außerhalb einer Umzäunung, jemand hatte ihr die Pfoten abgeschnitten, in ihr wimmelte es von Maden, und wir waren ein paar Kinder, die mit Stöcken auf sie einschlugen, obgleich es wohl eher der Zaun war, auf den wir einschlugen, oder vielleicht waren wir es sogar selber, die wir mit den Stöcken prügelten, weil das Leben so schwer war.

Ich weiß nicht, was mich geweckt hat, ob es die Äpfel waren oder die Katze, aber ich war wütend, es war erst sechs; wann wache ich schon aus freien Stücken um sechs Uhr morgens auf, nie. Doch, ich lüge, ich wache oft früh auf, aber meistens gelingt es mir, wieder einzuschlafen. Das steckt mir in den Knochen, seit ich ganz klein war, gleich nachdem mein Bruder Amed erschossen wurde, ich wachte auf, weil ich Angst hatte, Papa würde nicht dasein, wenn ich morgens aufstand. Ich hatte immer Angst, jemand würde auch ihn töten. Mir kam es vor, als ob Amed wie ein Schatten dort im Dunkeln stand und mir sagte, ich solle wieder einschlafen, es drohe keine Gefahr. Jede Nacht dasselbe. Obschon ich wußte, daß Amed tot war, hatte ich ihn gesehen, als er auf einer Bahre weggetragen wurde, und sein Gesicht war so friedlich, als läge er eigentlich schlafend da oben auf der Bahre, die auf den Schultern zorniger Männer zu Grabe getragen wurde. Jede Nacht wachte ich auf, und er stand da und tröstete mich, sagte, ich solle wieder einschlafen.

Jetzt sehe ich ihn nicht mehr, es ist, als würde das Licht hier in Schweden nicht zu seinem Schatten passen, er fühlt sich hier nicht wohl. Aber trotzdem wache ich auf, und manchmal liege ich lange wach, bevor ich wieder einschlafe. Aber heute morgen wollte ich nicht aufwachen, ich wollte schlafen, warum soll ich aufwachen, in die Schule gehen, in die Schule, wo ich sowieso nichts begreife. Ich weiß nicht, was es war, aber ich stand auf, ich war so unruhig, ein Kribbeln im ganzen Körper, ich zog mich an und ging hinaus. Gerade in der Morgendämme-

rung kann es schön sein in diesem Land, fast keine Menschen, die Hochhäuser ragen auf wie riesige gefrorene Säulen aus grauem Stein, als wären sie aus dem Berg gehauen.

Es war kalt, und plötzlich wußte ich, daß ich Großmutter besuchen muß, die in Nydalen wohnt. Sie und Papa verstehen sich nicht, deswegen können sie nicht zusammenleben. Ich weiß nicht, weshalb sie streiten, wir treffen uns an Feiertagen, und alle zwei Monate ist sie zum Essen bei uns. Den Ramadan, das Ende des Ramadans, feiern wir auch zusammen, aber sonst wollen weder sie noch Papa sich mehr als nötig treffen. Ich habe durch den Türspalt von Mamas und Papas Schlafzimmer gespäht, bevor ich ging, es erschreckt mich jedesmal wieder, wenn ich schlafende Menschen sehe, sie sind unerreichbar, sie sind, als wären sie schon tot.

Ich kann mich nicht erinnern, wann ich zuletzt so früh unterwegs war. Keine Menschenseele. Ich ging zur Straßenbahnhaltestelle. Da stand ein Mann, der Johansson heißt, er ist Schwede, obgleich er wohl eigentlich Russe ist, er ist jeden Freitag betrunken, und er steht immer unten an der Straßenbahnhaltestelle, er fährt nirgendwohin, er steht nur da, als würde er auf jemanden warten, der nie kommt, und er murmelt immerzu. Meine Schwester und ich haben einmal versucht uns anzuschleichen, um zu hören, was er sagt; ›Krach, Krach, viel zuviel Krach‹ war alles, was wir hörten. Es ist, als wäre es sein Freitagsgebet, das er dort jeden Tag verrichtet. Er ist bestimmt an die hundert Jahre alt, vielleicht ist er schon tot und hat es nur noch nicht gemerkt, oder er hat vergessen, sich begraben zu lassen, vielleicht hat er keine Angehörigen, und er steht da und leiert seinen Spruch über den viel zu vielen Krach vor sich hin.

In der Straßenbahn waren nicht viele Leute, ich setzte mich ganz hinten hin, ich mag es, wenn ich fast allein in einer Straßenbahn bin, es ist, als säße man in einer weißen Limousine in Hollywood. Dann erscheint die Fahrt länger, man kann sich vorstellen, daß man woanders ist, in Hollywood oder Neuseeland, davon habe ich immer geträumt, weil es auf der anderen Seite des Erdballs liegt, ich habe es in der Schule auf einer Karte gesehen, und im Computer, Auckland, Wellington, und alle Schafe, die da herumlaufen, aber ich werde nie hinfahren, das weiß ich.

Die Straßenbahn geht nach Nydalen, fährt dabei aber quer durch die Stadt. Es ist wie eine Reise von einem Land, das Stensgården heißt, in ein anderes Land, das Zentrum heißt, und dann überquert man wieder eine Grenze und landet in Nydalen. Manchmal denke ich, daß Schweden eigentlich nicht an Dänemark oder Polen grenzt, oder was es ist, Estland vielleicht, sondern daß Stensgården ein Land ist, das an Zentrum grenzt, welches wiederum ein anderes Land ist, durch das man hindurchfährt, komischerweise ohne daß man seinen Paß vorzeigen muß, und dann wieder zurück nach Nydalen. Vielleicht wird bald ein Paßzwang eingeführt; wenn ich an Samstagabenden in die Stadt fahre, kommt es mir vor wie ein anderes Land, in dem man eigentlich nicht willkommen ist, jedenfalls ist man da nicht zu Hause.

In der Straßenbahn fing ich an zu überlegen, was ich da eigentlich machte, meine Großmutter schlief vielleicht noch, und sie kann genauso mürrisch sein wie lieb, aber das weiß man vorher nicht. Irgendwo in der Nähe der Brücke fing es an zu schneien. Ich finde Schnee schön. Aber ich wünschte, der Schnee wäre warm, wie Sand, nicht kalt. Warum kann der Schnee nicht mit dem Sand verwandt sein statt mit dem Eis? Aber es war schön. Der

Schnee fiel auf den Fluß und auf ein Schiff, das gerade vom Kai ablegte. Die Sonne war eben über den Horizont gestiegen. Das habe ich noch nie gesehen. Vor allem gelb, aber auch ein bißchen rot, genau da, wo das Licht auf die Wolken und das Blau dahinter traf.

Ein paar Leute stiegen ein, einen Mann erkannte ich, er ist Grieche, glaube ich, und hat einen Zeitungsladen unten im Zentrum, er gähnte so, daß man ihm bis in die Eingeweide sehen konnte, und obwohl es reichlich freie Plätze gab, setzte er sich nicht. Dann kamen ein paar Typen, die vermutlich Fußballfans waren, mitten im Winter trugen sie blauweiße Halstücher und wirkten völlig verwirrt, als hätten sie irgendwo Winterschlaf gehalten und wären viel zu früh aufgewacht. Noch nie habe ich so graue Gesichter gesehen wie ihre, grau wie die Steine draußen am Meer, wo Papa und ich im Sommer gern tauchen gehen. Da überkam mich so eine sonderbare Lust, es war schrecklich, aber ich bekam Lust, aufzustehen und von dem Slumgebiet zu erzählen, in dem ich geboren bin, ich wäre fast von der Straßenbahn abgesprungen, um mich selbst daran zu hindern.

Leute stiegen aus und ein, am Krankenhaus stiegen viele aus, vor allem Frauen, die da arbeiten. Und dann war ich wieder aus der Stadt heraus. Nydalen liegt seltsamerweise auf einer Anhöhe, es gibt dort kein Tal. Meine Großmutter hat herauszufinden versucht, warum es ›neues Tal‹ heißt, wo es doch eigentlich ein Name mit ›Berg‹ sein müßte. Aber sie hat nie eine befriedigende Auskunft bekommen, obwohl sie jeden fragt. ›Der Pförtner im Haus ist schon mit den Nerven am Ende‹, sagte Papa einmal zu Mama, ›wenn sie mir ihrer Fragerei nicht aufhört, wird sie noch eingesperrt, weil man sie für verrückt hält.‹

Nydalen besteht aus neun Häusern, die auf einem hohen Berg stehen, Großmutter hat gesagt, es ist vorgekommen, daß Menschen, die nicht mehr leben wollten, von diesem Berg gesprungen sind, aber sie sagt so viel, auch wenn sie meine Großmutter ist, kann ich euch verraten, daß sie maßlos lügt. Vielleicht kann Papa sie deswegen nicht ertragen. Sogar mich lügt sie an. Plötzlich ruft sie an und sagt, vier maskierte Männer wären in ihrer Wohnung gewesen, sie lebt allein, außer wenn sie Besuch von einer ihrer Kusinen hat, die irgendwo oben in Norrland wohnen, und sie hätten ihr ganzes Hab und Gut gestohlen. Aber wenn Mama dann hinfährt, fehlt nichts, bis auf irgendwas, was sie verlegt hat, und wenn Mama es dann findet, hat Großmutter nie etwas von maskierten Männern und einem Einbruch gesagt.

Großmutter lügt, das tun alle, ich auch, und Papa erst recht, aber Großmutter versteht es besser als alle anderen, ihre Lügen wie Wahrheiten klingen zu lassen. Sie weiß nichts von diesem Land, sie sagt, früher hätte sie Angst vor den Leuten gehabt, die nachts kamen, um uns zu töten. Aber jetzt hat sie Angst vor der Kälte, sie wagt nicht, das Haus zu verlassen, sie findet es sogar im Sommer kalt, auch wenn es warm und schwül ist. Man muß heimlich lüften, sonst glaubt sie, es bringt ihr den Tod. Sie kann kein Wort Schwedisch, und als sie krank wurde und wir mit ihr im Krankenwagen fahren mußten, war sie sich sicher, daß die Ärzte, die sie viel zu jung fand, sie umbringen würden.

Aber Großmutter, Nasrin heißt sie, kann etwas, das niemand sonst kann. Sie muß einem Menschen nur ins Gesicht sehen, dann kann sie sagen, ob derjenige, der vor ihr steht, sich gut fühlt oder nicht. Ich weiß es, ich kann zu ihr nach Hause kommen und traurig sein, aber trotzdem lachen, und dann sagt sie: ›Warum lachst du, wenn du eigentlich weinst?‹ Man kann ihr nichts vormachen.

In Nydalen stieg ich aus, der Schnee fiel jetzt dichter, der Boden wurde schon langsam weiß. Großmutter wohnt im Erdgeschoß des Hauses, das am weitesten vom Abhang entfernt liegt. Ich ging ins Treppenhaus, wo jemand ›Schreck‹ an die Wand geschrieben hatte, und ich fragte mich, was ich da eigentlich machte. Warum war ich nicht zu Hause und schlief? Ich sollte aufstehen und mich auf den Weg in die Schule machen, nicht vor Großmutters Tür stehen. Aber ich klingelte und dachte, sie würde sich vielleicht doch freuen, daß ich kam. Sie hat mich lieb, das weiß ich, wenn sie bei uns zu Hause ist, kümmert sie sich fast nur um mich.

Die Tür ging auf, und ich dachte erst, ich hätte mich in der Wohnung geirrt. Da stand jemand, ein Junge in meinem Alter, und er starrte mich genauso an wie ich ihn. Er war Schwede, das sah ich sofort, nicht weil er blond war, das war er nicht, sondern weil er diesen Blick hatte, den nur jemand hat, der hier im Land geboren ist, wenn er jemanden sieht, der nicht hier geboren ist. Oh Gott, dachte ich, ich dachte es wirklich, das sage ich jetzt nicht nur so, aber ich sah direkt in ihn hinein und er sah direkt in mich hinein.

– Wer bist du? fragte er.

– Wer bist du? erwiderte ich.

– Ich heiße Torsten und bin die Haushaltshilfe von Nasrin.

– Meine Großmutter hat keine Haushaltshilfe. Du bist ein Einbrecher.

Er versuchte zu protestieren, aber ich hatte schreckliche Angst, Großmutter wäre etwas zugestoßen. Von einer Haushaltshilfe hatte ich nie etwas gehört, das hätte ich *gewußt, weil bei uns zu Hause über alles geredet wird, Papa liebt es, von Großmutter zu reden, obwohl er sie eigentlich nicht erträgt. Aber es war nichts passiert. Großmutter saß in ihrem Sessel und war ganz versunken in eine Talkshow im Fernsehen, obwohl sie kein einziges Wort versteht. Aber sie war froh, daß ich kam.*

– Heute nacht habe ich von dir geträumt, sagte sie. Ein roter Vogel saß auf dem Kissen und pickte neben meinem Ohr. Das Geräusch drang bis in meine Träume. Da wußte ich, daß du kommen würdest. Jedesmal, wenn ich in meinen Träumen Vögel zu Besuch habe, weiß ich, daß du unterwegs bist. Wenn ich von Fischen träume, die zuckend am Strand liegen, ist dein Vater im Anmarsch.

– Ich wußte nicht, daß du jemanden hast, der dir hilft.

Großmutter wirkte einen Moment lang verwirrt, als wüßte auch sie nicht, daß sich ein fremder Mensch mit einem Staubtuch in der Hand in ihrer Wohnung befand. Dann winkte sie mich zu sich und flüsterte mir ins Ohr, das sei ganz geheim, das hätten sie und Mama hinter Papas Rücken ausgemacht, weil er so geizig ist. Es war Mama, die zahlte oder Großmutters andere Kinder bat, zur Bezahlung einer Haushaltshilfe beizutragen, und Papa durfte absolut nichts davon wissen.

Ich fragte, warum sie mich nicht gebeten hätte, zu putzen und ihr die Haare zu kämmen, und als sie sagte, sie wolle nicht, daß ich die Schule vernachlässige, schämte ich mich zum ersten Mal dafür, daß ich fast nie dort war. Aber das sagte ich nicht, ich zog meinen Anorak aus, und die ganze Zeit ging der, der Torsten hieß, herum und wischte den Staub von Großmutters vielen Fotografien. Großmutters Wohnung ist wie ein Fotoatelier, überall sind die Wände mit Bildern bedeckt, sogar auf der Toilette hängen alte Fotos, die so verblichen sind, daß man kaum die Gesichter und Körper der Menschen erkennen kann.

Eigentlich dürfen solche wie wir wegen unserer Religion keine Fotos besitzen. Ich weiß nicht, womit das zusammenhängt. Aber Großmutter besteht darauf, sie sagt, die Fotografien halten böse Kräfte fern, sie hindern Menschen, die uns nichts Gutes wollen, die uns zur Flucht gezwungen haben, daran, in die Wohnung einzudringen. Wo immer sie sich befindet, wachen diese Augen über sie, und dann fühlt sie sich ruhig. Jedesmal, wenn ich bei Großmutter bin, stützt sie sich auf meinen Arm, und dann gehen wir herum und sehen uns die Bilder an. Auch wenn ich sie zwei Tage hintereinander besuche, ist es, als ob sie vergessen hätte, daß ich am Tag zuvor alle Bilder gesehen habe. Sie erzählt, wer die Leute sind und wie sie heißen, und daß sie alle mit uns verwandt sind, obwohl das nicht wahr ist.

Mama hat nämlich gesagt, daß Großmutter, seit wir in Schweden sind, immer nach weggeworfenen Fotografien gesucht hat. Sie hat in Müllcontainern und Kellerverschlägen gesucht, und alle Bilder, die sie fand, hat sie an die Wand gehängt, den Menschen Namen gegeben und sie zu Vettern und Kusinen ersten und zweiten Grades ernannt, oder was es noch für seltsame Verwandtschaftsgrade gibt. Sie hat ihnen ein Geburtsjahr gegeben und sie still in ihren Betten sterben lassen, oder an schweren Unfällen, sie hat ihnen Berufe gegeben und sie zu Poeten oder Sängern oder bemerkenswerten Männern gemacht, die in die Wüste gegangen sind, um himmlische Visionen zu haben, oder zu Frauen, die Kinder geboren haben, denen Diamanten aus dem Mund fielen, als sie ihren ersten Schrei ausstießen. Obwohl ich weiß, daß nichts von dem, was sie sagt, wahr ist, mache ich immer mit ihr diese Run-

de, und sie ändert nie ein Wort an ihren Erzählungen. Die Fotografien sind Großmutters große Familie, und manchmal hat man das Gefühl, als ob es wirklich so ist, wie sie sagt.

Die ganze Zeit, während wir unseren Rundgang machten, war Torsten mit Putzen beschäftigt. Ich fühlte, daß er mich ansah, wenn ich ihm den Rücken zukehrte, und ich errötete, obwohl er mein Gesicht nicht sehen konnte. Als letztes zeigt Großmutter mir immer das Bild von einem Mann, der mit einem Gewehr in der Hand dasteht. Er lacht direkt in die Kamera, und Großmutter nennt ihn Adjeb, den Häuptling, der irgendwo draußen in der Wüste ist und eines Tages ein Wunder vollbringen wird, das unser Leben verändern wird. Einmal habe ich Großmutter gefragt, was das denn für ein Wunder ist, das er vollbringen wird. Aber da ist sie böse geworden und hat nach mir geschlagen. Es war das einzige Mal, daß sie mich geschlagen hat, sie wollte nicht, daß ich frage, ich sollte ihr nur zuhören.

Als wir die Fotografien durchgegangen waren und Großmutter wieder mit einer Decke um die Beine in ihren Sessel vor dem Fernseher saß, kam Torsten herein und sagte, er sei fertig mit seiner Arbeit, er würde jetzt gehen, aber am Freitag wiederkommen. Ich war enttäuscht und wollte etwas sagen, fand aber nicht den Mut. Großmutter klopfte ihm leicht auf die Wange, und dann verschwand er durch die Tür.

– Ein guter Junge, sagte Großmutter und strich sich mit der Hand über die Haare. Bevor er kam, wußte ich nicht, daß ein Mann meine Haare so gut kämmen kann.

Ich sah, daß Großmutters Haare so gründlich gebürstet waren, daß sie glänzten. Sie sind lang, wenn sie sie offen trägt, reichen sie ihr weit den Rücken hinunter. Ich ver-

stand nicht, daß Großmutter, die vor allem und jedem in diesem Land solche Angst hat, einem Jungen wie Torsten erlaubte, ihr die Haare zu bürsten und zu kämmen. Ich wollte sie fragen, woher er kam, wie sie ihn gefunden hatte, aber ich wagte es nicht, weil ich fürchtete, sie könnte böse werden.

Plötzlich ergriff Großmutter meine Hand und deutete auf den Fernseher. Da lief eine Sendung über ein Flüchtlingslager in Afrika. Ein kleines schwarzes Mädchen, entsetzlich dürr, ging zwischen niedrigen Sträuchern am Rand von etwas herum, das wie eine Wüste aussah. Sie ging langsam, zögernd, und zeigte mit dem Finger auf etwas. Plötzlich sahen wir eingeschlagene Schädel und weiße, abgebrochene Teile von einem Gerippe. Das Mädchen weinte und sprach eine Sprache, die ich nicht verstand, aber es gab einen Text unter den Bildern, dem ich folgen konnte, und sie erzählte, daß ihre Eltern dort totgeschlagen worden waren, von Soldaten, die berauscht waren von Schnaps und Blutdurst, und sie hatte es mit angesehen, und alle waren gestorben außer ihr, weil sie unter ihre eigene Mutter zu liegen kam, nachdem die Soldaten sie getötet hatten.

Wir saßen ganz still, Großmutter hielt meinen Arm so fest gepackt, daß es beinahe weh tat. Wir mußten diesem Mädchen zusehen, das unter all den Toten herumging und weinte, und Großmutter und ich fingen beide auch an zu weinen. Plötzlich drehte sich das Mädchen um, es hatte sich zur Kamera gewandt oder zu dem Menschen, der sie hielt, aber es war, als würde das Mädchen uns ansehen, als hätte es gehört, daß wir weinten. Dann war der Film zu Ende, er wurde einfach abgeschnitten, und ohne daß der Bildschirm schwarz wurde, ohne eine einzige Sekunde Pause fing eine Sendung darüber an, wie man es in einem *sehr kalten Klima anstellt, Tomaten in einem Gewächshaus zu ziehen.*

Es war wie ein Schock, nach diesem weinenden Mädchen unter all den Toten jetzt diese Leute zu sehen, die über Tomaten diskutierten, als gäbe es die Welt gar nicht. Ich versuchte zu hören, ob nicht irgendwelche Geräusche von dem weinenden Mädchen in das Studio drangen, in dem sie über Tomaten redeten, aber ich hörte nichts. Großmutter drückte wütend auf die Fernbedienung, sie weiß nicht richtig, wie man das macht, daher drückt sie alle Knöpfe, bis es schwarz wird. Dann tranken wir Tee, wir sagten nichts, es war, als sei die Kleine bei uns in der Wohnung. Ich dachte an sie und ich dachte an Torsten, und Großmutter dachte an etwas, das so weit weg war, daß sie die Augen schloß und vergaß, ihren Tee zu kosten, ehe er kalt wurde. Draußen vor dem Fenster schneite es noch, aber die Flocken kamen jetzt spärlicher. Großmutter schob die Tasse weg, sah mich an und fragte plötzlich, wieso ich nicht in der Schule war.

– Ich habe frei.

– Warum hast du frei?

– Heute ist irgendein Feiertag. Ich weiß nicht.

– Alle Kinder hier im Haus sind wie gewöhnlich in die Schule gegangen.

Es wurde schwieriger und schwieriger zu lügen. Aber es gab kein Entkommen.

– Es ist ein Feiertag in dem Land, das Stensgården heißt.

Großmutter nickte. Ich wußte nicht, warum ich das sagte, daß Stensgården und Nydalen verschiedene Länder seien, so wie ich es mir vorgestellt hatte, als ich in der Straßenbahn saß und wütend war, weil es so früh war und ich nicht schlief. Aber Großmutter glaubte mir, oder sie hatte

nicht die Kraft, weiter zu fragen. Ich spülte die Tassen ab.
Danach wußte ich nicht, was ich machen sollte; ich konn-
te nicht nach Hause gehen, denn dann würde Mama mich
schelten, weil ich die Schule schwänzte. Ich konnte immer
noch zum Unterricht gehen und sagen, ich hätte morgens
Bauchweh gehabt oder meine Großmutter sei krank ge-
worden, es kümmert eigentlich niemanden, wenn ich erst-
mal in der Schule angekommen bin. Aber ich wollte da
nicht hin. Bei Großmutter wollte ich aber auch nicht blei-
ben. Es kam vor, daß sie Karten spielen wollte, ein Spiel,
das sie sich selber ausgedacht hatte, ein Spiel, dessen Regeln
ich immer noch nicht begriffen habe, das aber Stunden
dauert.

Ich stand auf und sagte, ich würde nach Hause gehen.
Großmutter nickte, erhob sich schwerfällig aus dem Ses-
sel und strich mir über die Wange. Wenn sie das tut, sind
ihre Augen das Schönste, was ich kenne, es ist, als würde
ich ganz ruhig, wenn sie mich berührt, ich denke nicht mehr
an die Katze mit den abgeschnittenen Pfoten, ich spüre, wie
alles still wird, und als ich kleiner war, träumte ich davon,
daß ich in diesem Augenblick, mit Großmutters Hand an
meiner Wange, den Mann sehen würde, den ich einmal
lieben sollte. Aber bei Gott, jetzt sage ich es schon wieder,
ich gebrauche seinen Namen, der einzige, den ich vor mir
sah, war Torsten.

Ich zuckte zusammen, als hätte ich mich an Großmut-
ters Hand verbrannt, sie konnte ja nicht wissen, daß es
Torsten war, den ich sah, und nicht einer von den schönen
Männern, von denen sie immer redet, vielleicht einer von
Mamas Neffen zweiten Grades, die nicht nur Fotogra-
fien an den Wänden ihrer Wohnung sind, sondern lebende
Menschen, die sich in einem fernen Land befinden oder in
einem Flüchtlingslager. Wir haben Verwandte in aller Welt,

in Australien, in den USA und sogar auf den Philippinen, es ist, als würden Familien, die auf der Flucht sind, von etwas anderem als Granaten zersprengt, die Flucht und die Angst sprengt uns in Stücke, und die einzelnen Teile fallen an Orten zu Boden, von denen wir kaum wissen, wo sie liegen. Aber am Ende spüren wir einander doch immer auf.

Ich erinnere mich, wie vor zwei Jahren plötzlich ein Brief von Taala kam, einer von Mamas vier Schwestern, die einfach verschwunden war und uns jetzt plötzlich aufgespürt hatte und erzählen konnte, daß sie lebte und in einer Stadt in Amerika wohnte, die Minneapolis hieß. An diesem Abend fing Mama an zu tanzen, Papa saß auf dem Sofa und sah ihr zu, er war ganz klein dabei, ein kleiner Junge, und er sah, wie sie sich durch die Zimmer unserer Wohnung bewegte, es war, als machte es ihn verlegen, sie froh zu sehen nach so vielen Jahren der Angst und des Kummers und des Eingesperrtseins. Sie tanzte, bis die Wände einstürzten und die Fenster aufsprangen, sie trat aus sich selbst heraus und wurde die, die sie eigentlich ist, nur weil Taala nicht tot war. Taala hatte sie mit diesem Brief angehaucht, aus den Worten waren Erinnerungen hochgewirbelt, und Mama tanzte, als wäre sie wieder ein junges Mädchen.

Aber jetzt, als Großmutter meine Wange berührte, sah ich Torsten, er sah genauso aus wie vorhin, als er die Tür öffnete und ich draußen stand, er hielt ein Staubtuch in der Hand und trug eine komische Schürze, sie war rot mit blauen Herzen, und wir starrten einander an, und jetzt sah ich ihn wieder und ich zuckte zusammen. Man kann keinen Mann lieben, der eine Schürze mit blauen Herzen anhat. Großmutter sah mich an und fragte, woran ich denke. Ich erröte immer, wenn mir Fragen gestellt werden,

auf die ich nicht antworten will, und sie merkte es natür-
lich und sah mich streng an und fragte, ob ich an einen
Jungen gedacht hätte und wer es war. Ich weiß nicht, wie
ich darauf kam, aber die Worte bahnten sich wie von selbst
ihren Weg, als hätten sie lange in mir gelegen und müßten
heraus, weil sie sonst erstickten.

– Ich dachte nur an Amed.

– Nur! Wenn du an deinen toten Bruder denkst?

– So habe ich es nicht gemeint.

– Wie meinst du es dann?

– Der Gedanke kam so unerwartet. Es war, als hätte er
in deiner Hand gelegen.

Großmutter beruhigte sich.

– Er ist immer in meiner Hand, sagte sie. Er liegt in
meiner Hand, so wie ich in Gottes Hand liege.

Dann ging sie wieder zu dem Sessel vor dem Fernseher,
drückte die Knöpfe der Fernbedienung und schaute auf den
Bildschirm. Ein paar Männer saßen an einem Tisch und
diskutierten. Über Schafe, erinnere ich mich. Das hörte ich.
Sie redeten davon, wie man Schafe schert. Ich sagte tschüß,
nahm meinen Anorak und ging. Als ich aus dem Haus trat,
blieb ich stehen und schaute die Fußspuren im Schnee an
und versuchte herauszufinden, welche von Torsten waren
und welche von mir, die ich hinterlassen hatte, als ich ge-
kommen war.

Dann ging ich langsam zur Straßenbahn, es war jetzt
hell, die Flocken fühlten sich merkwürdigerweise nicht
kalt an, und ich überlegte, was ich tun sollte. Als ich in
den Fußgängertunnel kam, der zur Straßenbahnhaltestelle
führt, war ich wie vom Blitz getroffen. Da stand Tor-
sten. Ich starrte ihn nur an. Ich dachte, ich sehe nicht rich-
tig. Aber er war es. Er stand da, und ohne daß ich es wis-
sen konnte, wußte ich es doch. Es gab nur einen Grund

dafür, daß er da stand. Und der war, daß er auf mich war-
tete.«

Leyla unterbrach sich abrupt. Ein Mann hatte den Raum
betreten. Jesper Humlin erkannte ihn als Leylas Vater wieder.

– Ich habe das nicht erzählt, zischte sie. Ich habe nichts
gesagt. Nichts von Großmutter, nichts von dem Fußgängertunnel.

– Was ist weiter passiert? fragte Tanja.

– Das kann ich jetzt nicht erzählen. Hörst du nicht, was
ich sage?

Leylas Vater kam an den Tisch. Er war untersetzt und
stämmig. Mißtrauisch sah er in die Runde und richtete
dann das Wort an Jesper Humlin.

– Was geht hier vor?

– Unser Schreibkurs.

– Er kann nicht beginnen, ohne daß ich dabei bin.

– Ich bedaure, wenn es ein Mißverständnis gegeben
haben sollte. Ich fange an, wenn die Mädchen hier sind.
Ich kann unmöglich alle Angehörigen im Auge behalten.

– Ich bin kein Angehöriger. Ich bin Leylas Vater.

Er wandte sich seiner Tochter zu und packte sie fest am
Arm.

– Wo warst du den ganzen Tag?

– In der Schule.

– Du warst nicht in der Schule. Sie haben zu Hause angerufen und gefragt, wieso du nicht da bist. Wo bist du gewesen?

– Im Krankenhaus.

– Bist du krank?

– Nein, unterbrach Tea-Bag. Ihr wurde schwindlig, und

sie ist ins Krankenhaus gefahren. Sie hat Alpträume und schläft schlecht.

Leyla nickte. Ihr Vater zögerte, ob er Tea-Bag Glauben schenken oder sein aufgebrachtes Verhör fortsetzen sollte.

– Ich kann nicht erlauben, daß Leyla hier weiter teilnimmt.

Jesper Humlin sah, wie Leyla ihre Enttäuschung herunterschluckte. Oder war es Zorn? Er schaute ihr ins Gesicht, in dem die dicken Wangen vor Schweiß glänzten, und dachte, daß sich dahinter nicht nur schöne Züge verbargen, sondern auch ein starker Wille.

– Wo liegt eigentlich das Problem? fragte Jesper Humlin freundlich.

– Sie sagt nicht die Wahrheit.

– Was ist nicht wahr?

– Sie war nicht im Krankenhaus.

– Ich war da, sagte Leyla leise.

Ihr Vater brüllte ihr etwas zu, eine schmetternde Tirade, von der Jesper Humlin kein einziges Wort verstand. Leyla senkte den Kopf zum Zeichen der Unterwerfung. Doch Jesper Humlin ahnte den verborgenen Aufruhr. Pelle Törnblom kam nach vorn und baute sich vor ihnen auf; er hielt die Hände vor sich hin, als bereite er sich auf eine neue Runde vor.

– Wir müssen eine Lösung finden, sagte er.

Weiter kam er nicht. Im selben Moment erhob sich Haiman von seinem Wachposten in der Ecke und kam vor zum Tisch.

– Natürlich soll Leyla weitermachen.

– Du bist nicht ihr Vater. Das bin ich. Ich bestimme.

– Laß das Mädchen selbst bestimmen.

Der Wortwechsel zwischen Leylas Vater und Haiman wurde immer erregter. Der Streit spielte sich in einer Variante des Schwedischen ab, die Jepser Humlin noch nie gehört hatte. Plötzlich mischte sich Pelle Törnblom ein.

– In Kürze wird uns ein Fernsehteam besuchen. Ich möchte vorschlagen, daß Leylas Vater teilnimmt, als Repräsentant der Eltern. Du wirst dann zusammen mit Leyla und Jesper interviewt. Da werden wir uns ja wohl verdammt noch mal nicht wegen solcher Lappalien zerstreiten.

Haiman schaute Pelle Törnblom streng an. Und Pelle Törnblom schaute seinerseits Jesper Humlin streng an, der sich nicht erinnern konnte, daß sich ein Fernsehteam angekündigt hatte. Vermutlich war es eine Erfindung von Pelle Törnblom, aber vielleicht trug es dazu bei, das Problem zu lösen.

– Es ist keine Lappalie, wenn ein Vater glaubt, daß seine Tochter ihn belogen hat.

– Sie war bestimmt im Krankenhaus. Nicht wahr, Leyla?

Leyla nickte. Jesper Humlin bekam mit, daß Tanja vor Wut über das schnaubte, was man ihrer Freundin antat.

– Ich wollte gerade dasselbe vorschlagen, sagte Jesper Humlin. Daß Leylas Vater an dem Interview teilnimmt.

Leylas Vater wirkte plötzlich unsicher.

– Was soll ich sagen?

– Daß du stolz auf deine Tochter bist.

Leylas Vater überlegte.

– Weshalb bin ich stolz?

– Weil sie schreiben lernen will, um eine große Schriftstellerin zu werden.

Er schüttelte den Kopf.

– Es ist mir gleich, was aus ihr wird. Das Entscheidende ist, daß sie ihre Familie nicht anlügt.

Bittend sah Leyla ihren Vater an.

– Ich will ein Soapstar oder eine Moderatorin im Fernsehen werden. Wenn ich es nicht schaffe, eine Schriftstellerin zu werden. Das hier kann meine große Chance sein.

– Ich will auch beim Interview dabeisein.

Es war Haiman. Jesper Humlin fühlte sich allmählich erschöpft.

– Es können nicht alle interviewt werden.

– Ich habe dem schwedischen Volk viel Wichtiges zu sagen.

– Das bezweifle ich nicht. Aber dies ist kaum die richtige Gelegenheit dazu.

– Ich will nicht dabeisein, wenn Haiman nicht dabei ist.

Jetzt war es Leylas Vater, der seine Meinung sagte. Jesper Humlin betrachtete die Menschen, die ihn umstanden. Die eigentlichen Hauptpersonen, Leyla, Tea-Bag und Tanja, saßen weiterhin auf ihren Stühlen und verfolgten das Geschehen mit finsterer Miene.

– Das könnte schwierig werden, sagte Jesper Humlin vorsichtig. Fernsehsendungen mit Interviews sind meist kurz. Wenn alle Anwesenden sich äußern wollen, wird es mehrere Stunden dauern.

– Dann gehen wir hier weg, sagte Leylas Vater bestimmt. Und Leyla wird nicht mehr teilnehmen. Ein Glück, daß wir sie nicht allein gelassen haben. Schon nach ein paar Malen fängt sie an zu lügen. Das hat sie vorher nicht getan.

Leyla tat einen tiefen Atemzug und trat ihrem Vater gegenüber.

– Ich war nicht im Krankenhaus. Ich weiß nicht, warum ich das gesagt habe. Ich war in der Bibliothek in der Stadt. Ich habe dagesessen und gelesen und habe die Zeit vergessen. Ich besuche die Bibliothek, damit ich in der

Schule bessere Noten bekomme. Ich bin hingegangen, um Bücher von guten Schriftstellern zu lesen und mir so selber schreiben beizubringen.

Leylas Vater betrachtete sie schweigend.

– Was hast du gelesen?

– Ich habe ein Buch über Rugby entdeckt.

– Gibt es wirklich Bücher über Rugby? Soll ich das glauben? Lügt sie jetzt schon wieder?

Haiman reckte sich. Jesper Humlin sah ein, daß Leyla bedeutend listiger war, als er vermutet hatte.

– Es gibt ausgezeichnete Bücher über Rugby, sagte Haiman. Natürlich sagt sie die Wahrheit. Ihre Initiative, in die Bibliothek zu gehen, sollte ein Vater unbedingt unterstützen.

Ein zustimmendes Gemurmel erhob sich unter den Menschen im Saal, die zu Leylas großer Familie gehörten und bisher nichts gesagt hatten. Ihr Vater wandte sich den anderen Mitgliedern der Familie zu. Er stellte eine Frage, eine Diskussion flammte auf und verebbte dann rasch wieder.

– Wir haben uns entschieden, sagte er. Ich bleibe hier und bin im Fernsehen dabei. Wir akzeptieren, daß Leyla auch künftig hier mitmacht.

Jesper Humlin dachte, während Leylas große Familie zur Tür hinaus verschwand, daß er seinen ersten Sieg in Pelle Törnbloms Boxklub errungen hatte. Leylas Freude und Erleichterung waren groß. Sie sank auf den Stuhl. Tanja nahm ihre Hand. Zu Jesper Humlins großem Erstaunen begann Pelle Törnblom gedankenverloren mit einem Handtuch vor ihrem Gesicht zu wedeln, als wäre sie ein Boxer, der sich zwischen zwei Runden ausruht.

Ein Fernsehteam tauchte natürlich nicht auf. Nach einer Stunde des Wartens tat Pelle Törnblom so, als würde er anrufen, und teilte dann mit, es habe ein Mißverständnis bezüglich des Datums und der Uhrzeit gegeben, aber ein neuer Termin sei bereits vereinbart. Die Miene von Leylas Vater verdüsterte sich bei dieser Auskunft, er wurde aber von Jesper Humlin besänftigt, der darauf hinwies, daß der Aufschub ihm die Möglichkeit gab, seinen Beitrag vorzubereiten.

– Schreibt eure Erzählungen auf, sagte Jesper Humlin zum Abschluß. Schreibt auf, was ihr heute erlebt habt. Erzählt alles. Eine Geschichte ohne Schluß ist eine schlechte Geschichte.

Er sah Leyla an, daß sie ihn verstand.

Als sie in den dunklen Abend hinaustraten, schneite es. Leyla verschwand, umgeben von ihrer großen Familie. Tanja fauchte ihnen hinterher, murmelte etwas, das Jesper Humlin nicht verstand. Pelle Törnblom sperrte die Tür zu, und Tea-Bag lief herum und zog mit ihren Füßen Streifen in den Schnee. Tanja schob eine Mütze tief in die Stirn.

– Wohnst du noch in der Wohnung der Yüksels?

– Sie sind wieder nach Hause gekommen.

– Wo wohnst du?

Tanja zuckte die Schultern.

– Vielleicht in einer leeren Wohnung auf der anderen Seite des Marktes. Vielleicht woanders. Ich habe mich noch nicht entschieden.

Jesper Humlin hatte vorgehabt, mit ihr über das Foto von dem kleinen Mädchen zu reden. Aber es war, als errate sie seine Absicht. Ehe er ein Wort herausbrachte, hatte sie sich umgedreht, den Arm um Tea-Bag gelegt und war weg. Er sah ihnen nach und fragte sich, was er da eigentlich sah.

Pelle Törnblom brachte ihn zum Bahnhof.

– Es läuft prima, sagte er. Prima.

– Nein, sagte Jesper Humlin. Es läuft nicht prima. Ich habe permanent das Gefühl, kurz vor einer drohenden Katastrophe zu stehen.

– Du übertreibst.

Jesper Humlin machte sich nicht die Mühe zu antworten.

Pelle Törnblom fuhr mit seinem Auto davon. Jesper Humlin ging in den Wartesaal. Plötzlich blieb er stehen. Der Gedanke, noch am selben Abend nach Stockholm zurückzufahren, erschien ihm vollkommen unmöglich. Er setzte sich auf eine Bank. Tea-Bags Gesicht flimmerte vorbei, dann Tanjas, und schließlich Leylas. Er fragte sich, ob er wohl jemals erleben dürfte, daß sie sich wieder in Bewegung setzte, an der Stelle im Fußgängertunnel, wo sie selbst und ihre Erzählung so abrupt stehengeblieben waren.

Er verließ das Bahnhofsgebäude und quartierte sich im nächstgelegenen Hotel ein. Ehe er das Licht löschte und einschlief, saß er lange da, den Telefonhörer in der Hand und Andrea im Kopf. Aber er rief nicht an.

Es war Viertel vor elf, als er am nächsten Tag das Hotel verließ. Zum ersten Mal seit langem fühlte er sich ausgeschlafen. Während er auf dem Bahnsteig die Ankunft des Zuges erwartete, wählte er einige der vielen Telefonnummern seines Maklers Burén, ohne eine Antwort zu bekommen. Ehe er das Handy ausschaltete, hörte er aus purer Neugier die Nachrichten ab, die gespeichert und nicht für ihn bestimmt waren. Er bekam mit, daß der Mann, der sein Telefon losgeworden war, Kriminalinspektor war, Sture hieß und viel Zeit damit verbrachte, auf Pferde zu wetten.

Eine Stimme mit rollendem R rief pausenlos an und teilte mit, daß »Lokus Harem ein todsicherer Tip in Romme« sei. Er wollte das Telefon gerade abschalten, als er entdeckte, daß es auch noch eine SMS-Nachricht gab. Er starrte auf die Buchstaben. Dann begriff er, daß die Nachricht an ihn gerichtet war, nicht an den unbekannten Polizisten namens Sture.

Die Nachricht war simpel und bestand aus fünf Worten. *Hilfe. Tanja. Ruf Leyla an.*

Im selben Moment hielt der Zug am Bahnsteig. Aber Jesper Humlin stieg nicht ein.

16

Er rief im Boxklub an. Ein Junge, der ein schwer verständliches Schwedisch sprach, meldete sich. Nach ein paar Minuten kam Pelle Törnblom ans Telefon.

– Hier ist Jesper. Wie ist die Telefonnummer von Leyla?

– Woher soll ich das wissen? Wo bist du?

Jesper Humlin beschloß zu lügen. Er wußte selbst nicht warum.

– In Stockholm. Ist es nicht so, daß ihr Bruder bei dir boxt?

– Ich notiere mir grundsätzlich keine Telefonnummern. Das lohnt sich nicht. Die Leute wechseln sie andauernd.

– Du weißt doch, wie sie mit Nachnamen heißt?

– Ich erinnere mich nicht. Aber ich kann mal nachfragen, ob es hier jemand weiß.

Es dauerte fast zehn Minuten, bis Pelle Törnblom wieder am Apparat war.

– Allaf.

– Wie buchstabiert man das?

– Woher soll ich das wissen? Warum klingst du so aufgeregt?

– Ich *bin* aufgeregt. Ich muß jetzt Schluß machen.

Er rief die Auskunft an. Es gab tatsächlich einen Teilnehmer mit Namen Allaf. Eine Frau meldete sich mit Flüsterstimme, als hätte sie Angst vor dem Telefon.

– Ich suche Leyla.

Keine Antwort. Ein Mann, der mit der gleichen flüsternden Stimme sprach, nahm jetzt den Hörer.

– Ich suche Leyla.

Keine Antwort. Ein anderer Mann kam ans Telefon.

– Ich suche Leyla.

– Mit wem spreche ich?

– Hier ist Jesper Humlin. Ich muß Leyla nach der Telefonnummer von Tanja fragen.

– Wer ist das?

– Ihre Freundin. Tanja.

– Du meinst Irina?

– Ich meine die unter Leylas Freundinnen, die nicht Afrikanerin ist und den Schreibkurs besucht.

– Das ist Irina.

– Vielleicht könnte ich Leyla persönlich fragen? schlug er zaghaft vor.

– Sie ist nicht zu Hause.

– Aber sie hat vielleicht eine Nummer von Tanja hinterlassen? Oder von Irina?

– Ich werde nachsehen, ob sie sie irgendwo aufgeschrieben hat.

Jesper Humlins Telefon gab Pfeiftöne von sich und fing an zu vibrieren. Die Batterie war fast leer. Der Mann kam zurück und gab ihm eine Nummer durch.

Jesper Humlin suchte nach etwas zu schreiben.

– Was piepst da?

– Die Batterie ist gleich leer. Falls das Gespräch abbricht, liegt es also nicht daran, daß ich unhöflich bin.

– Wir freuen uns sehr darauf, daß du wiederkommst.

Jesper Humlin fand einen Stift.

– Kannst du bitte die Nummer wiederholen?

Der Mann hatte kaum die ersten drei Ziffern genannt, als das Gespräch abbrach. Jesper Humlin schrieb sich auf die Hand, was er für die richtigen Ziffern hielt. Er machte einen Fernsprechautomaten ausfindig, wählte die Nummer und landete in einer lärmenden Autowerkstatt in Skövde. Er vertauschte die letzten Ziffern und wählte erneut. Ein Mädchen, das noch kaum sprechen gelernt hatte, gurgelte in den Hörer. Zum dritten Mal wählte Jesper Humlin eine Nummer. Jetzt erkannte er die Stimme. Es war Tanja.

– Was ist passiert?

– Tea-Bag wäre beinahe hopsgenommen worden.

– Was meinst du damit?

– Die Bullen hätten sie um ein Haar geschnappt. Außerdem haben sie ein paar Handys in einer Tasche gefunden, die Tea-Bag gehört. Ich glaube nicht, daß es den Bullen gefallen hat, ihre eigenen Handys in dieser Tasche zu finden.

Jesper Humlin überlegte fieberhaft.

– Erzähl mir bitte ganz ruhig, was passiert ist.

– Wir brauchen Hilfe. Du mußt hier hinkommen. Wo bist du?

– In Göteborg. Was kann ich tun?

– Du bist doch ein berühmter Schriftsteller, nicht wahr? Du kannst uns helfen. Ich kann jetzt nicht länger reden.

– Wo ist »hier«?

– Fahr zum Boxklub.

Das Gespräch brach ab.

Er tat, wie ihm geheißen. Als er das Taxi bezahlt hatte, fand er einen Boxklub vor, der nahezu verlassen war. Zwei Jungen standen aneinandergelehnt im Ring. Der eine hatte Nasenbluten. Sie schaukelten und schwankten aufeinandergestützt, als befänden sie sich in einem Boot in Seenot. Das Büro war leer. Einer Kalendereintragung konnte Jesper Humlin entnehmen, daß Pelle Törnblom in diesem Moment auf einem Zahnarztsessel Platz genommen haben mußte.

Er ging wieder hinaus in die Trainingshalle. Die Jungen im Ring hatten aufgehört, sich hin und her zu wiegen. Das Nasenbluten war versiegt. Jesper Humlin erkannte den Jungen mit der blutigen Nase. Er gehörte zu Leylas Sippe. Der Junge lächelte. Erst jetzt bemerkte Jesper Humlin, daß ihm ein Auge langsam zuschwoll.

Die Jungen verschwanden in einem Umkleideraum. Jesper Humlin streifte ein Paar Boxhandschuhe über und fing an, gegen einen Sandsack zu schlagen. Es tat weh. Er wünschte, es wäre Olof Lundin, auf den er eindrosch. Als er ins Schwitzen kam, hörte er auf. Der Junge mit dem Nasenbluten kam zurück. Er trug sackartige Hosen und ein langes T-Shirt, die beide die amerikanische Flagge zierte.

– Es kommt gleich jemand.

– Wer kommt?

– Das weiß ich nicht. Eine von denen. Aber du wartest besser draußen.

Der Junge verschwand, gleich darauf folgte ihm der andere. Jesper Humlin ging hinaus. Es regnete. Er erinnerte sich an das Mal, als Tanja aus dem Schatten aufgetaucht war und er geglaubt hatte, jetzt würde er überfallen und ausgeraubt. Er schrak zusammen. Tanja stand direkt hinter ihm. Sie war lautlos gekommen.

– Wo ist Tea-Bag?

Sie antwortete nicht. Sie setzten sich in Bewegung.

– Wohin gehen wir?

– Ins Zentrum.

– Ich dachte, Tea-Bag wäre hier?

Tanja antwortete noch immer nicht. Sie nahmen die Straßenbahn. Ein Betrunkener versuchte ein Gespräch mit Tanja anzufangen. Sie fauchte ihn an. Jesper Humlin beobachtete, wie sie sich in ein gefährliches Raubtier verwandelte. Der Mann ließ sofort von ihr ab.

In der Nähe vom Götaplatsen stiegen sie aus. Der Regen hatte aufgehört. Tanja übernahm die Führung. Sie gingen eine der kleinen, aber feudalen Straßen oberhalb des Götaplatsen entlang, wo hohe Steinhäuser in großen Gärten versteckt lagen. Vor dem Gartentor eines der am wenigsten protzigen Häuser blieb Tanja stehen.

– Ist Tea-Bag hier?

Tanja nickte.

– Wer wohnt in diesem Haus?

– Der Polizeipräsident von Göteborg.

Jesper Humlin schrak zusammen.

– Kein Problem. Er ist zu einer Konferenz gefahren. Die Familie ist auch nicht zu Hause. Außerdem hat er keine Alarmanlage.

Tanja öffnete das Gartentor. Die Haustür war angelehnt. In dem großen Wohnzimmer im Erdgeschoß waren die Gardinen vorgezogen. Tea-Bag lag bäuchlings auf dem Fußboden und sah fern. Es lief ein schwedischer Film aus den fünfziger Jahren. Hasse Ekman lächelte einer Schauspielerin zu, an deren Namen Jesper Humlin sich nicht erinnerte. Der Ton war leise gestellt. Sie liegt da und sieht sich einen Film über eine ausgestorbene Tierart an, dachte er. Ein Schweden mit Einwohnern, die es nicht mehr gab.

In der Küche klapperte es. Tanja hatte angefangen, eine Mahlzeit vorzubereiten. Tea-Bag stand abrupt auf und verschwand in der Küche. Jesper Humlin hörte die beiden lachen. Dann bekam er einen Schreck. Jemand öffnete die Haustür. Aber es war nicht der Polizeipräsident. Es war Leyla. Sie war hochrot im Gesicht und schwitzte stark.

– Ich liebe ihn, sagte sie.

Dann verschwand auch sie in der Küche. Jesper Humlin fragte sich, ob er je die Fortsetzung der Geschichte zu hören bekommen würde, die in einem Fußgängertunnel unterbrochen worden war. Er gesellte sich zu den Mädchen und setzte sich neben Tanja, die Zwiebeln schnitt. Die Tränen liefen ihr herunter.

– Wie konntest du wissen, daß dieses Haus leer steht?

– Jemand hat es mir gesagt. Ich weiß nicht mehr, wer. Nach allem was Tea-Bag und ich mitgemacht haben, finde ich es nicht mehr als recht und billig, daß wir es uns für eine Weile borgen.

– Was kann ich tun?

Niemand antwortete.

Vor Jesper Humlins Augen füllte sich der Tisch mit allem, was die beiden Kühlschränke hergaben. Noch nie in seinem ganzen Leben hatte er ein so bemerkenswertes Mahl genossen, selbst gemessen an den gewagtesten Nachtmenüs seiner Mutter. Alles wurde gemischt, Champagner und Saft, eingelegter Hering und Kompott. Das hier passiert nicht wirklich, dachte Jesper Humlin. Wenn ich über diesen Abend schreiben würde, über das Essen im Haus des verreisten Polizeipräsidenten, würde niemand mir glauben.

Fortwährend horchte er auf Geräusche, vergewisserte sich, daß die Gardinen vorgezogen waren, und war darauf gefaßt, daß die Tür aufgesprengt würde. Aber nichts geschah. Er nahm nicht an dem Gespräch teil, das zwischen den dreien von einem Thema zum anderen sprang. Kichernde Mädchen haben eine gemeinsame Sprache, dachte er. Sie ist überall auf der Welt die gleiche.

Ein Streifen mit Fotos wanderte von Hand zu Hand. Schließlich landete er bei Jesper Humlin. Sie hatten das gleiche gemacht wie er selbst in seiner Jugend. Sich in einen Fotoautomaten gequetscht, den Vorhang zugezogen und sich fotografieren lassen. Tea-Bag fischte eine Schere aus einer Schublade und zerteilte den Streifen in vier Bilder. Sie gingen ins Wohnzimmer. Auf einer Kommode stand eine Anzahl von Familienfotos. Sie wählten eins aus, das eine große Familie im Schatten eines hohen, dicht belaubten Baumes zeigte.

– Die haben komische Kleider an, sagte Tea-Bag. Wann ist das aufgenommen?

– Um die vorige Jahrhundertwende, antwortete er.

– Da gehören wir hin, fuhr Tea-Bag fort, brach die Rückseite auf und schob eins der Fotos von dem Streifen hinein.

– Was werden die denken? sagte Leyla, als Tea-Bag die Rückseite wieder befestigt und die Fotografie auf die Kommode zurückgestellt hatte. Sie werden es nicht verstehen. Wir haben dieser Familie ein Geheimnis gegeben. Das beste Geschenk, das man bekommen kann.

Jesper Humlin betrachtete das Bild. Die drei grinsenden Mädchengesichter fingen schon an, mit dem alten Bild zu verschmelzen, auf dem die Menschen vor hundert Jahren in ihrem Sonntagsstaat dasaßen und direkt in die Kamera starrten.

Sie begaben sich wieder in die Küche. Obwohl es warm war, hatte Tea-Bag ihre Steppjacke nicht abgelegt, nicht einmal den Reißverschluß heruntergezogen. Tanja saß an einer Ecke des Tisches, wo ihr Gesicht im Schatten ruhte, Leyla drückte besorgt an einem Pickel herum, der sich an einem Nasenflügel zeigte. Tea-Bag kippelte auf dem Stuhl vor und zurück.

– Was ist passiert? fragte Jesper Humlin und dachte, jetzt sei die Zeit vielleicht reif.

Tea-Bag schüttelte den Kopf und vergrub das Kinn noch tiefer in der dicken Jacke.

– Sie hat versucht, einen Affen zu stehlen, sagte Leyla.

– Einen Affen?

– Einen chinesischen Affen. Aus Porzellan. In einem Antiquitätengeschäft. Er ging kaputt. Er war teuer.

– Was sollte er kosten?

– 80 000.

– Wie konnte der so viel kosten?

– Er war aus einer alten Dynastie. Dreitausend Jahre alt. Das stand auf dem Preisschild.

– Oh, mein Gott! Was ist dann passiert?

– Der Besitzer hat die Tür abgesperrt und die Polizei gerufen. Aber sie ist entwischt. Nur die Tasche mit den Handys ist liegengeblieben.

– Warum wolltest du einen Affen aus Porzellan stehlen?

Tea-Bag antwortete nicht. Statt dessen stand sie auf und löschte das Licht. Es war jetzt dunkel geworden. Ein Streifen Licht fiel aus Diele und Wohnzimmer in die Küche. Jesper Humlin ahnte, daß er jetzt die Fortsetzung der Geschichte zu hören bekommen würde, die so viele Male unterbrochen worden war. Vielleicht würde er sogar den Schluß erleben dürfen.

»Wenn ich gar nicht weiß, was ich tun soll, suche ich mir auf gut Glück ein Schaufenster aus und sehe nach, ob es irgendwas da hinter der Scheibe gibt, was mir sagt, wohin ich gehen, mit wem ich reden, was ich meiden soll. Ehe ich nach Lagos kam, hatte ich noch nie ein Schaufenster gesehen. Es gab keine Läden in dem Dorf, in dem ich geboren bin, und auch nicht in den kleinen Städten, die verstreut in den Ebenen lagen, wo Wege sich kreuzten und die Flüsse so breit waren, daß man darauf segeln konnte. Aber ich sah also diesen Porzellanaffen im Schaufenster, er hatte Augen, die direkt in meine hineinschauten, und ich fühlte, daß ich ihn in den Händen halten mußte. Hät-

ten die Leute, denen der Laden gehörte, nicht angefangen, an mir zu zerren, ich hätte den Affen einfach zurückgestellt und wäre wieder gegangen. Ich sah diesem Affen in die Augen und verstand, daß er sehr alt war, mehrere tausend Jahre alt, es war, wie in die Augen eines richtig alten Menschen zu sehen, genau wie ich die Augen meiner Groß-mutter in Erinnerung habe, Alemwas Augen, von denen man langsam wie in einen Wasserfall hineingesogen wur-de und dann geradewegs in ihre Seele hineintrieb. Vielleicht waren es eigentlich Alemwas Augen, die im Kopf dieses alten chinesischen Affen steckten, ich weiß es nicht, aber plötzlich war es, als sei ich wieder zurück im Dorf, wo alles anfing, es war, als könnte ich meine ganze Reise, mein ganzes Leben sehen, ganz deutlich, ganz klar, wie den Ster-nenhimmel nachts über Afrika.

Alemwa, ich weiß, daß du über mich wachst, obwohl du schon seit so vielen Jahren tot bist. Ich erinnere mich, obwohl ich sehr klein war, wie du dich zum letzten Mal hingelegt und die Augen geschlossen hast. Ich kann es vor mir sehen, wie wir deinen dürren, hageren Körper in eine Bastmatte eingewickelt trugen, oder vielleicht war sie aus Schilf, und dich gleich neben dem Hügel begruben, wo der Weg zum Fluß eine Biegung machte. Papa sagte, daß du ein freundlicher Mensch warst, der sich immer Zeit für die Probleme anderer Leute genommen hat, und deshalb soll-te dein Grab nahe am Weg liegen, wo keine Gefahr be-stand, daß du ohne Gesellschaft würdest auskommen müssen. Ich war dir ähnlich, das sagten alle, nicht zuletzt meine Mutter, und ich glaube, sie fürchtete mich auf die-selbe Weise, wie sie dich gefürchtet hatte. Noch immer spüre ich oft deinen Atem dicht an meinem Nacken. Jeden Tag, seit ich hier bin, und immer wieder während der lan-gen Reise. Ich weiß, daß du bei mir bist, wenn eine Ge-

fahr droht, und etwas anderes als Gefahren scheint es in dieser Welt nicht zu geben.

Vielleicht war es dein Atem, Alemwa, der mich in dieser Nacht weckte, als die Soldaten kamen und meinen Vater holten. Ich weiß noch, wie meine Mutter schrie, sie heulte wie ein Tier, das mit der Pfote in einer Falle eingeklemmt ist und versucht, seine eigenen Knochen durchzubeißen, um loszukommen. Ich glaube, das war es, was meine Mutter versuchte, alle ihre Glieder abzubeißen, die Arme, die Beine, die Ohren, die Augen, als sie Papa holten. Sie schlugen ihn blutig, aber er lebte noch, als sie ihn in der Dunkelheit wegschleppten.

Ich weiß, daß ich in dieser Nacht erwachsen wurde, viel zu schnell, als würde mir die Kindheit abgerissen wie eine Haut. Ich kann mich noch erinnern, was für ein Schmerz es war zu wissen, aber nicht zu verstehen warum, mit ansehen zu müssen, wie mein Vater von lachenden jungen Soldaten wie ein blutiges Bündel weggezerrt wurde. Ich glaube, das war es, was mich erwachsen werden ließ, die Erkenntnis, daß sich Brutalität mit einem Lachen verbinden läßt. In den folgenden Monaten saß meine Mutter jede Nacht vor der Hütte und wartete darauf, daß Vater zurückkommen, plötzlich einfach auf dem Dach sitzen würde, und sie würde ihn mit ihrer sanften Stimme herunterlocken, und dann würden sie für den Rest der Nacht eng umschlungen beieinanderliegen.

Dann kam diese Nacht, in der wir erfuhren, daß die lachenden Soldaten wieder im Anmarsch waren. Meine Mutter bedeckte ihr Gesicht mit einem weißen Tuch und saß da und zitterte, als sie von den Soldaten hörte. Ich war damals als einziges Kind zu Hause, und als sie das Tuch vom Gesicht nahm, sah ich, daß sie geweint hatte. Ihr Gesicht war ganz verändert, es hatte sich nach innen gewen-

det, ich konnte in ihren Augen kein Leben entdecken, und sie schlug mit dem weißen Tuch nach mir, schrie mir zu, ich solle weglaufen. Sie jagte mich weg, damit ich überlebte.

Von diesem Moment an rannte ich. Ich preßte die Fußsohlen fest auf den Boden, wie mein Vater es mich gelehrt hatte, aber ich rannte ohne Unterlaß. Ich hatte solche Angst, daß ich nicht einmal an dem Hügel stehenblieb, wo der Weg ganz nah an deinem Grab vorbeiführte, Alemwa. Ich glaube, niemand versteht wirklich, was es bedeutet zu fliehen. Wenn man gezwungen ist, aufzubrechen, alles hinter sich zu lassen und um sein Leben zu laufen. In dieser Nacht, als ich das Dorf verließ, hatte ich das Gefühl, als schleppte ich alle meine Gedanken und Erinnerungen hinter mir her wie eine blutige Nabelschnur, die nicht reißen wollte, ehe ich weit, weit vom Dorf entfernt war. Ich glaube, niemand, der nicht selbst einmal zur Flucht gezwungen war und vor Menschen davongelaufen ist, die drohten, ihn zu töten, kann ermessen, was das bedeutet. Der äußerste Schrecken läßt sich niemals vermitteln, niemals erzählen. Man kann einem anderen Menschen nicht voll und ganz erklären, was es bedeutet, mitten ins Dunkel hineinzurennen, mit dem Tod und dem Schmerz und der Erniedrigung auf den Fersen.

Von meiner Flucht ist mir nichts in Erinnerung geblieben, nur diese unerhörte Angst, bis ich in Lagos ankam und von einer Welt aufgesogen wurde, von der ich nicht einmal gewußt hatte, daß es sie gab. Ich hatte kein Geld, nichts zu essen, ich wußte nicht, mit wem ich reden sollte. Sobald ich Soldaten erblickte, versteckte ich mich und dachte, das Herz würde mir aus dem Leib springen. Ich versuchte, mit dir zu reden, Alemwa. Aber es war das einzige Mal, daß ich nicht hörte, was du zu mir sagtest. Viel-

leicht warst du krank. Ich versuchte, deinen Atem zu spü-
ren, aber da war niemand. Der Atem, den ich schließlich
in meinem Nacken spürte, stank nach altem Schnaps und
Rauch.

Wie lange ich in der Stadt war, weiß ich nicht. Aber
dann hatte mich meine Verzweiflung so weit getrieben,
daß ich mich dazu entschloß, einen Mann zu finden, der
mir Geld gab, damit ich meine Flucht fortsetzen konnte.
Ich wußte, welchen Preis ich bezahlen mußte. Es galt, einen
Mann zu finden, der genug Geld hatte. Aber was war ›ge-
nug‹? Und wohin sollte ich mich eigentlich wenden? Ich
wußte nicht einmal, welche Himmelsrichtung die sicher-
ste war.

In den vielen Tagen und Nächten, die ich hungernd in
Lagos herumirrte, traf ich andere Menschen, die auf der
Flucht waren. Es war, als würden wir einen besonderen
Geruch verströmen, den nur andere Flüchtlinge wahrneh-
men konnten. Wir waren wie blinde Tiere, die sich mit
Hilfe des Geruchs zueinander vortasteten. Alle trugen ihre
Träume, ihre Pläne mit sich. Einige hatten beschlossen,
sich nach Südafrika zu begeben, andere wollten zu den
Hafenstädten in Kenia und Tansania, um sich dort an Bord
eines Schiffs zu schmuggeln. Aber es gab auch solche, die
bereits aufgegeben hatten. Sie waren bis nach Lagos ge-
langt und glaubten nicht, daß sie je weiterkommen würden.
Alle fürchteten die Militärs, die jungen, lachenden Solda-
ten. Viele hatten entsetzliche Geschichten zu erzählen, an-
dere waren aus Gefängnissen geflüchtet, an Leib und Seele
versehrt.

Ich versuchte diesen blinden Tieren zu lauschen, ihren
Geruch zu entschlüsseln und eine Antwort auf die Frage
zu finden, wohin ich selber unterwegs war. Immer wenn
ich einen neuen Flüchtling traf, fragte ich ihn, ob er mei-

nen Vater gesehen oder etwas von ihm gehört hätte. Aber er war und blieb verschwunden. Es war, als hätten ihn diese jungen Soldaten mit ihrem Gelächter in Stücke gerissen. Ich versuchte mit dir zu sprechen, Alemwa, aber ich konnte deine Stimme nicht hören. Es war, als machten alle Augen der Stadt, all diese schnaubenden Maschinen es unmöglich, deinen Atem zu spüren. Ich war noch nie so einsam wie während dieser Tage und Nächte in Lagos. Ich war so einsam, daß ich mitunter heimlich andere Menschen berührte, die auf der Straße an mir vorbeigingen. Manchmal hörte ich sie schreien, weil sie glaubten, ich sei eine Taschendiebin.

Ich rannte, immerzu rannte ich, sogar wenn ich schlief, bewegten sich meine Beine. Ich fing an, diesen Mann zu jagen, der mir würde helfen können. Aber er war es, der mich fand. Ich war zu einem Straßenlokal gegangen, ich lungerte in den Schatten vor der Zauntür herum, wo wütende Wächter alle verjagten, die bettelten und die Vornehmen und Reichen störten, die aus ihren Autos mit Chauffeur stiegen. Plötzlich spürte ich diesen stinkenden Atem. Ich schrak zusammen und drehte mich um, bereit zuzuschlagen, falls mich jemand anzugreifen versuchte.

Der Mann, der da stand, war klein, sein Gesicht war blaß, er war weiß und hatte einen kleinen Schnurrbart. Er atmete dicht neben meinem Gesicht. Sein Lächeln hätte mich warnen müssen, schließlich hatte ich gelernt, daß lächelnde Menschen mit unheimlicher Präzision und Brutalität töten konnten, ich hatte gesehen, daß lächelnde Menschen stechen und schlagen und betrügen konnten. Aber vielleicht war ich so verzweifelt, daß ich mich nicht um sein starres Lächeln kümmerte, oder vielleicht hörte ich auch einfach keine warnende Stimme. Er fragte mich, wie ich hieß, und er sagte, er käme aus Italien, vielleicht hieß er Cartini oder Cavanini, ich erinnere mich nicht mehr. Aber er war Ingenieur, er war vier Monate in Lagos gewesen, und jetzt wollte er wieder nach Hause fahren. Es war etwas mit Dampfkesseln gewesen oder vielleicht ein mit Kohle betriebenes Heizkraftwerk, ich weiß es nicht, er sprach so schnell, und ich sah nur, wie sein Blick über meinen Körper glitt, auf und ab, auf und ab, und ich dachte, das ist der Mann, der mir helfen kann.

Damals wußte ich nicht, was Italien war. Ich wußte nicht einmal, was Afrika war, daß es Kontinente gab, mit Meeren dazwischen. Ich hatte von Europa gehört, von all dem Reichtum, und ich hatte von Amerika gehört, aber niemand hatte gesagt, daß keine Pfade zu diesen Ländern führten. Vielleicht war Europa eine Stadt, wie Lagos, aber ohne Zäune und wütende Wächter, eine Stadt, wo die Türen offenstanden, wo sogar eine wie ich eintreten konnte, ohne bedroht oder niedergeschlagen zu werden.

Er fragte, ob ich mit ihm kommen wollte, ob ich einen Preis hätte, ob ich allein sei. Ich fand es sonderbar, daß er die Fragen in der falschen Reihenfolge stellte. Er fragte nach dem Preis, ehe er wußte, ob ich käuflich war. Vielleicht dachte er, alle schwarzen Frauen wären käuflich, und daß es in einem Land, wo fast alle bettelarm sind, keine Würde mehr gibt. Aber obwohl er die Fragen in der falschen Reihenfolge stellte, folgte ich ihm.

Er hatte ein Auto. Ich dachte, wir würden in ein Hotel gehen, aber er fuhr zu einem großen Gebäude auf einem eingezäunten Gelände mit vielen gleich aussehenden Häusern und Hunden, die alle auf die gleiche Art bellten, Wächtern, die einander aufs Haar glichen, und Lampen vor jeder Tür, die ein starkes, fast ätzendes Licht verbreiteten. Wir gingen ins Haus. Er fragte, ob ich baden wollte und ob ich hungrig sei, und fortwährend glitt sein Blick *an meinem Körper auf und ab. Ich hatte ein blaues Kleid an, bei dem eine Naht eingerissen war. Als ich an dem Tisch in der großen Küche saß und aß, berührte er mich durch diese aufgeplatzte Naht, und ich erinnere mich, daß ich schauderte. Er hatte nach meinem Preis gefragt. Ich hatte nicht geantwortet, weil ein Mensch keinen Preis haben kann. Das muß es gewesen sein, was mich ihn sofort hassen ließ.*

Ich wußte schon, was mich erwartete. Als ich dreizehn war, hatte meine Mutter mir gesagt, es sei Zeit, mich an das zu gewöhnen, was die Männer wollten und worauf sie ein Recht hatten, und es war einer ihrer Brüder, der es mir zeigen sollte. Ich mochte ihn nicht, er hatte Schielaugen und röchelte beim Atmen. Es war eine furchtbare Erfahrung, als würde ich von jemandem aufgerissen, der sich in meinen Körper zu rammen versuchte. Hinterher weinte ich, aber meine Mutter sagte, das Schlimmste sei jetzt vorüber, alles würde besser werden oder zumindest nicht schlimmer.

Wir gingen in das Schlafzimmer des kleinen Mannes, das im ersten Stock lag, ein Fenster stand offen, ein leichter Nachtwind wehte herein. Von fern hörte ich Trommeln und singende Menschen. Im Zimmer war es dunkel, ich legte mich aufs Bett, das Kleid übers Gesicht geschlagen, und wartete. Ich hörte, wie er sich im Zimmer bewegte, es klang, als seufze er. Dann kam er über mich, ich horchte auf die Trommeln und den Gesang, die Laute wuchsen und wurden stärker, ich spürte gar nicht, daß er in mir war, das muß er gewesen sein, aber ich spürte es nicht, hörte nur die Trommeln und den Gesang, der anstieg und abschwoll und sich mitunter in einen Schrei verwandelte.

Plötzlich riß er mir das Kleid vom Gesicht. Obwohl es dunkel im Zimmer war, bis auf das Licht von der Straßen-

laterne draußen, konnte ich sehen, daß sein Lächeln erlo-
schen war. Er war schweißgebadet und keuchte, es triefte
von seinem Schnurrbart. Sein ganzes Gesicht war ver-
zerrt, als hätte ihn ein schlimmer Schmerz befallen. Er
fing an zu schreien, und zugleich packte er meinen Hals
mit beiden Händen und versuchte, mich zu erwürgen. Ich
begriff, daß er mich töten wollte. Ich wehrte mich mit aller
Kraft. Aber er war stark. Und er schrie immerfort. Er klag-
te mich wegen allem an, daß ich in seinem Bett lag, daß
ich schwarz war, daß ich nach Gewürzen duftete, deren
Namen er nicht kannte, daß ich das Kleid über dem Ge-
sicht hatte, daß ich mich verkaufte, daß es mich überhaupt
gab. Es gelang mir, so fest nach ihm zu treten, daß er mich
aus seinem Griff entließ. Ich rollte vom Bett und versuch-
te, meine Schuhe zu finden. Als ich mich umdrehte, stand
er da und hatte einen Arm erhoben. In der Hand hielt er
einen großen Haken, so einen, mit dem man Haie fängt. Ich
sah ihm direkt in die Augen. Sie waren wie zwei schwere
Türen, die kurz davor waren zuzuschlagen.

Da war ein Laut zu hören, er hielt inne, die Türen blie-
ben offen. Ich sah, wie er das Gesicht zum Fenster drehte,
wo sich eine dünne weiße Gardine in dem unsichtbaren
warmen Nachtwind bewegte. Da saß ein Affe. Er hatte ein
braungrünes Fell, und er kratzte sich an der Stirn. Woher
er gekommen war, weiß ich nicht, aber er rettete mir das
Leben. Ich hob einen schweren Holzstuhl, der neben der
Bettkante stand, und schlug ihn dem blassen Mann mit
aller Kraft auf den Kopf. Der Affe schaute mich erstaunt
an und fuhr dann ungerührt fort, sich zu kratzen. Ob ich
diesen Mann totgeschlagen habe, weiß ich nicht. Ich raffte
meine Schuhe zusammen und nahm seine Brieftasche und
die Uhr, die auf dem Tisch neben dem Bett lag. Dann rann-
te ich los. Als ich auf den Hof kam, drehte ich mich um.

Der Affe saß dort am Fenster, ein Schatten vor der weißen Gardine, die sich langsam bewegte.

Ich schlich mich durch die Stadt, voller Angst, von den lachenden Soldaten eingefangen oder von jemandem überfallen zu werden, der witterte, daß ich sowohl Geld als auch eine Uhr hatte. Ich versteckte mich unter einer verfallenen Brücke. Da war es ganz finster, Ratten streiften meine Beine, und ich blätterte das Bündel mit Geldscheinen durch, das ich mir geschnappt hatte. Es war viel Geld. Ich hörte den Affen, der mir das Leben gerettet hatte, zu mir sagen, ich solle die Stadt schon in der Morgendämmerung verlassen und einen Bus nehmen, der mich nach Norden brachte. Wohin ich unterwegs war, wußte ich nicht. Aber ich wußte, daß der Affe mich am Ziel der Reise erwartete. Als ich in den Bus stieg, versteckte ich das Geld und die Uhr in meinen Unterhosen, verschränkte dann die Hände zwischen meinen Beinen und schlief ein.

Als ich aufwachte, war der Bus mitten in einer Ebene stehengeblieben. Es war hellichter Tag, es gab nirgendwo Schatten. Der Bus hatte eine Panne, schwitzende Männer lagen unter dem Motor und versuchten, einen lecken Öltank abzudichten. Ich verließ den Bus und fing an zu gehen. Um den Kopf vor der Sonne zu schützen, legte ich ein paar Palmblätter unter mein Kopftuch. Hin und wieder hörte ich einen Affen in einem Baum aufkreischen. Ich dachte, er, der mir das Leben gerettet hatte, befände sich da irgendwo, spähend, wachend. Es war, als ginge ich nicht mehr allein auf den staubigen Wegen durch den roten Sand. Da war der Affe, aber auch andere unsichtbare Begleiter, meine Eltern und du, Alemwa, vor allem du.

Ich ging immerfort nach Norden, ich wurde eins mit den unruhigen Scharen, die über die Straßen ziehen, auf der Flucht vor den Plagen, Zielen entgegen, die meist nur

eine Fata Morgana sind, nicht einmal ein Traum. Schließ-
lich gelangte ich an den Strand. Auf der anderen Seite des
Wassers lag Europa.«

Tea-Bag verstummte. Langsam zog sie den Reißverschluß
ihrer dicken Jacke herunter. Jesper Humlin stutzte. Er meinte, ein Tier herausschlüpfen zu sehen, ein Tier, das sich unter der Jacke verborgen hatte und nun aus dem Zimmer
verschwand.

Tea-Bag sah ihn an und lächelte.

Er hätte gern gewußt, ob Tea-Bags Geschichte jetzt zu
Ende war. Oder ob sie eigentlich gerade erst angefangen
hatte.

17

Jesper Humlin wunderte sich über die Stille.

Keine der anderen fragte Tea-Bag etwas. Warum waren weder Tanja noch Leyla interessiert? Hatten sie die Geschichte schon vorher von ihr gehört? Oder war sie aus Teilen zusammengesetzt, zu denen alle drei mit ihren Erfahrungen beigetragen hatten? Er wußte es nicht.

Tanja hatte die ganze Zeit über am Herd gestanden und in einem Topf gerührt. Als Jesper Humlin aufstand, um sich ein Glas Wasser zu holen, entdeckte er zu seiner Verblüffung, daß der Topf leer war und die Platte kalt. Leyla saß da und hielt ihre Armbanduhr in der Hand, als habe sie bei Tea-Bags Erzählung die Zeit gestoppt.

– Wieso fragt ihr nichts? sagte Jesper Humlin.

– Was denn?

Leyla starrte weiter auf ihre Uhr.

– Tea-Bag hat eine bemerkenswerte und ergreifende Geschichte erzählt. Sie braucht keinen Kurs, um erzählen zu lernen.

– Ich kann nicht schreiben, sagte Tea-Bag, die Hunger bekommen hatte und jetzt Tubenmayonnaise auf eine Scheibe Brot quetschte.

Ein Telefon klingelte. Jesper Humlin schrak zusammen. Auch Tea-Bag reagierte darauf. Die einzige, die ungerührt blieb, war Tanja, die offenbar auf Anhieb die verschiedenen Mobiltelefone auseinanderhalten und außerdem erkennen konnte, ob der Anrufer ihr Feind war oder nicht.

Es war Leylas Handy. Sie sah auf das Display und reichte es dann an Tanja weiter.

– Es ist von zu Hause, sagte sie. Sag, wir hätten die Telefone vertauscht. Du weißt nicht, wo ich bin.

– Das gibt nur Ärger.

– Es kann nicht mehr Ärger geben, als ich sowieso schon habe. Geh dran!

– Du mußt selbst drangehen.

– Ich kann nicht. Das verstehst du nicht.

– Ich verstehe es. Aber du mußt drangehen.

Das Handy klingelte und vibrierte in einem fort. Es lag auf dem Tisch und zuckte zwischen den Tellern herum wie ein halb totgeschlagenes Insekt. Jesper Humlin sah, wie angstvoll Leyla war, als sie sich das Handy schnappte und sich in ihrer eigenen Sprache meldete. Er konnte hören, daß sie mit einem Mann sprach. Die Stimme am anderen Ende klang sehr erregt. Leyla duckte sich vor der Stimme, dann aber richtete sie sich plötzlich auf, fing an zu schreien und beendete das Gespräch damit, daß sie das Handy auf den Tisch donnerte, bis die Batterie herausfiel. Sie rief etwas, was Jesper Humlin nicht verstand, sprang auf, die Hände zur Faust geballt, sank dann wieder auf den Stuhl zurück und brach in Tränen aus.

Tanja hatte wieder angefangen, in ihrem Topf zu rühren. Jesper Humlin überlegte, ob sie vielleicht eine unsichtbare Mahlzeit für ihre Tochter zubereitete, die sich irgendwo in weiter Ferne befand. Tea-Bag hob die Batterie vom Boden auf und setzte sie wieder ein.

Plötzlich hörte Leyla auf zu weinen.

– Es war mein Vater.

Tanja schnaubte.

– Geh nie wieder nach Hause. Er darf dich nicht einsperren. Deine Brüder dürfen dich nicht schlagen.

– Hier kann ich nicht bleiben. Bei meiner Großmutter kann ich auch nicht wohnen.

Wütend fing Tanja an, mit einem zusammengerollten Handtuch auf Leylas Arm einzuschlagen.

– Aber du kannst nicht nach Hause gehen. Als du erzählt hast, was mit deiner Schwester passiert ist, dachte ich, du erzählst von dir selber. Bis zum Schluß. Da konntest du es nicht mehr sein. Denn du bist hier. Und dein Ohr ist nicht von Säure zerfressen.

Jesper Humlin horchte auf.

– Welche Schwester? Welches Ohr?

– Ich werde es nicht erzählen. Jedenfalls nicht, solange du hier sitzt.

Tanja schlug weiter auf sie ein.

– Er ist unser Lehrer. Er soll zuhören. Vielleicht kann er dir etwas beibringen, was dir hilft, besser zu erzählen.

– Ich will es hören, sagte Tea-Bag. Ich muß jemand anders hören als mich selbst. Mir brummt der Kopf von meinen eigenen Zungen. Sie fliegen hier drinnen herum wie Falter, die niemand schön findet.

Nachdrücklich klopfte sie gegen ihren Kopf. Leyla deutete auf Jesper Humlin.

– Nicht solange der hier ist.

– Er kann draußen im Flur sitzen.

Tanja hörte auf, ihren Arm zu traktieren, und nickte zur Tür hin. Jesper Humlin nahm seinen Stuhl mit und setzte sich draußen in den Flur. Ich soll sie nicht bei ihrer Beichte sehen, dachte er. In der Küche war es still geworden.

»Ich hatte einmal eine Puppe, die hieß Nelf. Ich hatte sie im Flüchtlingslager unter einem Bett in einem Zimmer gefunden, wo die Menschen kamen und gingen und man

nachts die Leute in ihren Alpträumen weinen und schreien hörte. Aber da war oft auch eine Erleichterung. Man war angekommen. Man war in Schweden. Alles würde gut werden, ohne daß jemand eigentlich erklären konnte, was ›gut‹ war. Ich fand, es war ›gut‹, daß ich diese Puppe gefunden hatte, und ich taufte sie sofort auf den Namen Nelf. Ich war so verwundert, daß niemand verstand, was das bedeutete. Nicht einmal Großmutter Nasrin, die damals noch klar im Kopf war. Aber auch sie verstand nicht, daß es der Name eines Gottes war, den nur ich kannte.

Wir waren aus dem Iran gekommen, aber ich erinnere mich kaum an die Reise, nur, daß Papa kurz vor der Landung alle unsere Papiere zerriß, seinen und Mamas Paß und Nasrins Paß, der eigentlich nicht von ihr war, sondern von Onkel Reza. Erst kamen wir nach Flen, da fand ich die Puppe, und ein paar Monate später landeten wir in Falun, und da waren wir drei Jahre, bevor wir hierher nach Göteborg zogen, nach Stensgården.

Schon in Falun entschied mein Vater, daß meine Schwester Fatti einen von Memeds Brüdern heiraten sollte, Memed, der in Södertälje wohnt und einer der ersten war, die nach Schweden kamen, noch ehe der Schah gestürzt wurde und Khomeini uns alle mit starrem Blick fixierte und das Land in etwas verwandelte, das besser sein sollte und es vielleicht irgendwann auch einmal sein wird. Aber Fatti schlich sich leise hin und belauschte das Gespräch zwischen Papa und Memed, man hatte ihr geboten, sich fernzuhalten, aber sie hockte vor der geschlossenen Tür zum Wohnzimmer, und als sie zurückkam und sich in dem Zimmer, das wir teilten, in das Bett an der Wand gegenüber legte, hörte ich sie weinen.

Ich stand auf und kroch zu ihr ins Bett, das tun wir im-

mer, wenn eine von uns traurig ist oder Alpträume hat oder sich einfach einsam fühlt. Fatti zog die Worte aus ihrer Verzweiflung hervor, sie hickste das Entsetzliche heraus, das sie durch die geschlossene Tür gehört hatte. Sie hatte gehört, wie Papa und Memed vereinbart hatten, daß sie Memeds Bruder Faruk heiraten sollte. Genauso gut wie ich wußte sie, wer Faruk war, er hatte einen kleinen Lebensmittelladen in Hedemora, und alle waren überzeugt, daß Memed das alles bezahlte, denn niemand kaufte je dort ein. Faruk kam uns oft an den Wochenenden besuchen. Weder Fatti noch ich mochten ihn. Er war lieb, aber er war zu lieb, lieb auf eine Art, daß man Angst vor ihm bekam. Und jetzt sollte Fatti gezwungen werden, ihn zu heiraten.

Sie sagte, sie würde weglaufen, aber sie wußte nicht, wohin. Vor meinem Vater kann man nicht davonlaufen, er würde tausend Jahre nach einem suchen und er würde einen finden. Das sagte ich zu meiner Schwester. Es mußte eine andere Möglichkeit geben, die Heirat mit Faruk zu verhindern. Mama konnte nicht helfen, sie tat nie etwas, ohne Papa vorher zu fragen, höchstens Nasrin, das war in dem Fall die einzige. Am folgenden Tag, es war Mittsommer, wie ich mich erinnere, gingen Fatti und ich hinunter zum See zwischen den Birken und redeten mit Nasrin. Aber Großmutter wurde böse und sagte, Fatti sollte froh sein, daß sie einen Mann wie Memed zum Verwandten bekam. Ich werde nie vergessen, wie Nasrin über Memed sprach, obwohl es ja Faruk war, den Fatti heiraten sollte. Ich merkte, wie verzweifelt Fatti war. Nasrin war ihre letzte Hoffnung gewesen. Sie bettelte, sie bat sie um Hilfe, aber Nasrin redete nur weiter davon, wie gut es sein würde, einen so wohlhabenden Mann wie Memed in der Familie zu haben.

In dieser Nacht, der Mittsommernacht, kroch ich wieder zu Fatti ins Bett. Sie sagte, sie würde weglaufen, aber ich glaubte keinen Moment daran, daß sie wirklich ausreißen würde. Wo sollte sie hin? Es kommt vor, daß Mädchen aus unseren Familien weglaufen. Aber ich habe noch nie von einer gehört, die nicht zurückgekommen ist. Sogar diejenigen, die sich das Leben nehmen, kommen zurück. Aber als ich am nächsten Morgen aufwachte, war das Bett leer. Fatti hatte sich davongemacht. Erst dachte ich, sie wäre nur auf der Toilette oder säße auf dem Balkon, in eine Decke gewickelt. Aber sie war weg. Ich spähte durch jeden Türspalt. Papa schnarchte, Mamas einer Fuß hing auf den Boden herunter. Fattis rote Jacke war weg. Sie hatte nicht viele Sachen mitgenommen. Als einziges Gepäckstück war ihr kleiner schwarzer Rucksack verschwunden. Ich trat hinaus auf den Balkon. Es war noch früh, irgendwo zwitscherte ein Vogel, die Sonne glitt aus den Nebeln hervor und ich überlegte, wo Fatti geblieben war. Ich dachte, wenn sie weg ist, bin auch ich weg, denn Fatti und ich sind eigentlich ein und dieselbe Person. Fatti ist dünner als ich. Das ist der einzige Unterschied.

Ich erinnere mich an diesen Mittsommertag, an dem ich außerhalb von Falun auf einem Balkon stand und begriff, daß Fatti verschwunden war. Ich dachte, von jetzt an würde alles anders werden. Aber vier Tage später fanden sie Fatti in Sala. Sie war auf einer Parkbank eingeschlafen, oder vielleicht war sie in Ohnmacht gefallen. Die Polizei brachte sie nach Hause, und als die Beamten gegangen waren, verprügelte Papa sie so, daß sie hinfiel und eine große Wunde im Nacken davontrug. Es war nicht nur Papa, der sie schlug, er war nicht der Schlimmste, er schlug sie nur dieses eine Mal. Mein Bruder reiste aus Göteborg an, und er nahm nicht einmal den Hut ab, bevor er Fatti den Arm auskugelte. Danach durfte Fatti nicht mehr ausgehen. Sie war neunzehn, sie wollte Krankenschwester werden und träumte davon, eine gute Orientierungsläuferin zu werden. Das habe ich nie verstanden, warum sie draußen im Wald herumlaufen und nach Markierungen suchen wollte, die auf unbegreiflichen Karten eingezeichnet waren.

Aber nichts davon hat sie verwirklicht. Wir wohnten weiter im selben Zimmer und lagen nachts wach und flüsterten. Es war, als sei Fatti schon alt geworden. Ich betrachtete ihr Gesicht im Mondlicht, es sah aus wie Nasrins Gesicht, verschrumpelt, nach innen gekehrt. Sie sprach fortwährend von diesen Tagen, die sie auf der Flucht gewesen war, daß sie Angst gehabt hatte, aber zugleich das Gefühl, vollkommen frei zu sein. Damals war etwas passiert, von dem sie nichts erzählte. Unter dem Kissen hatte sie eine glänzende Mutter versteckt. Manchmal, wenn sie glaubte, ich schliefe, holte sie die Mutter hervor und sah sie an. Jemand mußte sie ihr gegeben haben. Aber warum verschenkt man eine kleine Mutter? Was war es, was sie nicht erzählen wollte? Ich weiß es nicht. Von allen großen Rätseln, die Menschen mir aufgegeben haben, ist dies das größte, die glänzende Mutter, die Fatti unter ihrem Kopfkissen versteckte.

Es war eine Zeit, die ich gern vergessen würde. Fatti hatte solche Angst vor Schlägen, daß sie sich in die Hosen machte, obwohl sie neunzehn Jahre alt war. Ich weiß noch, daß sie sagte: ›Man wird mich schlachten, ich werde im Schlachthaus enden.‹ Damals verstand ich nicht, was sie meinte. Im folgenden Jahr wurde Fatti mit Faruk verheiratet, und sie zogen nach Hedemora. Nach zwei Jahren hatte Fatti immer noch kein Kind geboren. Da waren wir nach Göteborg gezogen, ich wollte sie besuchen, *aber ich durfte nicht, ich konnte sie auch nicht anrufen, weil immer nur Faruk ans Telefon ging. Wenn er nicht zu Hause war, machte er ein Schloß ans Telefon. Dann passierte es wieder, sie versuchte wegzulaufen. Mitten im Winter lief sie aus dem Haus, in dem sie wohnten, nur im Nachthemd. Was passiert war, weiß ich nicht, aber ich glaube, Faruk schlug sie, weil sie nicht schwanger wurde. Nachdem Faruk sie wieder nach Hause geschleppt hatte, weigerte sie sich, mit ihm in einem Zimmer zu schlafen, und alles Zureden von Mama und von Nasrin half nichts. Es war ihr egal, ob sie geschlagen wurde. Sie hatte sich entschieden. Sie wollte nicht länger mit Faruk verheiratet sein.*

Ob er es war oder Memed, der ihr ein Glas mit ätzender Säure ins Gesicht schüttete, weiß ich nicht. Eine Nachbarin hörte ein furchtbares Geschrei aus der Wohnung, und als sie ihre Tür öffnete, sah sie einen Mann die Treppe hinunter verschwinden. Aber ob es Memed oder Faruk war, haben wir nie erfahren. Beide stritten es ab, beide hatten ein Alibi. Fattis ganzes Gesicht war entstellt. Vor allem eine Wange und ein Ohr. Sie verläßt das Haus nicht mehr, sie sitzt in einer Wohnung in Göteborg, die Gardinen sind vorgezogen, sie spricht mit keinem und sie wartet darauf, daß alles ein Ende nimmt. Ich habe ihr durch den Briefschlitz zugerufen, ich habe sie gebeten, mich hereinzulassen, aber sie sagt mir nur, ich soll verschwinden. Die einzige, die sie besucht, ist Mama. Papa spricht nie von ihr, und auch Faruk und Memed nicht.

Faruk ist jetzt wieder verheiratet. Keiner wurde je dafür bestraft, daß er Fattis Gesicht zerstört hat. Ich denke immer an meine Schwester, die in der dunklen Wohnung sitzt, und ich weiß, was auch geschieht, ich werde nicht zulassen, daß mein Leben so wird wie ihres. Sie wollte warten, bis

*sie jemanden traf, mit dem sie wirklich leben wollte, sie
wollte selbst bestimmen. Ich kann meinen Vater nicht verstehen. Er sagt immer, wir wären von zu Hause weggegangen, um die Freiheit zu suchen. Aber wenn wir frei leben
wollen, ist das auch verkehrt. Ich möchte wissen, was
während der vier Tage passiert ist, die Fatti frei war. Ich
glaube, die Freiheit, falls es sie gibt, ist immer riskant, ein
Leben voller Gefahren, man wird verfolgt, ist immer auf
der Flucht.*

*Ich weiß, daß Fatti in jenen Tagen jemanden getrof-
fen hat, einen, der ihr die glänzende Mutter gab. Jeden
Abend vor dem Einschlafen hoffe ich, spreche vielleicht
ein Gebet, ich weiß es nicht genau, daß Fatti von dem
Mann träumen darf, der ihr die Mutter gab, als sie ganz
frei war und furchtbare Angst hatte. Vielleicht ist das der
Grund, warum ich schreiben lernen will. Ich würde gern
über diese vier Tage und Nächte schreiben, in denen meine Schwester frei und angsterfüllt war, ich würde gern über
das schreiben, was damals geschah, über all das, was die
Menschen, die auf der Straße an ihr vorbeigingen, nicht
bemerkten.*

*Wenn ich mich nicht um Fatti kümmere, wer dann?
Mama liebt sie, und Papa auf seine Weise sicher auch. Ich
weiß nur, daß ich die Liebe verteidigen muß, wenn sie da
ist und auch wenn sie nicht da ist, und ich weiß ja, daß es
sie auch für mich gibt, weil er da in dem Fußgängertunnel
gewartet hat, und das hat er getan, weil er wußte, daß ich
diesen Weg nehmen würde, wenn ich zur Straßenbahn
ging.«*

Es klopfte an die Tür. Jesper Humlin zuckte zusammen.
Tea-Bag zog den Reißverschluß hoch, als würde sie einen
Revolver ziehen. Tanja stand da wie versteinert. Aber Leyla

erhob sich gemächlich, strich sich die Haare aus der verschwitzten Stirn und ging hinaus in den Flur. Als sie wiederkam, hatte sie einen jungen Mann an ihrer Seite. Er sah sich nervös im Zimmer um.

– Das ist Torsten, sagte Leyla. Der aus dem Fußgängertunnel. Der aus meiner Erzählung.

Nasrins derzeitige Haushaltshilfe, Torsten Emanuel Rudin, war ein junger Mann, der schwer stotterte. Tea-Bag fing an zu kichern, als sie es merkte, Leyla geriet in Rage, und Tanja mußte eingreifen und Leyla daran hindern, sie zu schlagen.

– Bist du der Autor, der k-k-k-k...

– Nein, entgegnete Jesper Humlin scharf. Ich schreibe keine Kriminalromane.

– Ich meinte kurze Gedichte, sagte Torsten.

Leyla hatte sich zu ihnen gestellt.

– Das ist mein Lehrer, sagte sie stolz. Er soll mir beibringen, wie ich eine große Schriftstellerin werde. Er kennt alle Wörter, die es gibt.

Dann setzte sie sich auf Torstens Schoß. Der Stuhl ächzte. Die Liebe hat viele Erscheinungsformen, dachte Jesper Humlin. Dieses Bild aber ist das schönste, das ich je gesehen habe.

– Ich bin von zu Hause weggelaufen, sagte Leyla.

Torsten bekam einen Schreck. Seine Antwort versickerte in einem langgezogenen Stottern.

– Ich habe Angst, sagte Leyla. Aber ich habe das getan, was ich tun mußte. Jetzt wird mich meine Familie jagen, solange ich lebe.

Sie sah Jesper Humlin an.

– Sie werden glauben, daß du dafür verantwortlich bist.

Jesper Humlin erschrak.

– Warum sollten sie das glauben?

– Sie haben gesehen, wie du Mädchen die Wange tätschelst. Sie glauben, wir schicken einander heimliche Botschaften.

– Was du erzählt hast, hat mich sehr erschüttert. Aber es hat mich auch davon überzeugt, daß du mit deinen Eltern reden mußt.

– Über was?

– Darüber, daß es jemanden wie Torsten gibt.

– Dann schlagen sie mich tot und sperren mich ein.

– Sie werden dich wohl kaum erst totschlagen und dann einsperren. Soweit ich es deiner Erzählung habe entnehmen können, war es niemand aus deiner Familie, der den furchtbaren Anschlag auf deine Schwester Fatti verübt hat.

– Die gibt es nicht.

Jesper Humlin blieb die Luft weg.

– Wie meinst du das?

– Natürlich gibt es sie. Aber manchmal ist es, als wäre sie weg. Als hätte sie alle Türen hinter sich zugemacht, sich das Seidentuch übers Gesicht gezogen und aufgehört zu sein. Obwohl sie noch lebt.

– Man kann tot sein, obwohl man lebt, und lebendig, obwohl man tot ist.

Es war Torsten, der sprach. Ohne zu stottern. Er lächelte. Leyla lächelte. Alle lächelten. Es war ein gemeinsamer Triumph.

Das Gespräch verebbte.

Tea-Bag und Tanja spülten das Geschirr ab, Leyla und Torsten hatten sich irgendwo in der Tiefe des großen Hauses verkrümelt. Jesper Humlin ging hinunter in den Partyraum im Keller. An der Wand hing ein großer Hampelmann in Gestalt eines Pappolizisten. Ihm wurde mulmig. Es war elf Uhr abends. Er zögerte. Dann wählte er Andreas Nummer. Sie war sofort am Apparat.

– Ich hoffe, ich habe dich nicht geweckt.

– Ich war gerade eingeschlafen. Wo bist du?

– Immer noch in Göteborg.

– Warum rufst du an?

– Ich will mit dir reden. Ich dachte, wir sind ein Paar.

– »Ich dachte, wir sind ein Paar«. Du klingst wie eine Figur aus einem alten schwedischen Film. Ich will Schluß machen.

– Ich komme ohne dich nicht zurecht.

– Du kommst ohne mich hervorragend zurecht. Und wenn nicht, ist das dein Problem. Wann kommst du nach Hause?

– Ich weiß nicht. Willst du nicht wissen, was hier passiert ist?

– Ist jemand gestorben?

– Nein.

– Schwer verletzt?

– Nein.

– Dann will ich es nicht wissen. Ruf an, wenn du wieder da bist. Gute Nacht.

Andrea legte auf. Jesper Humlin starrte auf den Hampelmann. Das ist kein Polizist, dachte er. Das bin ich.

Er stieg die Treppe wieder hinauf. Küche und Wohnzimmer waren verlassen. Er begab sich ins Obergeschoß. Durch einen Türspalt sah er Tea-Bag und Tanja ausgestreckt auf einem breiten Doppelbett liegen. Sie hielten einander an der Hand. Tea-Bag hatte die Steppjacke abgelegt. Tanjas Mund bewegte sich, aber er konnte nicht hören, was sie sagte. Die Tür eines anderen Zimmers war geschlossen. Als er das Ohr daran legte, hörte er Torstens

stammelnde Stimme. Er ging wieder hinunter ins Erdgeschoß.

Jetzt wäre der richtige Moment, um zu verschwinden,
dachte er. Der Kurs ist vorbei, der Kurs, der nie ein Kurs
wurde. Aber ich kann nicht abhauen, weil ich immer noch
nicht das Ende von Tanjas Erzählung gehört habe. Und ich
weiß nicht, ob der Affe, den ich manchmal zu sehen glaube, wirklich ist oder nicht.

Jesper Humlin schlummerte schließlich in einem Sessel
ein. Sogleich fing er an zu träumen. Olof Lundin kam in
rasender Geschwindigkeit über eine windige Bucht gerudert. Er selbst saß mit Tea-Bag zusammen in einem
Ruderboot und angelte. Plötzlich wimmelte das Wasser von
Schäferhunden, die aus allen Richtungen angeschwommen
kamen. Er zuckte zusammen und wurde davon wach, daß
einer der Schäferhunde ihn in die Schulter biß. Es war
Tanja, die seinen Arm berührte. Verwirrt sah Jesper Humlin auf die Uhr. Viertel vor zwei. Er hatte nicht länger als
zwanzig Minuten geschlafen. Hinter Tanja tauchte Tea-Bag
auf.

– Es gibt sie, sagte Tanja.

– Wen gibt es?

– Fatti. Leylas Schwester. Ich weiß, wo sie wohnt. Willst
du sie treffen?

– Leyla sagte, daß Fatti in ihrem Zimmer hinter vorge-
zogenen Gardinen sitzt, mit einem Seidentuch vor dem
Gesicht, und daß sie sich weigert, Besuch zu empfangen.
Warum sollte sie mich treffen wollen?

– Leyla besucht sie jeden Tag. Deswegen ist sie nie in
der Schule. Sie kümmert sich um ihre Schwester.

– Warum sagt sie das dann nicht?

– Hast du keine Geheimnisse?

– Darum geht es nicht.

Bisher hatte nur Tanja gesprochen. Jetzt mischte sich Tea-Bag ein.

– Gehen wir?

– Wohin?

– Willst du Fatti treffen oder nicht?

Tanja bestellte ein Taxi. Während der Fahrt saßen sie stumm da. Leylas Schwester wohnte in einem Haus, das eingeklemmt zwischen einer steilen Felswand und der Ruine einer alten Ziegelfabrik lag. Sie stiegen aus. Jesper Humlin merkte, daß er fror.

– Wie kommen wir hier wieder weg?

Tanja holte ein paar Mobiltelefone heraus, die nicht in der von der Polizei beschlagnahmten Tasche gelegen hatten.

– Du fragst, wie wir hier wegkommen. Wir sind gerade erst angekommen.

Jesper Humlin sah zu der dunklen Hausfassade auf. Er fühlte sich plötzlich elend.

– Ich will sie nicht treffen. Ich will keine junge Frau sehen, der man das Gesicht mit Säure zerstört hat. Ich kann nicht erkennen, wozu das gut sein soll.

– Sie hat ein Seidentuch vor dem Gesicht. Es ist dunkel im Zimmer. Du willst sie treffen. Du bist neugierig.

– Es ist mitten in der Nacht. Sie schläft.

– Sie schläft tagsüber. Nachts ist sie wach.

– Sie wird nicht aufmachen.

– Fatti wird glauben, daß es Leyla ist.

Die Haustür war offen. Im Lift hatte jemand ein Glas Kompott verschüttet. Fatti wohnte im obersten Stock. Tanja holte ihren Schlüsselbund mit den Dietrichen hervor. Tea-Bag verfolgte wachsam ihr Tun.

– Sollten wir nicht klopfen? Oder an der Tür klingeln?

– Mitten in der Nacht?

Tanja fing an, das Schloß zu bearbeiten. Jesper Humlin fragte sich, ob Leyla bei ihren Besuchen die Tür auch mit einem Dietrich öffnete.

Es klickte im Türschloß. Tanja schob die Tür auf und steckte die Schlüssel und Dietriche lautlos in ihren Rucksack zurück. Tea-Bag schubste ihn in den Flur. Dort roch es muffig, ein Geruch wie von bitteren Beeren. Etwas Süßliches war auch dabei. Jesper Humlin fühlte sich an die eigentümlichen Gewürze erinnert, die seine Mutter gern in ihre nächtlichen Mahlzeiten mischte.

– Wer ist da?

Die Stimme kam aus dem Zimmer, das am Ende des Flurs lag. Ein schwaches Licht von den Straßenlaternen fiel durch einen Spalt in den schweren Gardinen.

– Sie wartet, zischte Tanja.

Jesper Humlin widersetzte sich.

– Ich weiß nicht, wer sie ist. Ich will sie nicht sehen. Ich verstehe nicht einmal, was der Zweck unseres Besuchs ist.

– Sie hat ein Tuch vor dem Gesicht. Du bist es, mit dem sie reden will.

– Sie will überhaupt nicht mit mir reden. Sie weiß bestimmt nicht, wer ich bin.

– Sie weiß, wer du bist. Wir warten unten auf dich.

Bevor Jesper Humlin reagieren konnte, waren Tea-Bag und Tanja aus der Wohnung verschwunden. Er wollte sich ihnen gerade anschließen, als er eine Gestalt in der Türöffnung ganz hinten im Flur sah.

– Wer ist da?

Ihre Stimme klang gebrochen, erinnerte aber trotzdem an die von Leyla.

– Ich heiße Jesper Humlin. Ich bitte um Verzeihung.

– Wofür?

– Es ist kurz nach zwei.

– Ich schlafe tagsüber. Ich habe darauf gewartet, daß du dich meldest.

– Wie bitte?

– Ich habe darauf gewartet, daß du dich melden würdest.

Fatti knipste die Stehlampe an, die in einer Ecke stand. Über den Lampenschirm war ein weißes Tuch gebreitet. Das Licht im Raum wurde nur geringfügig heller. Sie lud ihn mit einer Geste ein, näher zu treten. Hatte er sich verhört? Gewartet, auf ihn? Ein dicker Teppich bedeckte den Boden im Wohnzimmer. Die Wände waren kahl, die Stühle schlicht, ein Tisch ohne Tischtuch, ein Regal ohne Nippes, nur ein paar Bücher und Zeitschriften. Fatti nahm ihm gegenüber Platz. Sie trug ein langes schwarzes Kleid. Der Kopf war unter einem hellblauen Seidentuch verborgen. Jesper Humlin ahnte die Konturen ihrer Nase und ihres Kinns. Aber der Gedanke daran, wie entstellt ihr Gesicht war, bereitete ihm Unwohlsein.

– Ich werde dir nicht zeigen, was er mit mir gemacht hat. Du mußt keine Angst haben.

– Ich habe keine Angst. Warum sagst du, daß du darauf gewartet hast, daß ich mich melde?

– Ich wußte, daß Leyla früher oder später von mir erzählen würde. Ich vermute mal, daß ein Schriftsteller gern das sehen will, was er nicht glaubt. Oder das, was er noch nie zuvor gesehen hat.

Jesper Humlin fühlte sich immer unangenehmer berührt. Er versuchte, an etwas anderes zu denken als an das Gesicht, das sich unter dem Stoff verbarg.

– Habe ich nicht recht? Bist du nicht der, von dem Leyla lernen soll? Neugierig zu sein? Wenn sie denn eine Schriftstellerin werden soll. Glaubst du, daß sie das Talent dazu hat?

– Das kann ich nicht beantworten.

– Warum nicht?

– Es ist noch zu früh.

Plötzlich beugte sich Fatti vor. Jesper Humlin erschrak.

– Wer erzählt über mich? Wer erzählt meine Geschichte?

Wenn sie jetzt bloß mich nicht bittet, dachte er. Dazu bin ich nicht in der Lage.

– Du könntest es vielleicht selber tun? sagte er vorsichtig.

– Ich bin kein Schriftsteller. Das bist du.

Es war, als könnte sie durch das Tuch hindurch direkt in seinen Kopf sehen.

– Hast du Angst, daß ich dich frage?

Er wartete. Aber es kam keine Frage. Sie lehnte sich im Stuhl zurück, schweigend. Jesper Humlin hatte das Gefühl, daß sie hinter ihrem Tuch weinte. Er hielt den Atem an und dachte, daß er gerade in diesem Moment Zeuge von etwas wurde, was er nie wieder erleben würde. Plötzlich streckte sie ihre Hand aus und drückte auf den Knopf eines Kassettenrecorders, der auf einem Tisch neben dem Stuhl stand. Für einen kurzen Augenblick war die Hand im Licht der Stehlampe zu sehen. Aus dem Kassettenrecorder kam keine Musik, nur Rauschen. Schließlich erkannte er, daß jemand das Meer aufgenommen hatte. Dünungen, die an einen Strand rollten, das ferne Donnern von Wellen an einem Riff.

– Das ist das einzige, was mir Ruhe gibt, sagte Fatti. Das Meer, das rauscht.

– Ich habe einmal ein Gedicht über ein Treibnetz geschrieben, sagte Jesper Humlin zögernd.

– Was ist das?

– Ein Fischernetz. Ich schrieb darüber, wie ich es tief unten in dem klaren Wasser sah. Ein Fischernetz, das sich losgerissen hatte und davontrieb. In dem Netz hingen eine tote Ente und ein paar Fische.

– Wovon handelte das Gedicht?

– Ich glaube, ich stellte mir vor, es sei ein Bild der Freiheit.

– Daß die Freiheit immer auf der Flucht ist?

– Vielleicht. Ich weiß es nicht.

Sie saßen schweigend da. Das Meer toste.

– Du hast Angst, daß ich dich frage, sagte sie nach einer Weile. Du hast Angst davor, daß ich dich bitten könnte, meine Geschichte zu schreiben. Du hast Angst, weil du weißt, daß du sie nicht schreiben kannst, ohne mein Gesicht gesehen zu haben.

– Ich habe keine Angst.

– Ich werde dich nicht fragen.

Sie verstummte. Er wartete. Aber sie sagte nichts mehr. Schließlich, als über dreißig Minuten mit Schweigen vergangen waren, sagte er vorsichtig:

– Vielleicht sollte ich jetzt besser gehen.

Fatti antwortete nicht. Jesper Humlin stand auf und verließ die Wohnung. Als er die Tür hinter sich zuzog, dachte er, daß der Duft, der die Wohnung erfüllte, Zimt sein mußte.

Unten auf der Straße warteten Tea-Bag und Tanja. Sie betrachteten ihn aufmerksam. Tea-Bag beugte sich neugierig zu ihm vor.

– Hast du ihr Gesicht gesehen?

– Nein.

– Ich habe es gesehen. Es ist, als hätte jemand Landkarten hineingeritzt. Inseln ausgeschnitten und Klippen und Fahrrinnen eingekerbt.

– Ich will nichts mehr davon hören. Ruf ein Taxi. Wir müssen jetzt vor allem entscheiden, was mit dir geschehen soll. Wo du dich verstecken kannst.

– Ich muß mich auch verstecken, sagte Tanja. Und Leyla. Alle müssen sich verstecken.

Sie kehrten in das Haus zurück, in dem Torsten und Leyla warteten.

– Wie lange können wir hier bleiben? fragte Jesper Humlin.

– Es kann sein, daß morgen früh jemand kommt. Dann dürfen wir nicht mehr hiersein.

– Dann bleiben uns nur ein paar Stunden, bis zur Morgendämmerung. Wer kommt?

– Vielleicht eine Putzfrau.

– Wann kommt sie?

– Nicht vor neun.

– Dann räumen wir um acht das Feld.

– Wo sollen wir hin?

– Ich weiß es nicht.

Jesper Humlin kehrte zu dem Sessel zurück, in dem er vor ein paar Stunden geschlafen hatte.

Tea-Bag und Tanja verschwanden. Ich muß eine Lösung finden, dachte er. Ich weiß nicht, in was ich da hineingeraten bin, ich weiß nicht, wieviel Verantwortung ich eigentlich trage. Aber ich bin in dieser Sache hängengeblieben, wie wenn man mit dem Fuß in einer Eisenbahnschiene hängenbleibt und versucht, ihn herauszubekommen, während der Zug sich unerbittlich nähert.

Er versuchte zu schlafen. Die ganze Zeit meinte er, die Frau mit dem hellblauen Tuch über dem Kopf zu sehen.

Außerdem ruderten Tea-Bag und Tanja über ein Meer, das dieselbe Farbe hatte wie das Tuch.

Die Morgendämmerung brach an. Er schrak auf.
Noch immer wußte er nicht, was er tun sollte.

18

Ein Müllauto rumpelte auf der Straße vorbei.

Jesper Humlin erhob sich aus dem Sessel, wo er vergeblich zu schlafen versucht hatte. Der Entschluß hatte sich von selbst ergeben, da er keine Alternative sah. Er ging hinauf ins Obergeschoß. Die Tür des Zimmers, in dem Tea-Bag und Tanja schliefen, war angelehnt. Tea-Bag hatte die Steppjacke ausgezogen, Tanja hatte sich zusammengerollt und sich ein Kissen aufs Gesicht gelegt. Tea-Bag erwachte mit einem Ruck, als Jesper Humlin das Zimmer betrat. Für einen kurzen Moment flackerte Angst in ihren Augen auf.

– Ich bin es nur. Wir müssen jetzt gehen.

– Wo sollen wir hin?

– Das werde ich euch sagen, wenn sich alle da unten versammelt haben.

Er verließ das Zimmer. Als er an die andere Tür klopfte, antwortete Torsten mit einem Stammeln.

– Herein, rief Leyla.

Sie hatten die Decke bis zum Kinn hochgezogen. An der Seite der dicken Leyla wirkte Torsten sehr klein.

– Steht auf und zieht euch an. Die Mädchen und ich müssen los.

– Ich komme mit, sagte Torsten.

– Mußt du nicht zur Arbeit?

Torsten begann zu stottern.

– Er arbeitet nur als Vertretung, antwortete Leyla. Meine Großmutter hat noch jemand anderen, der ihr hilft.

Es war bereits sieben Uhr. Jesper Humlin ging die Treppe hinunter. Er fürchtete sich vor dem Telefongespräch, das er jetzt führen mußte. Wenn es etwas gab, das seine Mutter haßte, dann war es, frühmorgens geweckt zu werden.

Er setzte sich an einen Schreibtisch, auf dem ein Telefon stand. Aus dem Obergeschoß hörte er Tanjas und Tea-Bags Stimmen lauter und wieder leiser werden. Meine Familie, dachte er. All diese Kinder, von denen Andrea immer spricht. Er griff nach dem Hörer und wählte. Nach vierzehn Klingelzeichen nahm seine Mutter ab. Es klang, als läge sie im Sterben. Ihre wirkliche Stimme, dachte Jesper Humlin verdrossen. Keine Stimme, die gegen Bezahlung stöhnt oder ihrer Umwelt Befehle erteilt. Sondern die Stimme einer alten Frau, die schon hört, wie die Erde ruft und sie zu sich ziehen will.

– Wer ist da?

– Ich bin es.

– Wieviel Uhr ist es?

– Sieben.

– Willst du mich umbringen?

– Ich muß mit dir reden.

– Ich schlafe um diese Zeit. Mir ist es endlich gelungen einzuschlafen. Du mußt heute abend anrufen.

– Das geht nicht. Ich verlange nur, daß du dich ein paar Minuten lang wach hältst und dir anhörst, was ich zu sagen habe.

– Du hast nie etwas zu sagen.

– Jetzt habe ich es. Ich rufe aus Göteborg an.

– Bist du immer noch mit diesen indischen Mädchen zugange?

– Es sind keine indischen Mädchen. Die eine kommt aus dem Iran, die andere aus der ehemaligen Sowjetunion

– jedenfalls glaube ich, daß sie von da kommt –, außerdem ein Mädchen aus Nigeria sowie ein Junge, der Torsten heißt und stottert. Er ist aus Göteborg.

– Klingt nach einer sonderbaren Gesellschaft. Warum stottert er?

– Ich weiß nicht, warum er stottert. Als ich klein war, habe ich gestottert, wenn ich Angst hatte. Oder wenn ich mit jemandem sprechen sollte, der stotterte.

– Man muß nicht stottern, wenn man nicht will. Es ist nur eine Frage des Willens.

– Ich finde, das solltest du mal allen sagen, die ihr ganzes Leben darunter zu leiden hatten.

– Ich lege mich jetzt wieder hin.

– Nicht ehe du gehört hast, was ich zu sagen habe.

– Gute Nacht.

– Wenn du jetzt den Hörer auflegst, breche ich jeden Kontakt mit dir ab.

– Was gibt es denn so Wichtiges?

– Heute nachmittag komme ich mit diesen Mädchen und dem stotternden Jungen zu dir nach Hause.

– Weshalb?

– Sie sollen bei dir wohnen. Wie lange, weiß ich nicht. Aber du darfst auf keinen Fall irgend jemandem etwas davon sagen. Hast du verstanden?

– Kann ich mich jetzt wieder hinlegen?

– Schlaf gut.

Als er den Hörer auflegte, merkte Jesper Humlin, daß seine Hand zitterte. Aber er war überzeugt, daß es bei seiner Mutter angekommen war, was er gesagt hatte; sie würde niemandem verraten, daß er als Leiter einer, gelinde gesagt, bunt gemischten Reisegruppe auf dem Weg nach Stockholm war.

Am frühen Nachmittag kamen sie an. Während der Fahrt hatten sie sich auf verschiedene Wagen verteilt. Als der Zug Södertälje passierte, bat er Tanja um eins ihrer Mobiltelefone.

– Wem gehört dieses Handy?

– Es funktioniert hervorragend.

– Danach habe ich nicht gefragt! Benutze ich immer noch Telefone, die der Polizei und der Staatsanwaltschaft gehören?

– Dieses habe ich einem Schaffner abgenommen.

Jesper Humlin zuckte zusammen. Dann schloß er sich auf einer Toilette ein und rief seine Mutter an. Sie meldete sich sofort.

– Ich sitze hier und warte. Wann kommt ihr?

– Wir haben gerade Södertälje passiert.

– Ich dachte erst, ich hätte geträumt. Ich nehme an, du kommst zu mir nach Hause, weil sie sich verstecken müssen?

– Du hast richtig verstanden.

– Wie viele sind es? Zehn oder zwölf?

– Außer mir sind es vier Personen.

– Wirst du auch hier wohnen?

– Nein.

– Ich freue mich darauf, diese indischen Mädchen kennenzulernen. Ich habe einen indischen Schal angelegt, den ich von deinem Vater zur Verlobung bekommen habe.

– Es sind keine indischen Mädchen, Mama. Das habe ich dir bereits heute morgen erklärt. Nimm diesen Schal ab. Koche keines von deinen Spezialgerichten. Außerdem wäre ich dir dankbar, wenn du heute abend nicht am Telefon stöhnen würdest.

– Ich habe meinen Freundinnen schon Bescheid gesagt.

Jesper Humlin war entsetzt.

– Was hast du ihnen erzählt?

– Natürlich nichts davon, daß ihr herkommt. Ich habe nur gesagt, daß ich heute abend nicht in der Lage bin zu arbeiten.

Jesper Humlin beendete das Gespräch und versuchte anschließend, das Handy im Klo herunterzuspülen. Es blieb stecken. Er verließ die Toilette und kehrte an seinen Platz zurück.

Am Hauptbahnhof fand er ein Taxi, das groß genug war, um sie alle aufzunehmen. Ein Streifenwagen glitt vorbei. Tanja und Tea-Bag winkten. Einer von den Polizisten winkte zurück. Sie glauben, daß ich ihre Sicherheit garantieren kann, dachte Jesper Humlin. Sie verstehen nicht, daß ich keine Möglichkeit habe, auch nur das geringste zu garantieren.

Die Begegnung zwischen seiner Mutter und den Reisenden aus Göteborg entsprach in keiner Weise Jesper Humlins Befürchtungen. Vom ersten Augenblick an schlossen die Gäste seine Mutter mit staunender Liebe in ihr Herz. Widerstrebend mußte er zugeben, daß sie, wenn sie wollte, sich ganz natürlich geben konnte und über eine ungekünstelte Art verfügte, mit anderen Menschen umzugehen. Sie verwechselte ihre Namen, bestand hartnäckig darauf, Leyla zu einer Inderin zu machen, Tea-Bag zu »dem schönen Mädchen aus Sumatra«, und Tanja gab sie aus irgendeinem Grund den Namen »Elsa«. Doch die Verwirrung war bedeutungslos. Sogar er selbst gewann in den Augen der Mädchen, als sich herausstellte, daß er eine solche Mutter hatte.

Ihre große Wohnung bot eine grenzenlose Sicherheit, sie war ein Gebiet mit diplomatischer Immunität. Seine Mutter hatte sämtliche Betten des Hauses zurechtgemacht, und bereits wenige Minuten nach der Ankunft waren alle untergebracht. Tea-Bag und Tanja teilten wieder ein Zimmer, Leyla schlief allein, und für Torsten war ein Zeltbett im Flur aufgeschlagen worden.

– Selbstverständlich kann ich Unverheiratete nicht in einem Zimmer schlafen lasen.

– Was für ein altmodischer Gedanke.

– Ich bin altmodisch.

– Dein Stöhnen am Telefon deutet nicht darauf hin.

Seine Mutter würdigte ihn keiner Antwort. Sie hatte ihm bereits den Rücken gekehrt.

Nach einer Weile ging Jesper Humlin einkaufen. Er nahm Tanja mit, damit sie ihm tragen half. Erst hatte er Torsten gefragt, aber da hatte Leyla so unglücklich ausgesehen, daß er es sich anders überlegte. Auf dem Weg zum Lebensmittelladen blieb Tanja plötzlich vor einer Kneipe stehen.

– Ich habe Durst.

Sie öffnete die Tür und trat ein. Jesper Humlin folgte ihr. Tanja bestellte Bier.

– Ich lade dich ein, sagte Tanja. Aber du mußt zahlen. Ich habe nur Handys, kein Geld.

– Ist es nicht ein bißchen früh am Tag für Bier?

Tanja antwortete nicht, zischte nur etwas Unverständliches und setzte sich an einen Tisch. Jesper Humlin folgte ihr, mit einer Tasse Kaffee in der Hand. Er sah, daß sie angespannt war. Ihre Augen flackerten unruhig.

– Willst du deine Ruhe haben?

Sie antwortete nicht. Jesper Humlin wartete. Sie leerte das Glas. Dann stand sie auf und ging zur Toilette. Eins von ihren Mobiltelefonen lag auf dem Tisch. Es fing an zu klingeln. Das ist sie, dachte er. Sie wiederholt das, was in der Wohnung der Familie Yüksel geschah. Sie ruft an, wenn sie etwas Wichtiges zu sagen hat.

– Richter Hansson vom Oberlandesgericht wünscht Oberstaatsanwalt Westin zu sprechen.

– Er ist nicht da, sagte Jesper Humlin und drückte das Gespräch weg.

Es klingelte erneut. Er hantierte an dem Gerät, um die Nummer des Anrufers zu sehen. Es mißlang, und er meldete sich.

– Ich glaube, wir wurden unterbrochen. Oberstaatsanwalt Westin?

– Er ist noch immer nicht zurück.

Jesper Humlin brach der Schweiß aus. Die Tür zu den Toiletten blieb geschlossen. Nach einer Weile stand er auf und ging hin. Er horchte vor der Damentoilette. Es war still. Er klopfte. Keine Antwort. Er rief ihren Namen. Dann öffnete er die Tür. Die Damentoilette war leer. Es gab ein Fenster da drinnen, das er aufzumachen versuchte. Die Haken waren festgerostet. Niemand ist auf diesem Weg hinausgeschlüpft, dachte er. Dann ging er auf die Herrentoilette.

Tanja hockte neben dem Pissoir auf dem Boden. Sie preßte sich ein Papierhandtuch vor das Gesicht. Im ersten Moment dachte Jesper Humlin, ihr sei etwas zugestoßen und sie hätte Nasenbluten bekommen, das sie jetzt zu stoppen versuchte. Dann bemerkte er, daß etwas in dem Papierhandtuch steckte. Er riß es an sich. Etwas war darin eingewickelt, das aussah wie ein aufgeweichtes Stück Seife, das aber, wie er begriff, einer von den Duftblöcken aus der Pissoirrinne sein mußte. Irgendwann hatte er mal davon gehört, daß Urin in den wohlriechenden Blöcken Ammoniak freisetzte. Der dann als erniedrigendste aller Drogen in die Lungen eingesogen werden konnte. Trotzdem fiel es ihm schwer zu glauben, was er sah. Tanjas blanke Augen, das Papierhandtuch mit dem glitschigen bläulichen Block. Er versuchte sie hochzuziehen. Sie schlug ihm ins Gesicht und beschimpfte ihn auf Russisch.

Ein Mann betrat die Toilette. Jesper Humlin brüllte ihn an, er solle die Damentoilette benutzen. Im Nu war der Mann verschwunden.

Jesper Humlin prügelte sich weiter mit Tanja um den hellblauen Duftblock. Sie krochen auf dem Fußboden herum. Tanja fuhr ihm mit den Fingernägeln durchs Gesicht. Er geriet außer sich und packte sie mit festem Griff um die Taille, hob sie hoch und drückte sie gegen die Wand. Sie waren beide von oben bis unten mit Urin bespritzt. Er befahl ihr schreiend, sie solle sich beruhigen. Als sie hartnäckig Widerstand leistete und den Versuch machte, einen weiteren Duftblock aus der Pissoirrinne zu fischen, schlug er nach ihr. Jetzt bekam sie tatsächlich Nasenbluten und wurde vollkommen still.

Er hörte, daß sich jemand näherte. Rasch zog er sie in eine der Kabinen und sperrte die Tür ab. Ein Mann kam herein, hustete und pinkelte dann lange. Jesper Humlin setzte sich auf die Kloschüssel und nahm Tanja auf den Schoß. Ihr Atem ging schwer, die Augen waren geschlossen. Er fürchtete, sie würde gleich in Ohnmacht fallen. Der Mann hatte fertig gepinkelt und verschwand. Jesper Humlin schüttelte sie.

– Was ist mit dir los? Warum tust du das?

Tanja schüttelte den Kopf.

– Ich möchte schlafen.

– Wir können hier nicht sitzen bleiben, sagte er. Wir müssen etwas zu essen kaufen. Die anderen warten auf uns.

– Nur einen Augenblick. So habe ich nicht mehr gesessen, seit ich klein war und auf dem Schoß meiner Tante schaukelte.

– Wir sitzen auf einem Klo, sagte Jesper Humlin.

Plötzlich stand sie auf und suchte an der Wand Halt.

– Ich muß mich übergeben.

Jesper Humlin drängte sich hinaus und schlug die Tür zu. Er hörte, wie sie sich erbrach. Dann wurde es still. Er öffnete die Tür und reichte ihr ein nasses Handtuch. Sie wischte sich das Gesicht ab und folgte ihm hinaus. In der Tür begegneten sie einem Mann, der gerade seinen Hosenstall zumachte. Neugierig musterte er Tanja und zwinkerte dann Jesper Humlin vielsagend zu, der in diesem Augenblick sehr nahe daran war, sich umzudrehen und ihm eine zu scheuern.

Sie gingen hinaus. Tanja zeigte auf das Eingangstor eines Friedhofs, der auf der anderen Seite der Straße lag.

– Können wir da hineingehen?

– Wir müssen einkaufen.

– Zehn Minuten. Nicht länger.

Jesper Humlin schob das quietschende Tor auf. An einen halb umgeworfenen Grabstein mit verwitterter Schrift gelehnt saß eine alte Frau und schlief. Ihre Kleider waren zerlumpt, und um sie herum waren Plastiktüten und mit Wäscheleinen verschnürte Zeitungsbündel verstreut. Tanja blieb stehen und betrachtete sie.

– Glaubst du, sie kann ein Telefon gebrauchen?

– Sie hat bestimmt niemanden zum Anrufen. Aber sie kann es natürlich verkaufen.

Tanja nahm ein Handy aus der Tasche und legte es neben die Wange der Schlafenden. Sie setzten ihren Weg über den verlassenen Friedhof fort. Tanja ließ sich auf einer Bank nieder. Jesper Humlin gesellte sich zu ihr.

– Vielleicht sollte ich diese Pennerin anrufen, der ich

mein Handy geschenkt habe. Es ist ein schönes altes Wiegenlied, das gespielt wird, wenn das Telefon klingelt. Sie wird ein himmlisches Erwachen haben.

– Besser du läßt sie weiterschlafen. Wozu soll sie aufwachen?

Von Tanja kam ein Wimmern. Als hätte ein plötzlicher Schmerz sie überfallen.

– Das darfst du nicht sagen. »Wozu soll sie aufwachen?« Wozu soll ich aufwachen? Soll ich wünschen, ich wäre tot? Das habe ich oft genug getan, ich bin auf Brückengeländern balanciert und war kurz davor, mich hinunterzustürzen, ich habe mir Spritzen in die Armbeuge gesetzt, ohne daß ich wußte oder daß es mich kümmerte, was ich mir da reindrückte. Aber zuinnerst wollte ich immer aufwachen. Glaubst du, ich habe da drinnen in der Toilette auf dem Fußboden gelegen, weil ich nicht wieder aufwachen wollte? Dann täuschst du dich. Ich wollte nur für eine kleine Weile weg sein, es ganz ruhig haben um mich herum, kein Wort, keine Stimmen, nichts. Ich erinnere mich an meine Kindheit, da gab es einen kleinen Tümpel im Wald, ganz schwarz, der zwischen hohen Bäumen brütete. Da ging ich immer hin, wenn ich traurig war, und dachte, das Wasser, das spiegelblank und unbewegt war, das bin ich. Ein großer Friede, sonst nichts. Ich brauche diese Stille.

Tanja verstummte und fing an, in ihrem Rucksack zu wühlen. Jesper Humlin zählte sieben verschiedene Telefone, die sie auf die Bank legte. Schließlich fand sie, wonach sie suchte, eine zerdrückte Schachtel Zigaretten. Er hatte sie noch nie zuvor rauchen gesehen. Sie sog den Rauch ein, als sei es Sauerstoff für ihre Lungen. Genauso plötzlich wie sie zu rauchen angefangen hatte, ließ sie die Zigarette in den Kies fallen und trat sie mit dem Absatz aus.

»Was ich am wenigsten verstehe, die Frage, die mich bis zum Jüngsten Tag begleiten soll und die ich nicht einmal loslassen möchte, wenn ich sterbe, das ist die Frage, wie es trotz allem eine Freude in dieser Hölle geben konnte, durch die ich gegangen bin. Oder vielleicht war es keine Hölle? Gestern, als wir im Bett des Polizeipräsidenten lagen, sagte Tea-Bag: ›Dir ist es nicht schlimmer ergangen als anderen auch.‹ Und dann ist sie eingeschlafen. Vielleicht ist es so? Ich weiß es nicht. Aber ich verstehe nicht, wie es mir, inmitten dieser Erniedrigung, möglich war zu lachen. Ich glaube, wir haben das Bedürfnis, eine ganz einfache und unkomplizierte Freude zu empfinden, da wir so ungeheuer lange tot sein werden. Ich glaube nicht, daß der Tod selbst erschreckend ist, das Erlöschen, sondern eben das Wissen, daß wir eine so unfaßbar lange Zeit tot sein werden.

Manchmal denke ich noch an das eine Mal vor vier Jahren, als wir an der Landstraße standen, vier Mädchen in viel zu kurzen Röcken. Wir waren der O s t e n. Sonst nichts. Wir wußten ja, wie man uns im Westen betrachtete. Wir waren die armen Luder aus dem Osten. Wir standen da, in unseren kurzen Röcken, mitten im Winter, mitten in der Armut und dem Elend, in diesem ganzen nach Wodka stinkenden Morast, der übriggeblieben war, als der Zusammenbruch kam; vier Mädchen, vierzehn, sechzehn, siebzehn und neunzehn Jahre alt, die Älteste war natürlich ich, und wir lachten wie verrückt da in der Kälte, wir waren glücklich, kannst du dir das vorstellen? Weil wir drauf und dran waren, uns zu befreien! Als das alte rostige Auto kam, hätte es nicht phantastischer sein können, wenn Jesus oder Buddha oder Mohammed aus den Wolken herabgestiegen wäre. Mit Hilfe dieser alten Karre, die nach Schimmel und ungewaschenen Füßen roch, würden wir uns frei machen!

Warum brechen Menschen auf? Warum zieht man seine Wurzeln aus der Erde? Man kann verjagt, vertrieben, auf der Flucht bedroht werden. Es kann Krieg und Hunger und Angst herrschen, immer die Angst. Aber man kann die Flucht auch wählen, weil sie klug ist. Ein halbwüchsiges Mädchen kann genausogut wie ein heiliger Patriarch die Frage beantworten: Wo kann ich ein Leben finden, das mich von allem wegführt, was ich verabscheue?

Auf einem Feld hinter Misjas Häuschen lag eine verlassene Scheune, Misja, der alt und verrückt und ein bißchen gefährlich war. Da trafen wir uns oft, Inez, Tatjana, Natalia und ich. Wir kannten einander schon so lange, daß wir nicht mehr wußten, wie wir uns kennengelernt hatten. In dieser Scheune hielten wir Gericht. Inez hatte ein paar Taue von den Schleppkähnen gestohlen, die den Fluß hinauf und hinunter fuhren. Sie war verrückt, sie war mit einem Messer zwischen den Zähnen in dem kalten Wasser hinausgeschwommen und hatte ein paar Taue abgeschnitten, die sie sich an die Beine gebunden und an Land gezogen hatte. Wir knüpften Schlaufen, Natalia hatte einen Bruder, der beim KGB gewesen war, er wußte, wie man einen richtigen Henkersknoten macht. Dann hängten wir alle unsere Feinde auf. Wir stopften Stroh und Steine in Säcke, verkündeten Urteile und erhängten sie an einem Dachbalken. Wir richteten unsere Lehrer und Eltern hin, Tatjanas Vater, der bösartig war und sie oft schlug, erhängten wir mindestens einmal pro Woche. Ich glaube, wir dachten eigentlich nie darüber nach, was wir da taten. Es gab nur Leben und Tod, Strafe und Gnade. Aber keiner fand Gnade, denn keiner verdiente es.

Wir waren vier Mordengel in dieser kleinen Ortschaft außerhalb von Smolensk, wir hatten uns sogar einen Namen gegeben, ›Die Slumratten‹. So sahen wir uns selber.

Unterirdische Geschöpfe, ohne Wert, von allen gejagt, von Selbstverachtung erfüllt. Aber wir hielten nicht nur Gericht, wir beteten in dieser Scheune auch zu unseren eigenen Göttern. Inez hatte ihrem Stiefvater ein Buch geklaut, ein Buch mit Fotos von großen Städten in Amerika und Westeuropa. Inez klaute damals alles, sie war es, die mir das Stehlen beibrachte, nicht mein Vater; als ich das sagte, habe ich gelogen, mein Vater war ein armer Teufel, der es nicht einmal geschafft hätte, das Schloß an einem Fahrrad aufzubrechen. Inez hatte nicht einmal Angst davor, in Kirchen einzudringen und Ikonenrahmen zu stehlen. Wir rissen Fotos aus dem Buch, steckten sie in die Rahmen, hängten die Bilder auf und verrichteten unsere Gebete. Wir baten darum, einmal im Leben unseren Fuß in diese Städte setzen zu dürfen. Damit niemand die Bilder stahl, vergruben wir sie in einer Ecke der Scheune, wo der Holzboden vermodert war.

Ich weiß immer noch nicht, wer von uns schließlich diese Worte sagte, die den Anstoß für die Reise der Slumratten gab. Vielleicht war ich es, vermutlich war es so, da ich die Älteste war. Wir saßen in dieser Scheune und träumten uns weg. Rings um uns her sahen wir nichts als Hoffnungslosigkeit. Die Grenzen waren gefallen, aber für uns bestanden sie nach wie vor. Der Unterschied war nur, daß wir sehen konnten, was es auf der anderen Seite gab. Es lag da und wartete auf uns, das reiche Leben. Aber wie sollten wir uns aufmachen? Wie sollten wir diese unsichtbare Grenze überwinden? Wir haßten das Gefühl des Eingesperrtseins, wir fuhren fort, unsere Feinde ums Leben zu bringen. Wir gewöhnten uns an, alles einzuwerfen, was uns zwischen die Finger geriet. Keine von uns ging zur Schule, keine von uns hatte eine Arbeit. Inez lernte mich an, ich begleitete sie, wenn sie Einbrüche machte oder den

Leuten Sachen aus der Tasche zog. Immer wieder machten wir den Versuch zu sparen, um abhauen zu können. Aber stets verschwand das Geld, wir kauften Drogen und Kleider und fingen dann wieder an zu sparen. Ich glaube, in diesen Jahren war ich kein einziges Mal klar im Kopf, ich war immer zugedröhnt.

Wer von uns von dem ›Fäustling‹ gehört hatte, weiß ich nicht. Ich glaube, es war Inez, aber ich bin mir nicht sicher. Es hieß, er könne Mädchen gutbezahlte Jobs im Westen vermitteln. Wenn sie gut aussahen, wenn sie unabhängig waren, wenn sie Lust auf Abenteuer hatten. Er wohnte in einem Hotel in der Stadt, er würde nur zwei Tage bleiben. Wir entschieden uns sofort, zogen unsere besten Sachen an, schminkten uns, steckten Tuben mit Klebstoff in die Taschen und fuhren hin. Im Bus inhalierten wir die Dämpfe von dem Klebstoff, und Tatjana mußte sich übergeben, bevor wir ins Hotel gingen. Der Mann, der uns in sein Zimmer einließ, ich erinnere mich noch, daß es die Nummer 345 war, trug tatsächlich weiße Fäustlinge an den Händen. Später sagte jemand, er litte an Ekzemen, die Handschuhe seien innen mit einer Salbe getränkt. Er versprach uns Arbeit in einem Restaurant in Tallinn. Wir sollten kellnern und wir würden gute Löhne bekommen, ganz zu schweigen von dem vielen Trinkgeld. Er erzählte, was die Mädchen, die dort arbeiteten, pro Tag verdienten, und es klang, als würden wir in zwei Stunden einen ganzen Monatslohn zusammenbekommen. Es war ein Restaurant, in das nur feine ausländische Gäste kamen, Westler und mitunter sogar Amerikaner, und wir würden uns eine große Wohnung teilen.

Wir hörten zu und sahen ihn an. Die Fäustlinge waren weiß, aus ganz normaler Wolle. Aber sein Anzug war teuer, und er lächelte fortwährend, er sagte, er hieße Peter Lu-

dorf und ließ ab und zu ein deutsches Wort einfließen, um zu zeigen, daß er nicht irgendwer war. Er schrieb unsere Namen auf einen kleinen Notizblock. Dann tauchte plötzlich ein anderer Mann in dem Zimmer auf, wie er hieß oder wie er sich nannte, weiß ich nicht. Aber ich glaube, ich habe noch nie jemanden erlebt, der sich auf so leisen Sohlen bewegt. Mir laufen immer noch kalte Schauer den Rücken hinunter, wenn ich an ihn denke. Er machte Fotos von uns und verschwand wieder. Dann war es vorbei.

Ein paar Wochen später standen wir in unseren kurzen Röcken da draußen auf der Landstraße, mitten im Winter, und warteten auf Peter Ludorfs Auto. Aber es waren unrasierte, nach Wodka stinkende Männer, die uns abholten. Unterwegs machten wir an mehreren Stellen halt, die Männer am Steuer wurden ausgewechselt, wir bekamen fast nichts zu essen, nur Wasser, und wir mußten eilig in den Schnee pinkeln, wenn die Autos hielten, um die Fahrer zu wechseln oder aufzutanken.

Peter Ludorf hatte uns falsche Pässe mit fremden Namen besorgt. Zuerst hatten wir Angst, es war, als nehme uns jemand unsere Identität weg. Tatjana sagte, es sei ein Gefühl, als würde uns jemand die Haut Schicht um Schicht vom Gesicht kratzen. Aber wir vertrauten Peter Ludorf. Er lächelte, gab uns Kleider, sprach mit uns wie mit Erwachsenen. Was blieb uns anderes übrig? Wir hatten unser Leben in seine Hände gelegt. Er war es, der gekommen war, um uns zu holen, um uns zu befreien, uns die Freiheit zu schenken, ein Floß, auf dem wir davonpaddeln konnten, weg vom Wodkasumpf, wo Slumratten wie wir keine Zukunft hatten.

Es war mitten in der Nacht, als wir ankamen, das Auto fuhr in einen dunklen Hinterhof, wo knurrende Hunde an ihren Ketten zerrten. Ich erinnere mich, daß Tatjana mich plötzlich am Arm packte und flüsterte: ›Es ist falsch, es ist falsch.‹ Wir stiegen aus, es war kalt, mit feuchter Luft und fremden Gerüchen. Irgendwo in den Schatten, bei den knurrenden Hunden, hörten wir Stimmen und Sprachen, die keine von uns je zuvor gehört hatte. Ein Mann lachte und gluckste, und ich verstand, daß es sich auf uns vier bezog, die wir da in unseren kurzen Röcken standen und froren.

Wir wurden in ein Zimmer geführt, in dem die Wände aus rotem Plüsch waren, es gab dort große Spiegel, und auf einem Sofa saß Peter Ludorf mit seinen weißen Fäustlingen und lächelte. Er betrachtete uns und stand dann rasch vom Sofa auf. Im selben Moment erlosch sein Gesicht, als sei eine Kerze ausgeblasen worden. Seine Augen wechselten ihre Farbe, sogar seine Stimme wurde anders. Er stellte sich direkt vor mich hin und sagte, wir würden in ein paar Zimmern im Obergeschoß wohnen. Wir sollten alle Männer bedienen, die da hinaufgeschickt wurden. Unsere Pässe mußten wir abgeben.

Um zu zeigen, daß es ernst war, daß er nicht scherzte, befahl er uns, zu einem Tisch zu gehen, der neben dem Sofa stand. Darauf befand sich eine Schachtel, ein Kasten aus Holz, vielleicht zwanzig Zentimeter hoch und genauso breit. Er redete weiter, immerfort sprach er zu uns, und er sagte, da seien ein paar Mädchen gewesen, die dieselbe Reise gemacht hätten wie wir, die aber nicht verstanden hätten, daß er es ernst meinte. Dann öffnete er den Deckel des Kastens und nahm zwei Weckgläser heraus. In dem einen Glas schwammen ein Paar Lippen in Spiritus. Keine von uns erkannte, was es war. Erst als wir den Inhalt des anderen Glases entdeckten, einen Finger mit einem Ring daran, mit einem rot lackierten Nagel, begriffen wir, daß der Inhalt des anderen Glases ein Paar Lippen waren, die man aus dem Gesicht einer Frau herausgeschnitten hatte.

Immerfort redete Peter Ludorf auf uns ein. Er sagte, die Lippen hätten einem Mädchen gehört, das Virginia hieß. Sie hätte versucht wegzulaufen, indem sie erst einem ihrer Kunden einen Schraubenzieher in die Brust stieß, einem hochrangigen Mitglied einer französischen Handelsdelegation. Peter Ludorf klang beinah traurig, als er erzählte, er habe ihr eigenhändig die Lippen herausgeschnitten, um sie den anderen zeigen zu können, die die Situation mißverstanden hatten und glaubten, Aufruhr und Ausbruch würden geduldet. Das Mädchen, das seinen Finger verloren hatte – Peter Ludorf sagte, er hätte ihn mit einer Zange abgeknipst, wie Hufschmiede sie benutzen, um alte Nägel aus Hufeisen zu ziehen –, hatte Nadja geheißen, sie war siebzehn und auch sie hatte versucht sich davonzumachen, indem sie durch ein Fenster kletterte und anschließend ein Auto stahl, das sie gegen ein Haus auf der anderen Straßenseite fuhr.

Peter Ludorf stellte die Gläser zurück in den Kasten und schlug den Deckel zu. Ich glaube, keine von uns erfaßte, was er sagte, was es bedeutete. Wir waren hungrig und müde und froren. In einer verdreckten Küche stand eine Frau, die so dürr war, daß sie wie eine Todkranke wirkte, und rührte in einem Kessel. Sie rauchte unablässig, ihr Mund war zahnlos, obwohl sie kaum älter sein konnte als dreißig. Es gab kein Restaurant, nur eine kleine Bar im Erdgeschoß, als Tarnung für das, was sich dort eigentlich abspielte. Es war ein Bordell. Peter Ludorf hatte uns auf die gleiche Weise hereingelegt wie viele andere vor uns. Er hatte genau gewußt, wie er die Slumratten verführen konnte.

Ich glaube, keine von uns hatte eine Vorstellung davon, was uns erwartete. Wir saßen in der Küche, aßen die scheußliche Suppe, die uns die zahnlose, namenlose Frau hinstellte, und wurden dann wieder eingesperrt. Durch die Wand hörte ich Tatjana weinen. Ich glaube, wir alle weinten, aber es war nur Tatjana, die zu hören war. In dieser Nacht dachte ich: Wozu soll ich aufwachen? Warum schlafe ich nicht ein und versuche, da unten in der Tiefe meiner selbst zu bleiben, um nie wieder aufzuwachen? Zugleich merkte ich, wie langsam Zorn in mir aufstieg. Sollte Peter Ludorf, den wir für unseren Befreier gehalten hatten, der uns aber furchtbare Fesseln anlegte, sich als der Stärkere erweisen dürfen? Sollten wir zulassen, daß er uns besiegte?

Den Rest der Nacht saß ich nur da und wartete auf die Morgendämmerung. Ich hatte keinen anderen Gedanken als den, daß wir alle hinaus und weg mußten. Wir würden uns nicht in einem Bordell erniedrigen lassen, keine von uns war mehr Jungfrau, aber es war auch keine von uns bereit, sich zu verkaufen. Ich weiß, daß Tea-Bag es getan hat, sie war dazu gezwungen, aber wir würden uns freikämpfen, uns würde man nicht in abgetrennte, abgeschlagene Gliedmaßen verwandeln, aufbewahrt in einem Holzkasten auf einem Tisch in einem Zimmer mit Wänden aus rotem Plüsch, die aber eigentlich mit Blut getränkt waren. Aber als ich am Morgen den Schlüssel im Schloß hörte, war ich wie gelähmt.

Ich muß dir nicht erzählen, welche Übergriffe wir erleiden mußten. Ein halbes Jahr lang, jeden Morgen, stand ich an der Tür, bereit, zuzuschlagen. Aber ich konnte nicht, ich wagte es nicht. Ich brauchte sechs Monate, um genügend Mut zu sammeln, sechs Monate der vollkommenen, abgrundtiefen Erniedrigung.

Dann packte mich eines Nachts eine rasende Wut, von der ich nicht wußte, daß ich sie in mir trug. Ich schraubte zwei Beine von dem Bett ab. Sie waren aus Eisen. Mit einem Kopfkissenbezug schnürte ich sie zusammen und erhielt so die Waffe, mit der ich mich freikämpfen konnte. Und an diesem Morgen schlug ich zu.

Den Mann, der die Tür aufsperrte, hatte ich noch nie zuvor gesehen. Ich schlug ihm mit aller Kraft auf den Kopf, das Blut spritzte nur so, ich löschte sein Leben mit einem einzigen Schlag aus. Dann riß ich die Schlüssel an mich und fing an, die anderen Türen aufzumachen. Es war, wie die Türen eines Horrorkabinetts zu öffnen. Tatjana hockte auf dem Boden, zusammengekauert, und starrte mich an. Ich herrschte sie an, sie solle mitkommen, wir würden abhauen, ich zerrte an ihr, aber sie rührte sich nicht. Ich öffnete die Tür von Inez' Zimmer. Es war leer, bis ich begriff, daß sie sich unter dem Bett versteckt hatte. Ich versuchte sie hervorzuziehen, ich flehte sie an, ich schlug ihr auf die Beine, aber sie hatte solche Angst, daß sie es nicht wagte hervorzukommen. Ich öffnete Natalias Tür, und sie war die einzige, die willens war, mich zu begleiten.

Wir beide taten alles, um die anderen zu bewegen, sich uns anzuschließen, wir schrieen und zerrten an ihnen, aber vergebens. Dann konnten wir nicht länger warten. Wir hörten Stimmen auf der Treppe. Wir kletterten durch ein Fenster hinaus und sprangen auf ein Garagendach. Ich sprang als erste und dachte, Natalia wäre direkt hinter mir. Erst als ich nicht mehr laufen konnte, merkte ich, daß sie nicht da war. Vielleicht hatte sie sich verletzt, als sie auf dem Garagendach landete. Ich weiß es nicht.

Meistens gelingt es mir, den Schmerz von mir fernzuhalten, ihn zu kontrollieren, wie man ein unruhiges Pferd am Zügel hält. Manchmal geht es nicht mehr. Dann rieche ich

an den Duftblöcken in den Pissoirs der Männer und wün-
sche, Peter Ludorf wäre tot und meine Freundinnen frei.
In den Träumen sehe ich, wie wir an der lehmigen Straße
vor Smolensk stehen, in viel zu kurzen Röcken, und auf
dieses Auto warten, das uns die Freiheit schenken sollte,
uns aber statt dessen in eine abgrundtiefe Finsternis brach-
te. Eine Finsternis, durch die ich mich noch immer voran-
taste.«

Tanja verstummte.

Ich muß sie nach Irina fragen, dachte Jesper Humlin. Aber nicht jetzt. Das ist eine Frage, die warten muß. Eine Frage, die außerhalb der Zeit liegt und nur sehr langsam heranreift.

Tanja nahm eins ihrer Mobiltelefone heraus und tippte eine Nummer ein. Plötzlich meinte Jesper Humlin die ferne Melodie eines Wiegenliedes zu hören, an einem für ihn unsichtbaren Ort, an dem eine Pennerin schlief, den Kopf gegen einen Grabstein gelehnt.

Dessen Inschrift längst verwittert war.

19

Nach dem langen Gespräch auf dem Friedhof erledigten sie alle Einkäufe und schleppten die Tüten nach Hause. Dort bereitete seine Mutter dann eine Mahlzeit vor. Jesper Humlin setzte sich ins Wohnzimmer. Aus der Küche hörte man Lachen und das Klappern von Töpfen. Er wußte, daß er sich jetzt eine Fortsetzung überlegen mußte. Die Mädchen konnten ja nicht unbegrenzt in der Wohnung seiner Mutter bleiben. Er mußte das nächste Kapitel entwerfen, dachte er. Als wäre das, was um ihn herum geschah, Teil einer Erzählung und nicht etwas, das in der Wirklichkeit stattfand. Das Telefon klingelte. Seine Mutter ging an den Apparat. Besorgt achtete Jesper Humlin auf ihren Tonfall. Sie klang natürlich, sie stöhnte nicht. Sie reichte ihm den Hörer.

– Für mich? Niemand weiß, daß ich hier bin.

– Ich habe es mitgeteilt.

– Ich habe dir untersagt, irgend jemandem von unserem Kommen zu erzählen.

– Ich habe nicht verraten, daß die Mädchen und der stotternde Junge hier sind. Aber deine Anweisungen verboten mir nicht zu sagen, daß du hier bist.

– Wer ist es?

– Deine Frau.

– Ich habe keine Frau. Ist es Andrea?

– Wer sonst?

Andrea war wütend.

– Warum meldest du dich nie?

– Ich dachte, ich hätte deutlich gemacht, daß ich Probleme zu lösen habe.

– Das wird dich ja wohl nicht daran hindern, mich anzurufen.

– Ich kann im Moment nicht. Ich schaffe es nicht.

– Melde dich, wenn du wieder zu Kräften gekommen bist. Aber verlaß dich nicht darauf, daß ich dann Zeit habe.

– Was meinst du damit?

– Genau das, was ich sage. Olof Lundin hat angerufen. Er hatte dir etwas Wichtiges mitzuteilen.

– Was?

– Das hat er mir natürlich nicht gesagt. Du kannst ihn in seinem Büro erreichen. Außerdem hat jemand mit dem Namen Anders Burén angerufen. Er sagte, er hätte eine neue glänzende Idee.

– Das hat er immer. Letztes Mal wollte er mich in ein Ferienhotel im Fjäll verwandeln. Ich will nicht mit ihm sprechen.

– Und ich will nicht deine Sekretärin sein.

Andrea legte auf. Es liegt an mir, daß sie so herumnörgelt, dachte Jesper Humlin niedergeschlagen. Als wir uns kennenlernten, war sie nicht so. Die Schuld liegt wie üblich bei mir.

Er rief Olof Lundin an.

– Warum meldest du dich nie?

Olof Lundin war außer Atem. Jesper Humlin erkannte, daß er ihn aus dem Rudergerät hochgejagt haben mußte.

– Ich war in Göteborg beschäftigt.

– Mit diesen dicken Mädchen? Wie oft habe ich dir erklärt, daß du nicht deine Zeit mit ihnen verschwenden sollst? In der nächsten Nummer unseres Firmenblattes wollen wir das erste Kapitel von »Das Versprechen des neunten Reiters« publizieren.

– Was ist das für ein Buch?

– Das Buch, an dem du gerade schreibst. Ich war gezwungen, mir einen Titel auszudenken. Nicht schlecht, was?

Jesper Humlin wurde es eiskalt.

– Ich habe dir erklärt, daß ich keinen Kriminalroman schreiben will. Mit diesem grauenhaften Titel kannst du dir den Arsch abwischen.

– Mir gefällt deine Sprache nicht. Außerdem ist am Titel nichts mehr zu ändern.

Jesper Humlin verlor die Fassung. Er fing an zu schreien. Im selben Moment kam Tea-Bag ins Zimmer. In den Händen hielt sie ein Tablett mit Tellern und Besteck. Sie blieb in der Türöffnung stehen und betrachtete ihn neugierig. Irgendwie gab ihre Anwesenheit ihm die Kraft und den Mut, die ihm gewöhnlich fehlten.

– Ich werde diesen Kriminalroman nicht schreiben. Wie konntest du dir einen so idiotischen Titel ausdenken? Wie konntest du überhaupt die Synopsis eines Buches schreiben, das es nicht gibt? Das nie geschrieben werden wird? Ich verlasse den Verlag.

– Von wegen.

– Noch nie in meinem ganzen Leben bin ich so gekränkt worden.

– Willst du das Buch denn nicht schreiben, auf das wir uns geeinigt haben?

– *Wir* haben uns nicht geeinigt. *Du* hast dich geeinigt. Mit dir selbst. Ich schreibe kein Buch über neun Reiter.

– Ich verstehe dich nicht. Zum ersten Mal erhältst du die Möglichkeit, etwas, was du geschrieben hast, in großer Auflage zu verkaufen. Was bleibt dir für eine Wahl?

Jesper Humlin betrachtete Tea-Bag, die damit beschäftigt war, den Tisch zu decken.

– Ich will ein Buch über Einwanderermädchen schreiben.

– Herrgott!

Jesper Humlin war sehr nahe daran, Olof Lundin die ganze Wahrheit zu sagen. Daß er sich zusammen mit drei Mädchen und einem stotternden Knaben in der Wohnung seiner Mutter befand. Daß zwei von den drei Mädchen illegal in Schweden lebten, und daß der dritten gerade das Wunder widerfahren war, das Liebe heißt. Aber es gelang ihm, sich zu beherrschen. Olof Lundin würde das sowieso niemals verstehen.

– Ich will nicht mit dir reden.

– Natürlich willst du das. Ich verstehe nicht, wieso du dich dauernd so aufregst. Laß morgen von dir hören.

Das Gespräch war vorbei. Vorsichtig legte Jesper Humlin den Hörer auf die Gabel zurück, als fürchte er, das Gespräch wieder zum Leben zu erwecken.

Die Tafel war üppig gedeckt. Jesper Humlin stellte fest, daß er zum ersten Mal seit vielen Jahren zu Hause bei seiner Mutter Hunger verspürte. Er bemerkte auch den Respekt, den die Mädchen ihr entgegenbrachten. Es war, als hätte nichts von dem, was in ihren Erzählungen ans Licht gekommen war, während dieses Essens Gültigkeit. Solange sie hier saßen, befanden sie sich in einem geschützten Raum, wo weder die Erinnerungen noch die Wirklichkeit ihnen etwas anhaben konnten. Jesper Humlin dachte, er hätte Andrea einladen sollen. Sie hätte mit am Tisch sitzen sollen, dann hätte sie etwas von dem verstanden, was er ihr nicht zu erklären vermocht hatte. Genau wie Viktor Leander, seine Ärztin, der Makler Burén; alle, die zu seinem inneren Kreis gehörten. Aber vor allem eine Person war es, die ihm fehlte.

Jesper Humlin entschuldigte sich, verließ den Tisch und rief Pelle Törnblom vom Telefon im Arbeitszimmer seiner Mutter an. Er wählte die Nummer des Boxklubs. Amanda war am Apparat.

– Ich komme manchmal zum Putzen her. Sonst würde es so versifft aussehen, daß es niemand hier aushalten würde.

– Ich glaube, ich habe dir nie gesagt, was für einen prima Kerl du zum Mann hast.

– Kerle gibt es genug. Männer sind rarer. Pelle ist ein Mann.

Während er wartete, überlegte Jesper Humlin, worin der Unterschied bestand. Pelle Törnblom kam an den Apparat. Jesper Humlin berichtete von dem hastigen Aufbruch aus Göteborg. Pelle Törnblom gluckste zufrieden.

– Im Haus des Polizeipräsidenten?

– Tanja hat es behauptet. Sie lügt ja normalerweise nicht.

– Sie lügt immerzu. Aber nicht was solche Sachen angeht. Was hast du jetzt vor?

– Es geht nicht darum, was ich vorhabe. Eins haben diese Mädchen mich gelehrt. Sie kommen allein zurecht. Sie sind keine hilflosen Opfer. Sie gehen siegreich aus jedem Boxmatch hervor, in das sie hineingezwungen werden.

– Ich habe doch gesagt, daß es gutgehen wird, habe ich das nicht gesagt?

– Nichts von dem, was ich mir vorgestellt habe, ist Wirklichkeit geworden. Ich wollte ihnen beibringen, wie man schreibt. Die längste Erzählung, die eine von ihnen geschrieben hat, ist gerade mal ein paar Zeilen lang.

– Wer hat gesagt, daß alles auf Papier geschrieben sein muß? Das Wichtigste ist doch wohl, daß sie überhaupt den Mut haben zu erzählen. Halt mich über alles, was passiert, auf dem laufenden. Ich muß draußen nach dem Rechten sehen. Da prügeln sich zwei Jungs.

Pelle Törnblom legte auf. Jesper Humlin blieb am Schreibtisch sitzen und lauschte dem aufgeräumten Gespräch am Eßtisch. Plötzlich war ihm klar, daß er sich ihnen nicht anschließen konnte, ehe er einen Entschluß gefaßt hatte. Sollte er Olof Lundin nachgeben und diesen Kriminalroman schreiben, der sich vielleicht gut verkaufte und die Finanzen aufbesserte, die Anders Burén in den Sand gesetzt hatte? Was blieb ihm eigentlich für eine Alternative? Was wollte er? Gegenüber Tea-Bag, Tanja und Leyla fühlte er sich plötzlich wie ein Taschendieb. Auf dieselbe Weise, wie Tanja sich Mobiltelefone aneignete, schaufelte er ihre Erzählungen in seine Taschen.

Er stand auf und ging zum Fenster. Erinnerte sich daran, wie er Tea-Bag mit einem Affen auf dem Rücken um eine Straßenecke hatte verschwinden sehen. Tea-Bag, die nach Schweden gekommen war, nachdem sie in einem Flüchtlingslager in Spanien einen Journalisten getroffen hatte, einen Mann, der sich für ihre Geschichte interessiert hatte. Das ist natürlich der richtige Weg, dachte er. Das erkannte er jetzt ganz klar und deutlich. Die Flucht war falsch. Tea-Bag, Tanja und Leyla sollten sich nicht verstecken müssen. Da lag der Fehler. Statt dessen sollten sie die Journalisten mit der einzigen Waffe zu sich locken, die sie besaßen: daß sie sich illegal in Schweden aufhielten. Daß sie Geschichten über ein Leben mit sich trugen, von dem nur wenige Schweden etwas wußten.

Er mußte nicht lange überlegen. Sein Entschluß stand fest. Er holte sein Adreßbuch hervor und machte sich daran, ein paar Gespräche zu führen. Bald hatte er mit den Journalisten verschiedener Abendzeitungen gesprochen. Und sie hatten verstanden.

Er blieb am Schreibtisch sitzen, bis seine Mutter kam, um nach ihm zu sehen. Sie hatte reichlich Wein getrunken und war bester Laune.

– Warum sitzt du hier?

– Ich muß nachdenken.

– Niemand vermißt dich da drinnen am Tisch.

Jesper Humlin wurde wütend.

– Alle vermissen mich. Du nicht. Aber die anderen. Wenn du nur gekommen bist, um mir das zu sagen, kannst du gleich wieder gehen. Ich will meine Ruhe haben.

– Was regst du dich denn so auf?

– Ausnahmsweise setze ich mich zur Wehr.

– Willst du weiter hier sitzen und schmollen?

– Ich schmolle nicht. Ich denke nach. Ich habe einen wichtigen Entschluß gefaßt. Geh jetzt. Ich komme gleich.

Seine Mutter wirkte plötzlich bekümmert. Sie fing an zu flüstern.

– Du hast diesen Mädchen doch nicht gesagt, womit ich mich beschäftige, um dir ein ordentliches Erbe zu sichern?

– Ich habe nichts gesagt.

Die Gegensprechanlage summte.

– Wer kann das sein?

Jesper Humlin stand auf.

– Ich weiß, wer es ist.

– Es gefällt mir nicht, daß du Leute hierher einlädst, ohne vorher mit mir darüber zu reden.

– Ich habe niemanden zu dir eingeladen, Mama. Aber Tea-Bag, Tanja und Leyla werden Besuch von Menschen bekommen, die ihnen nützlicher sein können als du oder ich.

Jesper Humlin ging zur Tür und öffnete sie. Die Journalisten begannen hereinzuströmen. Ein Blitzlicht blendete seine Mutter.

– Journalisten? Warum läßt du sie hier rein?

– Weil es das Beste ist, was wir tun können.

– In meiner Wohnung herrscht diplomatische Immunität. Ich dachte, diese Mädchen wären auf der Flucht?

– Du hast zuviel getrunken, Mama. Du verstehst nicht, was hier vor sich geht.

– Ich lasse keine Journalisten in mein Heim.

– Natürlich tust du das.

Gegen ihren Widerstand lotste er die Journalisten in das Zimmer, in dem das Mahl noch in vollem Gange war. Bevor er dazu kam, etwas zu sagen, die Anwesenheit der Journalisten und seine Absicht zu erklären, sprang Leyla auf und fing an zu kreischen.

– Ich will nicht in die Zeitung kommen. Wenn meine Eltern das sehen, schlagen sie mich tot.

– Ich werde dir alles erklären. Wenn du nur zuhörst.

Aber niemand hörte zu. Tea-Bag begann mit den Fäusten auf ihn einzuhämmern.

– Warum sind die hier? Warum hast du sie hereingelassen?

– Ich werde es euch erklären.

Tea-Bag drosch weiter auf ihn ein.

– Warum sollen sie Bilder von uns machen? Jeder Polizist, der uns aus dem Land jagen will, wird die Bilder sehen. Was, meinst du, wird mit Leyla passieren, die zu Hause noch nichts von Torsten erzählt hat? Warum tust du so was?

– Weil es die einzige Möglichkeit ist. Die Leute müssen es erfahren. Was ihr mir erzählt habt.

Tea-Bag hörte ihm nicht zu. Sie bearbeitete ihn weiter mit den Fäusten. In seiner Verzweiflung gab er ihr eine Ohrfeige. Ein Blitzlicht flammte auf. Tea-Bag hatte Tränen in den Augen.

– Ich glaube, es ist das Richtige, versuchte er zu erklären.

Aber Tea-Bag weinte nur. Tanja warf eine Schüssel Spaghetti nach einem Journalisten. Dann zog sie Tea-Bag mit sich hinaus in den Flur. Jesper Humlin folgte ihnen und schlug die Tür hinter sich zu.

– Ihr könnt jetzt nicht verschwinden. Ich tue das um euretwillen. Wo wollt ihr hin? Wo kann ich euch erreichen?

– Überhaupt nicht, schrie Tea-Bag. Der Kurs ist jetzt zu Ende. Wir haben alles gelernt, was wir wissen müssen.

Tanja spuckte ein paar Worte auf Russisch aus. Jesper Humlin fand, daß es wie ein Fluch klang. Dann waren sie weg. Er hörte ihre Schritte auf der Treppe und die Haustür, die zuschlug. Leyla und Torsten kamen in den Flur hinaus. Leyla weinte.

– Wo sind die Journalisten?

– Sie sprechen mit deiner Mutter. Wir gehen jetzt.

– Wo wollt ihr hin? Heute abend geht kein Zug mehr nach Göteborg.

Leyla begann plötzlich, ihn zu schütteln. Sie sagte nichts.

– Ich will euch nur helfen, so gut ich kann.

Leyla sah ihn an. Die Tränen sprudelten weiter.

– Nichts wolltest du. Überhaupt nichts.

Leyla und Torsten nahmen ihre Mäntel und verschwanden. Jesper Humlin war wie gelähmt. Es ist nicht mein Fehler, dachte er. Alle anderen haben unrecht. Ausnahmsweise habe ich das getan, was ich für das Richtige halte.

Er setzte sich auf einen Stuhl. Einer der Journalisten kam in den Flur und lächelte.

– Jesper Humlin. »Der Poet, dem Augen aufgingen«.

– Was meinen Sie damit?

– Daß Sie in Ihren Gedichten bisher kaum ein größeres Interesse für Ihre Umwelt gezeigt haben.

– Das ist nicht wahr.

– Natürlich ist es wahr. Aber machen Sie sich keine Sorgen. Ich werde es nicht schreiben. Die Geschichte ist gut, so wie sie ist. »Illegal eingewanderte Mädchen auf der Flucht in der schwedischen Wirklichkeit. Ein Poet und seine alte Mutter gewähren ihnen Unterschlupf.«

Der Journalist lüpfte einen imaginären Hut und verschwand. Gleich darauf gingen auch die anderen. Jesper Humlin stand auf. Im Eßzimmer lagen Porzellansplitter und Spaghettireste auf dem großen Teppich. Seine Mutter stand in der Türöffnung und sah ihn an. Er hob die Arme.

– Ich weiß, was du denkst. Du brauchst nichts zu sagen. Aber ich habe es gut gemeint.

Sie erwiderte nichts. Er bückte sich und begann die Scherben und die Spaghetti aufzusammeln.

Es war zwei Uhr nachts, als alles aufgeräumt und abgespült war. Sie setzten sich ins Wohnzimmer und tranken schweigend jeder ein Glas Wein. Jesper Humlin stand auf. Seine Mutter begleitete ihn in den Flur. Er wollte gerade die Tür öffnen, als sie ihn am Arm packte.

– Werden sie es schaffen?

– Das weiß ich nicht.

Er öffnete die Tür. Sie entließ ihn nicht aus ihrem Griff.

– Was war das für ein Tier, das dieses Mädchen namens Tea-Bag bei sich hatte?

– Sie hatte kein Tier.

– Komisch. Ich war sicher, ich hätte ein Tier gesehen, das sich hinter ihrem Rücken versteckte.

– Wie sah es aus?

– Wie ein großes Eichhörnchen.

Jesper Humlin tätschelte seiner Mutter die Wange.

– Das ist nur Einbildung. Nichts weiter.

Jesper Humlin ging durch die Stadt nach Hause. Hin und wieder blieb er stehen und drehte sich um. Aber niemand versteckte sich dort in den Schatten.

Zwei Tage später stattete er der Kirche im Tal der Hunde einen Besuch ab. Tea-Bag war nicht aufgetaucht. Auf dem Heimweg im Taxi überlegte er es sich anders und ließ sich zum Hauptbahnhof fahren. Dort stellte er sich an die Stelle, an der er einmal auf Tea-Bag gewartet hatte. Er spähte in der großen Bahnhofshalle umher. Aber keine Tea-Bag, keine Tanja. Am nächsten Tag ging er wieder hin, und diesmal wählte er dieselbe Uhrzeit wie damals, als er mit Tea-Bag nach Göteborg gefahren war und sie in Hallsberg verschwunden war. Niemand kam.

Am selben Abend war er mit Viktor Leander zum Essen verabredet. Aber er sagte telefonisch ab und behauptete, er sei krank. Er hörte Viktor Leander an, daß dieser ihm nicht glaubte. Aber es war ihm gleich.

Am Tag darauf war er wieder im Hauptbahnhof. Dieselbe Uhrzeit, dasselbe Ausspähen. Plötzlich entdeckte er Tanja. Sie stand am Blumenkiosk und sah ihn an. Er dachte, daß es ihre Augen waren, die seinen Blick angezogen hatten, und nicht er, der sie entdeckt hatte. Um eine Ecke bog Tea-Bag. Sie stellte sich an Tanjas Seite. Jesper Humlin begann auf sie zuzugehen. Als er so nahe war, daß er ihre Gesichter deutlich sehen konnte, dachte er, auch schwarze Menschen können erbleichen. Tea-Bags Jacke war wie üblich bis zum Hals geschlossen.

– Ich bin allein, sagte er. Ich habe niemanden dabei. Es war ein Fehler von mir, daß ich mit diesen Journalisten geredet habe. Ich glaubte, es wäre richtig. Aber ich habe falsch gedacht.

Sie setzten sich auf eine der Bänke.

– Was soll jetzt geschehen?

Tanja schüttelte den Kopf. Tea-Bag bohrte ihr Kinn in die Jacke.

– Wo wohnt ihr? In der Kirche?

Tanja zuckte die Achseln. Fortwährend sah sie sich um. Es war sie, nicht Tea-Bag, die Wache hielt. Jesper Humlin fürchtete plötzlich, daß ihm die ganze Sache aus den Händen glitt. Tanja und Tea-Bag würden verschwinden, wenn er sie nicht zurückhielt. Aber zu welchem Zweck sollte er sie zurückhalten?

– Wann treffen wir uns das nächste Mal in Göteborg?

Tea-Bag richtete sich hastig auf.

– Es ist Schluß, sagte sie. Ich bin hierher in dieses Land gekommen, um meine Geschichte zu erzählen. Das habe ich jetzt getan. Niemand hat zugehört.

– Das ist nicht wahr.

– Wer hat zugehört?

Tea-Bags Lächeln war erloschen. Sie sah ihn an wie von einem Aussichtspunkt in weiter Ferne. Jesper Humlin dachte daran, was sie ihm von dem Fluß erzählt hatte, der das klare und kalte Wasser von den Bergen herunterbrachte. Es war der Felsen, aus dem der Fluß entsprang, von dem aus sie ihn ansah.

– *Ich* habe zugehört.

– Du hast meine Stimme nicht gehört. Nur deine eigene. Du hast mich nicht gesehen. Du hast nur eine Person gesehen, die aus deinen eigenen Worten hervorgegangen ist.

– Das ist nicht wahr.

Tea-Bag zuckte die Schultern.

– Wahr oder nicht wahr. Was spielt das schon für eine Rolle?

– Was wird jetzt geschehen?

– Wir stehen auf und gehen. Du siehst uns verschwinden. Dann sind wir weg. Nichts weiter. Stockholm ist eine Stadt, die für Menschen, die es nicht gibt, genauso gut ist wie jede andere. Menschen, die auftauchen und dann wieder verschwinden. Mich gibt es nicht. Genausowenig wie Tanja. Wir sind Schatten, die sich am äußersten Rand des Lichts aufhalten. Dann und wann strecken wir einen Fuß oder eine Hand oder ein Stück von unserem Gesicht in die Sonne. Aber wir ziehen uns rasch wieder zurück. Wir verdienen uns nach und nach das Recht, in diesem Land zu sein. Wie wir es verdienen sollen, wissen wir nicht. Aber solange wir uns fernhalten, solange wir Schatten sind und ihr nur einen Fuß oder eine Hand seht, nähern wir uns. Eines Tages können wir uns vielleicht draußen ins Licht stellen, müssen uns nicht länger in den Kulissen verbergen. Aber Leyla gibt es schon jetzt. Sie hat den Weg aus dieser Schattenwelt heraus gefunden.

Sie gleiten mir aus den Händen, dachte er erneut.

Er versuchte sie mit seinen Fragen festzuhalten.

– Dieses Foto von dem Kind, Tanja, ist das deine Tochter?

Sie sah ihn erstaunt an.

– Ich habe keine Tochter.

– Dann bist du es selbst. Aber das stimmt nicht. Das Bild ist erst vor wenigen Jahren aufgenommen worden.

– Das ist nicht meine Tochter. Und ich bin es auch nicht.

– Wer ist das Mädchen auf dem Bild.

– Irina.

– Wer ist das?

– Natalias Tochter. Ich bekam das Bild, als wir in Estland gelandet waren. Sie hatte vier Bilder von ihrer Tochter bei sich, die sie zu Hause in Smolensk bei ihrer Großmutter väterlicherseits zurückgelassen hatte. Sie gab jeder von uns ein Bild. Es war in einer Nacht, als die letzten Arschlöcher aus unseren Betten verschwunden waren, da überreichte sie uns die Fotografien, wie Ikonen. Um des Mädchens willen mußten wir überleben und wieder nach Smolensk heimkehren. Wir teilten uns die Verantwortung für Natalias Tochter. Eines Tages werde ich zurückfahren und die Verantwortung für Irina übernehmen. Falls nicht Natalia oder eine von den anderen zurückgekehrt ist. Aber das glaube ich nicht.

Jesper Humlin dachte lange über das nach, was sie gesagt hatte. Dann wandte er sich an Tea-Bag.

– Ich muß an das denken, was du gesagt hast, als wir uns das erste Mal trafen. An diesem Abend, als es Streit im Publikum gab. Erinnerst du dich, was du mich damals gefragt hast? Wieso ich nicht über jemanden wie dich schreibe. Aber das werde ich jetzt tun.

Tea-Bag schüttelte den Kopf.

– Das kannst du nicht. Sobald wir gegangen sind, vergißt du uns.

– Du tust mir weh.

Tea-Bag sah ihm tief in die Augen und sagte:

– Ich tue keinem weh. Jetzt sollst du das Ende meiner Geschichte hören.

»Erinnerst du dich, wie ich da am Strand stand, südlich von Gibraltar? Es schien, als sei es eine heilige Stadt der Flüchtlinge, ein Palast aus nassem Sand, von dem eine unsichtbare Brücke ins Paradies hinüberführte. Viele, die kamen, sahen mit Entsetzen, daß ein Wasser dazwischenlag. Ich erinnere mich an die Spannung und die Angst, mit der

wir das Schiff erwarteten, das uns hinüberbringen sollte. Jedes Sandkorn war ein wachsamer Soldat. Aber ich erinnere mich auch an einen eigentümlichen Leichtsinn, Menschen, die leise summten, sich in langsamen, verhaltenen Siegestänzen bewegten. Es war, als seien wir schon am Ziel. Die Brücke lag bereit, die letzte Etappe der Reise war nur ein Sprung in einer gewichtslosen Leere.

Ich weiß nicht, woran es lag, daß gerade ich überlebte, als dieses Schiff an den Felsen zerschellte und verzweifelte Menschen da unten im Dunkel des Laderaums mit Klauen und Nägeln kämpften, um hinauf- und herauszukommen. Aber ich weiß, daß diese Brücke, die wir alle zu sehen meinten, als wir da am Strand am nördlichsten Punkt von Afrika standen, dem Kontinent, von dem wir flohen und um den wir schon trauerten, ich weiß, daß diese Brücke gebaut werden wird. Denn so hoch wird der Berg von zusammengepreßten Leichen auf dem Boden des Meeres einmal werden, das versichere ich dir, daß der Gipfel sich wie ein neues Land aus dem Meer erheben wird, und das Fundament aus Schädeln und Rippen wird die Brücke zwischen den Kontinenten schlagen, die keine Wächter, keine Hunde, keine betrunkenen Seeleute, keine Menschenschmuggler werden niederreißen können. Erst dann wird dieser grausame Wahnsinn enden, bei dem man angstvolle Horden von Menschen, die desperat um ihr Leben fliehen, in die Tunnel der Unterwelt hinabzwingt, so daß sie zu den Höhlenmenschen der neuen Zeit werden.

Ich habe überlebt, ich wurde weder vom Meer, noch von Verrat, von Feigheit oder Gier verschlungen. Ich traf einen Mann, der wie eine Palme schwankte und sagte, es gäbe Menschen, die meine Geschichte hören wollten und mich in diesem Land dulden würden. Aber diesen Menschen bin ich nicht begegnet, ich schenke allen, die ich treffe, mein

Lächeln, aber was bekomme ich dafür? Ich dachte, er würde mich erwarten. Aber niemand erwartete mich. Und vielleicht werde ich untergehen. Aber ich glaube, ich bin stärker als das graue Licht, das mich unsichtbar machen will. Es gibt mich, obwohl es mich nicht geben darf, ich bin sichtbar, obwohl ich im Schatten lebe.«

Tea-Bag breitete die Arme aus. Sie lächelte. Doch das Lächeln erlosch. Plötzlich schien es, als hätten es die beiden sehr eilig.

Jesper Humlin sah sie durch die Eingangstüren verschwinden. Er stellte sich auf die Zehenspitzen, um sie so lange wie möglich zu sehen. Dann waren sie weg, untergetaucht in der Landschaft der Illegalität. Er setzte sich wieder auf die Bank und sah sich um. Fragte sich, wie viele von den Menschen, die er sah, eigentlich nicht vorhanden waren, von gestundeter Zeit lebten, mit geborgten Identitäten. Nach einer Weile stand er auf und warf einen letzten Blick hinauf zur Decke.

Unter den Tauben erblickte er flüchtig einen Affen mit braungrünem Fell.

Vielleicht, dachte Jesper Humlin, hat er ein Mobiltelefon in der Hand. Und träumt von dem Fluß mit dem kalten und klaren Wasser, der in weiter Ferne in Tea-Bags Bergen entspringt.

NACHWORT

Dies ist ein Roman. Aber Tea-Bag existiert in der Wirklichkeit. Ebenso wie Tanja und Leyla. Wie sie tatsächlich heißen, hat keine Bedeutung. Das Wichtige ist ihre Geschichte.

Viele haben mir unterwegs geholfen. Zahlreiche Eindrücke, Gefühle und unabgeschlossene Erzählungen sind in die Buchseiten eingewoben.

Viele Menschen haben sich engagiert. Ihnen allen gilt mein Dank.

Henning Mankell, September 2001

Man muss das Leben beschwören, um den Gedanken an den Tod zu ertragen.

2003 ist Henning Mankell für einige Wochen nach Uganda gereist, um mit Aidskranken und deren Angehörigen zu sprechen. Entwicklungshelfer unterstützen die mit ihrem vorzeitigen Tod konfrontierten Eltern dabei, Erinnerungsbücher für ihre Kinder zu verfassen, in denen sie die wichtigsten Ereignisse ihres Lebens festhalten. Mankell schreibt in seinem sehr persönlichen Text über dieses Projekt und ruft zum Kampf gegen Aids in der Dritten Welt auf.

Aus dem Schwedischen von Verena Reichel. 144 Seiten. Gebunden. ISBN 3-552-05297-6

Zsolnay Z Verlag

www.zsolnay.at

Henning Mankell im <u>dtv</u>

Mörder ohne Gesicht
Roman
Übers. v. Barbara Sirges und Paul Berf
ISBN 3-423-20232-7
Wallanders erster Fall
Auf einem abgelegenen Hof bei Ystad wird ein altes Paar grausam ermordet.

Hunde von Riga
Roman
Übers. v. Barbara Sirges und Paul Berf
ISBN 3-423-20294-7
Wallanders zweiter Fall
In Osteuropa gerät Wallander in ein gefährliches Komplott.

Die weiße Löwin
Roman
Übers. v. Erik Gloßmann
ISBN 3-423-20150-9
Wallanders dritter Fall
»Ein fesselnder Politthriller.« (NDR)

Der Mann, der lächelte
Roman
Übers. v. Erik Gloßmann
ISBN 3-423-20590-3
Wallanders vierter Fall
»Ein klassischer Mankell.« (Die Welt)

Die falsche Fährte
Roman
Übers. v. Wolfgang Butt
ISBN 3-423-20420-6
Wallanders fünfter Fall
Der Selbstmord eines jungen Mädchens ist der Auftakt zur Jagd nach einem Serienkiller.

Die fünfte Frau
Roman
Übers. v. Wolfgang Butt
ISBN 3-423-20366-8
Wallanders sechster Fall
»Bücher wie diese machen süchtig!« (Brigitte)

Mittsommermord
Roman
Übers. v. Wolfgang Butt
ISBN 3-423-20520-2
Wallanders siebter Fall
Drei junge Leute feiern zusammen Mittsommer. Danach sind sie spurlos verschwunden.

Die Brandmauer
Roman
Übers. v. Wolfgang Butt
ISBN 3-423-20661-6
Wallanders achter Fall
Hacker haben es auf die Datennetze der Weltbank abgesehen …

Bitte besuchen Sie uns im Internet: www.dtv.de

Henning Mankell im dtv